일중독자의 여행

■ 이 도서의 국립중앙도서관 출판예정도서목록(CIP)은

서지정보유통지원시스템 홈페이지(http://seoji.nl.go.kr)와

국가자료공동목록시스템(http://www.nl.go.kr/kolisnet)에서 이용하실 수 있습니다.

(CIP제어번호: CIP2018038731)

일중독자의 여행

형과 함께한 특별한 길

니컬러스 스파크스

이리나 옮김

마음산책

옮긴이 **이리나**

영문학을 전공하고 영어와 스피치 강사로 활동했다. 인생의 전반이 밖으로 향하는 삶이
었다면 후반은 책을 통해 내실을 다지는 삶을 살고자 '부활'을 의미하는 'rinascita'의
줄임말 '리나'를 필명으로 다시 태어났다. 외서 기획 및 전문 번역가로 활동하고 있으며
옮긴 책으로는 『미스터리 서점의 크리스마스 이야기』 『한 시간 사이에 일어난 일』 『루시
퍼의 선택』 『눈먼 사랑』 『줄 살인 사건』 등이 있다.

일중독자의 여행

형과 함께한 특별한 길

1판 1쇄 인쇄 2018년 12월 5일
1판 1쇄 발행 2018년 12월 10일

지은이 | 니컬러스 스파크스
옮긴이 | 이리나
펴낸이 | 정은숙
펴낸곳 | 마음산책

편집 | 이승학 · 최해경 · 최지연 · 이복규   디자인 | 이혜진 · 최정윤
마케팅 | 권혁준 · 김종민   경영지원 | 박지혜

등록 | 2000년 7월 28일(제13-653호)
주소 | (우 04043) 서울시 마포구 잔다리로 3안길 20
전화 | 대표 362-1452 편집 362-1451   팩스 | 362-1455
홈페이지 | http://www.maumsan.com
블로그 | maumsanchaek.blog.me
트위터 | http://twitter.com/maumsanchaek
페이스북 | http://www.facebook.com/maumsanchaek
전자우편 | maum@maumsan.com

ISBN 978-89-6090-551-1 03840

* 책값은 뒤표지에 있습니다.

이것은 두 개의 여정을 담은 이야기다.
하나는 형과 내가 세계 여러 나라를
여행한 이야기이고,
또 하나는 우리를 최고의 친구로 만들어준
인생에 관한 이야기다.

나의 가족에게, 사랑을 담아

✳

변함없이 서로 사랑하는 것이 친구이며,
위급할 때 서로 돕는 것이 형제이다.
—잠언 17장 17절

■ 일러두기

1. 이 책은 니컬러스 스파크스의 『Three Weeks with My Brother』(Grand Central Publishing, 2004)를 우리말로 옮긴 것이다.
2. 외국 인명·지명·독음 등은 외래어표기법을 따르되, 관용적인 표기와 동떨어진 경우 절충하여 실용적 표기를 따랐다.
3. 옮긴이 주는 글줄 상단에 맞추어 작게 표기했다.
4. 신문, 잡지, 영화, TV 프로그램, 노래의 제목은 〈 〉로 묶었고, 책 제목과 장편은 『 』로 묶었다.

그럼에도, 그래서, 여행을 갔다

이 책은 2002년 봄에 우편으로 받은 홍보용 책자 한 권에서 시작됐다.

그날은 스파크스 가家의 그저 그런 평범한 하루였다. 나는 소설 『로댄스의 밤Nights in Rodanthe』을 쓰느라 오전과 이른 오후를 허비하고도 글이 잘 풀리지 않아 작업을 끝낼지 말지 심히 고민하고 있었다. 계획했던 만큼 글을 쓰지도 못했고 다음 날 쓸 아이디어도 챙겨두지 못했던 터라 작업을 마쳤을 때는 기분이 영 좋지 않았다.

작가 가족으로 살기란 쉬운 일이 아니다. 아내가 내게 자주 하는 말인데, 아내는 그날도 같은 얘기를 했다. 솔직히 그런 소리를 들어 좋을 리 없고 변명도 하고 싶지만, 아내와 말다툼하는 것은 무엇에도 도움이 되지 않는다는 사실을 나는 익히 알고 있다. 그래서 애써 부정하는 대신 아내의 손을 잡고 눈을 지그시 맞추며 세상 모든 여자가 듣고 싶어 하는 마법의 언어로 응수했다.

"당신 말이 맞아, 여보."

비교적 성공한 작가이기에, 사람들은 내가 별 어려움 없이 글을 쓸 것으로 생각한다. 그저 매일 두세 시간 정도 '머리에 떠오르는 생각을 슬슬 갈겨 적은' 다음, 아내와 수영장 가에 비스듬히 누워서 다음 휴가지나 고민할 거라고 오해하는 사람도 많다.

실제로 나는 보통 중류 가정이 사는 모습과 별로 다르지 않게 산다. 집안일을 돌봐주는 도우미도 없고 장기간 여행을 떠나지도 않는다. 해변 의자가 놓인 수영장이 뒷마당에 있긴 하지만, 그 의자에 앉아본 적이 언제인지 기억도 나지 않는다. 아내나 나나 일과 중에 거기 앉을 시간이 없기 때문이다. 나는 일 때문에 바쁘고 아내는 가족, 좀 더 구체적으로 말해 아이들 때문에 쉴 겨를이 없다.

우리는 애가 다섯이다. 개척 시대에 살았다면 아이 다섯이 뭐 그리 별스러울까만, 요즘은 누가 들어도 깜짝 놀랄 일이다. 작년에 아내와 내가 여행 갔을 때 우연히 어떤 젊은 부부와 말을 섞게 되었다. 이런저런 얘기 끝에 아이들 얘기가 나왔다. 부부는 아이가 둘이라며 이름을 댔고 아내도 우리 아이들 이름을 줄줄 읊었다.

여자는 잠시 어안이 벙벙한 표정으로 눈만 끔뻑거리며 말이 없었다.

"아이가 다섯이라고요?"

"네."

여자는 안됐다는 표정으로 아내의 어깨에 손을 얹었다.

"도대체 무슨 생각이셨어요?"

우리 아들들의 나이는 각각 열두 살, 열 살, 그리고 네 살이다. 그 아래 쌍둥이 두 딸은 곧 세 살이 된다. 나는 세상일에 관해 모르는 게 많지만, 아이들은 희한한 방식으로 내가 세상을 균형 잡힌 시각으로 보게 한다. 큰아이 둘은 내가 소설을 써서 먹고산다는 사실을 안다. 하지만 소설 작품을 만들어내는 게 어떤 의미인지는 둘 다 모르는 것 같다. 한번은 열 살짜리 아들이 수업 시간에 아버지의 직업에 대해 발표한 적이 있는데, 녀석은 가슴을 쫙 펴고 자랑스럽게 말했다고 한다. "우리 아빠는 온종일 컴퓨터를 하면서 놉니다!" 그런가 하면 맏아들은 자못 근엄한 목소리로 말하곤 한다. "글 쓰는 건 쉽잖아. 타자하는 게 좀 어려워서 그렇지."

나도 다른 작가들처럼 별도의 작업실에서 일하지만, 유사점은 그게 전부다. 내 작업실이 몇 층 위에 따로 위치한 것도 아니고, 방해받지 않는 보호 구역도 아니다. 문은 거실로 바로 통하게 되어 있다. 집중하기 위해 조용한 집에 사는 작가가 있다지만 나는 다행히도 조용하지 않은 곳에서도 일할 수 있다. 그것이 내 장점이라고 생각하지만, 다른 상황이었다면 전혀 글을 쓰지 못했을지도 모를 일이다. 우리 집은 아내와 내가 아침에 일어나 일과를 마치고 침대로 가서 쓰러지는 순간까지 말 그대로 소용돌이에 휩싸여 있다. 우리 집에서 하루만 보내면 누구라도 녹초가 돼

버릴 것이다. 무엇보다 우리 아이들은 활력이 넘친다. 끊임없이 샘솟는다. 거의 '에너자이저' 급이다. 에너지가 다섯으로 곱해지니 클리블랜드 시에 동력을 공급하고도 남음 직하다. 아이들은 각자의 에너지를 소진한 후 다른 아이들의 에너지까지 귀신같이 흡수한다. 그 에너지를 개 세 마리가 들이마시고, 이어 집이 그것을 빨아들인다. 매일의 일상은 이런 식이다. 적어도 한 아이가 아프고, 장난감은 치우자마자 거짓말처럼 다시 나타나 거실부터 건너편 방까지 줄을 잇고, 개가 짖고, 아이들이 깔깔대고, 전화기는 쉴 새 없이 울리고, 페덱스와 유피에스가 끊임없이 배달되고, 아이들이 칭얼거리고, 누군가 숙제한 것을 잃어버리고, 가전제품이 부서지고, 내일까지 해 가야 하는 숙제가 있다는 걸 마지막 순간이 돼서야 말하고, 야구와 체조와 축구와 태권도를 연습하느라 헉헉대고, 수리 기사가 오가고, 문이 쾅쾅 닫히고, 아이들이 복도를 내달리고, 물건을 던지고, 서로 약을 올리고, 과자 달라고 소리 지르고, 넘어져서 아프다고 앙앙대고, 무릎 위에 기어 올라오고, 빨리 와달라고 울어젖힌다! 한번은 장인어른과 장모님이 우리 집에서 일주일을 머물다 가셨는데, 마지막 날 북새통을 빠져나오느라 간신히 비행시간에 맞춰 공항에 도착했다. 두 분은 다크서클로 퀭한 얼굴에, 오마하 해변 상륙 작전에서 막 목숨을 건진 병사처럼 멍하고 두려운 표정이었다. 장인어른은 잘 있으란 인사 대신 내 손을 잡고 흔들며 나지막이 속삭였다. "부디 행운이 함께하기를. 자네한텐 그거라도 있어야 살 수 있을 것 같네."

아내는 이 모든 일을 평범하게 받아들인다. 잘 견뎌내며, 허둥

대는 법도 거의 없다. 대체로 아내는 이 상황을 즐기는 듯도 하다. 실로 성자가 아닌가 싶다.

그도 아니면 제정신이 아닌지도.

집에서 우편물 관리는 내 담당이다. 결혼 생활에서 꼭 해야 하는 일 중에 내 몫으로 떨어진 몇 가지 일 가운데 하나.

우편으로 광고 책자를 받아 든 그날도 여느 때와 똑같은 하루였다. 6개월 된 렉시는 감기에 걸려 엄마한테 붙어 칭얼댔고, 마일스는 개 꼬리를 형광펜으로 칠한 후 의기양양하게 자랑했으며, 라이언은 시험공부를 해야 하는데 교과서를 학교에 두고 와서 공부 대신 화장지를 얼마나 집어넣으면 변기가 막히는지 실험했고, 랜던은 '또' 벽에 환칠을 하고 있었다. 서배너가 무엇을 하고 있었는지는 잘 기억나지 않지만, 6개월 된 녀석이 벌써부터 오빠들한테서 나쁜 짓을 배우고 있었으니 필시 엉뚱한 짓을 하고 있었을 것이다. 텔레비전은 꽝꽝 울려대고, 저녁밥 짓는 소리가 뚝딱거렸으며, 개는 컹컹 짖고, 전화기는 연방 울려대는 가운데 어수선한 아우성은 흥분의 도가니처럼 끓고 있었을 터다. 성자 같은 내 아내도 거의 뚜껑이 열릴 지경이었으리라 짐작한다. 나는 컴퓨터에서 떨어져 깊은 한숨을 쉰 후 자리에서 일어났다. 거실로 나가면서 아수라장이 된 집을 슬쩍 둘러보고는, 남자들만의 본능으로 다음에 할 일을 결정했다. 나는 헛기침을 해서 모두의 관심을 집중시킨 후 차분하게 선언했다.

"우편물 왔는지 보고 올게."

잠시 후, 나는 현관문을 나섰다.

우리 집은 길에서 한참 들어가 있어서 우편함까지 갔다 오는데 보통 5분이 걸린다. 밖으로 나와 현관문을 닫는 순간 대혼돈이 뚝 끊겼다. 나는 고요를 즐기며 천천히 걸었다.

다시 집 안으로 들어가니 아내는 쌍둥이 둘을 동시에 엄마한테 달라붙지 못하게 제지하면서 쿠키 조각 섞인 침을 셔츠에서 닦아내느라 분주했다. 랜던은 발치에 서서 엄마 바지를 끌어당기며 봐달라고 보챘다. 그 와중에 아내는 큰애 둘이 숙제하는 것을 돕고 있었다. 나는 아내가 여러 가지 일을 저토록 능수능란하게 해내는 데 깊은 자부심을 느끼며 우편물 뭉치를 아내가 보도록 머리 위로 들어 올렸다.

"우편물 가져왔어."

아내가 슬쩍 올려다보았다. "당신 없었음 어찌 살았을까 몰라. 얼마나 큰 도움이 되는지 알지?"

나는 고개를 끄덕이며 말했다. "할 일을 했을 뿐인걸. 고마워할 필요 없어."

우리 집에도 어김없이 광고 전단이 날아들기 때문에 일단 중요한 우편물과 필요 없는 것들을 분류해야 한다. 세금 고지서를 챙겨놓고 잡지 서너 개에 실린 기사를 쓱 훑어본 후 나머지를 휴지통에 던져 넣으려는데, 광고 책자 하나가 눈에 띄었다. 노터데임대학 동창회 사무실에서 온 것으로 '하늘 숭배자가 사는 땅으로의 여행'을 광고하고 있었다. '하늘과 땅'이라는 이름의 그 상품은 2003년 1월과 2월에 걸쳐 3주간 전 세계를 여행하는 프로그램이었다.

구미가 당겨 정독하기 시작했다. 자그마치 전용 비행기를 타고 과테말라의 마야 유적지, 페루의 잉카 유적지, 돌로 된 거인들이 있는 이스터 섬, 폴리네시아 쿡 섬을 돌 거란다. 또 호주의 에어스록, 앙코르와트와 킬링필드, 캄보디아 프놈펜의 홀로코스트 박물관, 인도의 타지마할과 자이푸르의 암베르 궁, 에티오피아 랄리벨라의 동굴 교회, 몰타의 지하 무덤과 여러 고대 사원들, 그리고 마지막으로 날씨가 허락하면 북극 한계선에서 북쪽으로 약 500킬로미터 떨어진 곳에 있는 노르웨이 트롬쇠에서 북극광을 볼 계획도 있다고 했다.

어릴 때부터 고대 문화와 먼 나라를 동경해온 나는 목적지에 대한 설명을 읽으면서 계속 마음이 설렜다. 소년기 이후로 줄곧 상상에만 머물러 있던 곳을 여행할 수 있는 절호의 기회였다. 안내 책자를 다 훑어본 후 나는 한숨을 쉬며 생각했다. '그래, 언젠가는…….'

당장은 시간이 없었다. 3주 동안 아이들과 아내와 일에서 벗어난다? 불가능한 일이었다. 말도 안 되는 소리라 그냥 잊기로 했다. 나는 책자를 종이 뭉치 맨 아래로 밀어 넣었다.

그런데 어찌 된 일인지 그 생각을 떨칠 수가 없었다.

나는 현실주의자답게 아내 캣(캐시의 애칭이다)과 내가 훗날 언제고 여행할 기회를 만들면 된다고 마음을 다독거렸다. 그러나 아내를 설득해서 타지마할이나 앙코르와트까지는 같이 갈 수 있을지 모르지만 이스터 섬이나 에티오피아, 과테말라의 정글에는 갈 기회가 없을 것 같았다. 너무 멀기도 하고, 세상에는 갈 만한 곳과 볼 만한 것이 차고 넘치니 그런 곳은 항상 '언젠가 가볼 곳'에 분류될 것이다. 그리고 아마 그런 날은 절대 오지 않을 것이다.

그런데 여기 단번에 모든 곳을 갈 기회가 있다는 게 아닌가. 10분 뒤, 주위를 뒤흔드는 불협화음이 처음 발생할 때만큼이나 순식간에 사라진 후, 나는 주방에 있는 아내에게 가서 조리대에 책자를 폈다. 내가 여름 캠프를 설명하는 아이처럼 흥미로운 점을 짚어나가는 동안, 여행이 내 오랜 동경의 대상임을 잘 아는 아내는 그저 나의 읊조림을 담담하게 듣고 있었다. 내가 말을 마치자 아내가 고개를 끄덕였다.

"흠······."

"좋은 의미야, 나쁜 의미야?"

"둘 다 아냐. 당신이 왜 이걸 나한테 들이미는지 그게 궁금할 뿐이지. 우리가 갈 수 있는 성질이 못 되잖아."

"그렇지. 그냥 당신이 궁금해 할까 봐."

누구보다 나를 잘 아는 아내는 물론 그보다 더 깊은 뜻이 있음을 알아차렸다.

"흠." 아내가 말했다.

이틀 뒤, 아내와 나는 큰아이 둘을 앞세우고 아이 셋을 유모차에 태운 채 동네를 산책하고 있었다. 내가 다시 그 얘기를 끄집어냈다.

"그 여행에 대해서 생각해봤는데 말이야." 내가 무심코 생각났다는 듯 말했다.

"무슨 여행?"

"세계 여행 말야. 내가 책자 보여줬던 그거."

"그게 뭐?"

"음……." 나는 숨을 크게 들이마신 뒤 용기를 내서 말했다. "가고 싶지 않아?"

아내가 몇 발짝 걸은 다음 대답했다. "가고야 싶지. 정말 멋질 거야. 하지만 안 되잖아. 3주나 어떻게 애들하고 떨어져 있어? 무슨 일이 생기면 어떡해? 위급한 일이 생겨도 돌아올 수도 없을 텐데. 이스터 섬 같은 곳에 가려면 비행기를 몇 번이나 탈 거야냐. 렉시와 서배너는 아직 어려서 내 손길이 필요해. 다른 애들도 마찬가지고……." 아내가 말끝을 흐렸다. "다른 엄마들은 갈 수 있을지 몰라도, 나는 못 가."

나는 고개를 끄덕였다. 아내가 이런 답을 하리라 충분히 예상했다.

"나는 가도 돼?"

아내가 나를 쳐다봤다. 나는 이미 북 투어 등으로 일 년에 서너 달씩 집을 비우는 형편이었고 내가 여행을 가면 당연히 가족들이 힘들게 되어 있었다. 비록 내가 항상 자진해서 혼돈 속으로 뛰어들지는 않지만, 그렇다고 내가 집안에서 완전히 쓸모없는 존재는 아니었다. 아내도 집을 나갈 일이 자주 있었다. 친구들과 가끔 아침도 먹고, 학교에서 자원 봉사도 해야 하고, 헬스장에서 운동도 하고, 이웃 여자들과 벙코 게임도 하고, 볼일도 보러 다닌다. 그리고 돌아버리지 않기 위해서라도 가끔 집 밖에 나가줘야 한다는 것을 우리 둘 다 잘 알고 있다. 아내가 외출하면 나 혼자 집에서 아이들을 돌본다. 내가 가버리면 아내는 집 안에서 옴짝달싹 못 하게 된다. 이건 아내의 정신 건강에도 좋지 않다.

게다가 우리 애들은 주변에 엄마 아빠가 함께 있는 것을 좋아한다. 내가 가버리면, 나의 빈자리를 확인이라도 하듯 집안의 혼란은 증폭되고야 만다. 딱 잘라 말해서 아내는 내가 멀리 가는 것에 진저리를 친다. 내가 일 때문에 가는 것도 어쩔 수 없어 보낼 뿐 결코 반기지 않는다.

그러니 내 질문은 말도 안 되는 것이었다.

"그게 당신한테 그렇게 중요해?" 한참 만에 아내가 내게 물었다.

"아니." 내가 솔직하게 대답했다. "당신이 원하지 않으면 안 갈게. 하지만 가고 싶기는 해."

"혼자 갈 거야?"

나는 머리를 저었다. "실은 형하고 갈까 싶어."

잠시 말없이 걷던 아내가 내 눈을 보며 말했다. "정말 좋은 생각인 것 같아."

산책에서 돌아온 뒤, 여전히 반신반의한 상태로, 작업실에 가서 캘리포니아에 사는 형에게 전화를 걸었다.

신호 가는 소리가 일반 전화보다 훨씬 멀게 느껴졌다. 형은 집 전화를 잘 받지 않아서 용건이 있으면 항상 휴대전화로 통화했다.

"어이, 니키. 어쩐 일이야?"

형은 발신자 확인 서비스를 사용하고 있어서 내가 전화한 것을 알고 전화를 받자마자 내 애칭을 불렀다. 나는 5학년 때부터 니키였다.

"형이 좋아할 만한 게 있어서."

"뭔데?"

"우편물을 정리하다가 책자를 하나 발견했는데…… 어쨌든 짧게 말해서, 나랑 세계 여행 가지 않을래? 1월에."

"어떤 여행인데?"

나는 몇 분을 들여 여행 안내서를 뒤적여가며 중요한 부분을 설명했다. 말을 마치자 형은 잠시 아무 말도 하지 않았다.

"진짜? 제수씨가 가라고 해?"

"응, 허락했어." 나는 잠시 머뭇거렸다. "물론 어려운 일이지. 당장 대답하지 않아도 돼. 충분히 시간을 가진 후에 결정해도 되니까. 생각을 좀 해봐. 형수하고도 이야기해보고. 3주면 짧은 기간이 아니잖아."

뒤에서 얼마 전 태어난 형의 딸, 페이턴이 우는 소리가 희미하게 들렸다.

"크리스틴은 괜찮다고 할 거야. 물어보고 다시 전화할게."

"안내 책자 보내줄까?"

"좋지. 우리가 어디 가는지는 알아야 하니까."

"오늘 페덱스로 보낼게. 근데 형,"

"왜?"

"우리 인생에서 가장 멋진 여행이 될 거야."

"그렇겠구나, 동생아." 수화기 너머에서 형이 빙그레 미소 짓는 모습이 보이는 것만 같았다. "그럴 거야."

작별 인사를 하고 전화를 끊은 뒤 작업실 책장에 놓인 가족사진을 보았다. 대부분 아이들 사진이었다. 나는 아이들의 아기 때 사진과 걸음마 배울 때의 사진을 보았다. 두어 달 전에 다섯 아이를 찍은 크리스마스 기념사진이 보였다. 그 옆에 캐시의 사진이 있었다. 새삼 아내의 희생이 고마워 액자로 손을 뻗었다.

그렇다, 아내는 내가 3주간 떠나는 것을 반기지 않았다. 옆에 있으면서 다섯 아이를 함께 건사하지 못한다는 사실에 짜증도 날 것이다. 그런데도 아내는 내가 세상을 둘러보는 동안 혼자 짐을 떠맡겠다고 했다.

왜 그러겠다고 했을까?

이미 말했다시피 아내는 세상 누구보다 나를 잘 아는 사람이어서, 내가 여행을 원하는 이유가 여행 자체보다 형과 시간을 보내고 싶어서라는 것을 눈치 챘던 것 같다.

이 이야기는 형제애에 관한 것이다.

형 미카와 나, 그리고 우리 가족의 이야기다. 슬픔과 기쁨, 희망과 지지의 이야기다. 형과 내가 어떻게 성숙하고 변했는지, 살면서 어떻게 다른 길을 걷게 됐는지, 그리고 어떻게 전보다 더 가까워졌는지에 관한 이야기다. 다시 말해 이것은 두 개의 여정을 담은 이야기다. 하나는 형과 내가 세계 여러 나라를 여행한 이야기이고, 또 하나는 우리를 최고의 친구로 만들어준 인생에 관한 이야기다.

1

아주 단순한 사실에서 많은 이야기가 시작되는데 우리 가족의 경우도 예외는 아니다. 요약해서 말해보겠다.

이야기의 처음은 우리가 임신되는 것이다. 가톨릭 신자인 어머니의 말에 따르면 여기서 어머니가 얻게 된 교훈은 이것이다.

"반드시 기억해라. 성당에서 뭐라고 하든 간에 주기 피임법은 믿을 게 못 돼." 어머니가 내게 말했다.

당시 열두 살이던 나는 어리둥절한 표정으로 어머니를 올려다보았다. "그럼, 우리가 실수로 태어났단 말이야?"

"그렇지. 너희 모두."

"그래도 좋은 실수였겠지?"

어머니가 빙그레 웃었다. "최고의 실수였지."

이 얘기를 들은 후에도 나는 여전히 생각의 갈피를 정할 수 없었다. 분명 어머니는 우리를 가진 것에 후회하지 않았다. 그렇지만 나라는 존재 자체가 실수이고, 과한 샴페인 덕분에 내가 세상에 태어난 것일지도 모른다고 생각하면 무척 자존심이 상했다. 그렇긴 해도 나는 우리 부모님이 왜 그렇게 서둘러 아이를 가졌는지 늘 궁금했던 터라 어머니의 얘기로 어느 정도 의문이 풀렸다. 부모님은 우리를 가질 준비가 안 되어 있었고, 모르긴 해도 그 전엔 결혼할 채비도 되어 있지 않았을 것이다.

부모님은 모두 1942년생이고 2차 세계 대전 초기에 양쪽 할아버지는 다 군 복무를 했다. 친할아버지는 직업 장교여서 내 아버지 패트릭 마이클 스파크스는 어린 시절 내내 군 기지를 옮겨 다니며 주로 할머니 손에 컸다. 아버지는 다섯 아이 중 맏이였고 상당히 영특해서 영국에 있는 기숙학교를 거쳐 네브래스카 오마하 크레이턴대학에서 입학 허가를 받았다. 그 대학에서 아버지는 우리 어머니, 질 에마 메리 선을 만났다.

아버지처럼 어머니도 형제 중 맏이였다. 밑으로 동생이 셋 있고 네브래스카에서 성장기 대부분을 보냈는데 거기서 말에 대한 변함없는 애정이 싹텄다. 외할아버지는 평생 수없이 많은 종류의 사업을 한 기업가였다. 어머니가 10대였을 때 외할아버지는 농지 한가운데 난 고속도로 바로 옆에 자리 잡은, 몇백 명이 어울려 사는 라이언스라는 작은 마을에서 영화관을 운영했다. 어머니의 말을 빌리자면 어머니가 기숙학교에 가게 된 주된 이유가 바로 영화관 때문이었단다. 아마 어머니가 남자아이와 키스하다 붙잡혀서 멀리 보내졌던 게 아닌가 싶었는데, 내가 사실 여부를 확인하니 외할머니는 펄쩍 뛰면서 아니라고 했다. "네 엄마가 이야기 만들어내는 걸 좋아하잖니. 너희가 어떻게 반응하는지 보려고 말도 안 되는 얘기를 꾸며낸 거야."

"그럼 왜 엄마를 기숙학교로 보내셨어요?"

"살인자들 때문이었지. 그 당시 라이언스에서 10대 여자애들이 많이 죽었거든."

그렇구나.

어쨌든 기숙학교를 졸업한 후 어머니는 아버지와 마찬가지로 크라이턴대학에 들어갔다. 처음 두 분이 서로에게 관심을 두게 된 것은 살아온 환경이 비슷해서였던 듯싶다. 이유가 어찌 됐든 두 분은 2학년 때 데이트를 시작해서 사랑하는 사이로 발전했다. 1년 조금 넘게 연애한 끝에 4학년이 시작되기 전인 1963년 8월 31일, 두 분 모두 스물한 살의 나이에 결혼했다.

몇 달 후 주기 피임법이 실패하면서 어머니는 평생을 섬길 교훈 세 가지 중 첫 번째 것을 터득했다. 1964년 12월 1일에 형 미카가 태어났다. 봄이 되어 어머니는 또 임신했고 1965년 12월 31일에 내가 태어났다. 다음 해 봄에 어머니는 여동생 데이나를 임신했고 그때부터는 적극적으로 피임해야겠다고 마음먹었다.

졸업 후 아버지가 미네소타대학에서 경영학 석사 과정을 밟게 되는 바람에 우리 가족은 1966년 가을에 워터타운 근처로 이사했다. 내 생일과 같은 12월 31일에 데이나가 태어났다. 아버지는 낮에 공부하고 밤에 바텐더로 일해서 어머니 혼자 집에서 우리를 키웠다.

집세 낼 돈이 없어서 우리 가족은 마을에서 수 킬로미터 떨어진 낡고 (어머니의 주장대로라면) 귀신이 나오는 농가에서 살았다.

늦은 밤이면 누군가 나타나 울고 웃고 대화까지 했는데, 우리가 괜찮은지 살펴보려고 어머니가 자리에서 일어나면 소리가 뚝 끊기곤 했다고 몇 년 후 어머니가 내게 말했다.

어머니는 환각에 시달렸던 모양이다. 내가 아는 한, 어머니는 세상에서 가장 안정된 사람이었으니 정신이 어떻게 된 건 아니었을 테고 결혼 초기에 늘 녹초가 될 만큼 혼몽하게 살았기 때문이었던 것 같다. 어머니의 피로는 며칠 푹 잔다고 해결될 성질이 아니었다. 귓불을 잡고 몇 시간 빙빙 돈 후 앞에 놓인 의자에 털썩 주저앉은 듯한 느낌의 육체적, 정신적, 감정적 피로였다. 어머니의 삶은 생지옥 같았을 것이다. 스물다섯부터 2년 동안 천 기저귀를 찬 세 아이에게 시달렸고, 외할머니가 오신 몇 번을 제외하고는 철저히 고립된 생활을 했다. 우리는 도와줄 친지도 없었고, 찢어지게 가난했으며, 인적이 끊긴 막막한 곳에서 살았다. 아버지가 학교와 일터로 차를 가져가버렸기 때문에 어머니는 가까운 도시로 나가볼 엄두도 못 냈다. 지붕을 덮을 만큼 눈이 쌓이는 미네소타에서 두어 번의 겨울을 보내면서 어머니는 늘 바쁘기만 한 아버지에게 차마 집안일을 도와달라고 할 수 없었다. 그런데 젖먹이와 아이들은 쉴 새 없이 칭얼대고 앙앙댔으니 어머니가 처했을 상황이 얼마나 비참했을지 나로서는 상상하기도 어렵다. 그 시절 아버지는 큰 도움이 되지 않았고 그렇게 할 수도 없는 처지였다. 나는 가끔 왜 아버지가 안정적인 일자리를 가지지 않았는지 궁금했다. 어쨌든 아버지는 일하고 공부하고 수업 듣는 일밖에 하지 않았다. 눈만 뜨면 집을 나가서 모두 잠든 야심한 밤이 되어 돌아왔다. 당연히 어머니는 어린 세 아이 말고는 함께 말 섞을 사람 하나 없었다. 성인끼리의 대화는 한 마디도 못 해보고 며칠 혹은 몇 주를 넘기기 일쑤였다.

어머니는 형에게 맏이라는 이유로 나이에 비해 훨씬 무거운 책임을 지웠는데, 나는 우리 애들에게 그 정도로 막중한 짐을 부과한 적이 없다. 어머니는 우리에게 오래된 중서부식 가치를 강요했고, 형에게는 '무슨 일이 있어도 동생들은 네가 돌봐야 한다'고 명령했다. 형은 불과 세 살일 때도 그 명을 따랐다. 나와 동생 데이나가 밥 먹거나 목욕하는 것을 도왔고, 우리를 한시도 지루하지 않게 해주었으며, 우리가 마당을 아장아장 걷는 것을 지켜보았다. 우리 가족 앨범에는 동생보다 덩치가 별로 크지 않은 형이 데이나를 안고 젖병을 물리고 어르는 사진이 있다. 사람은 누구나 책임감을 배워야 하므로 결국 이것이 형에게는 이익이 되었다고 생각한다. 책임감은 필요하다고 해서 갑자기 생겨나는 것이 아니니까 말이다. 어른처럼 대접받은 형은 스스로 어른이라고 믿었고 그에 따르는 권리도 가졌다. 형이 입학도 하기 전에 어른에 맞먹는 자격을 부여받은 것은 당연한 일이었다.

실제로 내 가장 오래된 기억도 형과 관련된 것이다. 내가 두 살 반이고 형은 세 살 반이던 어느 늦여름 주말, 마당에는 풀이 30센티미터 정도 자라 있었다. 아버지가 잔디를 깎으려고 잔디 깎는 기계를 광에서 꺼냈다. 형은 기계를 밀 힘도 없으면서 아버지에게 자기도 잔디를 깎게 해달라고 졸랐다. 물론 아버지는 15킬로그램도 안 되는 아이는 잔디를 깎을 수 없다고 했지만 상황을 논리적으로 판단하기에 형은 너무 어렸다. 나중에 형은 그 말도 안 되는 상황을 견딜 수 없었다고 했다.

결국, 형은 가출하기로 마음먹었다.

지금은 나도 이해할 수 있다. 고작 세 살 반밖에 안 된 어린아이가 간들 어디까지 가겠나? 우리 큰아이 마일스도 그 나이에 집을 나가버리겠다고 으름장을 놓곤 했는데, 그럴 때마다 아내와 나는 이렇게 말했다. "어디 가보시지. 모퉁이나 돌아갈 수 있으면 다행이지." 아내와 내가 주방 창문으로 어쩌나 지켜보면 실제로 여리고 겁 많은 마일스는 결코 모퉁이를 지나가지 못했다.

그러나 형은 달랐다. 형은 이렇게 생각했다. '나는 멀리멀리 달아날 거야. 하지만 동생들은 보살펴야 하니 데리고 가겠어.'

그러고는 실행에 옮겼다. 18개월 된 데이나를 수레에 실은 후 내 손을 잡고 부모님이 눈치 채지 못하게 울타리 밑을 살금살금 걸어 마을로 향했다. 마을은 3킬로미터나 떨어져 있었고 그곳으로 가는 방법은 혼잡한 2차선 도로를 건너는 것밖에 없었다.

거의 성공할 뻔했다. 잡초가 내 키만큼 자란 들판을 통과할 때 나비 떼가 여름 하늘을 가득 채웠던 장면이 기억난다. 우리는 끝도 없는 길을 걷고 또 걸어 마침내 고속도로에 도착했다. 네 살도 안 된 아이 셋이(그것도 하나는 기저귀를 차고) 갓길에 서서, 불과 1미터 앞에서 시속 100킬로미터로 달리는 대형 트레일러와 차들이 내는 거센 바람에 사정없이 흔들리고 있었다. 그때 형이 내게 말했다. "내가 가자고 하면 힘껏 뛰어야 해." 형이 가자고 소리 지른 후 앞서 달리자 차들이 경적을 울리고 타이어가 끼익 소리를 내며 멈췄고, 나는 형을 따라잡으려고 길을 가로질러 아장아장 걸었다.

그 후의 기억은 약간 희미하다. 그저 내가 지치고 허기져서 동생이 탄 수레에 기어 들어갔으며 형이 알래스카 눈밭의 시베리안허스키 대장 발토처럼 우리를 끌고 갔던 것만 기억난다. 형이 무척 자랑스럽다는 생각도 했던 것 같다. 어쨌든 참 재미있는 모험이었다. 신기하게도 나는 이 모든 일을 거치면서도 전혀 불안하지 않았다. 엄마가 내게 내린 명령은 형이 시키는 대로 하라는 것이었고, 형은 분명 나를 지켜줄 거라고 믿었기 때문이다.

그때도 나는 형이 시키는 대로 했다. 형과 달리 나는 명령에 복종하면서 자랐다.

얼마 후 다리를 건너고 언덕을 넘어갔다. 꼭대기에 도착해서 우리는 아래 골짜기에 있는 마을을 내려다보았다. 짧은 다리로 아무리 빨리 걸어봤자 3킬로미터 정도밖에 걷지 않았을 테지만 기억으로는 많은 시간을 내처 걸은 것 같았다. 그때 형이 아이스크림을 사준다고 약속했던 것도 기억난다. 그런데 갑자기 무슨 소리가 들려 뒤를 돌아보니 어머니가 파랗게 질려서 우리 뒤를 쫓아오고 있었다. 어머니는 멈추라고 소리를 지르며 손에 든 파리채를 높이 쳐들고 흔들었다.

우리를 혼낼 때 어머니가 주로 쓰던 물건이 바로 파리채였다.

형은 파리채를 무지 싫어했다.

보나 마나 파리채 세례를 가장 많이 받는 사람도 형이었을 것이다. 파리채로 때리면 따끔하기는 해도 크게 아프지는 않았고, 그러면서도 기저귀나 바지 사이로 큰 소리가 나서 어머니가 좋아했다. 그 소리야말로 풍선을 터트리는 것처럼 위협적이어서 나는 지금도 집에서 파리채로 벌레를 잡을 때 복수하는 듯한 묘한 희열을 느끼곤 한다.

첫 번째 탈출을 시도한 지 얼마 되지 않아 형은 두 번째 탈출을 감행했다. 이유는 모르겠지만 형이 곤란한 상황에 부닥쳤고, 이번에는 아버지가 파리채를 찾으러 갔다. 그때 이미 형은 파리채 형벌에 넌더리가 나서 아버지가 파리채를 집어 들려고 하자 대들듯 말했다. "파리채로 때리지 마."

　아버지가 손에 파리채를 쥐고 몸을 돌리자 형이 내달리기 시작했다. 나는 거실에 앉아서 네 살짜리 형이 주방을 나와서 내 옆을 지난 후 계단 위를 뛰어오르고, 그 뒤를 아버지가 바짝 추격하는 광경을 지켜보았다. 형은 위층으로 쿵쿵 뛰어 올라가더니 침실에서 정체를 알 수 없는 곡예를 선보인 후 계단 아래로 쌩하고 내려와서 다시 내 옆을 지나 주방을 통과해 뒷문 밖으로 나가는 신출귀몰함을 보였다.

　애연가로 살아온 아버지는 헉헉거리며 힘겹게 계단을 내려와 형을 뒤쫓았다. 그 후 몇 시간 동안 아버지와 형은 모습을 보이지 않았다. 밤이 되어 내가 잠자리에 든 후 어머니가 형을 데리고 방으로 들어오는 게 보였다. 어머니는 형을 침대에 눕히고 볼에 키스했다. 어두웠는데도 먼지가 묻어 꼬질꼬질한 형의 모습을 알아볼 수 있었다. 지하실에서 몇 시간을 버텼던 모양이다. 어머니가 나가자마자 나는 형에게 어떻게 된 거냐고 물었다.

　"아빠한테 파리채로 때리지 말라고 했어." 형이 말했다.

　"안 맞았어?"

　"그럼. 아빠 날 잡지 못했어. 찾지도 못했는걸."

　나는 과연 형답다고 생각하며 씩 웃었다.

2

　형에게 여행 책자를 보내고 며칠 후 전화가 울렸다. 나는 작업
실 책상에 앉아 소설을 쓰느라 끙끙대다가 전화를 받았다. 수화
기를 듦과 동시에 형이 말을 쏟아냈다.

　"이 여행…… 진짜 대단하다. 어디 가는지 봤냐? 이스터 섬이
랑 캄보디아에 간단다! 우리가 타지마할을 본대, 글쎄! 호주의
오지에 간다고!"

　"알아. 멋지지?"

　"멋진 정도가 아니야. 끝내줘! 노르웨이에서 개썰매도 탄대.
그것도 봤어?"

　"응, 봤어."

　"인도에서는 코끼리도 탈 거라잖냐!"

　"응."

"아프리카도 간대! 아프리카라니, 세상에!"

"그래."

"정말 멋있을 거야."

"형수가 형 가도 된대?"

"내가 간다고 했잖아."

"그랬지. 근데 형수도 오케이 하더냐고?"

"별로 마음에 들진 않았겠지만, 어쨌든 허락했어. 아프리카, 인도, 캄보디아에 동생이랑 간다는데 뭐라겠어?"

형네 부부에게는 겨우 두어 달밖에 안 된 페이턴과 아홉 살짜리 앨리 두 아이가 있었고, 형은 페이턴이 돌을 지낸 직후에 한 달간 집을 떠나 있을 예정이었기에 형수는 이 여행을 말릴 수도 있었다. 그러나 캐시처럼 형수도 이해했을 것이다. 이유는 서로 다를지라도 내가 형을 필요로 하는 만큼 형도 나와 함께 보내는 시간이 필요하다는 것을. 피붙이로서 우리는 위기가 닥칠 때마다 서로에게 기댔고, 나이가 들수록 의지하는 마음이 더 커졌다. 각자 겪는 고통을 통해 서로를 지탱해주었고 서로의 우여곡절을 함께했다. 우리는 서로의 얘기를 들어서 익히 알고 있었다. 기본적으로 형제는 가깝기 마련이지만, 형과 나는 거기서 한 발짝 더 나아가는 사이였다. 형의 목소리를 들으면 어김없이 우리가 함께했던 어린 시절이 떠올랐고 형이 웃는 소리를 들으면 산들바람에 깃발이 흔들리듯 나도 모르게 오랫동안 잊었던 기억을 되살렸다.

"어이, 닉. 듣고 있냐?"

"응. 듣고 있어. 뭐 좀 생각하느라고."

"뭐? 여행?"

"아니. 우리 어렸을 때 일을 생각하고 있었어."

"미네소타?"

"아니. 로스앤젤레스에서 있었던 일."

"뜬금없이 그건 왜?"

"글쎄. 가끔 생각이 나네."

1969년에 우리는 얼음 왕국 미네소타를 떠나 캘리포니아 잉글우드로 이사했다. 아버지가 남캘리포니아대학에서 박사 과정을 허락받아 우리 가족은 공동 주택으로 들어갔다. 우리가 살았던 로스앤젤레스 중심가의 지역 공동체에는 1965년 와츠Watts 폭동의 아픈 기억이 여전히 남아 들끓고 있었다. 우리가 집이라 불렀던 황폐한 아파트 단지에 백인이라곤 몇 가족뿐이었고 주위는 창녀와 마약상, 깡패 천지였다.

집은 침실 두 개에 거실과 주방이 있는 작은 공간이었지만 어머니는 미네소타에서 살던 때에 비하면 괄목할 만한 발전이라 여겼다. 여전히 도와줄 가족은 없었지만 2년 만에 처음으로 말을 할 이웃도 생겼다. 비록 네브래스카에서 어머니와 함께 자란 사람들과는 분위기가 사뭇 달랐지만. 또 걸어갈 만한 거리에 식료품 가게도 있었고, 밖에 나가면 적어도 사람 사는 흔적은 찾아볼 수 있었다.

아이들은 보통 부모를 숭배하기 마련이고, 아이였을 때 나 역시 그랬다. 짙은 갈색 눈에 검은 머리, 우윳빛 피부를 지닌 어머니는 내 눈에 너무나 아름다웠다. 결혼 초기의 삶이 무척 모질었을 텐데도 어머니는 우리에게 불만을 내비친 적이 없었다. 어머니가 되기 위해 세상에 태어난 분 같았고 우리를 조건 없이 감싸 안았다. 여러 면에서 우리는 어머니의 삶 자체였다. 어머니는 내가 아는 그 어떤 사람보다 환하게 자주 웃는 분이었다. 진심이 아니거나 사람을 절절매게 하는 거짓 미소가 아니었다. 우리를 향해 항상 열려 있던 두 팔에 아무 생각 없이 달려가 안기고 싶게 만드는 순정한 미소였다.

반면에 내게 아버지는 조금 미스터리한 인물이었다. 아버지는 불그스름한 갈색 머리에 주근깨가 많았고 햇볕에 피부가 잘 탔다. 우리 가족 중에서 유일하게 음악에 조예가 깊었다. 하모니카와 기타를 연주했고 스트레스가 쌓이면 억지로 휘파람을 불었는데, 내가 볼 때마다 거의 휘파람을 불고 있었다. 아무도 아버지를 탓할 수는 없었다. 아버지는 미네소타에서처럼 로스앤젤레스에서도 힘든 일상을 이어가고 있었다. 수업과 연구로 바쁜 중에도 우리에게 생필품을 공급하려고 건물 관리인과 바텐더로 일했다. 그런데도 입에 풀칠하기가 어려워 아버지는 늘 양가 부모님에게 손을 벌려야 했다.

집에 있을 때 아버지는 넋이 나가 보일 정도로 무언가에 골몰할 때가 많았다. 아버지를 생각하면 항상 책상에 앉아서 책에 얼굴을 파묻고 있는 모습이 떠오른다. 아버지는 아이들과 캐치볼을 하거나 자전거를 타거나 함께 등산을 가는 유형이 아니라 그저 지식만 파고드는 사람이었지만, 다른 아버지를 경험해보지 못한 우리에게는 별로 문제 되지 않았다. 아버지는 그저 우리를 부양하고 훈육하는 역할만 하기로 노선을 정했다. 우리가 도를 넘어선다 싶으면(그런 일은 놀랄 만큼 잦았다), 어머니는 아버지가 집에 오면 다 이르겠다며 우리를 겁주곤 했다. 아버지가 그다지 인정사정없는 사람이 아니었는데 왜 우리는 아버지를 그렇게 두려워했는지 모를 일이다. 아마 우리가 아버지를 제대로 알지 못했기 때문인 듯하다.

미네소타에서 살면서 우리는 동기간으로 더욱 결속했다. 수년 간 형 미카와 동생 데이나, 그리고 나는 서로에게 둘도 없는 친구였고 로스앤젤레스에 와서도 그런 관계는 계속됐다. 우리는 같은 방을 썼고 장난감을 공유했으며 거의 함께 시간을 보냈다. 토요일 아침이 되면 만화 영화를 보려고 텔레비전 앞에 모여들었고, 지금은 끝난 조니 웨스트 카우보이 시리즈의 캐릭터 인형을 가지고 노느라 정신이 없었다. 지아이 조 캐릭터 인형처럼 그 시리즈에도 카우보이(웨스트 가족—조니, 제인, 아이들), 군인(커스터 장군, 매독스 대위), 범법자(샘 코브라), 인디언(제로니모, 체로키 추장, 파이팅 이글)이 있었다. 요새와 카우보이 마차, 말, 소 떼도 포함돼 있었다. 우리는 여러 해에 걸쳐 그 시리즈의 모든 아이템을 서너 번 이상씩 모았던 것 같다. 인형이 다 부서질 때까지 이것저것 만들어가며 놀았다.

형과 나는 점차 바깥세상으로 노는 범위를 넓혀갔지만, 데이나는 막내라는 이유로 어머니와 집 안에 주로 있는 편이었다. 부모님은 우리가 함께 있기만 하면 바깥이 아무리 위험해도 괜찮다고 여겼는지, 나는 다섯 살이 되기도 전에 형과 함께 동네를 자유롭게 나다닐 수 있었다. 단, 저녁 시간까지는 집에 돌아와야 한다는 단서가 붙었다. 우리가 약속을 잘 지키기만 하면 아무리 멀리 가도 상관없었다. 덕분에 우리는 자유를 마음껏 누렸다. 형을 숭배하는 마음이 급속도로 커진 나는 형이 가는 곳이면 어디라도 졸졸 따라다녔다. 우리는 오후만 되면 황폐한 아파트 건물을 뒤지거나 길가에 서서 호객 행위를 하는 이웃 여성들과 함께 시간을 보냈다. 정비소에서 차 수리하는 10대를 수도 없이 보았고 간혹 계단에 앉아 맥주를 마시며 여자친구와 시시덕거리는 깡패들 옆에 앉아 있기도 했다. 항상 할 일과 볼 것이 넘쳐나서 무지하게 재미있었다. 가끔 멀리서 총소리가 들리기도 했지만, 형과 나는 과히 놀라지 않았다.

이유야 어찌 됐든 우리는 그곳에서 안전했다. 아마 우리가 전혀 귀찮은 존재가 아니며 자신들보다 오히려 더 가난하다는 사실을 모든 이웃이, 심지어 깡패들도 알았기 때문이리라. 우리는 정말이지 찢어지게 가난했다. 어렸을 때 우리는 가루우유와 감자, 오트밀을 먹고 자랐기 때문에 액체로 된 우유가 있다는 사실을 학교에 가서야 알았다. 우리는 외식을 한 적도, 박물관에 간 적도, 야구 경기를 보러 간 적도, 그 흔한 영화관에 간 적도 없었다. 아버지가 학교와 직장에 갈 때 쓰려고 산 차는 채 100달러도 하지 않았다. 입학하고 나서도 1년에 신발 한 켤레와 바지 한 벌로 버텼다. 바지가 찢어지면 어머니가 헝겊을 대고 다림질을 하고 또 해서 나중에는 처음부터 무릎 보호대를 대서 나온 옷처럼 보였다. 우리가 가진 몇 안 되는 장난감들, 팅커토이 블록이나 집 만드는 링컨 로그, 그리고 앞에서 얘기한 조니 웨스트 인형은 모두 크리스마스나 생일에 받은 것이었다. 우리는 어머니와 함께 가게에 가도 뭘 사달라고 조를 엄두를 내지 못했다.

이제 생각해보니 우리는 아마 빈곤선 훨씬 아래의 생활을 했던 것 같다. 당시에는 분명 그 사실을 몰랐고, 솔직히 신경 쓰지도 않았다. 설사 우리가 그 점을 불평 삼았더라도 어머니는 받아들이지 않았을 것이다. 어머니는 '사람은 강해야 한다'고 확고히 믿는 사람이었다. 어머니는 우리가 징징거리거나 맥 빠져 있는 것을 싫어했고 변명을 용납하지 않았으며 혹시라도 아이들에게 그런 특징이 뿌리 내리지 않게 하려고 골몰했다. 어쩌다 '그래도 갖고 싶어' 같은 말을 꺼낼라치면 어머니는 항상 같은 반응을 보였다. 어깨를 으쓱한 후 정색하며 이렇게 말했다. "그럼 못써. 원한다고 다 가질 수는 없는 법이야."

요즘 부모 같으면 '강함'을 강조하는 어머니의 태도에 진저리를 칠 것이다. 한번은 이런 일이 있었다. 형이 유치원에 다닐 나이가 되었을 때 도심에 있는 학교들이 서로의 통합을 위해 학생들 모두에게 스쿨버스를 타고 통학하기를 강요했다.미국의 유치원은 초등학교 과정에 포함된다. 스쿨버스를 타지 않겠다고 하자 형은 가까이 있는 학교에 다닐 수 없게 되었다. 그래서 형은 좀 거칠지만 빠른 길을 택해 버스 정류장까지 1킬로미터가 넘는 혼잡한 거리를 걸어 다녀야 했다. 유치원 가는 첫날에는 어머니가 버스 정류장까지 데려다주었지만, 다음 날부터는 형 혼자 통학을 했다. 일주일쯤 지난 어느 날, 7학년 정도 되는 여자애들이(유치원생에게는 위협적일 수밖에 없었다) 형을 쓰레기장에 몰아넣고는 코 묻은 돈을 빼앗아 갔다. 매일 5센트씩 가져오지 않으면 때리겠다고 협박도 했다.

"누나들이 가만두지 않는다고 했어." 형이 꺼이꺼이 울면서 말했다.

부모가 그런 상황을 처리하는 데는 여러 방법이 있다. 예를 들어 어머니가 아이를 학교까지 꼬박꼬박 데려다주거나, 아이와 같이 가다가 그 애들을 만나 한 번만 더 이런 일이 생기면 경찰한테 넘기겠다고 으름장을 놓을 수도 있겠다. 그 애들의 부모가 누군지 수배해서 직접 얘기하거나 아이를 딸려 보낼 카풀 상대를 찾을 수도 있다. 그것도 아니라면 학교에 가서 그 사실을 알리는 방법도 있다.

그러나 우리 어머니는 그렇게 하지 않았다. 형의 얘기를 다 들은 후 테이블에서 일어나 방을 나갔다. 몇 분 후 돌아온 어머니의 손에는 외삼촌이 수년 전까지 쓰던 녹슬고 찌그러진 낡은 로이로저스 도시락이 들려 있었다. "내일은 도시락을 갈색 종이 가방 말고 여기에 싸줄게. 계집애들이 돈을 빼앗으려고 하거든 마음 단단히 먹고 이걸로 걔들을 때려버려. 이렇게."

형이 지켜보는 가운데 어머니는 사자 조련사처럼 팔을 뒤로 젖힌 후 넓은 원을 그리며 도시락을 빙빙 돌렸다.

다음 날, 여섯 살짜리 형은 외삼촌에게서 물려받은 도시락을 가지고 학교로 향했다. 때맞춰 여자애들이 형을 위협했고 형이 돈을 내놓지 않자 빙 둘러쌌다. 한 아이가 공격해 오자 형은 어머니가 말한 것과 한 치의 오차도 없이 도시락을 돌려댔다.

그날 밤 침대에 누워 형이 내게 그날 있었던 일을 들려주었다.

"손에 잡히는 건 뭐든지 다 돌렸어."

"무섭지 않았어?"

입술을 꾹 다문 채 형은 그랬노라고 했다. "그런데 계속 돌리고 있으니까 다 울면서 도망가더라."

다시는 그 애들이 형을 괴롭히지 않았다는 말도 덧붙여야겠다.

1971년에 우리는 로스앤젤레스의 다른 구역인 플라야 델 레이로 또 이사했다. 밤마다 조금씩 총성이 가까워지자 부모님은 잉글우드보다는 그곳이 안전하다고 확신했던 것이다.

그즈음 나도 유치원에 다니기 시작했지만, 형과 나는 학년이 달랐고 시에서 계속 버스로 형을 데려다주었기 때문에 우리는 다른 학교에 다녔다. 우리 반 애들은 아이오와 근교에서 만났던 아이들과 비슷했지만, 형은 반에 백인이 달랑 형 혼자뿐인 도심 지역 학교에 다녔다.

그래도 오후에는 잉글우드에 있었을 때처럼 세상 두려움 없는 어린아이로 돌아가 함께 시간을 보냈다. 우리는 아파트 단지를 벗어나 어디든 자유롭게 몇 시간씩 돌아다녔다. 몇 킬로미터를 걸어 선착장에 가서 정박한 배를 보거나, 고속도로 다리 밑 혹은 전봇대에 기어 올라가 새알을 찾거나, 사람들이 이사하면서 놔두고 갔을지 모를 흥미로운 물건을 찾으러 폐허가 된 집을 뒤졌다. 어떤 때는 아파트 단지 뒤로 가서 한길을 몇 개 건넌 후 담장을 폴짝 뛰어넘어 고등학교에 숨어들기도 했다. 늦은 오후의 학교는 주로 텅 비어 있었고, 운동장이 초등학교 운동장보다 훨씬 더 크고 확 트여 썩 마음에 들었다. 우리는 달리거나 숨바꼭질을 하다 지치면 복도를 걸으며 교실 안을 들여다보았다. 하루는 나무숲에서 까마귀 한 마리를 발견하고 곧 마음을 빼앗겼다. 녀석이 이 나무 저 나무 옮겨 다닐 때마다 졸졸 따라다녔다.

그 후 그곳에 가면 늘 까마귀를 찾았는데 신기하게도 항상 녀석이 나타났다. 녀석과 한참 논 후에야 우리는 다른 일을 하러 발걸음을 옮겼다. 그런데 녀석은 어느새 우리가 노는 곳 근처 나무에 다시 모습을 드러냈다. 머지않아 학교 가까이에만 가도 그 까마귀가 보였다. 항상 주변에 있었다. 우리를 따라다니고 있었던 것이다.

　우리는 녀석에게 모이를 주기 시작했다. 빵을 조금씩 떼서 바닥에 던지면 녀석이 내려와서 먹고는 멀리 날아갔다. 점점 녀석은 우리가 다가가 볼 수 있을 만큼 오래 한자리에 머물렀다. 우리는 자두를 주기 시작했고 녀석도 우리를 한층 편하게 여겼다. 급기야 자두를 쥐고 땅 가까이 손을 뻗으면 녀석이 지체 없이 가까이 다가와 먹기에 이르렀다. 그때부터 우리는 녀석을 애완동물 비슷하게 대접했다. 어머니에게 빌린 카메라로 근접 사진을 찍어 현상한 후 주위에 자랑도 했다. 우리는 녀석을 블래키라 불렀다. 블래키는 대단했다. 블래키는 멋졌다. 그런데 알고 보니 블래키는 괴물이었다.

　어느새 우리가 녀석에게 관심을 보이는 것보다 블래키가 우리에게 가지는 호기심이 더 크다는 게 느껴졌다. 특히 머리카락에. 형과 나는 둘 다 금발이어서 태양 빛을 받으면 유독 반짝거렸는데 녀석이 빛나는 것에 애착이 있었던 거다. 까마귀들은 둥지를 짓기도 한다. 이 둘을 합하면 다음에 벌어질 일을 미루어 짐작할 수 있으리라.

　어느 날 오후 그 학교에 갔는데 블래키가 느닷없이 나타나 전투기가 배를 공격하듯 우리 머리 위로 계속 달려들었다. 우리를 보고 깍깍 울어대는 걸 보고 무서워서 허둥지둥 도망을 쳤다. 블래키가 따라왔다. 녀석의 날개 폭은 밤사이에 말도 안 될 정도로 넓어진 듯했고 녀석이 머리 위를 쌩쌩 날자 우리는 걸음아 날 살려라 하고 소리를 지르며 내달렸다. 대형 쓰레기차 뒤에 잠시 몸을 숨긴 우리는 집으로 갈 방법을 분주히 모색했고 드디어 다시 밖으로 나갔다. 주변에 블래키가 없는 것을 확인한 후 우리는 냅다 뛰었다.

　나는 날쌘 형을 따라잡지 못하고 서서히 뒤로 처졌다. 바로 그때 블래키가 날아와 내 머리 위에 안착했는데, 그 순간이 내 어린 시절에서 가장 무서운 때였다. 나는 사색이 되어 숨도 제대로 못 쉬고 손가락 하나 까딱할 수 없었다. 블래키는 발톱을 내 머리에 밀어 넣고, 나를 더욱 겁에 질리게 하려고 수작을 부리듯이 오클라호마에 있는 오일 펌프처럼 대가리를 아래위로 까닥거리며 부리로 내 머리를 쪼기 시작했다. 나는 비명을 질렀다. 녀석이 더 세게 쪼았다. 이런 식이었다. 쪼고 비명 지르고, 쪼고 비명 지르고, 쪼고 비명 지르고, 쪼고 비명 지르는. 녀석은 내 머리에 구멍을 내서 골을 빼내려고 안간힘을 쓰는 것 같았다.

　형은 블래키가 돌아온 것을 모르고 내가 비명을 지를 때까지도 점점 내게서 멀어지고 있었다. 찢어지는 소리를 듣고 뒤를 돌아본 형은 나를 향해 달려오며 어서 새를 떼어내라고 고래고래 소리쳤다. 그러나 나는 바짝 얼어붙어 아무 생각이 나지 않았다. 그저 블래키에게 머리를 맡기고 꼼짝 않고 서 있을 뿐이었다.

　역시 형은 무엇을 해야 할지 알았다. 있는 힘껏 소리를 지르며 손을 휘휘 저어서 내 머리에 붙은 악마 새를 몰아냈다. 그러고도 블래키가 계속 우리한테 덤비자 형은 셔츠를 벗어 들고 깃발처럼 빙빙 돌렸다. 마침내 블래키는 안전한 나무숲으로 퇴각했다.

집으로 돌아오는 길에 생각해보니 내가 겁에 질렸다는 게 부끄러웠다. 형은 조금도 무서워하지 않았으니 말이다. 내가 공황 상태에 빠져 있는 동안 형은 블래키에 맞섰다. 내가 꽁꽁 얼어붙은 사이 형은 힘껏 싸웠다. 그때 나는 깨달았다. 나와는 달리 형 미카는 무엇이든 할 수 있는 사람이었다. 형과 보조를 맞춰 걸으며 나도 형처럼 될 수 있기를 간절히 바랐다.

3

여행지를 예약하고 확인한 후 형과 나는 필요한 준비를 해나가기 시작했다. 인도, 에티오피아, 캄보디아용 비자를 발급받기 위해 여권을 보냈고 황열병과 A, B형 간염을 포함한 여러 가지 예방 접종도 받았다.

봄이 가고 여름이 되면서 형과 나는 여행 얘기를 자주 했는데, 이상하게도 얘기를 나눌수록 다가올 모험에 대한 형과 나의 반응이 더 극명하게 갈렸다. 형은 우리가 보게 될 장소에 대한 기대감이 갈수록 커졌지만, 나는 점점 초조해져서 형이 전화로 여행 얘기를 꺼낼 때마다 애써 피하게 되었다.

'구매자의 후회'라고나 할까, 점점 내가 실수를 하는 것만 같았다. 여행한다는 생각 자체는 무척 짜릿하고 여행지들도 썩 마음에 들었지만, 몇 주 걸린다는 게 계속 신경 쓰였다. 나는 일과 가족 사이에서 늘 시간이 부족해 동동거렸다. 집안일이 정신없이 돌아가고 내가 하는 일이 더 바쁘면, 나만 좋자고 여행을 떠나려 한다는 생각에 불안하고 죄스러웠다. 한 달 여유가 있으면 그 시간을 아이들과 보내는 게 맞지 않을까? 아니면 아내와 보내거나. 늘 이것저것 챙길 시간이 없다고 안달하면서 어떻게 한 달 가까이나 빼서 한량처럼 돌아다닐 생각을 하는 거지?

여행에 관한 모든 것이 문제로 느껴졌다. 그때, 즉 2002년에 내가 처했던 상황을 안다면 누구라도 내가 왜 이런 말을 하는지 이해할 것이다.

나는 인생을 개울, 급류, 폭포로 자주 비유한다. 누구에게나 인생 만사가 여유롭게 흐르는 때가 있다. 카누를 타고 느긋하게 노를 저으며 경치를 감상한다. 하루하루가 물 흐르듯 흐르고 일은 척척 해결되며, 여유를 부릴 시간까지 있다. 그러다 유속이 조금씩 빨라진다. 힘은 좀 더 들지만 아직은 그럭저럭 견딜 만하다. 그러다 급류를 만나면 순식간에 모든 게 어그러진다. 직장에서 새 프로젝트를 맡을 수도 있고, 가족 중 누가 아플지도 모르고, 이사하거나 해고당할 수도 있다. 이유가 무엇이든 그런 시기가 오면 카누가 물에 휩쓸리지 않도록 고군분투한다. 아침에 일어나면 벌써 한참 뒤처졌다는 느낌에 시달리고, 매일 닥치는 일을 해내기 위해 시간과 사투를 벌인다. 그러다가 급류가 더 맹렬히 소용돌이치기 시작하면 거기에 편승해 돌아간다. 해야 할 일과 할 필요가 있는 일이 늘어나고 울며 겨자 먹기로 해야 하는 일도 생긴다. 전진, 전진, 전진해야 한다. 멀리서 폭포가 아우성치는 소리가 들리면 이제 남은 것은 노를 더 빨리 젓는 일뿐이다. 급류를 통과할 때까지 죽을힘을 다해 노를 저어야 한다. 그러지 않으면 폭포에 휘감기고 만다.

2002년 내내 나는 점점 세지는 급류 한복판에서 미친 듯 노를 젓고 있었다. 정신적으로, 육체적으로, 감정적으로 소모전을 펼치고 있었다. 그런 상황은 그 전 3년 동안도 마찬가지였다.

자랑할 일은 아니다. 성공했다는 증거도 아니다. 균형을 잃어 결국 폭포에 말려들기 일보 직전이었다. 이제는 그걸 안다. 문제는 그때는 몰랐다는 거다.

그러나 아내는 익히 알고 있었다. 캣은 모든 것을 균형감 있게 소화해내는 아주 드문 사람이다. 아내는 자상한 엄마이고, 친구들 열 몇 명과 늘 소통하며 지냈다. 친정 식구들과 가깝게 지냈고, 두 살도 안 된 아이 셋을 포함, 다섯 아이의 엄마로 눈코 뜰 새 없이 바쁘면서도 위급한 상황을 만들지 않고 하루하루를 잘 보냈다. 아내는 그 누구보다도 내게 탈출이 필요하다는 것을 잘 알고 있었다. 또한, 내 성격으로는 출구가 필요하다는 사실을 인정하지 않을 것이고, 여행 안 갈 핑곗거리를 갑자기 생각해내리라는 것도 알았다. 설사 여행을 가더라도 마음껏 즐기거나 쉬지 못하리라는 것도.

어느 날 밤, 침대에 누워서 아내가 여행 얘기를 꺼냈고 나는 어김없이 가야 할지 말아야 할지 고민이라고 웅얼댔다.

아내가 몸을 돌려 나를 마주 보았다.

"재미있을 거야. 갈 필요도 있고. 여태 이런 일을 해본 적이 없잖아."

"나도 알아. 근데 시기가 너무 안 좋아."

"여행 가기에 좋은 때는 없어. 당신은 앞으로도 늘 바쁠 거야. 당신 천성이 그러니까."

"아냐, 그렇지 않아."

"틀림없이 그래. 당신은 바쁘지 않은 상황을 용납 못 해."

"지난 몇 년만 그랬잖아."

아내가 고개를 저었다. "아냐, 당신은 늘 바빴어. 당신은 바쁘지 않을 수 없는 사람이야."

"정말?"

"응."

잠시 생각해보았다. "앞으로 몇 년 동안은 정신없이 바쁘겠지. 하지만 그 후에는 시간이 좀 날 거야. 수년 안에 분명 이런 기회를 만들 수 있어."

"몇 년 전에도 똑같은 소릴 했어."

"내가?"

"응."

"그때는 내가 뭘 몰랐겠지. 하지만 이번엔 달라."

옆에서 아내가 한숨을 푹 쉬었다.

아내의 충고에도 여행에 대한 불안은 점점 커져만 갔다. 아내처럼 형도 내가 주저하는 것을 눈치 채고 더 자주 전화를 걸어 내 관심을 북돋우느라 애를 썼다.

"어이, 니키." 수화기 너머로 형의 목소리가 들렸다. "TCS에서 보내준 꾸러미 받았어?"

TCS는 우리 여행을 책임지는 회사였다. 그때 나는 작업실 책상에서 새 소설 『가디언The Guardian』을 쓰는 중이었고, 여행사에서 보내준 큰 상자 두 개는 뜯지도 않은 채 2주째 구석에 방치되어 있었다.

"응, 받았어. 근데 아직 안 열어봤어."

"왜?"

"시간이 없었어."

"열어봐. 멋진 물건들을 잔뜩 보냈더라고. 재킷하고 배낭하고, 여행 가방, 거기다 다른 장비들까지 들어 있어. 여행 일정표도."

"주말에 볼게."

"지금 열어봐. 건강조사서도 아직 안 보냈겠네. 과테말라에서 유적지 볼 건지, 도심에 있는 시장에 갈 건지도 결정해야 해. 그거 주말까지 보내야 하는 거야."

누가 내 접시에 뭘 더 얹은 것 같은 초조한 기분이 들어 눈을 감았다.

"알았어. 시간 나면 오늘 밤에 확인해볼게."

수화기 저편에서 한동안 말이 없었다.

"문제가 뭐야?" 형이 물었다.

"아무 문제 없어."

"여행이 전혀 기대되지 않는 목소린데 뭘."

"갈 때가 되면 달라지겠지. 지금은 일이 너무 많아서 여행을 신경 쓸 틈이 없어. 날짜가 다가오면 기대될 거야. 근데 지금은 눈코 뜰 새 없이 바빠."

형이 한숨을 푹 쉬었다. "너 그러면 안 돼."

"무슨 뜻이야?"

"아직도 모르겠어? 이 여행에서 제일 중요한 건 기대감이야.

떠난다는 흥분, 우리가 볼 장소, 만날 사람. 그게 이 여행을 통틀어 가장 큰 기쁨이 될 거라고."

"나도 알아. 그런데……"

형이 내 말을 끊었다.

"동생아, 넌 지금 내 말을 조금도 듣고 있지 않아. 살면서 기대가 얼마나 중요한 역할을 하는지 잊어버렸니? 일도 중요하고, 가족도 중요하지만, 신나지 않으면 결국 아무것도 아니야. 앞으로 일어날 일을 즐길 자세가 되어 있지 않으면 모두 헛일이라고."

형의 말에 수긍하며 눈을 감았지만, 아무래도 내가 해야 할 일들이 머릿속에서 떠나지 않았다. "지금만 그래. 우선순위가 달라서 그런 거야."

"네 문제가 바로 그거야. 넌 항상 우선순위를 다른 데 둔다고." 형이 한결같은 목소리로 말했다.

형은 학교생활 초기에 결석을 밥 먹듯 했지만, 나는 학교가 좋았다. 1학년 때는 모든 것이 쉬웠다. 선생님은 인자했고 아이들은 친절했으며 배우는 것도 전혀 어렵지 않았다. 그런데도 형은 나보다 한 학년 위여서 모든 과목에서 나를 앞섰다. 아니면 내가 그렇게 믿은 것일지도 모른다.

부모님은 우리를 보이 스카우트의 하위 조직인 컵 스카우트에 들게 했다. 우리의 첫 프로젝트는 나무를 잘라 줄로 고정해 로켓을 만든 후 탄산가스 탄약통으로 동력을 공급해서, 다른 단원들이 만든 로켓과 경주를 하는 것이었다. 형과 나는 몇 킬로미터나 걸어 대회장에 갔지만, 둘 다 어떻게 해야 할지 몰라 허둥거렸다. 그러나 형은 곧 적응했다. 내 로켓은 1차전에서 졌지만, 형은 이겼고 그 후로도 승승장구했다. 결국, 형의 로켓은 종합 2위를 기록했고 나는 형이 자랑스러운 동시에 부러웠다. 형에게 질투를 느낀 건 그때가 처음이었고 형이 관중의 박수를 받으며 빨간 메달을 받자 그 감정은 한층 커졌다. 그때 나는 깨달았다. 형은 뭐든 다 할 줄 아는 사람이었고, 어떤 일을 하든 나보다 나았다. 나도 로켓 대회에서 메달을 받기는 했다. 나처럼 참여하기는 했지만 등수에 들지 못한 아이들에게 똑같이 주는 것이었는데, 그것 때문에 더 우울했다. 그때 나는 막 글자와 소리를 배우는 단계여서 짧은 단어는 그럭저럭 읽었지만 긴 단어가 나오면 이해를 못 하고 헤매곤 했다. 따라서 내가 받은 메달에 뭐라고 쓰여 있는지 몰랐다. 다만 로켓을 별로 잘 만들지 못한 아이들에게 그 메달을 준다는 사실은 눈치 챘다.

그래도 메달에 무슨 말이 적혀 있는지 읽어보려고 안간힘을 썼다. 두 단어였는데 두 번째 것은 'mention'이었다. 첫 번째 단어를 떠듬떠듬 읽어보았다. 'ho'로 시작해서 가운데 'r'이 들어가고, 마지막은 'ble'로 끝났다. 입으로 단어를 만들어 읽어보던 나는 얼굴에 핏기가 가셨다.

아냐, 그럴 리가 없어…….

눈을 크게 뜨고 다시 단어를 노려보았다. 그러나 분명 그 단어가 버젓이 거기에 적혀 있었다.

뜻이 분명해지자 세상이 빙글빙글 돌기 시작했다. 물론 나는 내가 생각한 게 맞다고 믿었다. 속이 뒤틀리면서 울고 싶었다.

멀리서 형이 로켓과 메달을 자신만만하게 내보이며, '위대한' 일을 한 사람들 사이에 당당히 서 있었다. 반면, 나 같은 사람들은 정확히 메달에 적힌 대로였다. 끔찍했다. 내가 받은 메달은 '끔찍한 작품'을 만든 사람들에게 주는 것Horrible Mention이었다.

자리를 어떻게 떴는지는 기억에 없고, 다음 장면은 집으로 걸어가는 길이다. 형이 내가 화난 걸 눈치 채고 이유를 물었지만, 나는 계속 도리질했다. 마침내 도저히 속상해서 견딜 수 없게 되자 형에게 메달을 내밀었다.

"이거 봐! 내가 끔찍하게 못했다잖아. 메달에 그렇게 적혀 있어."

"설마."

"봐!"

형이 메달을 보며 내가 했듯이 단어를 만들어 읽어보고는 역시 울 것 같은 얼굴로 나를 쳐다보았다. "좋은 말은 아니네." 형이 웅얼거렸다.

역시…… 그랬구나……. 내가 생각한 게 맞았어. 그때까지는 어쨌든 내가 잘못 읽었을지도 모른다는 실낱같은 희망이 있었다. 그런데 그렇지 않다는 것을 알게 되자 누르고 눌렀던 감정이 폭발했다.

"열심히 했는데…… 진짜 열심히…….' 나는 껵껵거리다가 마침내 엉엉 울어버렸다. 형이 들썩이는 내 어깨를 잡아서 안아주었다.

"알아. 그래도 네 로켓이 끔찍할 정도로 나쁘지는 않았어."

"메달에 그렇게 쓰여 있잖아."

"다른 사람이 뭐라고 해도 난 네 로켓이 최고로 멋있어."

"거짓말, 그렇게 생각 안 하잖아."

"아냐. 정말이야. 너 정말 대단했어. 난 네 로켓이 자랑스러워. 난 이제 컵 스카우트에는 나가지 않을 거야. 또 저런 거나 할 테니까."

형의 말 때문에 기분이 더 좋아졌는지 나빠졌는지는 모르겠다. 내게는 오직 형만 있으면 됐다.

그쯤 되자 나는 로켓에 대해서는 다 잊고 싶었지만, 형은 끝까지 물고 늘어졌다.

"어떻게 끔찍하게 못했다는 말을 할 수 있어?" 형은 믿을 수 없다는 듯 계속 중얼거렸고, 형이 그 말을 할 때마다 내 어깨는 아래로 더 심하게 꺾였다.

집에 도착하자 주방에서 요리하던 어머니가 우리를 돌아봤다. "얘들아! 오늘 어땠어?"

한참 동안 우리는 말이 없었다. 형이 부끄러운 듯 메달을 낮게 들어 올리며 앞으로 내밀었다. "2등 했어요."

어머니가 형의 빨간 메달을 높이 들어 올리며 말했다. "우와! 축하해. 2등이네, 2등."

"1등도 할 수 있었어요."

"2등도 잘한 거야. 닉, 너는 어떻게 됐니?"

나는 억지로 눈물을 참으며 아무 말 없이 어깨만 으쓱했다.

어머니가 온화한 표정을 지었다. "메달 못 받았니?" 내가 말없이 고개를 저었다.

"메달은 받았구나?"

이번에는 고개를 끄덕였다. "좋은 거 아니야."

"그것도 나름대로 의미가 있어. 엄마한테 보여줄래?"

내가 고개를 저었다.

"왜 안 보여주려는 거니?"

"왜냐하면……" 다시 감정이 폭발할 지경이 되어 겨우 입을 열었다. "내가 끔찍하게 못했다잖아!" 나는 흘러넘치는 눈물을 참으려고 눈을 꼭 감았다.

"그런 말 했을 리가 없어." 어머니가 말했다.

"그런데 그런 말을 했어. 끔찍하게 못했다고." 형이 말했다.

나는 더 크게 울었고 어머니는 나를 꼭 안았다.

"메달 좀 보자."

어머니의 품에서 마음이 좀 풀렸는지 그제야 주머니에 손을 넣어 꾸깃꾸깃해진 메달을 끄집어냈다. 어머니가 잠시 그것을 바라보더니 손가락으로 내 턱을 들어 올려 어머니를 보게 했다. "끔찍하다는 말이 아니야. 훌륭하다는^{honorable} 말이지. 그건 좋은 뜻이란다, 얘야. 네가 잘해서 자랑스럽다고 적혀 있어. 넌 로켓을 훌륭하게 잘 만들었어."

처음에는 내가 제대로 들은 건지 확신할 수가 없었다. 잠시 후 어머니가 그 단어를 소리 내 읽어주자 기분이 한결 나아졌다. 그런데도 마음 한편에는 차라리 메달을 아예 받지 않았다면 더 좋았겠다는 생각이 들었다.

1971년에 지진이 수차례 로스앤젤레스를 흔들어댔다. 첫 지진은 한밤중에 일어났는데, 자다가 깨어보니 누군가 나를 일부러 끄집어내려고 흔들어대는 것처럼 침대가 요동치고 있었다.

데이나도 같은 시각에 잠에서 깨어 비명을 지르기 시작했다. 벽이 우르릉거리며 갈라졌고 장난감이 이리저리 나뒹굴었다. 바닥이 액체처럼 출렁거렸다. 무슨 일이 일어났는지 몰랐지만 좋지 않은 상황이란 건 느꼈고 우리가 위험한 상태에 놓였을지 모른다는 두려운 마음이 들었다. 형 역시 나와 같은 생각이었던지 침대에서 뛰어나와 동생과 나를 끌어안았다. 형이 우리를 방 한가운데로 데려가는데 아버지가 우리 방으로 뛰어 들어왔다. 아버지는 벌거벗은 채 눈이 이글이글 불타고 있었다. 우리는 아버지의 나체를 본 적이 없었기에 주위에서 일어나는 일보다 문간에 서 있는 아버지의 모습이 어떤 면에서 더 충격적이었다. 아버지 바로 뒤에 어머니가 있었는데, 아버지와 달리 가운을 입은 채였다. 두 분은 방으로 뛰어 들어와 우리를 감싸 안고 바닥으로 몸을 낮추게 한 뒤 한데 웅숭그리게 했다. 그러고는 우리 위에 몸을 눕혀서 떨어지는 파편으로부터 우리를 보호했다.

바닥은 여전히 우르릉거렸고 벽은 사정없이 울렁댔지만, 가족이 함께 얼싸안고 있다는 데 묘한 안도감을 느꼈다. 더없이 무서운 상황이었지만, 갑자기 우리는 괜찮을 것 같다고 생각했던 기억이 있다. 부모님의 사랑과 염려가 우리를 보호해주리라는 믿음이 생겼다. 후에 TV로 피해 상황을 보고서야 지진이 얼마나 끔찍했는지 알게 되었다. 진도계 측정 결과 진도 7.2로 그 지역에서 관측된 것 중 가장 강력한 지진에 속했다.

형과 나는 그 후 며칠간 미연방 비상관리국 직원처럼 지진 피해를 파악하고 조사하며 시간을 보냈다. 이는 아마 우리 나름의 공포 퇴치법이었던 것 같은데, 낮 동안은 확실히 효력이 있었다. 그러나 밤에는 침대에 누워도 잠을 이루지 못했고 깜빡 잠들었다가도 곧 악몽에 시달렸다.

첫 번째 대지진 후 며칠 동안 여진이 발생했다. 한동안은 처음 지진이 일어난 날처럼 부모님이 계속 우리 방에 뛰어 들어왔다. 그러나 여진이 계속되자 부모님의 반응도 부쩍 느려지더니 나중에는 우리가 괜찮은지 점검도 하지 않았다. 그 후로는 우리 셋이 부모님의 방으로 뛰어들었다.

한번은 여진이 한창일 때 부모님의 방으로 쏜살같이 달려가 침대 발치에서 침대로 몸을 날려 부모님 위로 착지하자 두 분의 폐에서 공기가 픽 하고 빠져나가는 소리가 들렸다. 한밤중에 잠에서 깨는 데 넌더리가 난 아버지는 '뭐든 어떻게 좀 해보라'는 어머니의 권고에 이 모든 것을 완전히 종식하기로 결심했다. 역시 벌거벗은 채 침대에서 나왔지만, 그때는 우리도 그 모습에 익숙해 있었다. 아버지가 방 한가운데서 인디언이 기우제를 지낼 때 추었음 직한 춤을 추기 시작했다. 팔을 흔들고 빙글빙글 돌면서 "지진이여, 멈춰라, 멈춰라, 오 예에, 지진은 사라질지어다……"라고 하다가 갑자기 주문을 멈추고 몸을 바로 세우자 거짓말처럼 지진이 사라졌다.

우리는 놀라서 아버지만 물끄러미 바라보았다. 아버지가 우리를 방에서 쫓아내며 침대로 들어갈 때까지도 우리는 입만 벌리고 있었다.

어린 마음에 그런 사건이 얼마나 큰 의미인지는 굳이 말할 필요도 없을 것이다. 우리는 방 침대로 기어 들어간 후 정녕 이것이 무엇을 의미하는지 고민했다. 우연의 일치는 아닌 듯했다.

형이 엄숙한 얼굴로 설명한 것처럼, '우리 아버지에게는 마력이 있었다.'

이 일을 계기로 우리는 아버지를 이전과는 완전히 다른, 새롭고 흥미진진한 시각으로 보게 되었다. 휴교가 풀려 다시 학교에 가게 되자 나는 반 친구들과 이 새로운 사실을 공유했다. 아이들도 감탄해 마지않았다.

지진을 멈추게 한 것 외에 아버지는 비를 멎게 할 줄도 알았다. 당연히 항상 그랬던 건 아니고, 차를 타고 이동할 때만, 그것도 잠깐만 가능했다. 비가 얼마나 심하게 내리든 상관없었다. 고속도로를 맹렬한 속도로 지나가다가 아버지는 어깨 위를 올려다보고는 우리에게 비를 멈추게 할 준비가 됐냐고 물어보았다. 준비되었다고 하면 눈을 감으라고 한 후 절대 눈을 뜨면 안 된다고 다짐을 받았다. 잠시 후 아버지가 "멈춰!"라고 하면 이내 비가 멈추었다. 차창을 때리는 빗소리가 잠깐 동안 완전히 멎었다가 다시 비가 내리치는 소리가 들렸다. 아버지의 설명은 이랬다. "비를 멈추려면 힘이 엄청나게 들어서 오래 안 오게 할 수는 없어."

아버지의 신통력은 오직 고속도로 고가 도로가 가까워질 때만 발휘된다는 것을 몇 년 후에야 알게 되었다.

1972년에 우리 가족의 지형도는 바뀌기 시작했다. 동생이 유치원에 들어가고 어머니가 일을 시작하면서 우리는 방과 후에 우리끼리 있어야 했다. 집에 들러 우리를 봐주기로 한 이웃 할머니가 있었지만, 집에 오는 일은 거의 없었다. 대신 우리가 할머니의 집에 가서 집에 왔다고 보고하고 나면 나머지 오후 동안은 할머니를 신경 쓰지 않아도 됐다. 이 시스템은 할머니에게도 꼭 맞았다. 할머니는 '계속 연속극을 보고 있을 테니 아주 급한 일이 있을 때만 연락'하라고 했고, 우리도 그때쯤에는 우리끼리 오래 있을 수 있었으므로 딱히 봐줄 사람이 필요하지 않았다.

유년 시절에 형과 나는 당연히 아주 여러 번 다쳤다. 일찍이 나는 10대가 던진 돌에 맞아 머리가 깨졌고(이 사건으로 경찰서에 갔음은 물론이고, 아버지가 10대 가해자들을 찾아가 한 번만 이런 일이 더 생기면 그때는 가만두지 않겠다고 협박도 했다), 자전거를 배우다가 치아 서너 개가 부러졌으며, 손목과 발목 삐기는 다반사였고, 깨진 유리 조각에 손가락이 몽땅 잘릴 뻔하기도 했다. 형도 비슷한 부상을 달고 살았는데, 다른 점은 나보다 빈도가 잦았고 정도가 더 심했다는 것뿐이었다.

그러나 우리는 예방 접종을 꼭 맞아야 할 경우가 아니면 병원이나 치과에 거의 가지 않았다. 어느 정도였느냐면 '아마 평생에 한 번, 또는 죽을지도 모르는 상황일 때'였다. 나는 열여덟 살이 되어서야 처음으로 치과에 발을 들였다. 가끔은 피를 얼마나 흘려야 부모님이 나를 병원으로 데려갈지 궁금했다. 병원을 꺼리는 게 종교적인 이유는 아니었다. 그저 치료받는 것이 시간 낭비이기도 하고 의료비로 쓸 만한 여윳돈이 없었기 때문이다. 아이들은 강하게 키워야 한다는 교육 철학까지 더해져 우리에게 의사란 TV로만 만나는 존재였다. 한번은 내가 바위에 부딪혀 머리에서 피가 콸콸 쏟아진 적이 있었다. 앞도 제대로 보이지 않아 비틀거리며 집까지 간신히 걸어왔다.

"내일이면 괜찮아질 거야." 상처를 보고 어머니가 한 말이었다. "넌 머리가 두껍거든."

다행히 실제로 내 머리는 두꺼웠고 상처는 저절로 나았다.

내 동생이 치명적으로 발전할 수 있는 후두개염을 앓은 게 그 무렵이었다. 그날 아침 형과 나는 데이나에게 무슨 일이 일어났는지 정확히 몰랐다. 열이 불덩이 같고 얼굴이 창백하며, 헛소리까지 하는 데다 밤새 토했다는 것만 알았다. 부모님은 긴급 상황이라 파악하고 데이나를 병원으로 데리고 갔다. 불행히도 의료 보험이 없어서 병원에서는 200달러를 보증금으로 요구했다. 아버지는 우리를 병원에 내려놓고 돈을 구하러 급히 차를 몰았다.

어머니가 데이나를 데리고 병원 안으로 들어가면서 형과 내게 주차장 끝에 있는 나무 근처에서 기다리라고 했다. "여기, 여기, 그리고 저기를 넘어가면 안 돼." 어머니는 1제곱미터 정도 되게 손으로 네모를 그리며 말했다. 그 어린 나이에도 어머니의 목소리에 서린 공포가 느껴져서 우리는 어머니가 시키는 대로 하자고 결심했다.

그날은 낮 최고 기온이 38도에 육박할 정도로 몹시 더웠다. 먹을 것도 마실 것도 없었다. 우리는 덥다는 생각을 하지 않으려고 몇 시간 동안이나 나무를 오르거나 어머니가 그려준 네모 안을 뱅뱅 걸어 다녔다. 우리는 상상 속의 네모 선을 밟지 않고 최대한 선에 가깝게 걷는 게임을 했다. 어쩌다 내가 비틀거리는 바람에 선을 밟아버렸다. 재빨리 일어났지만, 어머니의 말을 어겼다는 죄책감이 우리가 처한 현실의 중압감에 더해지면서 눈물이 왈칵 쏟아졌다. 이런 상황에 부닥칠 때마다 그랬던 것처럼 형이

나를 안고 위로해주었고, 우리는 그늘에서 도대체 몇 시간인지 알 수도 없을 만큼 오래도록 앉아 있었다.

"데이나 죽을까?" 내가 물었다.

"아니."

"무슨 일일까?"

"나도 몰라."

"근데 어떻게 안 죽을지 알아?"

"안 죽을 거니까. 그냥 알아." 나는 형을 쳐다보았다. "엄마 겁 먹은 것 같았어. 아빠도 그렇고."

형이 고개를 끄덕였다.

"데이나 안 죽었으면 좋겠어."

그때 처음으로 그런 일을 상상해보았고, 몹시 겁이 났다. 우리는 가진 것은 많지 않았어도 항상 서로를 의지했다. 데이나는 형과 나보다 어리고, 같이 돌아다니며 탐험을 하지는 않았지만 이미 어머니의 좋은 점을 물려받아서 우리가 무척 예뻐했다. 성격이 쾌활해서 늘 큰 소리로 웃거나 미소를 지었고, 형과 붙어 다니지 않을 때는 내 가장 좋은 벗이 되어주었다. 나처럼 데이나도 조니 웨스트 세트를 좋아해서 밤에 몇 시간이고 같이 놀곤 했다.

다른 사람들의 눈에는 주차장에 있는 형과 내가 이상하고 안돼 보였을 것이다. 병원에 있는 사람을 만나려고 차에서 내릴 때 본 아이들이, 몇 시간 후 방문을 마치고 돌아갈 때까지 같은 자리에서 땀을 뻘뻘 흘리고 있었으니까. 탄산음료나 먹을 것을 사주겠다는 사람이 있었지만 우리는 고개를 저으며 괜찮다고 했다. 낯선 사람이 주는 건 절대로 받지 말라고 단단히 교육을 받은 터였다.

오후 늦게 형이 나무를 타다가 손이 미끄러져 바닥에 떨어졌다. 손목을 접질려 비명을 질렀고, 퉁퉁 부어올라 점점 멍이 들고 있었다. 뼈에 금이 갔을까 봐 큰 걱정이었다. 우리는 명령을 어기고 어머니에게 말하러 병원 안으로 들어가야 할지, 혹시 깁스를 해야 하는 상황은 아닌지 조바심이 났다.

그래도 우리는 움직이지 않았다. 그럴 수가 없었다. 마침내 데이나는 병세가 호전되었고, 형의 손목은 삐기만 했지 금이 가지는 않았다. 물론 나중에 안 사실이었다. 당시에는 그저 불안한 마음을 숨긴 채 둘이서 말없이 오후 내내 나란히 앉아 있기만 했다.

4

여행을 기대하는 척하다가 형에게 책망을 들은 후, 전화를 끊고 형이 한 말을 곰곰이 생각해보았다. 캐시가 했던 말과 내 대리인이 했던 말, 그리고 내가 여행 얘기를 꺼낼 때마다 사람들이 했던 말도 떠올렸다. 그들의 말이 다 맞는데도, 애초에 여행을 가자고 한 사람이 나였는데도, 어찌 된 일인지 나는 전혀 신이 나지 않았다.

내가 아주 절망적인 상황에서 하루하루를 보냈던 것은 아니다. 그래, 나는 바빴다. 그러나 솔직히 말해서 나는 내가 하는 일에 꽤 만족했다. 아내의 말이 옳았다. 내가 바쁜 상황을 즐기는 탓에 항상 바빴던 거였다. 찬찬히 생각해보니 문제는 내가 다른 일에는 시간을 거의 쓰지 않고 오로지 아빠, 남편, 작가, 이 세 가지 영역에만 모든 에너지를 집중하는 것인 듯했다. 스스로 짜놓은 판에 들어맞기만 하면 뭐든 해낼 자신이 있었다. 당연히 일은 점점 많아졌고, 나날이 번창했다. 그 세 가지를 지켜나가는 것이 나의 전부였기에 여행이나 모험 또는 형과 시간을 보내기 위해 판을 벗어난다는 것이 불가능하고도 후회할 일로 느껴졌다. 그리고 문득 정신을 차려보니 내가 여행을 아주 심각하게 부담스러운 일로 받아들이고 있었다.

세계 여행을 한다는 생각에도 마음이 전혀 들뜨지 않는다니, 나란 인간은 도대체 어찌 된 것인가? 그건 잘 모르겠다. 다만 계속 그런 식으로 살고 싶지는 않았다. 어쨌든 다시 균형을 잡을 필요가 있었다.

인생을 바꿀 방법을 제시하는 책과 토크 쇼는 엄청나게 많고, 해답을 알려주겠다고 큰소리치는 전문가도 많다. 그러나 내가 인생을 바꿔야 한다면, 나와 같은 일을 겪으며 살아온 사람의 도움으로 문제를 해결하고 싶었다. 바로 형이었다.

형도 지난 3년간 나름대로 지난한 싸움을 벌여왔으며, 신앙 문제에서 특히 그랬다. 형은 더 이상 기도를 하지 않았고 신앙에 관해 얘기하는 것을 버거워했다. 기독교적인 믿음이 강한 형수가 내게 몇 번이나 그 문제를 털어놓으며 안타까워한 적이 있었기에 나는 형과 내가 서로 도울 기회가 생기기를 바랐다. 그런 점에서 나는 이번 여행을 전 세계를 둘러보는 것보다 내가 누구인지, 그리고 어떻게 내 사고방식을 발전시켜나갈지 다시 생각해보는 계기로 만들자고 생각하기 시작했다.

내 어린 시절을 회상하면 어두운 구석이 전혀 존재하지 않는 환한 빛으로 기억된다. 물론 좋지 않은 면이 있었겠지만, 지금은 명예로운 훈장으로 남아 있다. 위험한 사건들은 세월이 지나면서 재미있는 일화로 거듭났고, 고통스러운 순간은 뭘 모르던 때의 달콤한 이야기로 수정되었다. 예전에 누가 우리 부모님에 관해 물으면 나는 두 분 다 지극히 평범하다고 대답했다. 당연히 우리 어린 시절도 일반적이라고 생각했다. 그 말이 어떤 면에서는 사실이지만 또 어떤 면에서는 전혀 사실이 아님을 최근에야 깨닫게 되었다. 일상의 중압감으로 부모님이 몹시 괴로웠으리라는 것도 내가 아빠가 된 후에야 겨우 이해하기 시작했다. 부모는 항상 걱정을 안고 살아야 하는 존재이다 보니, 아무리 자식들을 자유롭게 내버려둔 우리 부모님이라 해도 우리 세 남매 때문에 자주 근심했을 터이다. 그리고 아이 키우는 일보다 결혼 생활 자체가 훨씬 더 어려울 때가 많은데, 부모님도 예외는 아니었다.

1972년 초, 부모님은 가정을 깨지 않기 위해 안간힘을 썼다. 우리는 어려서 자세한 내용을 몰랐다. 다만 아버지가 휘파람 소리를 내기 시작했고 그것이 불길한 의미를 내포한다는 것만 알았다. 음정이 오르락내리락하는 그 정체를 알 수 없는 멜로디는 아버지가 화났음을 알리는 첫 번째 경고음이었다. 말하자면 비상 준비 태세, 데프콘 1에 해당했다.

데프콘 2가 되면 휘파람에 중얼거림이 더해지고, 아버지는 빙빙 돌아다니며 누구와도 말을 하지 않았다. 아버지가 입술을 일자로 꽉 다물면 데프콘 3이었고, 얼굴이 붉으락푸르락하면 데프콘 4였다. 핵 발사에 이르기 전 마지막 단계에서 멈출 때도 있었지만, 어쩌다 아버지가 혀를 아랫니 뿌리 쪽에 대고 둥글게 말아

입 밖으로 밀어내고는 윗니로 꽉 누르는 데프콘 5가 발령되면 우리가 살길은 둘 중 하나였다. 도망치거나 숨거나. 아버지는 파리채도 아닌 벨트로 손을 뻗을 게 뻔했으니까.

드물긴 했지만 전보다 그런 순간이 늘어난 것만은 확실했다. 돌이켜보면 아버지를 탓할 수만도 없다. 1963년, 아버지는 어린 나이에 결혼한 가난한 고학생이었다. 9년이 지나도 여전히 춥고 배고픈 학생인 데다 어느새 다섯 식구를 부양해야 하는 막중한 임무만 더해졌다. 늘 일을 해야 했기에 학교 공부는 제대로 할 새가 없었고, 밤만 되면 아이 셋이 아파트를 운동장처럼 사용하는 분위기에서 학위 논문을 쓰자니 미치고 펄쩍 뛸 노릇이었을 것이다.

반면에 어머니는 변함없이 확고한 태도로 우리를 대했다. 우리와 함께 가게나 성당에 갈 때 어머니는 옆을 지나는 사람이 누구든 당당함을 잃지 않았다. 우리가 가끔 매우 형편없이 행동한다는 사실을 기억한다면 있을 수 없는 태도였다. 어머니가 끊임없이 우리에게 주장하는, 세상을 강하게 살아야 한다는 철학도 어머니의 근거 없는 자부심에 한몫했던 것 같다. 형과 나는 한껏 거칠게 굴고 최대한 멀리 돌아다니면서도 누구 말을 들어야 하는지는 정확히 알았다. 어머니가 저녁 식사 때까지 집에 오라고 하면 그 시간 전에는 꼭 귀가했다. 방을 청소하라고 하면 즉시 이행했다. 혹시 우리가 실수하면 어머니는 우리 스스로 잘못된 점을 바로잡게 했다. 그러면서도 그럴 가치가 있다고 느끼는 순간에는 어미 곰처럼 우리를 지켰다. 학교에서 형이 선생님에게 맞았을 때 어머니는 그날 당장 나와 형을 대동하고 학교로 쳐들어갔다.

"우리 애한테 한 번만 더 손대면 경찰을 부르겠어요. 절대 이 애한테 손대지 마세요."

밖으로 나오며 형과 나는 수탉처럼 뽐내며 걸었다. '멍청한 할 망구, 봤죠? 누가 대장인지 이제 알았을 거예요.'

"엄마 최고야." 형이 우쭐대며 말했다. 어머니가 몸을 홱 돌려 형의 눈앞에 검지를 세워 들이댔다.

"선생님이 왜 너를 때리셨는지 내가 모른다고 생각하지 마라. 분명 네가 맞을 짓을 했을 거다. 다시 한 번 그런 식으로 선생님 께 말대답했다간 매가 어떤 건지 본때를 보여줄 거야."

"알았어, 엄마."

"엄마가 너 사랑하는 거 알지?"

"응, 엄마."

"하지만 엄만 너한테 실망했어. 너 앞으로 외출 금지야."

형은 한동안 밖에 나가 놀지 못했지만, 그보다 어머니에게 실 망을 안긴 것에 더 마음 아파했다. 우리는 어머니를 실망시키는 게 싫었다.

부모님은 여전히 압박감에 시달렸지만, 우리가 나이 먹어감 에 따라 아버지도 점점 우리와 함께 있는 것을 편안해했다. 아버 지는 TV로 호러 영화 보는 것을 좋아했는데, 그때만은 아버지의 무릎에 올라앉는 것이 허락되었기에 우리는 그 흔치 않은 기회 를 소중히 여기며 애타게 기다렸다. 덕분에 우리는 뱀파이어나 늑대 인간과 맞닥뜨릴 경우 어떻게 대처해야 하는지 잘 알게 되었다. 형과 나는 아이스 캔디에서 나무 꼬챙이를 빼내 호신용 무기로 침대 밑에 넣어두곤 했다.

아주 드물지만 어쩌다 여유가 생길 때 아버지는 우리에게 기타를 쳐주곤 했다. 아버지의 기타 연주는 우아하고도 자신감에 차 있었다. 어느 날 저녁, 우리는 아버지가 한때 밴드 활동을 했다는 말을 듣고 깜짝 놀랐다.

아버지가 밴드 멤버였다는 데 우리는 크게 들떴다. 마법을 쓸 줄 아는 것보다 밴드를 할 정도로 멋있었다는 게 우리에게는 더 중요했다. 부모님이 멋지니 당연히 우리도 멋질 수밖에 없다는 증거를 갖게 된 셈이었다.

우리는 아버지가 열광하는 군중 앞에서 기타 연주하는 장면을 상상하며 행복해했다. TV에서 본 비틀스 공연 같으리라 생각했다. 우리는 밴드 얘기로 한참을 떠들었다. 그 많은 소녀 팬을 어떻게 피해 다녔느냐고 묻자 아버지가 피식 웃었다.

"우린 그렇게 인기 있는 밴드가 아니었어." 아버지가 설명하려 했지만, 우리는 믿지 않았다. 믿어야 할 이유가 없었다. 한 가지만은 분명했으니까. 아버지는 한때 밴드를 했다. 그리고 프로 가수처럼 연주하고 노래했다. 영국에 산 적도 있다. 이보다 더 명백할 순 없지 않은가? 곧 우리는 아버지가 폴 매카트니와 존 레넌을 개인적으로 알았으며 비틀스의 성공에 적지 않은 역할을 했다고 믿어 의심치 않았다.

그런 사람이 바로 우리 아버지였다.

아버지와 함께 하는 일 중에 공포 영화 보기와 기타 연주 듣기를 우리는 가장 좋아했다. 대개 우리가 거실에서 빈둥거리고 있으면 아버지가 기타 음을 맞추기 시작했다. 이것을 신호로 우리는 조용해졌고 곧 아버지의 발치에 모여들었다.

아버지는 절대 서두르지 않았다. 항상 음을 완벽하게 조율했다. 부끄러워서 그랬는지 처음에는 노래를 부르지 않고 가볍게 연주만 했고 이따금 발을 툭툭 차서 박자를 맞췄다. 그러다 알 수 없는 힘에 이끌리듯 손가락이 놀라울 정도로 빨리 움직였고, 우리를 바라보는 얼굴에는 미소가 번졌으며 간혹 눈썹을 씰룩거리기도 했다.

마침내 아버지가 노래를 부르면 우리는 넋을 잃고 듣곤 했다. 그러다 드디어 비틀스의 곡을 연주하면 형과 동생과 나는 다 안다는 듯 서로를 힐끗거리며 같은 생각을 주고받았다. '봐! 아빠는 비틀스를 안다니까.'

그맘때 부모님에게는 돈 문제에서부터 아버지가 가족들에게 신경을 쓰지 않는 것까지 사사건건 말다툼거리가 됐고, 언쟁 끝에 어머니는 자주 눈물을 흘렸다. 이렇게 집에서 긴장이 고조되자 밤에 어머니가 우리 침실로 들어오는 일이 잦았다. 그때는 어머니가 우리에게 사랑을 표현하는 또 다른 방법이겠거니 했는데, 지금 생각해보니 잠시라도 결혼 생활의 스트레스에서 벗어나는 방편이었던 것 같다. 어머니는 침대에 누워서 우리에게 그날 있었던 일을 물었고, 우리는 마음속에 있는 것이면 뭐든지 어머니에게 털어놓았다. 어머니가 얘기할 때도 있었지만 보통은 우리가 학교생활이나 친구들, 신에 관해 얘기했다. 어머니는 잘 덥힌 베개처럼 따뜻하고 부드러웠으며, 어머니와 함께한 그 은

밀한 순간은 천국 같았다.

아버지는 그보다 더 늦은 시각에 이불을 덮어주려고 우리 방에 왔다. 대개 귀가가 매우 늦어서 우리는 이미 잠들어 있기가 쉬웠지만, 아버지가 문을 열어 복도 불빛이 안으로 새어 들어오면 나는 늘 잠에서 깼다.

가끔 나는 아버지가 들어오는 소리를 짐짓 못 들은 척했다. 아버지는 우리가 잘 자는지만 확인했다. 침대마다 들러서 이불을 덮어주고 머리를 부드럽게 쓰다듬었다. 그러고는 잠시 머리맡에 서 있다가 몸을 숙여 우리 볼에 키스했다. 하루를 끝낸 아버지는 무척 피곤해 보였고 구레나룻은 사포처럼 거칠었다. 아버지에게서는 올드 스파이스와 담배 냄새가 났다. 아버지는 나직한 목소리로 우리 하나하나에게 사랑한다고 속삭였다.

그 순간이 와야 내 하루가 완전해지는 느낌이었다. 안온한 기분이 되어 밤새 다시 깨지 않고 잘 잤다.

그해, 우리는 어린 시절을 통틀어 한 번뿐인 기적을 경험했다. 잦은 다툼으로 미안했던 부모님이 사과의 뜻으로 우리에게 보여준 기적이었다. 어느 이른 아침, 나는 동생이 쿡쿡 찌르는 바람에 잠에서 깼다.

"빨리 일어나봐. 내가 방금 뭘 봤는지 알아?"

"뭘 봤는데?"

"얼른 일어나. 큰오빠는 벌써 일어났어." 데이나가 재촉했다.

나는 눈을 비비며 형과 데이나를 따라 서둘러 방에서 나갔다. 앞서가던 둘이 갑자기 발걸음을 멈췄다. 뒤를 돌아보는 형의 눈이 놀란 토끼처럼 동그랬다. 형이 식탁을 손으로 가리켰다.

형이 가리키는 곳을 보고 나는 한동안 눈만 껌뻑거렸다. 거기, 식탁 한복판에 플라스틱 칼 두 개와 왕관이 있었다. 새 장난감이었다.

"왜 장난감이 저기 있지?" 내가 물었다.

"도대체 뭘까?" 데이나가 말했다.

"말도 안 돼. 크리스마스도 아니고 우리 생일도 아닌데." 형도 한마디 했다.

우리는 의자에 앉아서 장난감을 바라보았다. 물론 만져보고 싶었지만 그럴 수 없었다. 전혀 기대치 않은 물건에 우리는 잔뜩 얼어 있었다.

"다른 아이 생일 파티에 가져가려고 산 걸까?" 내가 물었다.

"그건 아닌 것 같아." 형이 말했다.

"우리 건지도 몰라." 데이나가 용기를 내어 말했다.

"말이 되니? 엄마 아빠가 아무 이유 없이 우리한테 뭐 사주는 거 봤어?" 형이 서둘러 말했다.

"맞아, 데이나. 그럴 순 없어." 내가 덧붙였다.

그러나 그것들은 눈앞에 버젓이 놓인 채 우리를 놀리고 있었다. 혹시 우리 건 아닐까? 아냐, 그럴 리 없어.

칼이 나를 유혹했다. 손만 뻗으면 만질 수 있는 거리여서 나도 모르게 손이 앞으로 나가려고 했다.

"안 돼." 형이 단호하게 말했다. "손대면 엄마 아빠가 화낼 거야."

"난 우리 거라고 생각해." 이번에도 데이나가 용기를 내서 말했다.

"아냐." 말은 그렇게 했지만 형도 새 장난감에서 눈을 떼지 못했다. 데이나는 계속 쳐다보기만 했다. "가서 물어보자." 데이나가 말했다.

"나는 안 갈래. 자는데 깨우면 화낼 거야." 형이 말했다. "나도 안 갈래." 나도 고개를 저으며 말했다.

"난 가볼래." 데이나가 식탁에서 일어서며 말했다. 잠시 우물쭈물하더니 부모님의 침실로 들어갔다.

"진짜 용감하다." 형이 말했다.

"별일 없었으면 좋겠다." 내가 속삭였다.

호통이 날아오지 않을까 걱정했지만, 이상하게 아무 소리도 들리지 않았다. 데이나가 문 밖으로 나타나 문을 닫고 복도를 걸어 조용히 주방으로 돌아왔다.

"엄마 아빠 아직 자?"

데이나가 식탁으로 다가오며 기분 좋게 고개를 저었다. "아니. 엄마는 깨어 있어. 저 장난감 우리 거래. 아빠가 퇴근길에 우리 주려고 사 왔대."

나는 잠시 멍했다. 데이나가 한 얘기를 도저히 믿을 수가 없었다.

"아닐 거야!"

"엄마가 그랬어."

"그럼 우리 저거 가지고 놀아도 돼?"

"그렇겠지."

"신싸아? 정말이야, 데이나?"

"엄마가 그랬다니까."

우리는 식탁 위로 눈길을 돌려 떨리는 손으로 장난감을 집어 들었다. 손에 들어온 칼은 가벼웠다. 새것이었다. 그리고 아무 날도 아닌데 받은 선물이었다.

데이나가 왕관을 들어 올려 머리에 살포시 썼다. 형도 남은 칼을 들고 일어났다. 허공에 대고 획획 저어보더니 씩 웃었다.

"자! 밖으로 나가서 놀자!" 형이 소리 질렀다.

"뭐 하고 놀 건데?" 데이나가 물었다.

"너 공주 해, 우리는 기사 할게. 우리가 널 지켜줄 거야!"

"뭐한테서?" 데이나가 물었다.

"용이랑 악당들한테서. 가자, 요새를 찾으러!"

"옷부터 갈아입어야지. 우리 아직 파자마 입고 있잖아."

"좀 있다가!" 형이 조바심을 숨길 생각도 하지 않고 말했다. "먼저 놀자. 네가 엄마 아빠한테 물어봤으니까 우리한테 명령을 내릴 수 있어. 우리가 널 보호해줄게!"

그래서 우리는 공주와 기사 놀이를 했다. 동생을 나쁜 무리로부터 보호하며 몇 시간을 놀았다. 형과 나는 무수히 많은 상상의 생명체를 칼로 베었다. 데이나는 우리를 미카 경과 니키 경이라 불렀고, 우리는 그날 수백 번도 더 데이나의 목숨을 구했다. 현실에서는 데이나가 죽을 뻔한 적이 있었지만, 상상 속에서는 절대 그런 일이 일어나게 하지 않았다.

집으로 오는 길에 데이나가 우리의 손을 잡았다. "나는 내 기사들이 있어서 언제나 안심이야. 미카 경, 니키 경, 사랑해."

그 후로 몇 주 동안 데이나는 우리를 계속 그렇게 불렀고, 부모님이 데이나를 지켜주는 것처럼 형과 나도 그렇게 해야겠다고 느끼기 시작했다. 우리와는 달리 데이나는 차분하고 사랑스러 웠다. 우리와는 달리 세상에 만족할 줄 알았다. 데이나는 우리의 공주였고, 우리는 그때 그곳에서 언제까지나 동생을 보살피리라 맹세했다.

그해 연말이 가까워질수록 부모님의 다툼은 더 심해졌다.

언쟁은 주로 우리가 잠자리에 든 심야에 일어났다. 우리는 깊이 잠들어 있다가 부모님의 목소리에 깨곤 했다. 형과 데이나와 나는 차례로 일어나 침대에 앉아 부모님이 싸우는 소리를 들었다. 큰 소리가 날 때마다 우리는 몸을 움찔하며 서로를 바라보았고, 부모님이 싸움을 멈추고 전처럼 다시 행복해지기만을 바랐다. 싸움은 한 시간이나 그 이상 계속되기도 했다. 데이나와 나는 무슨 말을 해줄까 하고 계속 형을 쳐다봤지만, 이것만은 형이 이해할 수 있는 범위 너머의 세계였다.

"왜 싸우는 거지?" 데이나가 물었다.

"나도 몰라." 형이 대답했다.

"누가 먼저 싸움을 건 걸까?" 나도 끼어들었다.

"어른들은 그런 식으로 싸우는 것 같지 않아. 서로 싸움을 거는 거 아닐까?"

"키스하면 싸우지 않아도 될 텐데." 데이나가 안달했다.

"우리 기도할까?"

형이 고개를 끄덕이자 우리는 기도를 했고, 그러고는 우리의 기도에 응답하는지 보려고 가만히 귀를 기울였다. 기도가 먹힐 때도 있었지만, 전혀 소용없을 때도 있었다. 어쨌든 우리는 억지로 다시 자리에 누웠다. 천장을 올려다보며 아버지의 공포 영화를 볼 때보다 더 심한 두려움을 느끼면서 어두운 그림자만 한참 응시했다.

5

포트로더데일, 플로리다(Fort Lauderdale, Florida)

1월 22-23일

여행을 며칠 앞두고 아내와 나는 여행에 필요한 물건을 사 들이기 시작했다. 여행사에서는 모든 종류의 날씨에 대비하는 게 가장 좋고, 짐은 여행 가방 하나에 꾸리라고 했다. 이게 말이 쉽지, 호주의 기온이 섭씨 38도를 넘는 여름철 남반구를 거쳐 북극한계선에서 약 500킬로미터 떨어진 한겨울의 노르웨이를 마지막 행선지로 갈 예정임을 고려할 때 이 모든 것에 대비하기란 여간 어려운 일이 아니었다.

세면도구 일체도 갖춰야 했다. 미국에서는 쉽게 구할 수 있지만, 중간소득이 연 500달러에 못 미치는 캄보디아나 에티오피아 같은 나라에서는 그렇지 않을 수도 있기 때문이었다. 결국 나는 속옷과 긴 바지 세 벌, 반바지 세 벌, 셔츠 여섯 개, 그 외에 필요하다 싶은 것들을 챙겼다. 가죽과 고어텍스로 만든 튼튼한 워킹

슈즈도 준비했다.

또 여행 중에 쓸 위성 전화를 빌리기로 했는데, 때로는 그것도 무용지물이 된다고 했다. 먼 외국인 데다 수시로 바뀌는 지형, 끊임없이 변하는 위성의 위치 때문에 전화를 받는 것은 거의 불가능하다고 봐야 했다. 게다가 내가 캐시에게 전화를 건다 해도 시간대가 계속 바뀌고 비행기를 자주 타기 때문에 규칙적으로 통화하기는 어려울 것 같았다. 여행 다니면서 사게 될 기념품 넣을 공간을 남기고 준비한 물건을 여행 가방과 기내 휴대용 가방에 욱여넣었다.

내 작업량은 전혀 줄어들 기미를 보이지 않았다. 이미 보냈어야 할 소설은 반 정도밖에 마치지 못했고, 다음 이야기는 어디에서 끌어와야 할지 계획이 없었다. 밤에 잠을 못 잘 정도로 일 생각이 뇌리를 떠나지 않았지만, 아내에게는 책 때문에 신경 쓰지는 않겠다고 약속했다. 그런데도 혹시 마음이 바뀔 때를 대비해 가방에 노트북을 슬그머니 밀어 넣었다.

여행 전주 내내 나는 산더미처럼 쌓인 일을 두고 간다는 생각을 애써 떨치고 아이들과 최대한 많은 시간을 보냈다. 출발 전날 밤에는 아내와 환송 외식을 했다. 다음 날 정오, 아내는 나를 공항까지 데려다주었다. 여행은 1월 24일 금요일에 시작되지만, 형과 나는 이틀 먼저 포트로더데일 공항에서 만나기로 했다.

"이제 드디어 시작이로군." 내가 여행에 대한 열의를 불러일으키며 말했다. 적잖이 노력했음에도 여전히 여행에 마음이 동하지 않았다. 이 당시 나는 어떤 일에든 두 가지 감정을 동시에 느끼는 버릇이 있었다.

"다 챙겼지? 여권, 전화기, 현금······." 아내가 물었다.

"응."

"재밌게 보내." 아내가 고개를 끄덕이고는 말했다.

"그러도록 해볼게."

"안 돼. 꼭 재미있어야 해." 아내가 참을성 있게 말했다.

나는 아내를 껴안았다. "사랑해, 캣."

"나도 사랑해."

"밤마다 나 대신 아이들에게 굿나잇 키스 해줘."

"그럴게."

"나 없는 동안 너무 과로하지 말고."

아내가 똑같은 말을 나한테 하려 했던지 피식 웃었다. "당신 이번 일로 내게 빚졌어, 알지? 빚도 보통 빚이 아니란 걸 잊지 마."

"알아. 몇 개월 동안 신용카드를 얼마나 긋든 상관 안 할게."

"애개, 고작 몇 달? 몇 년은 돼야지. 아니면 몇십 년이 되든가." 아내가 말했다.

우리는 마지막으로 키스를 나눴다. 비행기를 타고 가는 내내 캐시 같은 사람과 결혼한 내가 얼마나 운 좋은 사내인지, 그 생각만 했다. 여행에 대한 기대는 끼어들 틈이 없었다.

두어 시간 후 화창한 포트로더데일에 도착해서 짐을 찾고 수하물 코너에서 형을 기다렸다. 아내에게 전화로 도착했다고 보고한 후 벤치에 앉았다.

30분 후 형이 공항 안으로 걸어 들어오는 게 보였다. 큰 키에 금발이라 형은 군중 속에서도 두드러졌다. 수하물 보관소를 지

나오면서 나를 발견한 형은 양팔을 머리 위로 들어 올려 흔들었다. 형의 반응이 예상돼서 나는 몸을 움찔했다.

"어이, 내 동생 니키! 내가 드디어 도착했다. 이제 축제를 시작하자!"

형의 목소리가 공항을 쩌렁쩌렁 울렸다. 지나가던 사람들이 넋 나간 표정으로 나를 돌아보았다. 모두 나에게 시선을 집중했다.

"우리 형이 오랜만에 밖에 나가서······." 내가 작은 소리로 웅얼거렸다.

잠시 후, 우리를 위해 자리를 비워준 사람들 틈에서 형과 나는 크게 포옹했다.

"기분이 아주 좋아 보이네, 형."

"분위기를 제대로 잡으려고 비행기에서 칵테일을 몇 잔 마셨거든." 형이 선선히 말했다.

포옹을 풀자 형의 눈은 훨씬 더 밝게 빛났다.

"우리 진짜로 가는 거냐? 이틀만 있으면 우리의 모험이 시작된단 말이지." 형이 내 어깨에 손을 얹었다. "이제 좀 흥분이 되냐?"

"그럼."

"아냐, 이게······" 형이 엄지손가락으로 자신을 가리켰다. "흥분하는 건 이런 거야. 넌 하나도 신나 보이지 않아."

"나도 속으로는 신나."

형이 의심스러운 듯 눈을 굴렸다. "비행기에서는 어땠어?"

"괜찮았어. 형은?"

"멋졌어. 옆에 앉은 사람들이 좋았어. 우리가 갈 여행에 대해 얘기했더니 정말 좋겠다고 하더라. 제수씨한테는 도착했다고 전화했냐?"

"응, 방금 통화했어. 형수한테 전화할래?"

"좀 있다가. 먼저 몸 좀 풀고. 다리를 좀 펴야겠어. 체력 관리도 하던 대로 계속 해야지. 몇 주 동안 꽤 많이 걸어야 하잖아."

"그러셔?"

"내가 말 안 했나?" 형의 목소리가 점점 커졌다. "나 동생이랑 세계 여행 간다!!"

사람들이 재빨리 길을 비켜주었다. 공포에 질려 보이는 사람도 있었다.

"헤이, 배 안 고프냐?"

"조금."

"난 배고파 돌아가시겠다. 호텔에 짐 갖다놓고 뭐 좀 먹지 않을래?"

"그러자."

마침내 수하물 컨베이어 벨트가 움직이기 시작했고, 내가 형의 가방을 찾느라 집중하고 있는데 형이 손짓을 했다.

"저기다. 빨간 거."

내가 평생 본 중에 가장 큰, 실로 거대한 여행 가방이었다. 크기가 적어도 내 가방의 두 배는 됐고, 솔기는 터질 듯했으며 가운데가 불룩했다. 형은 가방을 내리느라 두 손 두 발을 다 쓰고도 여러 번이나 끙끙 소리를 냈다. 바퀴로 밀고 가려고 가방을 바로 세우자 좀 전보다 더 커 보였다.

"됐다. 이제 가자." 형이 만족한 듯 말했다.

"필요한 거 다 챙겼어?"

"물론이지."

나는 가방을 멀거니 바라보았다. "안에 작은 가축 한 마리는 든 것 같네. 여행할 때는 뭘 바리바리 싸 가면 안 된다는 게 내 지론이야."

"난 항상 그 반대라고 생각해." 형이 눈을 찡긋했다. "다 항공사에서 퍼뜨린 근거 없는 소리야. 믿으면 안 돼. 동생아, 여행 중에 물건이 떨어져도 걱정하지 마라. 내 기꺼이 빌려줄 테니."

우리는 포트로더데일 시내에서 식당을 하나 발견했고, 야외테이블에서 밥을 먹으며 거리를 오가거나 바에 들락거리는 사람들을 바라보았다.

이런저런 농담을 주고받다가 형이 문득 말을 끊었다. 그러고는 의자에 몸을 기댄 채 눈을 가늘게 뜨고 나를 쳐다보았다.

"아직도 별로군. 여행 가는 거 말이야."

"아냐. 서서히 좋아지고 있어."

"너 혹시 우울증 아니냐?"

"아냐. 그냥 좀 바빠서 그래."

"가족력이 있잖아. 친척 중에 우울증 앓은 사람도 몇 명 있고."

"아니라니까."

"그 사람들 지금 치료 중이야. 너한테도 도움이 될지 몰라."

"치료받을 필요 없어."

"부정이 능사는 아냐, 니키."

"부정하는 거 아니야."

"내 말 모르겠어? 그게 부정이야."

"형 진짜 귀찮아 죽겠어. 그거 알아?"

"알아. 크리스틴도 항상 나한테 그러거든."

"역시 똑똑한 여자라니까."

"맞아. 근데·지금 여기 있는 사람은 크리스틴이 아냐. 네 얘기를 하고 있잖아. 어이, 왜 우울한 거야? 이제 막 여행을 떠날 참인데 넌 하나도 신나지 않아. 말해봐. 내가 상담해줄게."

"나 우울하지 않아. 말했잖아. 눈코 뜰 새 없이 바빠서 그래. 내가 얼마나 바쁜지 형은 몰라. 여행이나 다닐 때가 아니라서……"

"그렇지 않아." 형이 고개를 저으며 말했다. "넌 네가 삶을 지배하지 않고 삶이 너를 짓누르게 했어. 그게 핵심이야. 스스로 그렇게 선택한 거라고."

"또 그 소리."

"그게 사실이니까. 넌 항상 마감을 정해놓고 거기에 맞추려 하니까 바쁜 거야. 맞지?"

"맞아."

"근데 마감 좀 어긴다고 어떻게 되냐? 거래가 끊기는 건 아니잖아. 안 그래?"

"그건 그렇지, 하지만……"

"나쁜 일이 일어날 것 같겠지." 형이 나 대신 문장을 끝내주었다. "그러니 결국 네가 선택한 거야. 스스로 선택한 거라면 받아들여. 그렇다고 그게 너를 지배하게 하지는 말고. 똑같아. 넌 여행을 신나게 받아들일 수 있어. 그건 온전히 네 몫이라고."

나는 시선을 피하며 고개를 저었다. "그게 그렇게 쉽지가 않아." 내가 천천히 말했다. "모든 것을 선택하지는 않잖아. 인생이 커브볼을 던질 때도 있어."

"내가 그걸 모를 거라 생각해?"

형도 한결 부드러운 어조로 말했다. "봐, 너도 알다시피, 이 여행은 굉장할 거야. 그럼 그냥 즐겨. 결국 여행이 끝날 때쯤엔 되돌아보면서 오길 잘했다고 생각할 테니까. 그리고 내가 널 데리고 다녀준 걸 고마워할 거야."

"내가 형한테 가자고 했어. 이거 왜 이래?"

"오, 그렇군. 맞아." 형이 어깨를 으쓱했다. "그러니 네가 앞장을 서, 내 흥이나 깨지 말고." 그러고는 고개를 돌려 종업원을 불렀다.

"이 신사분에게 칵테일 한 잔 가져다줘요."

나도 모르게 피식 웃음이 났다.

형의 응원 덕분인지 아니면 칵테일 때문인지, 나도 조금씩 들뜨기 시작했다. 갈 시간이 있든 없든 이제는 돌이킬 수 없는 일이 되어버렸고, 형의 신바람은 전염성이 있었다. 형은 늘 내게 이런 식의 영향을 미쳤다. 자신만만하고 느긋한 태도 덕분에 형은 파티 섭외 1순위였고, 결혼식에서 여섯 번이나 신랑의 들러리를 섰다. 여섯 번!

다음 날, 우리는 TCS가 여행을 앞두고 마지막 점검을 하기 위해 마련한 리셉션장으로 갔다. 서명으로 도착했음을 알리고, 여권을 제출한 후 짐 꼬리표를 받았다. TCS 직원들이 가방을 쉽게 확인하기 위한 용도인지, 큰 분홍색 꼬리표에는 각기 다른 번호가 적혀 있었다. 나중에 알게 된 사실이지만, 이 여행의 가장 좋은 점 가운데 하나는 여행사에서 모든 짐을 관리한다는 것이었다. 우리는 정해진 시간에 호텔 객실 앞에 짐을 내놓기만 하면 됐다.

오후 동안 우리는 실내 수영장에서 느긋하게 몸을 풀었고 저녁에는 여행사가 제공하는 칵테일파티와 저녁 식사에 참석했다. 함께 여행할 사람들을 처음 만나는 자리였다.

일행은 모두 86명이었는데 대부분 형이나 나보다 나이가 훨씬 많았다. 우리는 동행인들을 차근차근 알아갔다.

몇 사람과 잡담을 나눈 후 테이블이 차려진 연회장에 들어섰다. 식사를 하며 TCS 직원들을 소개받았다. 여행을 순조롭게 진행하기 위해 동행할 직원들의 수도 상당했다. 초청 연사와, 여행지에서 일어날 각종 의료 문제를 담당할 내과 의사 질 해나의 소개가 이어졌다.

웃음이 많은 질은 우리보다 몇 살 더 많았는데, 여행 중에 우리와 가장 가깝게 지내는 친구가 되었다. 기분 좋게도 질이 우리 테이블에 자리 잡았다.

"충고해줄 말씀 혹시 없어요?" 내가 질에게 물었다.

"아무리 좋은 호텔이라도 채소와 샐러드는 먹으면 안 됩니다."

"농약이나 토양 같은 것 때문인가요?"

"아뇨. 채소를 그 나라 물로 씻기 때문이에요. 정수된 물이 아닐 수도 있거든요."

"다른 건요?"

"양치질할 때도 수돗물을 쓰면 안 돼요. 이 점들만 주의하면 아마 괜찮을 겁니다. 나중에 제가 얘기할 차례가 되면 다른 사람들한테도 같은 부탁을 할 거예요. 그런데, 한번 보세요. 절반 정도는 제대로 듣지 않다가 결국 아프게 될 겁니다. 이런 여행을 하면서 아프고 싶진 않겠죠? 두고 보세요. 정말 장난 아니거든요."

질은 얘기하면서 계속 나와 형을 번갈아가며 쳐다보았다. "형제죠?" 우리가 고개를 끄덕였다.

"쌍둥인가요?"

우리는 그런 얘기를 제법 많이 듣는다. 내가 고개를 저었다.

"아뇨."

"당신이 형이죠?"

"아뇨, 동생입니다." 내가 우거지상을 하고 말했다.

형이 질의 말에 좋아서 어쩔 줄 모르며 몸을 앞으로 기울였다. 사람들은 나란히 있는 우리를 보고 십중팔구 형이 나보다 어리다고 생각했고, 형은 그 사실을 즐겼다.

"동생한테 관리 좀 하라고 누누이 얘기하건만." 형이 핀잔을 주었다.

질이 웃으며 다시 물었다. "결혼은 하셨나요?"

"네, 둘 다 했습니다." 내가 대답했다.

"그런데 부인들을 두고 왜 두 분이 같이 오셨어요?"

우리는 아이들 얘기를 하며 각자 가족사진을 보여주었다.

이윽고 질이 다시 우리를 쳐다보았다.

"형제분이 같이 여행하시다니 정말 멋져요. 동기들은 친해야 하는 사이인데도 그렇지 못할 때가 많잖아요. 두 분은 항상 이렇게 가까우셨나요?" 나는 잠시 주저했다.

"항상 그랬던 건 아니에요." 결국, 내가 이렇게 말했다.

1973년 학기 중간에 우리는 네브래스카 그랜드 아일랜드로 이사했다. 정확하게 말해서 아버지를 제외한 모든 가족이 옮겨간 것이다. 당시 어머니는 아버지가 논문을 무사히 끝낼 수 있도록 우리가 떠나는 거라고 얘기했고, 어머니의 부모님 집에서 모퉁이만 돌면 있는 작은 복층 건물로 들어갔다. 그해 아버지는 논문을 끝냈지만 두 분은 실제 별거 상태였다. 이것은 몇 년 후에 알게 된 사실이다. 어머니는 우리에게 상처가 될 일이라고 생각하면 철저히 비밀로 하는 분이었다.

그랜드 아일랜드는 미국 중부에 자리 잡은 조용하고 아담한 마을로, 로스앤젤레스와는 분위기가 확연히 달랐다. 집들 사이에 넓은 뜰이 있었으며 외조부모님 댁 바로 맞은편에 우리가 다닐 초등학교가 있었다. 전에 다녔던 학교와는 달리 게이츠 초등학교에는 넓은 풀밭과 야구장이 있었다. 저 멀리 학교 소유지를 막 벗어난 곳에는 정기적으로 기차가 오가는 기찻길이 있었다.

머지않아 형과 나는 기차선로에 동전을 올려놓고 기차가 지나가면서 그걸 찌그렸다 펴기를 기다리곤 했다. 그러나 그 동네엔 로스앤젤레스와는 달리 탐험할 거리도 없었고 문제를 일으킬 만한 일도 없었다. 공터도 별로 없었고, 요새로 삼을 만한 불탄 아파트도 없었으며, 기어오를 다리도 없었다. 까마귀가 있긴 했다. 그러나 그 동네엔 어떤 녀석도 우리를 공격하지 않았다. 어머니는 로스앤젤레스에 있었을 때처럼 일을 했기 때문에(이번에는 안경점 점원이었다) 우리는 학교를 파하고 외조부모님 댁으로 가곤 했다. 외할머니는 우리에게 초콜릿이 든 맥아 분유와 오후 간식으로 최고인 시나몬 토스트를 만들어주었다. 우리는 마당에서 놀거나, 조 외삼촌이 모형 비행기를 모아두는 지하실로 내려가곤 했다. 스핏파이어와 재퍼니즈 제로를 포함해 100개가 넘는 모형이 있었는데 삼촌은 언젠가 그것들을 박물관에 기증이라도 하려는 양 열심히 모았다. 모형은 최대한 꼼꼼하게 칠해져 있어서 우리는 절대 만질 수 없었고, 그저 몇 시간이고 바라보는 데 만족했다.

학기 중에 새 학교로 전학하는 것은 항상 힘든 일이라 처음 몇 주 동안 형과 나는 로스앤젤레스에 있었을 때처럼 방과 후 시간을 대부분 함께 보냈다. 공원을 찾아내서 자전거를 타러 다녔는데, 우리가 갈 때마다 와서 노는 아이들이 여남은 정도 됐고 그중에 몇은 우리 반 아이들이었다. 한 달 후에도 그 아이들은 그곳에서 언덕을 미끄러져 내려가며 놀았다.

그 나이 때는 1년 차이가 대단했다. 형은 나보다 키가 컸고 힘도 셌으며 더 민첩했고 겁도 없었다. 변화에서 새로운 도전을 느꼈고 친구도 쉽게 사귀는 등 나는 좀체 가지기 어려운 자신감으로 스스로를 무장했다. 나는 형에 비해 안정감이 없었고 걱정을 달고 살았다. 문제가 생길까 봐 안절부절못했고 성적이 떨어질까 봐 전전긍긍했으며 늘 남의 시선을 신경 썼다. 바르게 행동해야 하고 좋은 아이들과 어울려야 한다고 늘 스스로 다그쳤다. 물론 나도 새 친구들을 사귀기는 했지만, 새로운 환경에 적응하는

데 적잖은 시간이 걸렸다.

겨울이 가고 봄이 오자, 형에게는 점점 내가 필요 없어졌다. 형은 어디든 따라다니려는 나를 성가시게 여겼다. 대신, 도시 외곽에 가족 농장이 있는 같은 반 친구 커트 그리밍어와 친하게 지냈다. 형은 오후만 되면 그곳에서 살다시피 하며 옥수수 저장고에서 레슬링을 하거나 트랙터나 말을 탔으며, 비비 총으로 돼지와 소를 쏘고 놀았다. 집에 오면 저녁 식사 내내 우리에게 재미있었던 이야기를 들려주었다. 그러면 나는 형이 부러워 미칠 지경이었고, 내가 낮 동안 무슨 일을 했든, 형이 한 일이 세상에서 가장 흥미진진한 것처럼 느껴졌다.

형과 내가 처음 싸운 것도 그즈음이었다. 무엇 때문에 말다툼이 시작되었는지는 기억나지 않지만, 어쨌든 일이 점점 꼬여서 급기야 주먹이 오가게 되었다. 형이 주먹으로 배를 쳐서 나는 숨도 못 쉬고 바닥에 쓰러졌다. 형이 내 배에 걸터앉아 계속 나를 가격했다. 나는 속수무책으로 얻어맞고만 있었다. 그때 어머니의 비명이 들렸다. 어머니는 형을 휙 잡아당기고는 파리채로 몇 대 때린 후 방으로 들여보냈다. 형이 사라진 후 내가 겨우 몸을 일으키자 어머니가 내 팔을 잡았다.

"왜 그랬니?"

"형은 나를 미워해." 내가 악다구니를 썼다.

그때도 나는 아픈 것보다 굴욕감이 더 컸던 것 같다. 어머니가 위로하려고 내 팔에 손을 얹자 뿌리치며 말했다.

"나 혼자 있게 해줘!" 그리고는 몸을 돌려 내달리기 시작했다. 어디 갈 데도 없었지만, 그 순간만큼은 아무하고도 얘기하고 싶지 않았다. 누구도 보고 싶지 않았다. 내가 작아지는 게 싫었고 네브래스카라는 곳이 싫었고 다른 사람의 동정을 받는 게 싫었다. 모든 게 전과 같아졌으면 좋겠다는 생각뿐이었고, 마치 달리기만 하면 시간을 되돌릴 수 있기라도 하듯 뛰고 또 뛰었다.

정신을 차려보니 집에서 좀 떨어진 기찻길에 와 있었다. 나는 나무 아래 앉아 기차를 기다렸다. 기차는 항상 한 시간 간격으로 운행한다는 사실을 알게 되었다. 나는 기차 두 대가 지나갈 때까지 거기 있겠다고 다짐했다. 그러나 나무에 기대앉아 손에 얼굴을 묻고 형과 싸우지 말았어야 했다고 후회하며 어깨가 들썩일 정도로 엉엉 우느라, 기차 두 대가 지나가는 건 보지도 못했다.

마침내 현관에 들어서니 가족들의 시선이 내게 쏠렸다. 이미 해는 져서 어두웠고, 모두 식탁에 앉아 있었다. 어머니는 당연히 내가 밥 생각이 없을 거라고 생각했는지, 내가 그냥 방에 들어가겠다고 하자 그러라고 고개를 끄덕였다. 나는 어두운 방 내 침대에 누워 천장을 바라보았다.

화가 누그러지자 혼란스러웠다. 혼자 있고 싶다고, 스스로 감정을 조절하는 게 낫다고 생각했지만, 동시에 어머니가 방에 들어와주었으면 하고 간절히 소망했다. 다른 아이들처럼 나도 관심이 사랑의 동의어라 여겼고, 세 아이 중 가운데인 나는 항상 형이나 동생보다 사랑을 덜 받는다고 여겼다. 형은 걷고 말하고, 심지어 문제를 일으키는 것까지 뭐든 먼저 경험하니까 당연히 관심을 받는 데다 맏이라고 어른 대접까지 받았다. 반면 동생은 막내이자 딸이라 특혜를 두 배로 누렸다. 데이나는 형이나 나보다 어머니와 더 많은 시간을 보내면서도 잡일은 더 적게 했고,

혼나는 일도 거의 없었으며, 여자애라는 이유로 우리 중 유일하게 한 번에 한 켤레 이상의 신발을 가졌다.

나는 자주 소외감을 느꼈다.

한 시간 동안 아무도 찾아오지 않아 나 자신이 불쌍해서 미칠 지경이 되었을 때 마침내 노크 소리가 들렸다.

"들어와." 나는 어머니가 뭐라고 할지 궁금해하며 침대에 일어나 앉았다. 그런데 문이 열리고 안으로 들어온 사람은 어머니가 아니라 데이나였다.

"오빠."

"아, 데이나구나." 나는 데이나의 어깨너머를 흘끗 살폈다. "엄마도 와?"

"몰라. 엄마가 작은오빠 배고프지 않은지 물어보랬어."

"안 고파." 나는 거짓말을 했다.

데이나가 다가와 침대맡에 앉았다. 긴 금발에 복판 가르마를 타고, 창백한 피부에 주근깨가 박힌 데이나는 〈브래디 번치The Brady Bunch〉미국 TV 홈드라마. 1969년에서 1974년까지 방영의 초기에 나온 잰 브래디 같았다.

"배 아파?"

"아니."

"큰오빠한테 아직 화났어?"

"아니. 이제 나 형한테 신경 안 쓸 거야."

"아."

"형이 나 신경 안 쓰잖아, 그치?"

"응."

"엄마도 나한테는 관심이 없어."

"그렇지 않아. 엄마는 작은오빠를 사랑해."

"내가 없을 때 엄마가 내 걱정 했어?"

"아니, 엄마는 작은오빠한테 아무 일 없을 줄 알던데. 하지만 엄마는 오빠를 사랑해."

어깨가 푹 내려앉았다. "아무도 나를 좋아하지 않아."

"난 오빠 사랑해."

데이나의 말투가 사뭇 진지했는데도 나는 그 말을 들을 기분이 아니었다.

"응, 고마워."

"하지만 그 말 하러 온 건 아니야."

"배 안 고프다고 했잖아."

"그 말 하려고 온 것도 아니야."

"그럼 왜 왔는데?"

데이나가 나를 끌어안았다. "큰오빠가 이제 작은오빠 젤 친한 친구 안 하려고 하면 내가 오빠 가장 친한 친구가 되어줄게. 이 말 하려고 왔어."

"나 친구 필요 없어."

"알았어."

나는 방을 둘러본 후 한숨을 쉬었다. "조니 웨스트 놀이 할래?"

데이나가 미소를 지었다. "좋아."

그 후 몇 달, 형이 친구들과 어울리는 동안 데이나와 나는 이

전보다 더 많은 시간을 함께 보냈다. 여동생이라 형만큼 재미있지는 않았고 키 큰 나무에서 떨어지는 것도 싫어했지만, 같이 어울리기는 좋았다. 가끔은 데이나를 거칠게 다뤄 울려버리고는 어머니에게 일러바치지 말라고 싹싹 빌곤 했다.

데이나도 그 말은 들어주지 않았다. 어머니에게 모든 일을 다 말해버린 것이다. 데이나는 내가 야단맞기를 원하지 않았겠지만, 어쨌든 나는 어머니가 인상을 쓰며 지켜보는 가운데 가외 허드렛일을 해야 했다.

아버지가 가까이 없어서 비상경계 태세의 공포가 사라지자 형은 자신의 한계를 시험하기 시작했다. 정해진 시간을 어기고 늦게 집에 들어오기 일쑤였고, 나를 훨씬 더 많이 괴롭혔으며, 어머니에게 말대답했고, 아홉 살 나이에 마치 10대처럼 굴기 시작했다.

이런 일이 어머니에게 쉬울 리 없었다. 어머니는 서른 살의 워킹 맘이었고 혼자였다. 우리 셋한테서 발생하는 추가적인 스트레스는 절대 사양하고 싶었을 것이다. 어머니는 그즈음 말대꾸가 심해진 형을 엄벌하기 시작했고, 아홉 살짜리 형은 어머니에게 상대가 되지 않았다. 어머니는 당근과 채찍을 사무라이가 칼을 사용하듯 능수능란하게 휘둘렀다. 어머니는 아무 거리낌 없이 '내가 너를 세상에 나오게 했으니 당연히 없앨 수도 있다' 따위의 말을 하다가도, 잠시 후면 두 팔을 벌려 설탕처럼 달콤하게 안아주었다.

동기간의 우애에 대한 어머니의 생각도 절대 바뀌지 않았다. 예를 들어, 어머니는 동생과 내가 함께 보내는 시간이 많아진 데

만족했지만, 형과 나 사이가 많이 변했다는 것도 놓치지 않았다. 동기간의 경쟁심을 일시적인 현상으로 여기는 부모도 있겠지만, 어머니는 그것을 용납하지 않았다. 어머니는 자주 이런 말을 했다. "너희 셋은 항상 함께할 거야, 그러니 지금 잘 지내는 게 좋겠지?"라든가 "친구는 왔다가도 가지만, 동기간은 늘 함께할 수밖에 없어"라는. 형과 나는 어머니의 말을 늘 하는 잔소리쯤으로 넘겼는지, 싸움을 멈추지 않았고 각자 다른 길을 고집했다.

그러던 어느 날 밤, 잘 준비를 하고 있자니 어머니가 우리 방으로 들어왔다. 내가 형의 자전거를 실수로 쓰러뜨리는 바람에 또 대판 싸운 날이었다. 저녁 식사 중에 아무 말도 없어서 어머니가 이번에는 그냥 넘어가려나 보다 했다. 어머니는 늘 하던 대로 우리가 취침 기도 하는 것을 도와준 후 불을 끄고, 이불 속으로 들어가는 형 옆에 앉았다. 형과 어머니가 귓속말을 했는데 무슨 내용인지는 들리지 않았고, 그 시간이 내게는 너무 길게 느껴졌다. 그런데 놀랍게도 어머니가 이번에는 내 옆에 와서 앉았다.

어머니는 몸을 숙이고 손가락으로 내 머리카락을 빗질하듯 어루만지며 상냥하게 웃었다. 그러고는 나직이 속삭였다. "오늘 데이나가 너한테 잘한 일 세 가지를 엄마한테 말해줄래? 큰일이든 작은 일이든 상관없어."

어머니의 질문에 놀랐지만, 대답은 쉽게 나왔다. "나랑 같이 게임해줬고, 내가 좋아하는 쇼를 보게 해줬고, 장난감 정리하는 걸 도와줬어."

어머니가 빙그레 웃었다. "이번에는 형이 오늘 너한테 잘해준 일 세 가지를 말해봐."

이건 좀 어려웠다.

"오늘 나한테 잘해준 거 없는데."

"생각해봐. 뭐든 괜찮아."

"오늘 내내 심술궂게 굴었어."

"학교 갈 때 같이 걸어가주지 않았니?"

"그랬어."

"그럼, 그게 하나. 두 개 더 생각해봐."

"형 자전거 쓰러뜨렸을 때 날 그렇게 세게 때리지는 않았어."

어머니는 이걸 두 번째로 쳐줄까 말까 고민하다가 결국 쳐주기로 했다. "둘."

"그리고……."

나는 난감했다. 더는 말할 게 없었다. 억지로 하나를 만들어내느라 시간이 오래 걸렸고, 내가 뭘 얘기했는지는 기억에 없다. 억지로 끌어다 댔던 모양인데, 어쨌든 어머니는 세 번째로 인정해주었고 잘 자라고 인사한 후 데이나에게 갔다. 데이나는 10초도 안 걸려 같은 질문에 대답했고, 어머니는 방에서 나갔다.

어둠 속에서 몸을 돌려 눈을 감는데 형의 목소리가 들렸다.

"니키?"

"왜?"

"오늘 때려서 미안해."

"괜찮아. 형 자전거 쓰러뜨려서 나도 미안해."

잠시 침묵이 흘렀고 마침내 데이나가 끼어들었다. "오빠들 이제 기분이 좀 나아졌어?"

밤이면 밤마다 어머니는 우리가 서로에게 한 세 가지 좋은 일을 말하게 했고, 우리는 어찌 됐든 뭔가를 얘기했다.

놀랍게도 형과 나는 점점 덜 싸우게 되었다.

세 가지를 만들어내기가 너무 힘들어서 차라리 서로에게 잘해주거나, 언제 잘해주는지 잘 관찰하는 게 더 낫다고 생각했는지도 모른다.

한 학년이 끝났다. 나는 2학년을, 형은 3학년을 마쳤다. 6월에 외할아버지가 집에 지붕을 새로 얹겠다고 했다. 형과 내가 도와줄 걸로 믿고 내린 결정인 듯했다. 우리는 지붕 공사에 관한 지식도 없었고 공구를 만져본 경험도 없었지만, 그런 것쯤 전혀 문제 되지 않았다. 어쨌든 새로운 일이라 모험으로 여겼고 몇 주 동안 손가락에 물집이 잡히도록 연습한 끝에 마침내 못질하는 기술을 터득했다.

그해 여름은 지독히 더웠다. 낮 최고 기온이 거의 40도에 육박했고 습도는 감당하기 어려울 지경이었다. 뜨거운 지붕에 앉아 있다가 한두 번 기절할 뻔도 했다. 할아버지는 우리가 지붕 끄트머리에서 일하는데도 개의치 않았고, 물론 우리도 별 거리낌이 없었다.

나는 2주 동안 일한 삯으로 7달러를 벌고 무사히 탈출한 데 비해 형은 좀 재수가 없었다. 어느 날 오후, 형은 쉬는 데 방해가 된다고 생각했던지 사다리를 옆으로 옮기려고 했다. 그런데 맨 위 가로대에 가위같이 생긴 날카롭고 묵직한 지붕 널 절단기가 놓인 것을 몰랐다. 형이 사다리를 서툴게 만지다가 절단기를 건드려, 그게 아래로 떨어지면서 형의 이마에서 불과 2, 3센티미터 위를 치고 지나갔다. 순식간에 형의 머리에서 피가 펑펑 솟구쳤다.

형이 비명을 지르자 할아버지가 뛰어왔다.

"상처가 꽤 깊은 것 같구나." 할아버지의 얼굴이 금세 어두워졌다. 잠시 후 할아버지가 말했다. "호스를 가져와야겠다."

할아버지는 곧 형의 머리 위에 호스를 대고 물로 상처를 씻었다. 치료는 그게 다였다. 병원에도 가지 않았다. 다쳤다고 그날 남은 일을 빼주지도 않았다. 상처를 씻을 때 물이 선홍색으로 변하는 것을 보면서 형도 나처럼 '머리가 두꺼워'서 다행이라고 생각했다.

가을이 되어 다시 학기가 시작될 때쯤, 나는 비로소 네브래스카의 생활에 적응하기 시작했다. 성적도 A 이하는 받은 적이 없을 만큼 좋았다. 같은 반 아이 몇과도 사귀게 되어 오후만 되면 같이 축구를 하면서 보냈다. 뜨거운 열기가 식고 쌀쌀해질 무렵 우리의 삶은 또 한 번 요동쳤다.

"우리 캘리포니아로 돌아갈 거다." 어느 날 저녁을 먹으며 어머니가 통보한 말이었다. "크리스마스 몇 주 전에 이사할 거야."

부모님이 마침내 화해했고(당시에는 두 분이 공식적인 별거 상태라는 것도 몰랐지만), 아버지는 새크라멘토에 있는 캘리포니아주립대학 경영학 교수직을 얻었다.

그렇게 네브래스카에서의 시간은 시작할 때만큼이나 급작스럽게 끝나버렸다.

6

약사 & 티칼, 과테말라(Yaxhá and Tikal, Guatemala)

1월 24-25일

금요일 아침, 형과 나는 과테말라에 착륙해서 우리가 방금 떠난 곳과 판이한 세계로 발을 들여놓았다.

우리 팀은 세관을 통과한 후, 밴을 타고 이런저런 잡동사니를 모아 만든 허술한 집들이 즐비한 작은 마을을 지나 페텐으로 향했다. 여러 면으로 과거에 발을 들여놓는 것 같아서, 스페인 정복자들이 처음 이곳에 도착했을 때는 어떤 기분이었을지 궁금했다. 빽빽한 정글을 배경으로 한 70미터 높이의 사원이 있는 큰 도시와, 한때 번영했던 문명의 유적을 처음 발견한 사람들이 바로 그들이었다.

어릴 때 책으로 처음 접한 후 나는 마야 문명에 관심이 많아서 마야인들이 아메리카 대륙에서 독보적인 위치에 있었다는 사실을 알고 있었다. 기원후 300년부터 900년까지의 황금기 동안 마야 문명은 유카탄 반도와 멕시코 남부, 벨리즈, 과테말라, 온두라스와 엘살바도르 일부 지역을 아울렀다. 문화적으로는, 과테말라 페텐의 정글과 습지 사이에 약사와 티칼 도시를 세우면서 정점을 이루었다.

마야 문명은 여러 면에서 연구 대상이다. 인간을 희생시킨 잔인한 사례가 있는가 하면, 유럽인들보다 1000년도 전에 '0'의 개념을 썼고 억 단위까지 셀 줄 알았다. 수에 관한 지식 덕분에 마야인들은 별자리 지도를 만들었고 월식을 정확히 예측해냈으며 1년을 365일로 삼는 달력을 만들었지만, 전설에 따르면 바퀴는 사용하지 않았다.

우리는 마야 생물권이자 각종 유적이 모여 있는 광활한 페텐 국립공원에 도착해 호숫가 옥외 건물에서 점심을 먹었다. 함께 여행하는 이들과 계속 안면을 터나갔는데, 대개 형이나 나보다 여행을 많이 다닌 사람들이었다. 한 시간 후 우리는 약사에 위치한 다음 목적지를 향해 길을 나섰다.

약사는 석호의 이름이자 약 1500년 전에 강둑을 따라 정글 가운데 세워진 도시의 이름이기도 했다. 약사는 한때 마야 제국에서 세 번째로 컸던 도시로, 가장 크고 중요한 도시인 티칼에서는 약 30킬로미터 떨어진 곳에 있다. 그런데 막상 도착하고 보니 언덕 사이를 감싸고 도는 흙길과 나무 말고는 아무것도 없었다. 뒤에서 열대 아메리카산 짖는 원숭이 소리가 들렸지만, 나뭇잎이 빽빽해서 원숭이는 보이지도 않았다.

가이드가 이곳저곳을 가리키며 도시와 마야 문화에 대해 설명했지만 내 눈에는 아무것도 보이지 않았다. 형을 쳐다보았더니 형도 어깨만 으쓱했다. 마침 가이드가 질문 있느냐고 묻기에 내가 큰 소리로 말했다.

"말씀하신 곳에는 언제 도착하죠? 약사라는 곳 말이에요."

"바로 이곳이 약사입니다."

"그런데 건물들은 왜 안 보이죠?"

가이드는 우리를 둘러싼 구릉을 손으로 가리켰다. "지금 보고 계시는 것은 그냥 언덕이 아닙니다. 더미마다 그 밑에 건물이나 사원이 있습니다."

이 정글에 있는 나무들은 1년에 세 번 잎이 진다고 했다. 시간이 흐름에 따라 잎이 썩어 퇴비가 되고, 마침내 흙이 된다. 흙이 초목을 만들고 곧 나무가 된다. 나무는 점점 자라 풍성해진 후 죽어 그 자리에 새로운 나무로 자란다. 그러면서 정글이 건물을 하나하나 집어삼켰다.

듣고 보니 그리 놀라운 일은 아니었다. 그 도시는 이미 1000년 전에 버려졌으니 잎이 3000겹은 될 테고, 정글은 사람의 발길이 닿지 않은 채 자랄 대로 자랐으니 말이다. 도시의 흔적을 볼 수 없는 게 당연했다.

그러나 우리가 잘못 생각하고 있었다. 실제로 약사는, 지금 한창 복원 중인 티칼과 같은 방식으로 80년 전에 완전히 복원이 끝난 상태였다. 고고학자들이 숲을 잘라내어 몇십 개의 건물과 사원을 발굴해냈다. 그러나 큰비가 와서 새로 되살린 사원이 서서히 무너지기 시작하는데도 자금 부족으로 붕괴를 막지 못했고, 현재 정부는 티칼 복원 때문에 여력이 없어 정글이 다시 약사를 침식하는 것을 보고도 속수무책으로 버려두고 있었다.

형은 아이처럼 신기한 표정으로 주변을 돌아보았다.

"80년 만에 이만큼 자랐다는 게 믿기냐? 우리 할아버지 할머니가 사셨을 때잖아."

"정말 놀라워."

"80년 더 있으면 어떻게 될까?"

"언덕이 조금 더 커지는 것 말고는 거의 똑같지 않을까?"

"그렇겠지?" 형이 빽빽한 정글 안을 들여다보려고 눈을 가늘게 뜨며 애를 썼다. "세상에, 이곳을 발견한 사람은 도대체 어떤 사람일까? 나 같으면 흙더미를 보고 그 밑에 피라미드가 있다고는 도저히 생각을 못 할 것 같아."

내가 형에게 팔을 두르며 말했다. "그래서 형은 고고학자가 못 되는 거야."

가이드가 계속 도시의 면면을 설명하며 우리를 안내해나갔다. 형과 나는 이쪽저쪽으로 고개를 돌려가며 일행의 뒤를 따라갔다. 형이 갑자기 손을 마주 대고 비비기 시작했는데, 뭔가 흥미로운 일이 생길 때 형이 흔히 하는 버릇이었다.

"닉, 우리가 여기 있다는 게 믿어지냐? 우리가 과테말라 정글의 마야 도시에 있다니! 여섯 시간 전만 해도 포트로더데일에서 베이글과 크림치즈를 먹었는데 말이야."

"실감이 안 나, 그치?"

"응." 형이 손으로 주변을 가리켰다. "흙더미를 보면서 이렇게 설레리라곤 상상도 못 했어."

몇 분 후 우리는 한때 광장이었던 곳으로 들어갔다. 눈앞에 발굴을 마친 사원 하나가 펼쳐졌는데, 우리가 여행을 통해 보게 될 것들의 실상이 처음으로 손에 잡힐 듯 다가온 느낌이었다. 사원은 검은색과 회색으로 된 사다리꼴이었고 약 30미터 높이로 솟아 있었다. 그곳은 콜럼버스가 도착하기 600년 전인 약 900년경에 버려졌다고 가이드가 말했다. 즉 사원이 쓰이던 때와 콜럼버스가 도착한 시기의 간격이 콜럼버스가 도착하고 현재에 이르기까지의 시간과 거의 같다는 말이어서 깜짝 놀랐다. 역사의 변화와 문명의 성쇠 앞에서 내가 가진 일상적인 근심거리는 사소하기 이를 데 없었다.

형 역시 지대한 관심을 보이며 앞장서서 사원을 살피고 있었다. 그런데 형의 생각은 나와는 조금 달랐다.

"와, 진짜 높다! 저기 올라가 봐야겠다!"

결국 가이드의 허락을 받고 우리는 벽을 기어올랐다. 올라가다 보니 사원의 끝 쪽은 썩은 판자를 닳아빠진 로프로 듬성듬성 묶어놓아 아슬아슬해 보였다. 형과 내가 맨 먼저 꼭대기에 도착했기 때문에 거기서 몇 분 동안 둘만의 시간을 가졌다.

하늘은 먼 수평선을 맴도는 먹구름으로 가득했다. 저 너머로 석호와 빽빽한 정글이 사방 50킬로미터나 퍼져 있었다. 나무가 지붕처럼 우거져 안을 들여다볼 수는 없었지만, 피라미드 꼭대기 서너 개가 하늘에 닿으려는 듯 삐죽이 나와 있는 게 보였다. 우리의 거친 숨소리를 제외하면 사방은 쥐 죽은 듯 고요했다. 사원 측면의 경사가 급해서 가장자리 가까이 서 있으려니 현기증이 났다. 그런데도 얼굴에서는 미소가 떠나지 않았다. 불과 몇 시간 전에 여행을 시작했는데, 벌써 우리가 항상 꿈꿔온, 세상의 꼭대기인 듯한 곳에 서 있다니!

"사진 찍어줘. 크리스틴이 좋아할 거야." 뜬금없이 형이 말했다.

"형수가 같이 왔으면 여기까지 올라왔을까?"

"그럴 리 없지. 높은 곳을 싫어하거든. 아마 저 밑에 있었을 거야." 형이 아래 서 있는 사람들을 가리켰다. "제수씨는 어땠을까?"

"캐시도 높은 곳이라면 질색하지만 아마 올라오긴 했겠지. 그래도 끄트머리에는 가지 않았을 거야."

우리는 서로의 사진을 찍었다. 찍고 또 찍었다. 배낭에서 위성폰을 꺼내면서도 계속 감탄사를 연발하며 주변을 둘러보았다.

"캣한테 전화할래." 아내와 이 느낌을 공유하고 싶었다. 번호를 누르자 신호가 가기 시작했다. 정말 신기했다. 이렇게 멀리 떨어진 곳에서도 전화를 걸 수 있다니. 아내가 전화를 받았을 때 내 입에서 나온 첫 마디는 이랬다. "나 지금 정글에 있는 마야 시대 사원 꼭대기에 서 있어." 아내가 나처럼 흥분해서 우 하는 소리를 냈다.

"멋지지?" 아내가 물었다.

넋을 잃고 주변을 둘러보았다. "굉장해. 당신만 내 옆에 있다면 더 바랄 게 없겠어."

"나도 당신이 보고 싶어."

내가 전화를 끊은 후 형도 형수에게 전화를 걸었다. 유감스럽게도 형수는 외출하고 없었고, 실망한 형은 자동 응답기에 메시지를 남겼다.

잠시 후, 나머지 일행이 도착하는 바람에 우리만의 오붓한 시간은 끝이 났다.

그날 밤 호텔에서 저녁 식사 후 칵테일파티가 있었다. 저녁은 뷔페였고, 사전에 고지가 있었는데도 아무 생각 없이 샐러드나 채소를 먹는 사람이 많았다. 의사가 예견했듯 며칠 만에 복통을 호소하는 사람이 십수 명이나 됐고, 몇 명은 여행 기간 내내 컨디션이 좋지 않았다.

우리는 밥과 케이트 데블린 부부와 같이 저녁을 먹으며 금세 친해졌다. 코네티컷과 뉴욕에 떨어져 사는 그 부부는 우리 나이 또래의 아들이 둘 있어서 우리를 보니 아들들이 생각난다고 했다. 우리도 비슷한 느낌을 받았다.

방으로 돌아가며 형이 물었다. "케이트 아줌마 보니 엄마 생각 나지 않아?"

"응. 그렇더라." 형도 나와 똑같은 생각을 했다니 놀라웠다.

우리는 이런저런 생각에 잠겨 한동안 별말이 없었다.

유네스코는 마야인의 생활 중심지였던 티칼을 세계문화유산으로 지정했다. 수십 년 동안 발견과 발굴, 보수가 진행되고 있어서 방문객들이 정글을 해치지 못하게 하는 데 소규모 군대가 필요하다.

티칼을 둘러싼 그 지역은 한때 십만 명이 거주해온 삶의 터전이었다. 그러나 10세기 말에 마야 문명은 와해하기 시작했다. 이유에 관해서는 여러 추론이 난무한다. 인구 과잉, 전쟁, 지배층의 몰락, 가뭄, 기아, 비옥한 토양의 감소, 또는 침략해 오는 다른 부족들과 기회를 나눠야 하는 데서 오는 단순한 불만 등. 어쨌든 몇 세대 만에 도시는 완전히 폐허로 변했고 사람들은 전원 지역으로 흩어졌다. 마야 문명의 발흥과 갑작스러운 쇠락은 아직도 세계 불가사의 중 하나이고, 나 역시 그 고대 도시를 둘러보자니 문명의 흥망성쇠에 대한 생각이 머리를 떠나지 않았다.

티칼 유적지에는 600년에 걸쳐 지어진 성, 사원, 제단, 구장, 광장, 계단식 관람석 등 3000가지나 되는 구조물이 있다. 건물을 지은 시기가 조금씩 달라서 마야 시대 건축 양식이 어떻게 변했는지 관찰할 수 있고, 고고학자들은 그것을 토대로 중앙아메리카와 멕시코의 다른 마야 유적지들이 언제 세워졌는지 가늠할 수 있다.

많은 유적 중에서 형이 가장 관심을 보인 것은 제단으로 사용한 돌덩이들이었다. 이 돌들 위에서 제물로 바칠 사람을 죽였다. 마야인 가이드가 그 돌에 얽힌 역사, 문화적 이유를 자랑스럽게 늘어놓고 있는데 형이 내게 몸을 기울여 귓속말했다. "내가 돌에 눕고 네가 날 찌르는 장면을 연출해서 사진을 찍으면 어떨까? 멋지겠지?"

사실 나는 좀 꺼림칙했지만, 할 수 없이 그러자고 했다. 옆에 있던 사람에게 카메라를 넘기고 각자 자세를 취했다. 막 사진을 찍으려는 찰나, 가이드가 팔을 가로저으며 헐레벌떡 달려왔다.

"안 됩니다. 찍지 마세요!" 가이드는 얼굴이 벌게져서 고래고래 소리를 질렀다. "그 돌에 누우시면 안 됩니다! 그건 종교적으로 대단한 의미가 있는 거라고요!"

"압니다. 그래서 사진 찍으려는 건데요." 형이 맞받았다.

"금지 사항입니다."

"한 장만 찍을게요."

"안 돼요!"

"에이." 형이 눈을 찡긋하며 말했다. "딱 한 장만. 다른 사람한 테는 말 안 할게요."

나는 웃었지만, 가이드는 쏘아보고 있었다. 그 지역에 사는 대 부분의 과테말라인처럼 가이드도 마야인이었기에, 우리가 그와 그의 문화를 모욕한다고 생각했던 것이다. 가이드가 정색하자 형은 하는 수 없이 돌에서 몸을 일으켰다. 다시 다른 사람들과 섞여 걸으며 나는 고개를 절레절레 저었다.

"그런 생각은 도대체 어디서 나오는 거야?" 내가 어이가 없어 물었다.

형이 큭큭 웃었다. "가이드가 정말 싫어하더라, 그치?"

내가 다시 한 번 고개를 절레절레 저었다. "진짜 화 많이 났어, 투어 진행하는 사람들도 그렇고. 형이 그 사람들의 문화를 업신 여겼어. 형 때문에 우리가 곤란해질지도 몰라."

"곧 괜찮아지겠지, 뭐. 기억을 못 할 수도 있고."

그러나 괜찮지 않았다. 한 시간 후 TCS 직원 한 명이 우리 옆 으로 슬그머니 다가왔다. 우리보다 열서너 살 정도 많아 보이는, 여행계의 베테랑이었다. 그녀는 사람을 평가하는 기술이 아주 탁월했다.

"이번 여행에서는 당신 둘이 요주의 인물이겠군요." 그녀가 의 견을 말했다.

머리 위에서 짖는 원숭이가 빽빽거리는 가운데 우리는 한때 티칼로 들어가는 대로였던 길을 따라 성을 둘러보았다. 거기에서 광장으로 들어섰다.

티칼 광장 양쪽 끝에 피라미드 두 개가 있었다. 마야식 피라미드로 사진에 가장 많이 등장하는 것들이었는데, 한 개는 오르지 못하도록 제한되어 있었고 나머지 것에만 올라갈 수 있었다.

꼭대기에 이르러 바라본 광경에 숨이 멎을 지경이었다. 거기서 형은 마침내 형수와 통화를 했고, 전화를 끊은 후 우리는 피라미드의 끄트머리에 앉아 다리를 아래로 늘어뜨렸다. 100미터도 더 되는 아래를 내려다보니 우리 팀이 삼삼오오 무리 지어 고대 광장을 둘러보고 있었다. 피라미드 꼭대기까지 올라온 사람이 몇 안 돼서 우리만의 공간이 생겼다.

"형수는 잘 있대?"

"응. 내가 그립대."

"집안일은 할 만한가?"

형이 빙긋 웃었다. "미칠 지경인가 봐. 제수씨하고는 달라. 나 없이 혼자 있는 게 영 적응이 안 되나 봐. 내가 떠난 후로 한시도 쉬지 못하고 일만 했대. 계속 그 얘기만 해. 나흘 동안 죽을 맛이었겠지. 제수씨한테 전화해서 조언을 좀 구해야겠다네."

나도 빙그레 웃었다. "큰애들 학교 간 시간에 전화하라고 해. 안 그러면 캣이 전화 통화도 제대로 못 할걸. 다섯 녀석이 다 집에 있으면 집이 아수라장이야. 5시에서 9시 사이에는 특히 더 그렇고. 우리는 그 시간을 '마녀가 마법을 부리는 시간'이라 불러. 밑의 애들은 지치고, 큰애들은 숙제 때문에 낑낑대고, 캣은 저녁을 준비하면서 아이들이 하는 일을 이것저것 돌봐주는 시간이지. 곧 목욕 시간이 다가오지만 아이 다섯을 한꺼번에 욕조에 집어넣어 씻기려면 이게 또 장난이 아니야. 근데 캣은 아무 문제 아니라는 듯 잘해. 아내로서도 훌륭하지만, 엄마로서는 천재적이야."

형이 내 어깨에 팔을 둘렀다. "우리 결혼 참 잘했다, 그치?"

"응. 정말이야. 사람의 어떤 면을 봐야 하는지 엄마한테서 잘 배운 것 같아. 우리 둘 다 너그럽고 똑똑하고, 아이들을 확실하게 사랑하는 여자와 결혼했잖아. 엄마가 그걸 우리한테 몸소 보여준 거지."

"기본적으로 엄마를 닮은 여자와 결혼했다는 말이지?"

"응. 우리 둘 다."

형이 눈썹을 추켜올렸다. "아버지한테서는 뭘 배웠을까?"

"분노 대처 능력?" 내가 농담처럼 말했다. "그거 있잖아, 아버지가 혀로 하는 거."

형이 웃었다. "맞아. 거참 대단했지. 그럴 때 아버지 정말 무서웠어. 아직도 악몽을 꾼다니까." 형이 나를 바라봤다. "말했던가? 내가 앨리한테 똑같이 해봤다고. 어떤 반응을 보이는지 보고 싶었거든."

"그랬더니?"

"꽥 소리를 지르며 도망가더니 방에서 나오지도 않더라."

내가 쿡쿡 웃었다. "분명 그랬을 거야. 아버지한테서는 배움에 대한 열정을 배우지 않았을까?"

"아마도. 클수록 엄마가 참 현명하고 똑똑했다는 생각이 들어.

그런데 아버지는…… 혼자만의 세계가 있었던 것 같아."

"그래도 꽤 잘 어울렸던 것 같지 않아?"

"맞아. 서로 균형을 잘 잡았어. 두 분이 다시 합치지 않았으면 우리는 어떤 모습으로 컸을까?"

1974년 12월 1일, 우리 가족은 새크라멘토 북동쪽 교외인 캘리포니아 페어 오크스에서 재결합했다. 우리가 도착한 지 몇 분 되지 않아 아버지는 〈콜차크, 나이트 스토커〉1970년대 TV 시리즈로, 초자연적 현상이나 미스터리한 범죄를 조사하는 리포터 칼 콜차크의 이야기를 다룬다 를 보려고 TV를 틀었다. 볼 만은 하지만 엽기적인, 단연코 아버지가 가장 좋아하는 프로그램이었다. 곧 우리 셋은 아버지가 앉은 소파에 자리를 잡고 팝콘을 먹으며 TV를 보았다. 마치 아버지와 전혀 떨어져 지낸 적이 없는 것처럼.

물론 이번에도 임대였지만, 새집에는 침실이 네 개여서 어린 우리 눈에는 무척 고급스럽게 보였다. 그런데 그중 하나를 아버지가 서재로 쓰게 됐다. 부부용 침실을 제외하고 남은 방 두 개가 우리 셋에게 배당되었는데 어머니는 그중 하나를 동생이 써야 한다고 했다. 이유는 역시 데이나가 여자아이이기 때문이었다.

1학기가 다 끝나가는 시점에 이사했던지라 부모님은 우리에게 새 학기가 시작하는 새해까지는 학교에 가지 말라고 했다. 또 브랜디라는 도베르만 핀셔 개를 사주었는데, 형과 나는 브랜디를 줄에 묶어 새 동네 탐험 길에 데리고 다녔다. 우리 집은 거의 막다른 곳에 있었고 조금만 더 가면 황야가 있어서 꼭 지리 시간에 지형을 배우러 현장 학습 나온 것 같았다. 지금은 페어 오크스도 완전히 개발되었지만, 당시에는 휑히 트인 들판과 언덕, 버려진 가옥, 기어오를 수 있는 나무 등이 많아 어린 소년들이 놀기에 좋았다. 게다가 우리 또래들이 많아서 금상첨화였다. 이웃들도 대개 우리처럼 방랑자 같은 삶을 살았기 때문에 우리만 신출내기 같아 보이지는 않았다. 아이들은 오후만 되면 밖에서 놀았고, 형과 나도 점차 아이들과 어울리게 되었다. 그리고 네브래스카에서처럼 형은 곧 나를 떼어놓고 새로 사귄 친구들과 놀았다.

부모님은 재결합했는데도 주로 전처럼 각자의 삶을 살았다. 이번에도 안경점에서 일하게 된 어머니는 아버지가 자는 동안 일찍 일어나 우리를 학교에 데려다주었다. 아버지는 밤에 강의가 있는 날이 며칠 있어서 어머니는 1주일에 2~3일 정도 아버지 없이 지냈다. 수업이 없는 날 저녁에도 아버지는 학생들의 과제물과 시험지를 점검하거나 아버지가 고른 연구 주제의 최근 동향을 놓치지 않으려고 책을 읽었다. 모든 교수가 그렇듯 아버지도 출판의 부담이 있어서 서재에서는 자주 타자 소리가 들렸다. 어머니와 아버지가 주방에서 마주칠 때도 있었지만 대체로 따로 보내는 시간이 많았다.

부모님은 같이 있거나 어디 함께 가는 것을 좋아하지 않은 것 같지만, 어쨌든 편한 관계를 유지하기는 했다. 가령 저녁 시간에 식탁에 마주 앉아 농담하며 웃기도 했고, 내가 보는 줄도 모르고 아버지가 어머니의 목 뒤에 입을 비비기도 했다. 공공연한 애정 행각은 없었지만, 애정에 굶주려 보이지 않았고 소유욕이나 질투심이 있는 것 같지도 않았다. 나는 두 분이 서로에 대해 안 좋게 얘기하는 것을 들은 적이 없고 더는 별로 싸우지도 않았다. 부모님은 지나간 일은 지나간 대로 묻어버렸는데 그것이야말로 서로에게 꼭 필요한 일이었다.

그때까지 두 분은 희생만 하며 살았고, 그 점이 서로를 결속하는 힘이었다고 생각한다. 끝내 두 분은 자신의 꿈대로 살지 못했다. 아버지는 엄청난 재산을 바라지는 않았지만 분명 돈 걱정은 좀 덜 하며 살기를 원했다. 그러나 가족을 부양하느라 매일 시달렸고, 그래서 자주 낙담했다. 훗날 더 나아지리라는 꿈도 꿀 수 없어서 괴로웠다. 어머니 역시 마찬가지였다. 한번은 어머니가 침실에서 우는 것을 보고 너무 무서웠던 적이 있다. 평소의 어머니답지 않아서 나도 덩달아 눈물이 핑 돌았는데, 그때 어머니가 나를 끌어당겨 꼭 안으며 말했다.

"그냥, 엄마가 어렸을 때처럼 말 있는 시골집에서 살면 얼마나 좋을까 싶어서. 주말마다 말 타러 갈 수 있는 작은 집이라도 있으면…… 정말 좋을 것 같아. 너희를 그렇게 살 수 있게 해줘야 하는데……."

이루어지지 않는 꿈은 늘 참담하다. 그러나 지극히 개인적이고 사소해서 조금만 노력하면 이룰 듯한 단순한 꿈들이 종종 더 힘들게 느껴질 때가 있다. 늘 닿을 듯 가깝지만, 잡을 만큼 다가오지는 않고, 가슴만 아프게 하기 때문이다.

이후 4년 동안 형과 나의 삶은 상대적으로 다른 패턴을 보였다. 형은 능력을 충분히 발휘했고 친구도 쉽게 사귀었다. 데이나 역시 친구를 잘 만들었고, 그중 한 명과는 자매처럼 지냈다. 반면에 나는 친구 관계에서 운이 덜 따랐다. 나 자체에 문제가 있었다기보다는(적어도 나는 그렇게 믿고 싶다) 순전히 운이 나빴다.

3학년 때 단짝이었던 팀은 4학년이 되어 교구 부속학교로 전학한 후 연락이 끊겼다. 4학년 때 가장 친하게 지낸 친구 앤디 역시 그 교구 부속학교로 간 후 다시 만나지 못했다. 5학년 때는 워런과 가장 친했는데 6학년 때 호주로 이민 가버렸다. 6학년 때 가장 친했던 친구 케빈은 다음 해 중학교에 진학한 후 한 번도 같은 반이 되지 못했다.

반면에 형은 해가 갈수록 우정이 돈독해졌다. 멀리 이사 가거나 다른 학교로 전학하는 친구가 하나도 없었다. 형처럼 친구들도 모험을 좋아해서 오후나 주말만 되면 집 근처 들판이나 몇 킬로미터 떨어진 아메리칸 리버에서 놀곤 했다.

그러는 사이, 나는 책 읽는 데 점점 재미를 들였다. 책 살 형편이 안 되고 마을 도서관에 책이 별로 없어서 집에 있는 브리태니커 백과사전을 읽었다. 달리 고를 필요도 없이 1권부터 시작해서 다음 2년에 걸쳐 한 번에 항목 하나씩을 해치워가며 스물여섯 권 전집을 다 읽었다. 다 읽고 난 후 다시 처음부터 끝까지 읽었다. 그러고는 성경을 통독했다.

그렇다고 내가 항상 책만 읽은 건 아니었다. 우리는 맞벌이 부부의 아이였기에 바깥세상은 늘 우리에게 유혹의 손짓을 건넸고, 가끔은 형의 친구들과 내 친구들이 함께 어울리는 때도 있었다. 그럴 때면 마치 옛날로 돌아간 것 같았다.

우리는 어느 해 크리스마스에 부모님이 사준 비비 총을 즐겨

가지고 놀았다. 우리 또래 남자애들에게는 보통 비비 총이 있었지만, 우리가 그걸 가지고 한 짓은 절대 범상치 않았다. 형과 나, 그리고 우리와 함께 놀 정도가 되는 아이들은 곧 비비 총으로 목표물을 겨냥하는 것보다 서로를 겨누는 것이 더 재미있다는 사실을 발견했다. 우리가 개발한 게임은 간단명료했다. 누군가 '시작'이라고 외치면 모두 숲이나 빈집으로 숨어들고, 그 후 서로를 찾아다닌다. 팀 없는 각개 전투이고 아무런 목적도 없다. 그저 저녁 식사 시간이 될 때까지 숨고, 찾고, 쏘면 된다. 단, 두 가지 규칙은 있었다. 절대 얼굴에 쏘지 않기, 그리고 비비 총은 두 번까지만 누르기(빠른 속도를 어느 정도 제한하기 위해서). 그러나 이것도 엄격하게 강제된 법이라기보다는 가이드라인에 가까웠다. 결과적으로 모두 속임수를 썼다. 사람을 쏘면 총 맞은 사람이 비명을 지르거나 아픈 부위를 부여잡고 뱅뱅 돌 때 느끼는 삐딱한 즐거움이 있었다. 물론 뿌린 대로 거둔다고, 몇 년 동안 내 몸에는 부푼 자국이 끊이지 않았다. 그리고 너나 할 것 없이 피부에 박힌 총알을 몇 번이나 빼내야 했다.

형은 우리 중에서도 늘 가장 심하게 다치는 편이었다. 항상 잘 나서고, 뭐든 더 하려 했기 때문이다. 한번은 형이 쓰레기가 넘쳐나는 폐가에서 비비 총을 가지고 놀다가 오래전에 깨진 창문의 나머지 부분을 마저 해치우면 재미있겠다고 생각했다. 아마 TV에서 본 장면을 흉내 내려고 했던 모양인데, TV에서는 깨지지 않는 특수 유리를 사용한다는 사실을 몰랐다. 여하튼 창문을 발로 힘껏 차고 그 집을 배회하던 누군가에게 총을 쏜 후 다음 은신처를 찾아 그곳을 뜨려던 찰나였다.

갑자기 신발에서 질퍽거리는 소리가 났다. 뭔지는 모르겠지만, 액체가 고인 웅덩이를 밟아서 그러려니 하고 계속 뛰었다.

형의 표현에 따르면, "근데 질퍽거리는 소리가 점점 더 커지는 것 같았어. 아래를 내려다보니 양말이 벌겋고 신발이 젖어 있는 거야. 고등학생 형들이 마시다 놔둔 와인을 밟았나 보다 했지. 그런데 걸으면 질퍽거리고, 또 걸으면 질퍽거리는 거야. 발이 자꾸만 미끄덩거려서 그제야 아, 내가 유리에 베였구나 싶었지. 앉아서 신발을 벗었어. 양말하고 신발이 피로 흥건했어. 갑자기 식수대에서 물이 올라오는 것처럼 발목에 난 상처에서 피가 펑펑 솟구치지 뭐야. 심장이 뛸 때마다 피가 뿜어져 나오는 것 같았어. 지금 생각해보니 동맥이 잘렸거나 적어도 베였던 것 같아. 피가 무지하게 났거든."

형이 소리를 치자 친구들이 달려왔다. 친구들은 피 묻은 양말을 발목 위에 묶어 지혈한 후 형을 부축해 집까지 가서 어머니를 불렀다.

마침 주말이어서 집에 있던 어머니가 형의 발목을 살펴보는 동안에도 피는 사정없이 솟구쳤다.

"아주 심각하네." 어머니가 단순명료하게 말했다. 그리고 언제나처럼 어떻게 해야 할지를 정확히 알았다.

어머니는 상처 위에 일회용 밴드를 붙였다.

그러고는 형더러 밴드 위에 손을 대고 꼭 누르라고 했고, 다시 밖에 나가 놀고 싶으면 당분간 좀 쉬는 게 좋겠다고 말했다.

어머니는 거칠 대로 거친 우리를 매주 일요일 어김없이 성당에 데리고 다녔는데, 캘리포니아에서도 예외는 없었다. 형과 나는 가끔 따분해서 서로를 쿡쿡 찌르곤 했다. 그러나 어머니에게 들키지 않으려면 찌르는 사람이나 찔리는 사람이 전혀 티를 내면 안 됐다.

옆에서 일어나는 상황을 어머니는 몰라도 데이나는 분명히 알고 있었고 매우 싫어했다. 어머니를 똑 닮고 싶었던 동생은 어머니처럼 신앙심이 두터웠고, 우리가 장난을 치면 우리를 향해 마뜩잖은 표정을 짓곤 했다.

데이나는 아침저녁으로 기도하는 기도광이었다. 한 번에 한 명씩, 자기가 아는 모든 사람에게 신이 축복을 내리기를 기원했다. 친척들과 친구들, 모르는 사람, 개와 고양이, 동물원의 동물들을 위해서도 열심히 기도했다. 더는 바랄 필요가 없는데도 자신이 더 상냥해지고 더 인내심 있게 해달라고 빌었다. 데이나는 세상을 편하게 받아들이는 아이였고 주변 사람들을 편하게 만드는 법을 아는 아이였다. 또 자기만의 방식으로 온화하면서도 바위처럼 단단한 사람이 되어갔다. 형과 나도 안 좋은 일이 생길 때마다 데이나에게 의지할 정도였다.

데이나는 독실한 신자였지만, 우리를 미사에 제때 못 가게 하는 장본인이기도 했다. 우리는 대체로 다른 사람들이 모두 자리를 잡고도 10분이 지나서야 예배당으로 들어갔다. 이미 말했다시피 나는 미사가 따분했기 때문에 늦게 가는 데 전혀 불만이 없었지만, 자리를 찾는 동안 사람들이 고개를 돌려 쳐다보는 것은 싫었다. 그 순간만큼은 데이나도 형이나 나와 비슷하면 좋겠다고 생각했다.

데이나는 훌륭한 자질이 많았지만, 행동만큼은 굼떴다. 아침에 눈을 뜨면 바로 침대에서 나오는 법이 없었다. 매트리스에 다리를 꼬고 앉아서 몽롱하고 멍청한 표정으로 한참 허공을 바라보았다. 한 20분 정도 그러고 앉아 있다가(동생은 그것을 '잠 깨는 과정'이라고 했다) 그제야 몸을 움직였다. 그러고 나서도 절대로 서두르는 법이 없었다. 밥도 천천히 먹고, 옷도 천천히 입고, 머리도 천천히 빗었다. 어머니가 형과 내게 준비하라고 명령하면 우리는 몇 분 만에 옷을 입고 대기했지만, 데이나는 항상 미적거렸다. 형과 나는 걸어서 학교에 가는 데 반해 데이나는 대개 어머니가 차를 태워 늦지 않게 등교시켰다. 가끔 우리가 짜증을 내도 데이나는 우리의 불평에 개의치 않았다.

"사람은 다 다르잖아." 데이나는 우리가 느림보라고 놀릴 때마다 침착하게 말하곤 했다. 어머니도 동생이 굼뜨다고 절대 타박하지 않았다. 오히려 우리에게 이렇게 설명했다. "데이나는 준비하는 시간이 좀 더 필요할 뿐이야." "왜?" 형과 내가 물었다.

"여자애잖니."

아!

하지만 그런 데이나도 무모할 정도로 충동적일 때가 있었다. 1976년 여름, 우리 가족은 1974년부터 1982년까지 우리 가족의 유일한 차였던 폭스바겐 승합차에 구겨 타고 몇 주간 서부를 돌아보는 여행에 나섰다. 가족끼리 국토를 횡단하여 여행하기는 그때가 처음이자 마지막이었다. 우리는 오색 사막미국 애리조나 주 중북부의 고원 지대. 선명한 빛깔의 암석으로 유명함과 타오스, 뉴멕시코를 거쳐 마침내 그랜드캐니언에 도착했다. 그곳은 세계에서 손꼽히는 명소지만 어린 우리에게는 크게 와 닿지 않았다. 그래서 부모님이 점심을 사러 간 사이에 안전선을 넘어가 출입이 통제된 아슬아슬한 협곡의 끝자락으로 가보자는 동생의 제안은 퍽 매혹적이었다. 넘겨다보니 1미터 정도 아래에 작게 튀어나온 바위가 보였다.

"저기 내려가자." 데이나가 우리를 부추겼다.

형과 나는 서로 마주보고 발 디딜 곳을 확인한 후 어깨를 으쓱하며 대답했다. "좋아." 못 할 거 없지, 위험해봤자 얼마나 위험하겠어, 그리 불안해 보이지도 않네, 뭐. 그런 생각이었다.

우리는 그 길로 안전선을 넘어 아래로 내려간 후 튀어나온 바위에 다리를 대롱거리며 몇 분을 앉아 있었다. 저 아래에 콜로라도 강이 협곡 사이를 굽이굽이 흐르고, 매가 빙빙 도는 것이 보였다. 여러 층의 바위는 부드러운 색조의 세로 무지개 같았다. 한참 지나자 서서히 지겨워졌다.

"오빠들, 좋은 생각이 있어. 우리 저기서 미끄러져 떨어지는 척하면 사람들이 놀라지 않을까?"

형과 나는 감탄하며 다시 얼굴을 마주 보았다. 이런 아이디어는 보통 우리 입에서 나옴 직한 것이었다. "좋아." 우리는 또 한목소리로 말했다.

우리는 바위 위에 쪼그리고 앉아 있다가 천천히 몸을 일으켜 머리와 팔을 위 협곡의 끝부분으로 밀어 올렸다. 처음에는 아무도 봐주지 않았다. 10미터쯤 떨어진 안전선 뒤에서 사람들이 사진을 찍거나 다른 방향을 보며 자연의 아름다움에 감탄하고 있었다. 데이나가 고개를 끄덕이는 것을 신호로 우리는 도와달라고 비명을 지르기 시작했다.

사람들이 우리 쪽으로 고개를 돌려 어린아이 세 명이 필사적
으로 매달려 있는 듯한 광경을 보았다. 어느 노부인은 까무러쳤
고, 어떤 아가씨는 심장을 그러쥐었으며, 또 한 여인은 옆 남자
의 팔을 꽉 붙잡았다. 누구도 어찌해야 할지 몰랐다. 충격과 공
포에 휩싸인 채, 두려움에 질린 눈을 크게 뜨고 우리를 바라볼
뿐이었다.

급기야, 남자 하나가 주문에서 풀려난 듯 안전선 너머로 발을
내딛는데 어머니가 우리를 향해 뛰어오는 게 보였다.

다음에 어떤 일이 벌어졌을까.

"애들아, 사진 찍어줄 테니 기다려!" 어머니가 소리 질렀다.

재미있기는 했지만, 안타깝게도 그랜드캐니언과의 인연은 그
것으로 끝이었다. 몇 분 후 우리 가족은 그곳에서 쫓겨나고 말
았다.

"지금 당장." 근무 중이던 관리인이 최대한 친절한 목소리로
덧붙였다.

6개월 후 형과 나는 비비 총을 보안관에게 압수당했다. 비비
총으로 싸움질해서가 아니라 이번에도 형이 너무 멀리 갔기 때
문이었다. 이런 일이 있었다. 어느 날 오후 같이 전쟁놀이할 사
람이 없자, 형은 1학년 아이들 서너 명을 꼬드겼다. 애들에게 허
리를 구부리고 바짓가랑이의 아랫단을 앞으로 내밀게 해서 거기
에 비비 총을 쏘려고 했다.

"움직이지 마, 안 그러면 실수로 다리를 맞힐지도 몰라." 형은

차분하게 설명했다. "조준하는 연습을 하려는 것뿐이거든."

어쨌든, 그 일로 보안관이 와서 형의 총을 뺏어 가버렸다.

일주일 후, 보안관들이 다시 와서 내 총도 가져갔다. 형이 이웃집 창문을 쏘아 구멍을 냈기 때문이다.

그렇게 해서 우리의 전쟁놀이는 끝이 났다.

7

리마, 페루(Lima, Peru)
1월 26일, 일요일

우리는 과테말라와 작별을 고하고 전용 비행기에 올라 페루 인구의 거의 3분의 1인 800만 명이 사는 도시 리마로 향했다. 한때 에콰도르, 콜롬비아, 볼리비아, 칠레, 아르헨티나, 그리고 페루를 아우르는 스페인 제국의 수도였던 리마는 16, 17, 18세기 동안 전 세계에서 가장 부유하고 호화로운 도시 중 하나였다. 그러나 착취와 부실한 국가 경영, 졸속 정책으로 스페인 제국의 힘은 약해졌고, 결국 1824년 시몬 볼리바르에 완패했다. 이후 175년에 걸쳐 정부가 계승된 결과 1980년에 비로소 민주적인 선거를 치렀다. 나는 그 나라가 지금 어떤 모습을 하고 있을지 몹시 궁금했다.

우리가 도착했을 때 리마는 찌는 듯 무더웠다. 남미의 여름다웠고 과테말라보다 훨씬 더 더웠다. 버스에 오르자 TCS에서 생수를 나눠주며 방문할 곳의 문화와 역사를 설명해줄 그 지역 여행 가이드를 소개했다. 또 가이드와 같은 채널에 고정된 무전기와 이어폰도 받았다. 덕분에 30미터가량 떨어져 있어도 항상 무슨 일이 일어나고 있는지 알 수 있었다.

중앙 광장은 혼잡했다. 식민지 시대 디자인에, 갓 심은 꽃들이 정렬된 보도가 좌우로 뻗은 그곳은 도시 중심부에서 몇 안 되는 열린 공간이었다. 아이들이 잔디밭에서 게임을 하거나 더위를 피해 분수대 안에서 놀고 있었다. 기념품 팔기에 혈안이 된 사람들은 우리가 버스에서 내리자마자 벌떼처럼 몰려들었다.

우리는 대통령궁과 프란시스코 피사로Francisco Pizarro, 1475?-1541. 잉카 제국을 정복한 스페인의 군인가 묻힌 성당의 사진을 찍었다. 피사로는 관점에 따라 평판이 갈리는 인물이었다. 스페인에서는 탐험가로 유명하지만 잉카 제국의 리더인 아타왈파를 억류하기도 했다. 피사로는 아타왈파를 풀어주는 조건으로 방 하나를 가득 채운 황금을 받아냈지만, 결국 황금만 챙기고 왕은 목 졸라 죽인 후 원주민들을 노예로 삼았다. 잉카 제국의 후손들은 교회가 피사로의 매장을 허용한 것에 대해 어떻게 생각하는지 궁금했다.

다음으로 우리는 중앙 광장을 약간 벗어난 곳에 있는 카사 알리아가Casa Aliaga로 갔다. '카사'란 집이라는 뜻의 스페인어로, 카사 알리아가는 '알리아가의 집'이다. 그곳은 도시의 초기 스페인 건축 양식 중에 가장 빼어난 건물이지만 밖에서 보면 다른 구조물과 뒤섞여 있어서 그냥 지나치기 쉬워 보였다.

그러나 문을 넘어서면 믿기지 않을 정도의 광경이 펼쳐진다.

카사 알리아가는 400년 넘게 알리아가 가문이 소유해왔다. 중

남미의 전형적인 대농장 스타일로, 넓은 뜰 둘레에 방들이 있고 높이 30미터도 넘는 무화과나무가 하늘을 찌를 듯 서 있다. 또한 남미에서 가장 훌륭한 미술품들이 소장된 곳이기도 하다. 집이 지나치게 크고 유지 비용이 많이 들어 알리아가 가문은 집을 관광객들에게 공개하게 되었다. 형과 나는 눈이 휘둥그레져서 이곳저곳을 둘러보았다. 난간과 문틀, 크라운 몰딩지붕 바로 아래 처마의 장식 돌출부를 요철의 곡선으로 깎아 만든 장식, 높은 난간 등이 회반죽으로 칠해진 것을 제외하면 모든 것이 정교하게 조각되어 있었고 거의 모든 벽면에 그림이 빼곡했다. 가구들은 대개 17, 18세기 풍으로 지나치게 화려해서 카메라의 초점을 맞추기가 어려울 지경이었다.

집 안을 걸어 다니다가 형이 나를 보며 물었다. "이런 곳이 말이 되냐?"

"아니. 저 나무…… 진짜…… 전부…… 말도 안 돼."

"다음에 리모델링할 때 어떻게 해야 할지 여기서 아이디어를 얻어도 되겠어."

"유명한 조상들의 초상화를 걸어놓는 건 나쁘지 않겠네."

"유명한 조상이 있으면 그렇다는 말이지?"

"응. 알리아가 가문은 이런 집을 지었지만, 우리 조상들은 말에 편자를 박고 농장에서 일했을 테니까."

형이 고개를 끄덕이며 주변을 둘러봤다. 일행은 이 방 저 방으로 흩어져 구경하고 있었다.

"근데, 솔직히 말해서 이런 집에 살고 싶냐?"

나는 고개를 저었다. "아니. 허튼소리일 수도 있지만, 솔직히 내 스타일은 아니야. 유지비 때문에 이 집 주인들은 밤에 잠도 제대로 못 잘걸."

"동감이야. 청소하려면 또 시간이 얼마나 많이 늘겠냐? 크리스틴 같으면 차라리 죽어버리고 말 거야."

TCS 직원이 우리를 한데 모아 다 왔는지 확인하려고 머릿수를 셌다. 그런 다음 호텔로 돌아가기 위해 다시 버스에 올랐다.

다음 몇 주 동안 이런 일상이 계속되었다. 이런 여행은 이점도 많지만, 일정이 너무 촘촘해서 따로 남아 둘러볼 짬이 없는 게 흠이었다.

슈퍼볼Super Bowl, 매년 미국 프로 미식축구의 우승 팀을 결정하는 경기 경기가 있는 날 밤이었다. 탬파베이 버커니어스와 오클랜드 레이더스가 경기를 펼쳤는데, 우리 여행 일행 중에 형을 포함한 많은 사람이 그 경기를 보고 싶어 했다. 새크라멘토에 사는 형은 그해 벌써 몇 경기를 보러 갈 정도로 레이더스의 열렬한 팬이었다. 페루에서 그 경기가 방송될지 확신할 수 없었는데, TCS에서 방송할 예정이라고 확인해주자 버스 안은 흥분의 도가니가 되었다. 우리에게 경기를 보여주기 위해서 TCS 직원은 바를 수배하는 노력을 아끼지 않았다. 페루에서는 슈퍼볼에 관심 있는 사람이 거의 없었고, 페루 사람들이 중요하게 여기는 축구 경기에 채널을 고정하지 않기란 여간 어려운 일이 아니었다.

형과 나는 좋은 자리를 차지하려고 일찌감치 바에 도착해서 음식을 주문했다. 점차 일행도 합류했다. 탬파베이와 오클랜드를 응원하는 사람이 반반으로 갈렸고 경기가 시작될 때쯤엔 호텔 바 안이 마치 미국 어느 도시의 풍경 같았다. 근처 어디에도 페루 사람은 보이지 않았다.

프리게임 쇼는 없었고, 경기가 시작되기 약 5분 전에 텔레비전 화면이 한두 번 깜빡거리더니 두 팀이 경기 시작을 위해 정렬한 장면이 나왔다.

"후와, 모든 게 새로운 경험인걸. 리마에서 슈퍼볼을 볼 줄 누가 알았겠냐?" 형이 말했다.

"그러게."

"이제 좀 재밌냐?"

"응. 끝내줘."

"아직 일 생각 나냐?"

"아니. 슈퍼볼 생각밖에 안 나."

형이 내 눈앞에 프렌치프라이를 흔들며 말했다. "좋았어. 아직은 네게 희망이 있어."

"소리 좀 크게 해요! 뒤에서는 들리지도 않아!" 뒤에 있던 누가 소리를 질렀다.

바텐더가 리모컨으로 볼륨을 높였다. 드디어 익숙한 소리가 들리기 시작했다. 관중의 함성과 선수 호명 소리에 이어 동전 던지는 소리가 들렸다. 그제야 아나운서가 중계를 시작했다.

모두 앞으로 잔뜩 몸을 숙였다.

"도대체 뭐라는 거야?" 누군가 소리쳤다.

"글쎄 말야. 저거 스페인어 아냐?"

그렇게 생각하고 보니 영락없는 스페인어였다.

"스페인어?"

"페루의 공용어이자 스페인의 언어지." 형이 농담 삼아 말했지만, 모두 사뭇 진지했다.

"미국에서 위성으로 올 텐데 왜 저래? 아마 다른 채널에서는 영어로 나올지도 몰라." 누군가 투덜대며 말했다.

바텐더가 채널을 이리저리 돌려봤지만 헛수고였다. 스페인어 말고는 없었다.

내가 형에게 몸을 기울였다. "형, 나중에 아주 할 말이 많겠어. 페루 리마에서 형이 제일 좋아하는 팀의 경기를 보게 된 것만 해도 신기한데 그걸 스페인어로 들었다고 해봐. 끝내주잖아."

"이제 너도 분위기를 좀 타는구나. 나도 방금 그 말을 하려던 참이었어."

우리는 곧 스페인어로 중계하는 경기에 적응했다. 레이더스의 경기는 기대에 못 미치고 곧 뒤처졌다. 형의 함성은 점점 줄어들더니 휴식 시간이 되자 머리를 절레절레 저었다.

"신념을 지녀야지." 내가 말했다.

"믿음이 점점 사라지고 있어."

"들었어." 지난번에 형수와 했던 대화를 떠올리며 내가 비난하듯 말했다. "아직도 교회는 가기 싫어?"

형은 미소를 지었지만 나를 보지는 않았다. 신념과 종교는 우리가 어릴 때도 자주 얘기하던 주제였다. 형이 결혼한 후로 그 문제는 더 자주 언급되었다. 형수는 가톨릭 신자가 아니어서 미사에 참석하지 않는 대신에 둘은 특정 종파와 관계없는 기독교 예배를 드리러 다녔다. 나는 매주 거의 똑같은 식으로 진행되는 전통적인 미사를 선호하는 반면, 형은 덜 구조적이고 개인적인 참회에 비중을 두는 예배를 더 좋아했다. 아니, 정확히 말해서, 그런 이유로 변화를 주었다는 게 맞겠다. 그런데 최근에는 그것마저도 소원한 것 같았다.

"음. 크리스틴이 이번 여행 중에 이것만은 나한테 꼭 물어보라고 부탁했구나, 맞지?"

나는 아무 말도 하지 않았다. 형이 몸을 들썩여 자세를 고쳐 잡았다.

"가끔 가기는 해. 크리스틴이 가자고 할 때만. 애들 때문에라도 꼭 가야 한다고 해서."

"그리고?"

"그리고 뭐?"

"아무 느낌도 없어?"

"응, 별로 없어."

"기도는 해?"

"기도 안 한 지 3년 됐어."

나로서는 기도 없는 삶은 상상할 수도 없었다. 형이 피해온 만큼이나 오래 나는 기도에 전적으로 매달려왔다.

"뭔가 잃어버린 것 같지 않아?"

"효과도 없는 기도를 왜 해?" 형이 매몰차게 말했다. "기도한다고 바뀌는 건 없어. 나쁜 일은 어찌 해도 일어나게 돼 있어."

"그래도 그 힘든 시간을 견딜 힘을 준 것 같지는 않아?"

형은 대답하지 않았다. 형은 그 문제에 관해 얘기할 생각이 없었다. 적어도 아직은.

경기는 압승이었다. 템파베이가 승리의 열쇠를 쥐고 있었고 형과 나는 후반전은 보지 않고 바에서 나와 호텔 헬스클럽에서 운동이나 하기로 했다. 우리는 천천히 몸을 풀고 역기로 근력 운동을 한 후 방으로 돌아와 침대에 엎어졌다.

"형이 응원하는 팀이 져서 안됐네."

"별일 아냐. 내가 예전 너 같지는 않잖냐. 기억나, 너 어렸을 때? 바이킹스 질 때마다 너 얼마나 울었냐?"

나는 어릴 때 미네소타 바이킹스 팬이었다. 데이나가 태어난 곳이란 이유로 골라 응원한 팀이었다.

"기억나. 바이킹스가 슈퍼볼에서 졌을 때 정말 가슴이 찢어지는 것 같았어."

"어떤 경기 말이야? 어디 한두 번 졌어야지."

"콕 집어 얘기해줘서 고마워."

"천만에." 형이 잠시 말을 멈췄다. "넌 바이킹스에 관해서라면 제정신이 아니었어."

"알아. 난 여러 면에서 도가 좀 지나친 경향이 있었어."

"너 지금도 그래."

"누구나 문제는 있잖아. 형도 그렇고."

"그건 아니지. 난 아주 행복해. 아직 모르겠냐? 불과 며칠 전에, 절망에 허덕이는 너를 넘치는 활력으로 건져 올린 사람이 바로 이 형님이잖냐."

나는 짐짓 눈을 굴렸다. "이런 일은 나보다 형 스타일에 잘 맞지? 옛날부터 형은 모험을 즐겨서 어떻게든 할 일을 찾아냈지만, 난 형이 곤란해지지 않게 하려고 뒤만 따라다녔어."

형이 활짝 웃었다. "나 진짜 사고 많이 쳤다, 그치?"

"진짜 많이 쳤지. 특히 무기 때문에 일이 많았어."

형이 즐거운 추억을 회상하는 표정으로 말했다. "있잖아, 나는 왜 그런 일이 일어나는지 도무지 알 수 없었어. 난 단지 재밌고 싶었을 뿐이지 못된 아이가 아니었잖아."

나는 '참 좋았던 시절'을 생각하며 빙그레 웃었다.

우리 부모님은 현명하고 좋은 분들이었지만, 우리가 아무리 잘 가지고 논다 해도 비비 총만큼은 안 된다는 결론을 내렸다. 아무리 간청해도 새로 사주지 않았다. 그러면 장난감 소총이라도 사달라고 했지만, 거부당했다. 대신 활과 화살을 사주었다.

우리는 활을 가지고 또 신나게 놀았다. 제대로 겨냥은 못 했지만, 부족한 정확성은 빠른 속도로 만회했다. 우리는 콧노래를 부르며 화살을 쏘았으나 나무에 파묻히기 일쑤였다. 이번에도 형이 나보다 빨리 실력이 나아져서 마침내 10미터 정도 떨어진 곳에 있는 꽤 큰 목표물을 5퍼센트의 확률로 명중했고, 나는 3퍼센트에 그쳤다.

"야, 네 머리 위에 사과 얹어놓고 맞히는 연습 하면 좋겠다." 급기야 형이 이런 제안을 했다.

"형 머리 위에 얹는 게 더 좋겠는데." 내가 말했다.

"그건 안 되지."

어느 날, 숲에서 활을 쏘았는데 화살 하나가 길을 잃고 집 짓는 일꾼들 쪽으로 날아들었다.(그곳으로 이사한 후 몇 년 동안 새집 짓는 일이 한창이었다.) 화살이 사람을 맞히진 않았지만 그 언저리에 떨어졌기에 목수 한 명이 크게 화를 냈다. 우리가 아무리 고의가 아니었다고 해도 소용이 없었다. "이 근처에서는 활 쏠 생각도 하지 마." 목수는 사납게 으르렁거리는 것도 모자라, 아무리 빌고 또 빌어도 화살을 돌려주지 않았다. 우리에게는 화살이 세 발밖에 없었기에 한 발을 빼앗기면 손해가 너무 컸다.

형과 나는 그곳을 조용히 빠져나와 분노를 애써 누르며 다시 언덕 위로 올라갔다. 꼭대기에 도착했을 때 형은 이미 알지도 못하는, 그것도 화살을 빼앗아 간 사람의 명령 따위 따르지 않을 준비가 되어 있었다.

"아저씨가 뭔데 나한테 이래라 저래라야!"

형은 활에 화살을 얹어 시위를 당긴 후 '이러면 어쩔 건데!' 같은 반항 조의 말과 함께 몸을 뒤로 기대 하늘 위로 화살을 쏠 자세를 취했다. 곧 화살이 활을 벗어나더니 위로 쌩하고 날아가 하늘 높이 한 점이 되었다.

물론, 형은 그날 오후에 불던 미풍은 신경도 쓰지 않았다. 또한 내가 보기에는 형이 위로 똑바로 쏠 의도만은 아니었다. 화살은 언덕 아래 일꾼들이 있는 방향으로 가기에 충분한 각도였고 나머지는 바람이 맡았다. 화살이 궤도를 바꾸어 날아가는 것을 보고 나는 가슴이 덜컥 내려앉았다.

"형, 화살이 어, 어디로 가는 거야?"

"아, 아…… 안…… 돼. 안 돼. 아, 아, 아, 안, 돼!!!!!!"

형도 나처럼 새하얗게 질린 채, 그렇게 하면 상황이 바뀌기라도 할 것처럼 손사래를 치며 위아래로 펄쩍펄쩍 뛰었다. 화살은 아래쪽으로 원을 그리며 좀 전에 화살을 압수한 일꾼을 향해 날

아가고 있었다. 겨냥했대도, 애써 맞히려 했대도, 200미터나 떨어진 곳에서 그렇게 정확하게 화살을 쏠 수는 없었을 것이다.

"안…… 돼……. 안 돼!!!!" 형은 계속 풀쩍풀쩍 뛰며 비명을 질렀다.

화살이 비운을 향해 내려가고 있는 게 보였다. 점점 우리가 그 남자를 죽이고 말 거라는 확신이 짙어졌다. 그때만큼 공포에 떨었던 적이 없었다. 시간은 느리게 흘렀고, 상황은 무시무시하게 치닫고 있었다. 우리는 소년원에, 아니 어쩌면 교도소에 가게 될지도 몰랐다.

바로 그때 상황이 종료됐다.

화살은 삽을 들고 일하는 그 남자의 발에서 불과 몇 센티미터 앞에 먼지를 일으키며 떨어져 박혔다. 남자가 대경실색해서 옆으로 몸을 피했다.

"하느님, 감사합니다." 형이 안도의 한숨을 길게 내쉬더니 어색하게 웃었다.

"저거 봐. 진짜 큰일 날 뻔했어."

그 나이에, 그 특별한 순간에, 우리는 그 남자가 이 말도 안 되는 사건을 어떻게 볼지 가늠할 정신이 없었다. 멀쩡하게 일하다가, 바로 다음 순간 아이 둘이 언덕 위에서 쏜 화살에 맞아 죽을 뻔했으니 남자는 조금도 신에게 감사할 마음이 없었다. 남자는 '격노'했다. 200미터나 떨어진 곳에서도 남자가 우리를 보고 눈을 부릅뜨더니 삽을 팽개치고 트럭으로 뛰어가는 게 보였다.

"형, 우리 도망쳐야 하지 않을까?" 내가 물으며 형을 돌아보았다.

그러나 형은 벌써 걸음아 날 살려라 하며 줄행랑치고 있었다.

30초쯤 후에 나도 형을 따라 달리기 시작했고 이웃집의 잔디를 가로질러 뛰어가다 뒤를 돌아보았다. 트럭이 숲 가장자리에 멈춰 서더니 남자가 트럭에서 내려 이제는 뛰어서 우리를 쫓기 시작했다.

결국 남자가 우리를 따라잡았는데, 거리가 좁아지자 남자는 멀리 있을 때보다 더욱 화를 냈다. 그날 있었던 일을 전해 들은 아버지는 불같이 화를 냈고 우리는 몇 주간 외출을 금지당했다. 설상가상으로 그날 오후 늦게 보안관이 와서 활과 화살을 압수해버렸다.

그랜드캐니언으로 딱 한 번 여행 간 것을 빼면 우리는 방학마다 샌디에이고에 사는 친척 집에 갔다.

무슨 이유인지는 몰라도 어머니와 아버지 가족의 상당수가 그리로 이사를 가 살았다. 친척들을 방문하면 큰돈 들이지 않고 해변에서 즐길 수 있으니 여유 없는 가족에게는 휴가를 보낼 최고의 방법이었으리라.

거기까지 가려면 우리 셋이 도베르만 개 브랜디를 안고 짐이 가득 실린 폭스바겐 뒷자리에 끼여 타고 열 시간을 버텨야 했다. 중간에 차 기름을 넣기 위해 두 번 멈췄지만, 음식이나 음료수를 사 먹는 법은 절대 없었다. 대신 어머니가 집에서 준비해 간 햄 샌드위치와 프리토스, 핑크 레모네이드로 끼니를 해결했다.

참 멋진 시간이었다. 친할머니 댁으로 가기 위해 5번 고속도로를 쌩쌩 달릴 때도 부모님은 우리에게 안전벨트 매기를 강요하지 않았고(놀라운 비밀 누설에 충격받지 않으셨길), 우리는 책을 읽거나 게임을 하거나 뒷자리에서 레슬링을 했다. 서로 밀고 당기는 사소한 씨름이 아니라 헤드록과 주먹질과 팔다리 꺾기가 난무하고, 항상 비명과 눈물로 끝이 나는 진짜 레슬링이었다. 한동안은 부모님도 못 본 척했지만, 아버지가 어깨너머로 돌아보며 '차 좀 그만 흔들어대라'는 호통과 함께 데프콘 카운트다운이 임박했음을 알리는 때가 오고야 말았다. 그러면 우리는 아버지의 귀에서 옥수숫대가 자라는 것이라도 본 양, 어안이 벙벙한 얼굴로 아버지가 왜 그렇게 화를 내는지 궁금해했다.

"너 때문이야. 그러게 왜 울어?" 형이 쉭쉭거리는 목소리로 말한다.

"형이 나 때렸잖아."

"그까짓 걸로 뭘 울어."

"형이 내 귀를 비틀었잖아! 떨어지는 줄 알았어!"

"과장하기는!"

"형은 바보야."

형이 인상을 찌푸렸다. "지금 뭐랬어?"

"작은오빠가 큰오빠보고 바보래." 데이나가 친절하게 돕고 나선다.

형이 쏘아본다. "누가 바본지 볼래?"

이쯤 되면 레슬링이 다시 시작된다. 우리는 샌디에이고까지 차를 몰고 갔다기보다, 차가 '풀쩍풀쩍 뛰어'갔다고 해야 맞을지도 모른다.

사촌들을 방문하는 우리는 말 그대로 '도시에 온 촌놈'이었다. 친척들은 우리보다 경제적으로 훨씬 살기가 나은 편이었다. 우리는 도착하자마자 사촌들의 방으로 밀고 들어갔다. 문 너머에는 '이상향'이 펼쳐졌고 우리는 눈물까지 그렁그렁한 채 한동안 놀라서 입을 떡 벌리고 쳐다만 보았다. 사촌들은 우리가 평생 본 것보다 더 많은 장난감을 가지고 있었고, 우리는 곧 그것들을 십분 활용했다.

"야, 이거 뭐야?" 뭔가를 집어 들며 우리가 묻는다. 곧 우리는 그게 뭔지 알아내려고 온몸을 비틀어댄다.

"배터리로 작동하는 크레인이야." 사촌이 가슴을 쫙 펴고 자랑한다. "이것만 있으면 집을 다 지을 수 있어."

뚝!

사촌은 장난감이 두 동강 난 걸 보고 혼비백산한다. "어떻게 된 거야? 부…… 부서졌잖아."

"아, 미안해. 야…… 이건 또 뭐야?"

"이건 리모컨으로 작동하는 미니칸데……" 뚝!

"아, 미안. 야, 야, 이건 뭐……."

장난감들이 부서지면(어떻게 그렇게 짧은 시간에 그렇게 많은 사고가 일어날 수 있는지 알다가도 모를 일이다) 우리는 사촌들과 놀이를 시도했다. 그러나 정작 사촌들은 그것을 놀이로 보지 않았다. 우리는 집에서 했던 일상적이고 재미있는 짓을 그대로 했을 뿐인데 사촌들에게는 거의 무자비한 고문이었다. 사촌들은 우리처럼 규칙이라곤 없는 어린 시절을 보내지 않았던 것 같다. 가령, 우리는 바닥 깔개에 애들을 하나씩 말아서 숨도 못 쉴 정도로 굴리는 걸 재미있다고 여겼다. 형과 나는 소파에서 돌돌 말린 융단으로 차례로 몸을 날렸고 애들이 밑에서 꿈틀댈 때마다 "빙고!"라고 외쳤다. 어떤 때는 수영장에 밀어 넣고 꺼내주지 않아 사촌들이 기절 직전까지 가기도 했다. 세게 때리는 법을 가르쳐준다며 사촌들의 작은 팔에 시범을 보인 적도 있다.

"아니야, 그게 아니지. 팔을 뒤로 확 잡아당겼다가 손가락 마디를 이용해서, 이렇게⋯⋯"

픽!

사촌들에게 한 가지 안 좋은 점이 있다면, 그들도 가족이기에 이렇게 말하려니 참 마음이 아프지만, 애들이 한결같이 징징댄다는 거였다. 우리가 옆에 있으면 걔들은 늘 울었다. 걔들 부모가 그걸 어떻게 처리했는지 지금도 궁금할 뿐이다.

어쨌든 시간은 흘러 친척 집 방문을 끝내고 돌아갈 시간이 다가왔다. 차를 타러 가면서 돌아보니 사촌들이 하얗게 질린 채 벌벌 떨며 멍투성이가 된 팔을 들어 잘 가라고 인사를 했다.

"내년에 또 봐!" 우리는 당당하게 큰 소리로 인사를 했다.

나중에 형이 이렇게 물었다. "우리 차 탈 때 애들 얼굴이 왜 그랬어?"

"눈을 가늘게 뜨고 깜빡거리며 갑자기 옆으로 찡긋거리는 거 말이지?"

"응."

"글쎄. 틱 장애 같은 거 아닐까?"

형이 고개를 절레절레 젓고는 말했다. "불쌍하다. 우리가 처음 갔을 때는 그렇지 않았는데. 갑자기 그런 병이 생겼나 봐."

여행은 그 자체로도 모험이었다. 한번은 샌디에이고로 출발할 때 아버지의 지갑에는 달랑 21달러가 있었다. 가족이 일주일 휴가를 가면서 들고 간 돈이 그게 다였다. 재수 없게도, 로스앤젤레스에서 북쪽으로 한 시간 정도 달린 테하차피 산맥에서 우리 밴이 퍼져버렸다. 근처에 하나밖에 없는 정비소로 견인되어 갔더니 기름이 샌다고 했다. 수리에 필요한 부품이 도착하려면 적어도 일주일은 걸릴 테니, 원한다면 목적지까지는 갈 수 있게 밤새 용접을 해주겠다고 했다. 물론 그 작업에 대한 비용도 아버지에게는 없었다. 아버지는 돈과 우습고도 모순되는 관계를 유지하고 있었다. 아버지는 돈을 더 많이 벌고 싶어 했지만, 어떻게 해야 돈을 더 벌 수 있는지 도통 알지 못했다. 동시에 돈에 대해서는 생각하기도 싫어했는데, 우리 가족의 입장으로는 생각을 안 하려야 안 할 수 없는 상황이었다. 우리 가족은 모든 것을 예산 안에서 써야 했는데, 차 고장은 예산에 없었다. 아버지가 화가 났다고 하면 너무 절제된 표현일 것이다. 완전히 넋이 나갔다고 해야 맞다. 데프콘 카운트다운 단계도 지나 핵 발사 단계에 가 있었다. 아버지는 샌디에이고에 있는 할머니에게 전화해서 수리비를 송금해달라고 부탁하면서도 수리가 다음 날이나 돼야 끝난다는 건 생각하지 못했다. 아버지는 그날 내내 앞뒤로 서성이며 입 밖으로 혀를 동그랗게 말고 죽음의 곡조를 읊조렸다.

그날 오후 늦게 우리는 가지고 온 햄 샌드위치와 프리토스, 레모네이드를 마저 다 먹어버렸고 아버지는 그 사실에 분노했다. 음식 사 먹을 돈도, 심지어 하룻밤 어디 가서 잘 돈도 없어서 그날 밤 우리는 개를 데리고 차 뒷좌석에서 웅크리고 자야 했다. 잠에서 깨서도 아침 먹을 돈이 없어서 오후가 되어 샌디에이고에 도착할 때까지 쫄쫄 굶었다.

그러나 그 여행 최악의 사건은 몇 끼를 굶은 것도, 아버지가 화를 낸 것도 아니었다. 그 사건은 정비소에 도착한 지 한 시간 정도 지났을 때 일어났다.

이미 말했다시피 아버지는 그때 몹시 화난 상태였으므로 우리는 미리 눈치를 살펴 멀찌감치 피해 있었다. 아무것도 할 일이 없어서 우리 셋은 마을에 뭐가 있는지 살펴보기로 했지만, 곧 뾰족한 것이 없다는 사실을 알게 되었다. 그곳은 마을이라기보다는 황폐한 휴게소에 가까웠다. 고속도로 양 방향으로 낡은 건물 몇 채만 늘어서 있을 뿐이었고, 날씨는 무덥고 그늘 하나 없었다. 시간을 보낼 만한 커피숍이나 한구석에 텔레비전이 놓인 식당 하나 없었다.

우리가 따분해보기는 그때가 거의 처음이었던 것 같다. 감사하게도 곧 우리의 관심을 갈구하는 개 한 마리가 나타났다. 녀석은 놀랍도록 순하면서도 에너지가 충만하고 명랑해서 우리는 몇 분 동안 계속 녀석을 만지며 놀았다. 우리의 성을 따서 녀석을 스파키라고 불렀다. 이윽고 스파키는 허둥지둥 몸을 일으키더니 혀를 빼물고 매우 만족한 표정으로 멀리 달아나기 시작했다. 녀석이 거의 웃는 듯한 얼굴로 우리를 돌아보며 길을 향해 나아가다가, 마침 시속 80킬로미터로 달리던 차에 치이고 말았다.

우리는 그 광경을 똑똑히 지켜봤다. 쿵 하는 소리와 함께 개가 몸을 비비 꼬고 입에서 피를 철철 흘리면서 우리가 있는 쪽으로 달려오더니, 불과 몇 미터 앞에서 미끄러지며 쓰러졌다. 차는 잠시 속도를 늦추는가 싶더니 그냥 지나가버렸다. 그 차에 타고 있

던 가족들도 우리 못지않게 놀란 것 같았다. 스파키는 잠시 낑낑
대며 마지막 숨을 몰아쉬더니 우리 발치에서 죽어버렸다. 아버
지는 기분이 몹시 안 좋았고, 어머니는 그런 아버지를 진정시키
느라 여념이 없어서 우리는 늘 하던 식으로 그 마지막 공포의 순
간을 감당할 수밖에 없었다. 우리 셋은 고속도로 가에서 왜 이런
끔찍한 일이 일어났는지 이해하려 애쓰며 서로 얼싸안고 하염없
이 울고 또 울었다.

8

쿠스코, 마추픽추, 페루(Cuzco, Machu Picchu, Peru)
1월 27-28일

리마에 잠시 들른 후 우리는 서반구에서 가장 오래된 정착지이자 잉카 제국의 수도였던 쿠스코로 갈 준비를 했다. 인구 27만에, 어도비 벽돌집들과 빨간 타일로 된 지붕, 꼬불꼬불한 자갈길, 웅장한 성당, 오픈 마켓으로 휘황찬란한 도시 위를 날며 형과 나는 그 아름다움에 단박에 매료되었다.

비행기에서 우리는 고산병을 조심하라는 주의를 들었다. 쿠스코는 안데스 산맥의 해발 3500미터에 있으니 비행기에서 내릴 때 아주 천천히 움직이라고 했다. TCS 직원 여러 명이 터미널 이곳저곳에 서서 비행기에서 내리는 우리에게 계속 당부했다.

"천천히 걸으세요. 숨을 헐떡이지 마시고, 천-천히."

"이건 뭐 공항을 빠져나가는 게 아니라 에베레스트 산이라도 오르는 것 같지 않아?" 형이 귀에다 대고 말했다.

나 역시 이 모든 것이 우스꽝스럽기만 했다. 일행 중에 고산병에 걸리는 사람이 생길 수도 있지만, 우리는 상대적으로 젊고 건강해서 별 염려 없으리라 생각했다. 그래서 직원들의 경고를 무시하고 평소대로 걸었더니 다른 사람들이 버스에 도착할 때까지 조금 기다려야 했다.

그런데 기다리는 동안 형의 표정에 근심이 어렸다. 형이 두어 번 숨을 크게 들이마셨다.

"나 지금 고산병인 것 같아."

"진짜?"

"약간 그래. 좀 몽롱한 느낌이야."

곧이어 나도 맥주를 지나치게 많이 마신 것처럼 정신이 오락가락했다. 우리는 이유도 없이 낄낄거리기 시작했고 웃음은 좀체 멈출 줄을 몰랐다. 버스에 타자 모든 게 터무니없을 정도로 웃겼다. 사람들이 입은 옷이나 목소리를 덜덜 떨게 하는 울퉁불퉁하고 꼬불꼬불한 길도 우스웠지만, 특히 우리가 곧 방문하게 될 장소의 이름인 '삭사이와만Sacsayhuaman' 때문에 배를 잡고 웃었다.

제대로 발음하면 러시아 억양을 가진 사람이 '섹시 우먼'이라고 하는 것 같았다. 정신이 몽롱한 상태에서 우리는 그 얘기를 하고 또 했다.

"그 세시한 우먼을 빨리 보고 싶다." 형이 말했고, 산소가 부족한 뇌 덕분에 나는 미친 사람처럼 웃어젖혔다.

"근데 세시 우먼은 어디 이슬까? 내가 세시한 우먼을 어마나 조와하는 거 너도 아지?"

"그마…… 그만해." 내가 간청했다.

"지짜, 지짜, 지인짜 세시 우먼하고 놀고 시따. 페루에는 세시 우먼 지인짜 많다." 내 눈에는 눈물까지 고였다.

우리는 예약된 호텔에서 점심을 먹었다. 호텔은 예전에 수도 원이었던 곳이라 아주 흥미로웠다. 규모는 훨씬 더 웅장했지만, 그곳도 카사 알리아가처럼 건물이 가운데 뜰을 빙 둘러싸게 설계되었다. 호텔 건물은 1640년에 처음 지어졌는데, 나중에 고객들의 고산병을 완화할 요량으로 산소가 안으로 공급되게 구조를 변경했다. 로비에 들어서서 주변을 둘러보던 형이 말했다.

"여기가 세시 우먼보다 훠얼신 더 조타."

오후가 되어 낄낄거림이 잦아든 후에야 잉카 시대 요새를 보러 갈 수 있었다. 그곳은 기대했던 것과 사뭇 달랐다. 쿠스코 바로 위 크고 탁 트인 고원에 자리한 요새는 양쪽이 바위 벽으로 에워싸여 있어서 방어 진지라기보다 원형 경기장 같았다. 벽은 큰 화강암 덩어리로 지어졌는데, 돌을 어찌나 정교하게 다듬어 쌓았던지 오늘날에도 돌 사이에 종이 한 장 들어갈 틈이 없었다.

머리 위에는 먹구름이 드리워 분위기가 음산했다. 우리는 더블린 부부와 함께 그곳을 거닐었는데, 곧 서로 좋은 길동무가 되었다. 복잡한 돌 구조를 설명하는 가이드의 말을 흘려들으며, 부부는 우리에게 최근에 결혼 41주년을 맞았다고 말했다. 잠시 후 형과 내가 따로 걷고 있자니 저 앞에서 부부가 함께 서 있는 모습이 보였다. 우리는 잠시 망연히 그들을 바라보았다.

"행복해 보인다, 그치?" 형이 물었다.

"응. 실제로도 행복하니까 밖으로 그렇게 드러나는 거겠지?"

"40년이라니. 저분들은 내가 산 세월보다 더 오래 함께 살았네."

"우리 일행 중에 그런 사람들 많은 것 같아."

"결혼 생활을 오래 유지하는 비결은 뭘까?" 형이 다시 물었다.

"비결이 있긴 할까? 부부마다 다 다르기도 할 테고. 이 커플에게 통하는 게 다른 부부에게는 전혀 안 통할 수도 있잖아."

"물론 그렇지. 그래도 한 가지만 고르라면 뭘까?"

나는 잠시 뜸을 들였다. 머리 위 잿빛 하늘을 올려다보니 구름이 시시때때로 모양을 바꿔가며 이리저리 몰려다녔다.

"헌신 아닐까?" 내가 마침내 입을 뗐다. "둘 다 헌신적이어야 해. 두 사람이 결혼 생활에 헌신하면서 함께 노력하면 길을 찾을 수 있을 것 같아. 살면서 무슨 일이 생기든 간에. 헌신할 생각이 없는 사람과 결혼하거나, 혹은 스스로 헌신하지 않으면 뭔가 어긋나서 결혼 생활을 유지하기 어려울 거야. 결혼 생활은 쉬운 게 아닌 것 같아."

"흠." 형은 별말이 없었다.

"형은 어때? 비결이 뭐라고 생각해?"

"글쎄. 결혼한 지 4년밖에 안 돼서 잘 모르겠어. 하지만 나와 크리스틴의 경우를 보면 소통이 가장 중요한 것 같아. 우리가 어떤 일에 관해 서로에게 솔직하면 둘 사이가 좋더라고. 공연히 비밀로 하면 억울하고 화가 나서 끝내 싸우게 돼."

나는 아무 말도 하지 않았다.

"뭐야? 소통이 중요하다고 생각하지 않는 거야?"

나는 어깨를 으쓱했다. "아무도 진정으로 헌신하지 않으면 서로 말을 한다고 무슨 소용이 있겠어? 만약 한쪽이 바람을 피우거나 마약을 하거나 폭력을 행사하면, 말만 한다고 상처가 없어지거나 무너진 신뢰가 회복되진 않을 거야. 결국 결혼 생활은 행동이 아닐까 싶어. 난 사람들이 결혼 생활을 유지하는 데 너무 말만 앞선다고 생각해. 배우자가 자신에게 무엇을 필요로 하는지 알고 나면 그걸 해주려고 노력해야 해. 관계를 악화시키는 일을 피해야 하고. 상대방도 그런 식으로 똑같이 행동하면 결혼 생활은 어떤 어려움도 헤쳐나갈 수 있을 것 같아."

형이 빙그레 미소를 지었다. "너랑 제수씨처럼?"

"응. 나랑 캣처럼." 내가 조용히 말했다.

삭사이와만의 요새를 나와 쿠스코 대성당을 보러 갔다. 그곳의 부유함은 여러모로 상상력을 자극했다. 쿠스코 대성당은 뉴욕의 성 패트릭 대성당보다 규모가 컸고, 종교계 인물들의 프레스코 벽화와 유화가 수백 점이나 있었으며, 사방이 금과 은으로 번쩍거렸다. 거대한 제단뿐 아니라 벽 전체가 귀금속으로 도금되어 있었다. 스페인 사람들이 상당량의 재산을 스페인으로 빼돌린 것을 생각해보면 왜 피사로가 잉카 제국 정복에 그렇게 열을 올렸는지 알 수 있었다.

교회 자체로도 충분히 매력적이었지만 형은 그중 특정한 것에 집착하고 있었다. 어렵사리 가이드를 불렀다.

"예수가 기니피그를 먹는 그림은 어디 있습니까?" 형이 물었다.

우리가 들은 바에 의하면 페루 사람들은 기니피그를 애완동물이 아닌 별미 음식으로 여겨 특별한 일이 있을 때 요리한다고 했다. 초기 스페인 선교사들이 잉카인들에게 가톨릭을 전파하러 와서 원주민들의 환심을 사려는 방편으로 종교를 지역 문화와 혼합했다. 그래서 선교사들이 '최후의 만찬' 그림을 의뢰하면서 화가에게 예수가 먹은 음식에 신경 써달라고 부탁했고, 화가는 그 그림을 보고 사람들이 놀라지 않을까 마음을 졸여야 했다.

우리는 제자들에 둘러싸인 예수의 그림을 뚫어지게 바라보았다. 예수 앞에 놓인 큰 접시에는 빵과 와인 말고도 구운 기니피그가 버젓이 자리하고 있었다.

한참을 넋을 놓고 쳐다보고 있는데 형이 말했다.

"앨리 반에서는 기니피그를 애완동물로 키운대."

"그래?"

"응. 앨리가 엄청 좋아할 거야." 형이 몰래 사진을 찍었다.

박물관.

우리는 어디서든 박물관에 가서 원주민들의 역사를 대변하는 공예품들을 봐야 했다. 솔직히 털어놓자면, 지루하기 짝이 없었다. 가령 과거에는 어느 문화든 도자기가 존재했다. 따라서 우리는 항상 항아리나 사발을 오래도록 감상해야 했다. 아무리 관심을 가지고 봐도 조금만 지나면 여염집 주방 찬장과 별 차이가 없어 보였다. 문제는 가이드들의 항아리 사랑이 각별하다는 거다. 가이드들에게 도자기에 대해 떠들라고 하면 몇 시간도 문제없을 것 같았다. 심지어 그들은 도자기를 숭배하는 듯했다.

"그리고 이건…… 이건 잉카인들이 물을 저장할 때 사용한 항아리입니다! 여기 보세요. 와인을 넣어두던 항아리와는 많이 다르죠? 모양과 색깔이 전혀 딴판이에요! 크기까지 다르잖아요! 잉카인들의 문명이 참으로 놀랍지요? 다른 액체는 다른 항아리에 담아라! 상상해보세요!"

형이 가이드의 말을 따라 했다. "와우, 상상해보세요."

"그러고 있어." 내가 심드렁하게 덧붙였다.

"액체는 각각 다른 항아리에 담는 거야! 상상도 못 했는걸, 그렇지?"

종종 우리는 전혀 다른 것에 매료되곤 했다. 예를 들어 뼈나 무기, 해골이 눈길을 끌었고, 특히 해골 앞에서는 저절로 발길이 멈추었다. 쿠스코 박물관에는 유리 너머로 해골이 길게 진열되어 있었다. 스페인어로 되어 있는 안내 글을 어렵사리 조합해보니 '외과 수술'이 골자였다.

우리 가이드는 해골이나 원시적인 단계의 수술에는 별 관심이 없었다. 가이드는 그것이 잉카 제국 초기의 품위를 손상하기라도 하듯 애써 무시하고 싶어 했다.

"그건 중요하지 않습니다. 이리 오세요. 항아리와 사발을 보여드릴게요. 저쪽으로 가면 종류가 더 많습니다."

"천천히 따라갈게요." 우리가 말했다.

우리는 잉카 사람들이 뇌수술을 했다는 사실에 빠져들었다. 해골에 구멍을 뚫은 흔적이 보였다. 크기는 25센트짜리 동전만했고 구멍이 뚫린 자리의 수와 모양으로 볼 때 뇌수술이 아주 드문 일은 아닌 듯했다. 그것들을 보고 있자니 환자가 겪었을 일이나 족장이 수술의 필요성을 설명하는 광경이 그려졌다.

"흠. 요즘 기분이 좀 우울하지? 분명 자네 두 귀 사이에 짐승의 영혼이 스며든 게야. 파내야 할 것 같네."

"잘 알겠습니다요, 족장님. 어떻게 하는 건지 알긴 아시죠?"

"그럼, 그것도 모르고 덤비겠는가. 항아리와 사발을 본 석 있
잖은가? 우린 선진 문물을 자랑하는 부족이라네. 자, 재규어의
뼈를 건네주고, 내가 수술할 수 있게 바위 위에 기대게."

"넵, 여부가 있겠습니까요."

다음 날 아침, 우리는 마추픽추로 가기 위해 전설적인 우루밤
바 계곡을 통과하는 여정에 나섰다. 가이드는 그 계곡이 세계에
서 가장 아름다운 경치로 손꼽히는 곳이라고 소개했다. 우리 여
행은 무엇을 기대하든 항상 그 이상이었다. 형과 나는 세 시간
반 동안 차창 밖으로 펼쳐진 깎아지른 화강암 절벽과 손에 닿을
듯 흐르는 강물을 넋 나간 표정으로 바라보았다. 곳곳에 황폐한
잉카 시대 유적이 즐비했다. 이쪽에 벽이 있는가 하면 저쪽에는
저장 창고가 있었다.

우리가 탄 버스는 먼저 계곡을 따라 내려가다가 다시 안데스
산맥으로 기어오르기 시작했다. 푸른 하늘은 희고 습기 가득한
구름으로 바뀌었다. 숲이 우거진 안데스 산맥에 들어간 후 걷잡
을 수 없이 몰아치는 우루밤바 강 제방 위에 올라앉은, 금방이라
도 무너질 듯 보이는 마을에서 내렸다. 행상들로 빼곡한 좁은 길
을 따라 내려가는데 비가 오기 시작했다. 거기서 우리는 버스를
갈아타고 600미터 높이의 마추픽추까지 지그재그로 이어지는
좁은 도로를 달렸다.

안데스 산맥 높은 곳에 있는 사라진 잉카 도시에 관한 이야기

는 1911년 미국 탐험가 히럼 빙엄Hiram Bingham이 페루에 도착할 때까지만 해도 민간 설화로만 여겨졌다. 그 존재를 증명하기 위해 히럼 빙엄은 현지 가이드를 고용해서 사라진 도시를 찾아 나섰다. 위치를 안다고 주장하는 가이드들조차도 계곡을 몇 번이나 누빈 끝에 마침내 구름이 서린 절벽 꼭대기로 안내했다. 빙엄과 그의 팀은 위로 올라가다가 원주민 몇을 만났는데, 그들 말이 '모퉁이만 돌면 집이 있다'고 했다. 곧 빙엄 일행은 폐허가 된 전설 속 도시를 만났다. 어떤 건물은 2500명 이상을 수용할 수 있는 크기였다. 오늘날까지도 그 도시가 왜 생겼는지 아무도 정확히 밝혀내지 못했다. 스페인 약탈자의 침입을 막기 위한 전초 기지였다는 설도 있고, 왕이 쉬는 은밀한 휴가지였을 것이라는 가설도 있다. 거주자들의 대부분이 여자였다는 점을 증거로 들먹였는데, 이 때문에 가설을 증명하기는 더 복잡해졌다. 이미 입증된 사실이 있다면, 그 도시는 스페인 군대가 도착한 직후에 버려졌다는 점이다.

버스에서 내리자 안개와 구름 장막 때문에 아무것도 보이지 않았다. 하는 수 없이 절벽 끝을 따라 조심조심 가다 보니 베일을 벗듯 서서히 유적지가 눈앞에 나타났다. 처음에는 모든 게 흐리게만 보이다가 점차 그림이 형성되었다. 그러다 갑자기 눈앞이 환해졌는데, 모두 앞에 펼쳐진 광경에 압도되어 숨소리 하나 못 낼 지경이었다.

순전히 위치 때문에 마추픽추가 더 충격적이었는지도 모른다. 산꼭대기에 유적지가 있는가 하면, 절벽 측면에 지어진 건물도 있었다. 계단식 논은 절벽 면을 깎아낸 거대한 계단 같았고 그 바로 위에는 화강암으로 된 고대 잉카인들의 거주지와 사원이 있었다. 나무와 짚으로 이어 만든 지붕은 폐허가 된 지 오래였지만 구조 자체는 충분히 알아볼 수 있었다. 건물 사이에 가파른 계단이 있어 아파트처럼 서로 연결되어 있었다. 거주지들 사이, 제단이 있는 넓은 땅은 예배 보는 장소였다. 우뚝 솟은 안데스 산맥의 경사면이 멀리서 우리를 에워쌌다. 그 꼭대기를 구름 줄기가 구불구불 지나갔다. 티칼을 보고 놀라서 어안이 벙벙했다면 마추픽추의 건축물을 보고는 그야말로 말문이 막혀버렸다. 마추픽추는 이 여행을 통틀어 내가 가장 좋아한 곳이었다.

유적지를 훑고 지나가면서 가이드는 역사와 문화를 얘기해주었다. 그러나 나는 잠시라도 일행에게서 떨어져 따로 있고 싶은 마음이 간절했다. 그곳은 단순히 '방문'할 곳이 아니라 '느끼고 경험'해야 할 장소였다. 형도 같은 생각이었다. 어느 순간 우리는 유적지 한 끄트머리에 다리를 늘어뜨린 채 조용히 앉아서 장관을 만끽했다. 둘 다 감히 침묵을 깰 엄두를 내지 못했다.

그 후 몇 시간 동안 우리는 계속 유적지를 돌아다녔다. 그러고 나서 식당에서 점심을 먹을 예정이었다. 형과 나는 그곳에 오래 머물고 싶었지만 일정이 허락하지 않아서 툴툴거리며 하는 수 없이 일행과 행동을 같이했다.

점심 식사 후 우리는 다시 쿠스코로 향했고 어스름이 내린 후 호텔에 도착했다. 여행 관련 강연자 한 명이 호텔 방으로 전화해 빨리 나와보라고 했다. 가보니 현지 식당에 주문한 음식이 와 있었다.

구운 기니피그였다.

"자, 먹어봅시다. 가이드한테 부탁해서 현지 식당에서 특별히 공수해 온 겁니다. 사진도 찍어야지요."

나는 보기만 해도 속이 메스꺼웠다. 형에게 몸을 기울여 속삭였다. "머리하고 발톱이 그대로 있어."

형이 어깨를 으쓱했다. "별미라잖아. 그림 보니까 최후의 만찬에도 올랐던데 뭘."

"진짜 먹으려는 건 아니지?"

"맛이나 보지 뭐. 이런 기회가 또 있겠어? 난 먹어볼래. 이곳 나름의 조리법도 있을 테니까."

"진짜? 먹어본다고?"

"먹어봐야지. 참, 부탁 하나 하자."

"뭔데?"

"사진 좀 찍어줘. 앨리 보여주게."

"너무해. 앨리가 기절초풍할 거야."

"아닐걸. 재미있어할 거야. 네가 먹는 것도 찍어줄게."

"나?"

"당연하지. 이런 순간을 놓치게 할 것 같냐, 내가? 그런 말 있잖아. 로마에서는……"

다시 기니피크를 보았다. "생각만 해도 토할 것 같아."

"걱정하지 마라. 이 형님이 너의 새로운 경험을 도와줄 테니까. 네가 잠재력을 발휘하게 해주겠다고."

"으이그, 고맙네."

"그렇지?" 형이 다시 어깨를 으쓱하며 말했다. "형제 좋다는 게 뭐냐? 자, 카메라 준비해."

형이 기니피그 먹는 사진을 찍었다. 내가 조금 베어 물자 형도 내 사진을 찍었다. 속이 자극받은 라바 램프유색 액체가 들어 있는 장식용 전기 램프처럼 마구 뒤틀렸다.

"생각만큼 나쁘진 않지?"

"토할 것 같아."

형이 껄껄 웃더니 내 어깨에 팔을 얹었다. "이렇게 생각해봐. 이건 우리가 한 온갖 엽기적인 일 중의 하나일 뿐이야. 게다가 이번에는 위험하지도 않았어."

페어 오크스에서의 첫 몇 해 동안 우리는 온갖 무모한 묘기를 통해 용기의 극한을 시험했지만, 사이는 점점 멀어졌다. 형은 친구들과 보내는 시간이 더 많아졌고, 나는 혼자 지내는 시간이 많았다. 친구들과 놀 때도 있었으나 대체로는 그렇지 않았다.

그러나 비록 시기는 달랐어도 우리 둘이 똑같이 겪는 통과 의례 같은 것은 있었다. 주택 단지 개발이 봇물 터지듯 할 때라 주변에는 들판과 숲이 점점 사라지고 있어서 우리는 아메리칸 리버 근처에서 주로 놀았다. 거기에는 자전거 도로와 스킴보드(워터 스키 같은 것인데 보드가 더 크고 보트 대신 강둑에 있는 나무에 매달아 물살을 타고 논다) 탈 만한 곳이 있었다. 또 수면에서 13미터 정도 위에는 강을 가로지르는 보행자 다리가 있었는데, 그 다리에서 차가운 강물로 뛰어드는 것이 어린 시절의 통상적인 의식이었다. 그러나 자칫 잘못 뛰어들면 숨이 멎을 수도 있었다. 나는 열 살 때 처음으로 그 다리에서 뛰어내렸고, 형은 1년 일찍 같은 경험을 했다. 나중에는 더 높은 기록을 위하여 (아이들이 못 뛰어내리게 하려고 만들어놓은) 다리 위 3미터 난간에서 뛰어내렸다. 물론 형은 나보다 훨씬 전에 해낸 일이었다. 우리가 가장 좋아한 놀이는 로프 그네 타기였는데 몇 시간을 타도 지겨운 줄 몰랐다. 그네를 타려면 일단 다리 중앙에 로프를 묶어 잘 편 다음 거기에 판자를 단단하게 묶었다. 두 다리 사이에 판자를 끼우고 다리 위에서 뛰어내리면 관성에 의해 로프에 매달려서 시속 120킬로미터로 수면을 향해 급강하했다가 다시 다리로 올라갔다. 이 놀이는 불법인 데다 위험하기까지 해서 걸핏하면 보안관이 와서 우리가 만든 로프 그네를 압수했다. 그네를 뺏어 가면서 보안관은 형이나 나를 빤히 보곤 했다.

"어디서 본 얼굴 같은데." 보안관이 말했다.

"그럴 리가요." 우리는 순진한 얼굴로 부정했다.

형과 나는 강 옆 절벽을 기어오르기도 했다. 거의 수직이었고 여기저기 흙도 있어서 우리 둘 다 한 번 이상은 미끄러졌고, 10미터나 되는 곳에서 떨어져 발목과 다리가 부러질 뻔한 적도 있었다. 한번은 절벽을 타다가 손가락 관절뼈가 다 드러날 정도로 손에 깊은 상처가 났지만, 이번에도 어머니는 어떻게 대처해야 할지 정확히 알고 있으니 걱정하지 말라고 했다.(어머니는 상처에 일회용 밴드를 붙여주었다.)

그러나 형과 나는 이런 일들을 대개 함께 하지 않았다. 나는 가끔 강에 갔지만, 형은 거의 매일 그곳을 드나들었다. 내가 다리에서 한 번 점프하면, 형은 열 번은 족히 뛰어들었고 더 스릴을 느낄 만한 방법을 찾았다(저 위에서 자전거를 타자!). 내가 월요일에만 친구 집에 간 반면 형은 오후만 되면 친구 집에 가서 살

일중독자의 여행

형과 함께한 특별한 길

니컬러스 스파크스

어리나 옮김

독자님, 안녕하세요. 마음산책입니다.

'일중독자'의 '여행', 제목부터 역설적이지 않으신가요? 일중독자와 여행의 낱말은 언뜻 보면 전혀 어울리지 않는 조합입니다. 일중독자임을 자처하는 작가 니컬러스 스파크스는 여행하면서도 일 생각에서 벗어나지 못합니다. 이에 반해 여행에 동행하는 친형은 그에게 일 생각을 잠시 놓으라고 조언합니다. 니컬러스 스파크스는 이 여행을 통해 왜 자신이 일중독자가 되었는지를 돌아봅니다. 사랑하는 사람들의 죽음과 예기치 못한 고통을 겪었던 과거를 담담하게 풀어내면서 일보다 소중한 것이 무엇인지 확인합니다. 니컬러스 스파크스는 영화 〈노트북〉과 〈베스트 오브 미〉 등의 원작 소설로 유명한 작가입니다. 책 내용 중에 소설을 쓸 때의 상황도 이야기하고 있어서 그의 영화를 보셨던 독자님은 더욱 재미있게 읽으시리라 생각합니다. 어떻게 글쓰기를 시작했고 어떻게 손꼽히는 베스트셀러 작가가 되었는지 자전적인 고백도 빠지지 않지요. 그러니까 이 책은 가족의 기행문이면서 자신의 상처와 대면하는 한 사람의 이야기이자 작가의 내밀한 고백인 셈입니다. 이 책이 독자님께 잔잔하게 오래가는 여행의 기억과 같기를 소망합니다.

마음산책 드림

았다. 형은 모든 면에서 좀 과했다. 비교적 착한 학생이긴 했지만, 형은 끊임없이 선생님한테 대들고 친구들과 싸움박질해서 1년에 적어도 세 번쯤은 부모님이 교장실에 불려 가곤 했다. 반대로 나는 몇 년 동안 시험만 쳤다 하면 만점이었고, 과제에 충실해서 추가 점수까지 받았다. 덕분에 선생님들한테서 '형만 한 아우 없단 말은 사실이 아니구나'란 말을 듣고 살았다. 그리고 틈만 나면 책을 읽었다. 백과사전과 성경은 물론이고 연감과 지도책도 읽었다. 그저 읽어치우기만 했는데도 이상하게 책에서 본 정보라면 아무리 모호하고 엉뚱한 내용도 머리에 착 달라붙어 떨어지지 않았다. 6학년 때 이미 나는 걸어 다니는 잡학 사전이었다. 누가 시험 삼아 지리부도에서 어떤 나라를 짚으면, 한번 슬쩍 본 후 그 나라의 각종 통계 수치, 주요 도시, 주요 수출 품목, 평균 강수량 등을 줄줄 읊었다. 내 또래 아이들은 이런 것을 그다지 재미있어하지 않았다.

예를 들어 쉬는 시간에 아이들이 죽 둘러서서 이런 대화를 한다고 치자.

"야, 요세미티Yosemite 캠핑 여행 어땠어?"

"진짜 재밌었어. 아빠하고 같이 텐트 치고 낚시도 했어. 우리 고기 끝내주게 많이 잡았어. 세쿼이아도 봤어. 그렇게 큰 나무는 첨 봤다니까."

"하프 돔Half Dome에도 올라갔어?" 다른 아이가 물었다.

"아니, 거긴 다음번에 가기로 했어. 아빠 말이 엄청 멋질 거래."

"맞아. 나 작년에 우리 아빠하고 갔거든. 끝내주더라."

그러다가 구석에 조용히 서 있는 나를 발견하고 누군가 내게도 물었다.

"닉, 넌 요세미티 가봤어?"

"아니, 안 가봤어. 근데 혹시 그거 알아? 그곳은 1890년에 국립공원이 되었지만, 그 땅에 대한 권한은 1864년에 에이브러햄 링컨이 승인한 국회법으로 이미 캘리포니아주 정부에 이양된 상태였어. 생각해봐. 그때 남북전쟁이 한창이었으니까 대통령이 그런 생각을 할 여유가 있었겠어? 그런데도 그런 걸 해냈잖아. 그리고 그때 토지 신탁한 것을 기초로 해서 1872년에 옐로스톤이 공식적인 첫 국립공원이 되었어. 이것도 혹시 알아? 요세미티 폭포는 747미터로 세계에서 다섯 번째로 높다고 알려졌는데 실제로는 세 개의 폭포로 이루어졌어. 그리고……."

내가 끝없이 주워섬기면 친구들은 눈이 게슴츠레 풀리곤 했다.

나는 그런 사람이었다. (나 혼자) 인기남!

동생도 정체성을 찾아가고 있었다. 나처럼 데이나도 선생님들에게서 귀여움을 독차지했지만, 웬일인지 성적은 거의 전 과목에서 C 언저리를 맴돌았다. 어머니가 초등 교육 전공자이고 아버지가 교수일 정도로 부모님은 교육을 중요하게 여겼지만, 동생의 성적에 대해서는 별로 걱정하는 것 같지 않았다. 공부를 더 열심히 하라고 다그치지 않았고, 데이나가 공부하는 것을 봐주는 법도 없었으며, 썩 좋지 않은 성적표를 받아 와도 신경 쓰지 않았다. 이번에도 '걔는 여자애잖아'가 이유였다.

대신 부모님은 나중에 크게 쓰일 기술이라며 데이나를 승마

교실에 등록하게 했다.

나는 형과 동생 사이에서 돋보이고 싶어서 성적이 좋으면 좋을수록 더 열심히 공부했다. 그래야 형과 동생에게 가던 부모님의 관심이 내게 돌아오리라 믿었다. 형은 맏이라서 주목받고 동생은 외동딸이라 관심을 얻는다면 나는 다른 것으로 눈길을 끄는 수밖에 없었다. 나는 다 같이 저녁 먹는 자리에서 관심의 대상이 되기를 염원했지만, 내가 무슨 짓을 해도 그렇게 되지 못했다. 나에 대한 부모님의 사랑을 의심한 적은 없었다. 그렇지만 어머니에게 '소피의 선택'처럼 피치 못할 결정을 해야 하는 순간이 오면, 나머지 둘을 구하기 위해 희생될 사람은 분명 '나'일 것 같았다. 부모가 된 지금 생각해보면 관심이 사랑의 동의어가 아니건만, 나는 그 무서운 생각을 그대로 믿어버렸다. 설상가상으로 나는 이런 순간들을 점점 예민하게 받아들이기 시작했다. 가을이 되어 새 학년 준비를 할 때, 내게는 새 옷 몇 가지와 형이 입던 옷이 떨어졌다. 반면 형과 동생에게는 나보다 훨씬 많은 옷을 새로 사주었다. 어머니가 그때 내 기분을 눈치 챘다 하더라도 그냥 별일 아니라는 듯 이렇게 말했을 것이다. "형 옷이지만 너한테는 새것이잖아." 더 나이를 먹고 보니 우리 부모님은 나 같은 아이가 부모님의 행동을 어떻게 생각할지에 대해서는 신경도 쓰지 않았던 것 같다.

어느 해 크리스마스 때 있었던 일을 나는 결코 잊을 수 없다. 아침에 일어나니 나무 밑에 자전거 세 대가 놓여 있었다. 원하는 것을 얻을 수 있는 유일한 때여서 우리는 1년 중에 크리스마스를 가장 좋아했다. 크리스마스가 다가오면 우리는 남은 날을 세며 원하는 물건을 부모님 귀에 딱지가 앉도록 얘기했다. 그해에는 자전거가 위시 리스트의 맨 꼭대기에 있었다. 자전거는 자유와 재미의 대명사였으며 우리가 가지고 있던 것은 닳을 대로 닳은 상태였다. 우리는 거실로 살금살금 기어가서 빛나는 트리 아래 놓인 선물을 경이에 찬 눈으로 바라보았다.

형의 자전거는 번쩍번쩍 빛나는 새것이었다.

데이나의 자전거도 반짝거리는 새것이었다.

내 자전거는…… 그냥 빛났다.

처음에는 내 자전거도 새것인 줄 알았다. 그러나…… 서서히, 새로 페인트를 칠하기는 했지만 분명 새 자전거는 아니라는 걸 알게 되었다. 나쁜 꿈인 것만 같았다. 부모님은 내게 내가 가지고 있던 헌 자전거를 주었던 것이다. 물론 수리하는 데 돈은 들었겠지만, 형과 동생에게는 새 자전거를 주면서 내게는 헌 자전거를 선물이랍시고 주었다고 생각하니 몹시 서러웠다.

성적이 나오면 부모님은 우리 성적표를 냉장고에 붙여두곤 했기에, 나는 성적표를 들고 어머니가 집에 오기를 눈이 빠지도록 기다렸다. 어머니는 내 성적표를 보고 자랑스럽다고 말했다. 그러나 다음 날 아침에 일어나보니 냉장고에 붙어 있어야 할 성적표가 서랍에 들어가 있었다. 어머니한테 이유를 물었더니 "다른 애들 기분 상하잖니"라고 했다.

그 후로는 한 번도 성적표가 나붙지 않았다. 형과 동생도 나름의 불안함은 있었겠다는 생각을 한참 후에야 하게 되었다.

어린 시절 그렇게 무시를 당했는데도, 나는 어머니를 사랑했다. 나 말고도 내 친구들과 우리 개 브랜디까지 모두 어머니를 좋아했다. 밤에 어머니가 거실에 앉아 책을 읽으면 40킬로그램에 육박하는 브랜디는 어머니의 무릎에 기어 올라가 누워 있곤 했다.

어머니의 태도를 보면 누구라도 어머니를 좋아하지 않을 수 없었다. 어떤 끔찍한 일이 있어도 늘 긍정적이었고, 누구든 어려워할 것 같은 일도 대수롭지 않게 넘겼다. 예를 들어 많은 어머니처럼 우리 어머니도 일을 했고, 매일 자전거로 출근을 했다. 비가 퍼붓든 태양이 작열하든, 어머니는 옷을 차려입고 자전거로 사무실까지 6킬로미터를 달렸다. 어머니의 자전거에는 바구니가 핸들에 하나, 뒤에 둘, 총 세 개가 있었다. 퇴근 후에는 자전거를 타고 식료품점으로 달려가 필요한 물건을 잔뜩 싣고 집으로 돌아왔다. 문으로 들어서면서 어머니는 항상, '항상' 환하게 웃었다. 그날 아무리 힘든 일이 있었어도, 날씨가 아무리 덥거나 궂어도, 어머니는 세상에서 가장 운 좋은 사람 같은 표정을 지었다.

"안녕, 얘들아! 잘 다녀왔구나! 오늘 너희가 얼마나 보고 싶었는지 몰라!"

그러고는 한 명 한 명에게 그날 있었던 일을 물어보았다. 그러면 형과 데이나와 나는 한 명씩 저녁 준비하는 어머니에게 가서 우리의 하루를 미주알고주알 얘기했다.

어머니는 웃음도 많았다. 어떤 일에든 시원하게 웃는 어머니 곁에는 자연스럽게 사람들이 모여들었다. 어머니는 지나친 낙천주의자도 아니었고 인생에는 수많은 굴곡이 있다는 것도 알았지만, 잘 안 풀리는 일에 에너지를 쓸 가치는 없다고 생각했다. 그런 일들은 피하려야 피할 수 없을뿐더러 언젠가는 다 지나간다고 믿었기 때문이다.

어머니는 신기하게 모르는 사람이 없었다. 내가 새로 사귀는 친구는 너나없이 자기 어머니가 우리 어머니를 아주 좋은 사람이라고 평했다는 말을 내게 전했다. 어머니는 사교 활동을 전혀 하지 않았기 때문에 이것이 내게는 항상 미스터리였다. 어머니는 밤이나 주말 동안 거의 집에서 우리와 함께 보냈고, 점심도 혼자 먹었다. 아버지와 딱히 외출을 하거나 데이트를 한 적도 없었다. 내 기억으로 두 분은 딱 한 번 같이 파티에 간 적이 있었는데, 그날 부모님이 저녁 먹으러 외출한다는 말을 듣고 우리는 큰 충격을 받았다. 그때 내 나이 열세 살이었는데, 부모님이 나간 후 우리 셋은 회의를 소집해서 이 범상치 않은 사건에 관해 입에 침이 마르도록 토론했다. "우리끼리 놔두고 외출을 해? 도대체 무슨 생각이지? 이 어린 것들을 놔두고!"(매일 우리끼리 있었으니 전혀 문제 될 것이 없었다……. 하지만 공연히 우리가 불쌍한 기분이 드는 데는 논리고 뭐고 소용이 없었다.)

그건 그렇고, 사람들은 어떻게 어머니를 알게 됐을까? 나중에 알고 보니 친구들의 부모님은 모두 어머니가 일하는 안경점의 고객이었다. 그러나 그저 그런 인사말만 주고받는 사이가 아니었다. 어머니는 사람들의 마음을 열게 하는 재주가 있었다. 사람들은 어머니를 페어 오크스의 앤 샌더스<small>(시카고 선타임스) 지의 인생 상담 코너로 유명했던 미국의 칼럼니스트</small>로 여기고 속에 품은 말을 다 했다. 가끔 내가 어떤 친구 얘기를 하면 어머니는 머리를 저으며 이렇게 말했다. "걔가 여기 오는 건 괜찮지만, 넌 거기 가면 안 돼. 그 집에 복잡한 일이 좀 있거든."

내게 어머니는 수수께끼 같은 인물이었고 앞으로도 그럴 것이다. 어머니는 나를 사랑했으면서도 왜 내 성과는 쉽게 인정하지 않았는지 도저히 모르겠다. 우리 세 남매가 어머니 삶의 중심이었는데도 어머니는 우리가 위험한 곳에서 위험한 행동을 하며 거칠게 놀도록 내버려두었다. 나는 이런 모순을 이해할 수 없었고, 지금도 그 이유를 설명할 길이 없다. 결국, 이해하기를 포기해버렸다. 그래도 어머니가 우리를 키우는 방식에 일관성이 있긴 했다. 어머니는 우리가 자기 연민에 빠지는 것을 절대 허락하지 않았다. 어머니가 일이 생길 때마다 치열하게 투쟁하며 끝없이 반복해서 우리에게 각인시킨 세 가지 지론은 다음과 같다.

1. 네 인생이니 네가 알아서 해. + 사회적인 통념
2. 원한다고 다 가질 순 없다.
3. 인생이 공평하다고 말한 사람은 없다.

일례로, 내가 열한 살이었을 때 어머니와 다툰 적이 있다.

"나 축구팀에 들어가고 싶어. 내 친구들은 다 팝 워너 리그에서 뛴단 말이야."

"네가 알아서 해. 하지만 네가 이 나이에 벌써 무릎을 다쳐서 평생 목발 짚고 절름거리는 꼴을 나는 못 보겠다. 게다가 다쳐도 우리는 널 병원에 데려갈 돈이 없어."

"그래도 들어가고 싶어."

"하고 싶다고 다 할 수 있는 건 아니야."

"불공평해. 엄만 항상 그런 말만 해."

어머니가 어깨를 으쓱했다. "아무도 인생이 공평하다고 말하지 않아."

나는 다르게 접근하려고 잠시 말을 멈췄다.

"엄마가 걱정하는 게 그거라면, 안 다치면 되잖아."

어머니가 나를 아래위로 훑어보았다. "그 체격으로? 넌 분명다치게 돼 있어. 내가 미식축구 선수를 어디 한두 명 봤겠니? 그사람들한테 비하면 넌 자동차 앞 유리에 붙은 벌레 정도밖에 안돼. 넌 너무 작아." 어머니가 마침내 핵심을 찔렀다. 나는 작았다.

"나도 친구들처럼 덩치가 컸으면 좋겠어."

어머니가 내 어깨에 손을 얹으며 위로했다. "아들아, 인생은공평하지 않단다."

"나도 알아. 그래도……"

"이걸 꼭 기억해, 알겠지?" 어머니는 애정을 듬뿍 담아 부드러운 목소리로 말했다. "살다가 어떤 일에 실망했을 때 이 말을 기억하면 도움이 될 거야. 원하는 것과 얻게 되는 것은 보통 완전히 다르단다."

"엄마 말이 맞는 것 같아. 다른 운동을 찾아볼게."

어머니가 마침내 한 발 물러서듯 부드럽게 미소를 지으며 말했다. "하고 싶은 일을 해. 어차피 네 인생이니까."

번번이 지고 말았기에 나이를 먹을수록 나는 이런 언쟁이 싫었다. 그러나 내심 어머니가 했던 말이 대개 옳았음을 인정했다. 결국, 어머니는 경험에서 나온 말만 했으니까.

9

이스터 섬, 칠레(Easter Island, Chile)
1월 29-30일

비행기에서 창밖을 내다보자 이스터 섬이 천천히 시야에 들어왔다. 우리가 익숙한 환경에서 얼마나 멀리 떨어졌는지 새삼 느끼게 해주는 까마득하고 이국적인 광경이었다.

남태평양에 있는 섬이 대개 그렇듯 이스터 섬도 폴리네시아인이 이주해 들어와서 처음 터를 닦았다. 그러나 이스터 섬은 폴리네시아의 인구 밀집 지역과는 아주 먼 데다 칠레 해변에서도 3500킬로미터 이상 떨어진 머나먼 섬이기에, 원주민들은 그들만의 독특한 문화를 발전시켰다. 거대 석상 모아이가 그중 하나다. 여행 책자에 실린 장소 가운데 내가 가장 기대했던 곳이 바로 이스터 섬이었다. 어릴 때 모아이에 관한 책을 읽은 후 늘 내눈으로 직접 보고 싶었다. 거리가 너무 멀어 아마 이번 여행 아니고는 두 번 다시 그 섬에는 발을 들이기 어려우리라는 생각에,

비행기가 제대로 착륙하기도 전에 고개를 쭉 빼고 창밖을 바라보았다.

맨 처음 받은 인상은 나무가 없다는 것이었다. 남태평양이라고 해서 야자수와 열대 우림을 상상했는데 뜻밖에 캔자스의 일부를 대양 한가운데 뚝 떨어뜨려놓은 것처럼 풀이 우거진 초원만 끝없이 펼쳐졌다. 나중에 고고학자에게 듣기로 나무가 없는 건 이스터 섬의 문화사에 기인한다고 했지만, 당시에는 너무 이상해 보였던 느낌이 아직도 생생하다.

이스터 섬의 또 다른 흥미로운 점은 그곳이 속한 시간대다. 우리는 서쪽으로 날아왔기 때문에 표준시간대를 통과했고 호주로 가는 길에 하루가 늦어지지만 그래서 결국은 시간을 더 벌게 된다. 예를 들어 10시에 출발해서 다섯 시간 동안 비행기를 탔는데도 현지 시각으로 계산하면 출발한 지 세 시간 만에 도착하게 되는 것이다. 또 이스터 섬은 칠레에 속하기 때문에 (지리적으로는 캘리포니아의 서쪽에 있지만 뉴욕, 마이애미와 함께) 동부 표준시를 써서 해가 밤 10시 45분이 되어야 진다는 얘기를 들었다.

야외에서 저녁을 먹은 후 일행 몇몇은 일몰을 보려고 해안 절벽으로 걸어갔다. 파도가 바위를 거세게 때리자 물기둥이 15미터 정도까지 치솟았다. 서쪽 하늘이 분홍빛과 오렌지빛으로 물들더니 마침내 한 번도 본 적 없는 선홍빛으로 변했다. 그러고는 이내 칠흑 같은 어둠이 내리 덮쳤다.

형과 나는 나란히 앉아서 이 모든 광경을 지켜보았다. 문득 형이 나를 돌아보며 말했다.

"네 문제가 뭔지 알겠다."

"무슨 문제?"

"네가 항상 스트레스를 받는 이유 말이야."

"또 그 얘기야? 지금 난생처음으로 남태평양의 석양을 즐기고 있는데, 형은 또 내 정신 상태 타령이네."

형은 내 말을 무시하고 자기 할 말만 했다. "넌 친구가 더 많아야 해."

"나 친구 있어. 그것도 많이."

"남자 친구들?"

"응."

"그 친구들과 뭘 하는데? 같이 어울리기는 하냐? 낚시나 뱃놀이나, 뭐 하여튼 그런 거 하러 남부에 가느냐고?"

"가끔."

"가끔이야, 아니면 어쩌다 한 번이야?"

우물쭈물하다가 내가 말했다. "맞아. 크게 뭘 하지는 않아. 그럴 수도 없어. 친구들하고 놀려면 가족과 보내는 시간을 포기해야 돼. 그러기엔 난 애들이 너무 많아. 거기다 친구들은 애가 없나 뭐? 친구들과 어울릴 시간이 없는 게 나 하나만은 아냐."

"그래도 시간을 내야 돼. 그냥 놀아버리라고. 물론 늘 그럴 수는 없겠지. 하지만 적어도 정기적으로 시간을 내려고 애는 써야 해, 나처럼. 난 실내 축구팀에 들어서 화요일마다 경기해. 거기서 사람들하고 신나게 놀아. 너한테도 그런 게 필요하다고."

"내가 사는 작은 동네에는 실내 축구팀 같은 거 없어."

"꼭 축구여야 한다는 말이 아니잖아. 핵심은 뭘 꼭 하라는 거야. 인생에서 제일 중요한 건 관계고, 그중에 친구 관계가 특히 중요해."

내가 웃으며 말했다. "형처럼 살기만 하면 내 문제가 다 해결된다고 생각하는 거야?"

"일리가 있으면 해보라는 거지." 형이 어깨를 추썩거렸고 나는 껄껄 웃었다.

"형은 아직도 나를 보살펴야 한다고 생각하는구나, 그렇지?"

"동생아, 그럴 필요가 있으면 당연히 그래야지."

"난 형하고 신에 대해 얘기할 필요가 있다고 생각한다면 어쩔래?"

"해봐. 들을게."

머리 위 하늘에는 어느새 이름 모를 별들이 올망졸망 모여 있었는데 난데없이 내 입에서 생각지도 않은 말들이 새어 나왔다.

"사람이 감당할 시험밖에는 너희가 당한 것이 없나니 오직 하나님은 미쁘사 너희가 감당하지 못할 시험당함을 허락하지 아니하시고 시험당할 즈음에 또한 피할 길을 내사 너희로 능히 감당하게 하시느니라."

형이 나를 흘낏 바라보았다. 주변이 어두운데도 형이 눈살을 찌푸리는 게 보였다.

"고린도 전서, 10장 13절 말씀이야."

"감동적이네."

"난 이 말씀이 좋아. 발자국 이야기가 생각나거든. 신이 해변에서 사람과 함께 걷는다는 이야기 알지? 사람은 자기가 가장 힘든 시기를 회상하며 그때 신이 함께하지 않았다고 원망해. 바닷가에 발자국이 하나밖에 없었다면서. 그런데 그건 신이 그를 버려서가 아니라…… 안고 갔기 때문이었어."

형이 잠시 말이 없었다. "그럼, 넌 신이 우리를 버렸다고 생각하지 않는 거냐?"

"응, 그렇게 생각하지 않아. 그리고 신도 형이 신을 버리지 않길 바란다고 생각해."

다음 날 아침, 우리는 호텔에서 해안을 따라 몇 분 거리에 있는 모아이 석상을 보러 갔다. 정확한 위치를 알았다면 호텔 방에서도 충분히 보일 만한 거리였다.

함께 밴을 타고 가면서 모아이를 연구하는 고고학자들에게서 얘기를 들었다. 한때는 그 섬에 열네 부족이 각 통치자 아래 살았다고 한다. 그 통치자들은 화산암으로 자신을 닮은 석상을 만들라고 주문했는데, 시간이 흐를수록 자신의 중요성을 부각하는 바람에 석상의 크기가 점점 커졌다. 어떤 모아이는 무게가 30톤에 육박하고 높이가 약 3.5미터다. 높이 20미터에 무게가 약 50톤에 달하는 미완성 석상도 있다.

다음으로 나무가 부족한 현상에 관해 설명을 들었다.

처음 사람들이 들어와 살 때는 이스터 섬도 태평양의 여느 섬과 별로 다르지 않은 모습이었지만 인구가 팽창하자 모든 천연자원 중에 나무가 가장 많이 소모되었다. 집을 짓고 불을 피우는 데 사용되었고 큰 나무는 섬을 가로질러 모아이를 운반하는 용도로 쓰였다. 폴리네시아인들이 이주해 오자 섬은 초만원이 되었다. 이스터 섬은 너무 외딴 곳이었고 갈 곳도 없었기 때문에, 사람들은 새로운 영역을 찾아 카누를 타고 나가기 시작했다. 거주자가 많아지고 자원은 줄어들자 내전이 일어났고, 전쟁은 몇 세대 동안 계속되었다. 이 모든 과정을 거치며 나무는 계속 벌목되었다. 결국 나무가 전멸하다시피 하자, 원주민들은 음식을 장만하기 위해 집이나 카누는 물론이고 땔감이 될 수 있는 것이라면 뭐든지 태워 없앴다. 나중에는 바다낚시를 해서 근근이 먹고 살았는데, 라니냐로 추정되는 것 때문에 섬 주변의 수온이 급격하게 낮아졌다. 이런 상황이 2년 정도 지속하여 바다 암초가 죽자 물고기의 수도 줄기 시작했다. 급기야 원주민들은 사람을 잡아먹기에 이르렀다.

시간이 흘러 야자나무가 다시 자라기 시작했지만, 진행 속도에 박차를 가하기 위해서 다 자란 야자수를 타히티에서 들여왔다. 그런데 하필 병든 나무를 들여오는 바람에 그 나무들뿐 아니라 섬에 남아 있던 야자수까지 몰살했다. 지금은 그저 야자수가 있었다는 흔적만 겨우 남아 있을 뿐이다.

처음 본 석상은 매력적이었다. 두 번째, 세 번째 본 것도 마찬가지였다. 네 번째, 다섯 번째 석상을 볼 때쯤 되어서야 신기함이 조금 덜했다. 그 지역을 연구하는 고고학자들은 하나하나가 다 다르다고 강조했지만, 나 같은 비전문가의 눈에는 거의 다 비슷해 보였다. 눈구멍, 긴 귀, 코와 입이 있고 화산암으로 만든 석상이라는 점에서.

다음은 모아이가 만들어진 채석장으로 갔다. 그곳에 가려면 섬을 가로질러야 했는데, 그렇게 먼 거리에서 석상을 옮겼다는 사실이 석상 자체보다 더 흥미로웠다. 차를 타고 가면서, 수백 개는 고사하고 석상 하나 옮기는 데도 엄청나게 많은 인력이 필요했을 것 같다는 생각을 했다.

차를 타고 채석장으로 가다 보니 양쪽으로 광활하고 무성한 목초지가 펼쳐졌다. 그 위로 야생마 무리가 달리고 있었다.

이스터 섬에서는 말이 번영의 상징이었다. 말은 1800년대 후반에 수입되었는데, 섬이 워낙 외져서 먹이까지 수입하려니 비용이 지나치게 많이 들었다. 그래서 말 소유주들은 말을 풀어 스스로 풀을 찾아 먹게 했다. 근육이 유연하고 털이 윤기 나는 말을 놓칠세라 형은 서둘러 카메라 셔터를 눌렀다.

화산은 높이가 430미터가량 되었고 아랫부분에는 버려진 석상이 즐비했다. 옆으로 누운 것이 있는가 하면, 섬 반대쪽으로 실려 가다가 길에 반쯤 묻힌 것도 있었다. 채석장에는 완성 단계에 있는 여러 석상이 버려져 있었다. 이번에도 이유는 알 수 없었다. 전쟁이 일어났을 걸로 추측할 수 있지만, 다른 곳과 마찬가지로 명확하게 밝혀진 것은 없었다. 모든 면을 종합해볼 때 작업하던 사람들은 일과를 마치고 다음 날 다시 온다고 여긴 것 같았다.

구불구불한 길을 따라 화산 정상으로 가는 길에는 일행의 3분의 1정도만 함께했다. 형과 나는 맨 먼저 꼭대기에 도착해서 땅의 굽은 모양을 내려다보았다. 구름 한 점 없는 푸른 하늘을 머리에 이고 섭씨 20도 정도의 쾌적한 날씨에 산을 올랐더니 기분이 상쾌했다. 섬 주변을 넘실대는 끝없는 바다를 보면서 폴리네시아인들은 이 섬을 발견할 때까지 그 오랜 시간을 어떻게 이 넓은 바다에서 버텼는지 몹시 궁금했다.

우리는 사진을 찍은 후 절벽 끄트머리에 가서 앉았다. 형이 조금 전에 찍은 말 사진을 물끄러미 바라보았다.

"엄마가 봤으면 참 좋아했을 텐데. 액자에 넣어두려고 했을 거야."

"그랬겠다. 데이나도."

"우리 승마 수업 했던 거 기억나냐?"

"난 안 했거든. 형과 데이나만 했지. 기억 안 나?"

"그랬구나. 넌 왜 같이 안 했냐?"

"돈도 없고, 나보다는 형과 데이나가 더 하고 싶어 해서 그랬지 뭐."

형이 내게 팔을 둘렀다. "가운데 아이의 비애였구나. 항상 따돌림당하는 느낌이었겠다."

"당하는 느낌이 아니라, 실제로 따돌림당했어."

"아냐, 그렇지 않아. 엄마 아빠가 널 얼마나 자랑스러워했는데. 너처럼 학교생활 좀 잘하라고 만날 그러셨어."

"그래서 내 성적표를 냉장고에서 떼어버리셨겠지, 그치?"

"안 그러셨어."

"그러셨어."

"진짜?"

"진짜."

"난 기억 안 나는데."

"당연히 그러시겠지."

형이 웃었다. "기억이란 게 참 우습지 않냐? 각자 다른 걸 기억하잖아. 특히 상대가 우리한테 상처를 주었을 때는 더 그런 것 같아. 왜 소파에 누워서 심리치료사들한테 얘기하는 거 봐도 그렇잖아. 난 크리스마스 선물로 오디오와 헤드폰을 사달라고 한 적이 있어. 큰 건 바라지도 않았고 그냥 내 방에 놔둘 만한 거면 좋겠다고 생각했지. 열두 살쯤 됐을 땐데 아마 한 몇 달은 그거 사달라고 엄마를 쫓아다니며 졸랐을 거야. 크리스마스 아침에 일어나보니 나무 아래 오디오와 헤드폰이 있는 거야. '미카에게' 라고 적힌 카드도 있었지. 좋아 죽을 뻔했어. 평생 제일 좋은 선물을 받았으니까. 마침 엄마가 나오길래 고맙다고 했더니, 엄마가 그러더라. '아냐, 아니야. 헤드폰만 네 거야. 오디오는 우리 가족이 다 같이 들을 거야.' 참 어이가 없었어. 내가 가지고 싶다고 한 게 어디 여러 개냐? 달랑 그것뿐이었잖아. 근데 오디오 없는 헤드폰이 무슨 소용이야? 신발 한 짝 있는 거랑 뭐가 달라?"

"우리 부모님도 가끔 제정신이 아니었어. 그치?"

"가끔? 그래. 가끔은 정말 그랬어."

나는 잠시 과거를 회상하며 가만히 앉아 있었다. 사람들이 내려가기 시작했고 여행은 일정대로 진행되어야 했다. "가자, 형. 아직도 더 볼 석상이 남았어."

형을 보니 생각에 깊이 잠겨 있었다. 형도 옛날 일을 회상하는 것 같았다. 형은 수평선만 멀거니 바라보았다.

"좀 더 있다 가자." 형이 나직이 말했다.

나도 형의 시선을 좇아 수평선을 바라보았다. "그래, 그러자."

화산에서 내려온 후 우리는 이스터 섬에서 가장 사진 찍기 좋은 곳으로 갔다.

스무 개 남짓의 거대한 모아이 석상이 해변을 따라 한 줄로 죽 늘어서 있었다. 몇 년 전까지만 해도 다 쓰러져 있었고, 산산조각이 난 것도 있었다. 가이드로 우리와 여행을 함께 한 고고학자들이 그것을 다듬고 다시 똑바로 세우는 작업에 도움을 줬다고 한다.

네덜란드 제독 야코프 로헤베인Jakob Roggeveen이 1722년 부활절에 유럽인으로는 처음으로 이 섬을 발견했을 때 본 것이 아마 이것들이었으리라. 전설에 따르면 처음 제독은 그 섬이 거인들이 사는 곳이라고 생각했단다. 더 가까이 가보고서야 보통 크기의 사람들이 석상 사이에서 일하는 걸 확인하게 됐다고.

여러 노력에도 불구하고 아직 석상이 완전히 복구되지는 못했다. 원래는 석상들에 눈이 다 있었다고 한다. 나무로 새긴 후 눈동자까지 칠했지만, 지금은 썩어서 눈구멍만 뻐끔할 뿐이다.

"왜 다시 눈을 박지 않을까?" 형이 물었다. "똑바로 세워놓고 나니 더는 석상을 건드리면 안 될 것 같아서였을까?"

"글쎄. 관광객들을 소름 끼치게 하려고 그랬을까?"

형이 석상을 똑바로 바라보았다. "소름 안 끼치는데."

"나도 그래."

"눈이 있으면 더 나을 텐데."

"그러게."

"우리가 캠페인을 시작할까? 이름 하여, '모아이에 눈알을'."

"하하, 좋은데. 함 해봐."

형이 한참을 바라보았다. "진짜 더 나을 것 같은데, 안 그래?"

형 옆에 서 있자니, 딱히 중요한 말이 아니어도 서로의 목소리에서 편안함을 느끼고 싶어서 뭐든 자꾸 떠들던 때가 있었다는 생각이 들었다.

사진을 찍은 후 우리는 다시 밴을 타고 아나케나Anakena로 향했다. 그곳은 몇 안 남은 야자수를 볼 수 있는 흰 모래 해변을 마주한 작은 만이었다. 이스터 섬에 온 후 처음으로 우리는 열대다운 경치를 보았다. 고대 모아이가 해변 입구에서 수영객들을 내려다보며 보초를 서고 있는 것 같았다.

해변에서 바비큐를 먹은 후 형과 나는 일행 몇 명과 수영을 하러 갔다. 그즈음 여행하는 사람들 사이에는 파벌이 생겨나기 시작했다. 모험을 좋아해서 할 수 있는 건 뭐든지 경험하려는 파가 있고, 식사와 칵테일파티 사이의 시간을 보내려고 마지못해 관광하는 파가 있었다. 나이와 상관있기도 했고 태도와 관계있기도 했다. 형과 나는 늘 앞서가는 그룹에 속했고 뭐든 하려는 축이어서 남태평양에서 수영하는 기회도 결코 놓치고 싶지 않았다. 우리는 아무리 작은 일이어도 '생전 처음 해보는 일'이라면 기꺼이 경험하자는 주의였다.

"저 사람들은 이렇게 좋은 걸 왜 안 하지?" 형이 해변에 앉아 있는 사람들을 가리키며 말했다.

"저 사람들한테는 굉장한 일이 아닐지도 모르지. 전에 와봤을 수도 있고."

"그럴 수도 있겠지. 하지만 저런 사람은 처음 와서도 안 했을 가능성이 커. 아예 놀 줄 모르는 사람이 있거든. 그런 사람들은 보통 시도도 해보지 않아."

문득 형이 내 얘기를 하는 게 아닌가 싶어 조심스럽게 형을 바라보았다.

　7학년이 되어 형이 배럿중학교에 가면서 우리는 계속 사이가 멀어졌다. 대신 동생과 나는 훨씬 더 가까워졌다. 데이나는 늘 웃었고, 화내는 일이 드물었으며, 나 같은 사람이 죄책감을 느끼게 하는 상냥함이 있었다. 나는 데이나가 우리를 정말 자랑스러워한다고 어머니에게 얘기하는 소리를 엿듣곤 했다. 동생의 눈에는 형과 내게 아무 잘못이 없어 보였는지, 우리가 벌 받을 때마다 방에 들어와서 부모님의 부당한 처사에 대해 성토하는 소리를 한참 동안 들어주었다.

　데이나는 내 속마음도 훤히 꿰뚫는 것 같았다. 내가 공부를 열심히 하는 것이 학업에 대한 열망에서라기보다는 열등감과 깊은 관련이 있다는 걸 이해하는 유일한 사람도 데이나였다. 가끔 숙제를 도와달라고 부탁해서 내 자신감을 키워주기도 했다. "나도 작은오빠처럼 똑똑했으면 좋겠어"라든지 "오빠가 공부 잘해서 엄마 아빠가 정말 좋아해" 같은 말을 자주 했다.

　크면서 생일 파티를 하는 사람은 우리 중에 데이나밖에 없었다. 이유는 어김없이 데이나가 여자애여서였다. 형도 나도 파티에는 딱히 관심이 없었으므로 별 상관은 없었지만, 문제는 동생과 내 생일이 같은 날이었다는 거다. 동생이 파티 하는 동안 나는 멀찍이 비켜서서 그걸 지켜봐야 하니 기분이 좀 이상했다. 어머니는 그 마음을 이해하지 못했지만, 데이나는 알아채고 어느 해 생일날 아침 일찍 방에 들어와서 내 침대 머리맡에 앉았다. 난 화들짝 잠에서 깨어 뭐 하는 거냐고 물었다.

데이나가 노래를 부르기 시작했다. "생일 축하합니다……."

그런 다음 나도 데이나에게 생일 축하 노래를 불러주었고, 이 것은 그 후로 매년 우리 둘만이 은밀하게 치르는 의식이 되었다. 우리 둘만의 비밀로 간직한 채 절대 다른 사람에게는 말하지 않았다. 비밀 의식이 끝나면 늘 한참 동안 이야기를 나눴다. 우리는 서로의 소망, 두려움, 힘든 점과 잘해낸 일 등 시시콜콜한 이야기를 죄다 털어놓았다.

데이나가 열두 살이었을 때 내가 물어본 적이 있다. "넌 커서 뭐 되고 싶어? 가장 하고 싶은 게 뭐야?"

동생은 마치 꿈꾸는 듯한 미소를 띠고 방을 둘러보며 말했다. "나는 결혼해서 아이를 갖고 싶어. 그리고 말이 있었으면 좋겠어."

데이나는 어머니를 보고 그런 꿈을 꾸게 된 거였다. 어머니가 세상에서 가장 갖고 싶어 했던 것이 말이었다. 어릴 때 템포라는 말을 길렀던 어머니는 템포와 함께한 행복했던 시절 얘기를 자주 했다.

"그게 다야?" 내가 물었다.

"응. 그게 다야. 그거면 됐지."

"부자가 되고 싶거나, 유명해지고 싶거나, 신나는 일을 하고 싶지는 않아?"

"아니. 그런 건 오빠들 몫이야."

"그래도 결혼해서 애 가지는 건 너무 지루하지 않을까?"

"아니." 데이나의 목소리는 확신에 차 있었다. "절대 그렇지 않을걸."

나는 그때 알았다. 데이나는 나처럼 신경 과민한 사람이 아니었다. 동생이 방을 나가고 난 후, 나는 형 같은 사람이 될 수 없다면 대신 동생 같은 사람이 되면 좋겠다고 생각했던 기억이 난다.

다음 해에 나도 배럿중학교에 입학해서 형과 같은 버스를 타고 학교까지 장거리 통학을 했지만 우리는 절대 나란히 앉거나 말을 섞지 않았다. 8학년과 7학년은 노는 물이 완전히 달랐다. 8학년생은 학교를 주름잡는 주류였기에, 형과 내가 쉬는 시간에 복도에서 마주치는 일은 거의 없었다. 방과 후나 주말에 형은 친구를 만나러 꽁지 빠진 듯 달아나기 바빴고 나는 여러 스포츠 팀에서 줄기차게 시합을 하며 보냈다. 나는 운동을 잘하기는 했지만, 그렇다고 아주 뛰어난 편은 아니어서 축구장이나 달리기 트랙에서 두각을 나타내지 못했다.

다음 해, 형은 고등학생이 되어서 우리는 여러모로 또 다른 길을 걸었다. 그때쯤엔 나도 나만의 일을 하는 데 꽤 익숙해져 있었다.

내가 8학년이던 1978년에 우리는 부모님의 힘으로 장만한 처음이자 유일한 집으로 이사했다.

이사는 우리 힘으로 했다. 장정이 몇이나 있고 수중에 폭스바겐 밴이 있는데 이삿짐센터 배를 불릴 필요는 없었다. 그래서 날이면 날마다 차에 물건을 실어 새집으로 가져다 날랐다.

폭스바겐은 무거운 짐을 싣도록 설계된 차가 아니었지만, 형과 나는 차 사정은 생각도 하지 않고 그저 물건을 차에 때려 넣었다. 우리는 아버지의 차에 입추의 여지 없이 빽빽이 실었다. 무게가 족히 0.5톤은 됐을 테니 차의 뒷부분이 아래로 축 처진 건 당연했다. 반면에 차의 앞면은 위로 번쩍 들려서 사람이 먼 지평선을 바라보는 꼴처럼 되어버렸다.

"엄마, 짐 다 실었어."

어머니가 차를 바라보았다. "뒷바퀴가 금방이라도 터질 것 같네."

"뒤쪽이 무거워서 그래. 짐 내리고 나면 괜찮아지겠지."

"차는 제대로 갈까?" 어머니가 물었다. 나는 어머니가 우리한 테 왜 그걸 묻는지 몰랐다. 형과 나는 운전 면허증도 없었는데 말이다. "분명 잘 갈 거야. 안 그럴 이유가 없잖아."

좋은 소식은 차가 무사히 새집까지 갔다는 거다. 나쁜 소식은, 책을 다 내린 후에도 차는 조금도 펴지지 않았다. 잘은 모르겠지만, 뒤에 있던 지지대를 부러뜨린 모양이었다.

"지금도 앞부분이 하늘을 쳐다보고 있는 것 같은데, 내 눈에만 그렇게 보이는 거니?" 한참 만에 어머니가 물었다.

"굽은 것 같아. 아니면 땅이 고르지 않든지."

우리는 머리를 기울여 길을 아래위로 유심히 살피고 차를 점 검했다.

"뭐가 부서졌나 봐." 어머니가 말했다.

"아냐. 괜찮을 거야. 좀 있으면 정상으로 돌아오겠지, 뭐."

"아빠가 알면 화내겠다."

"아빠 눈치 못 챌 거야." 우리가 어머니를 안심시켰다. "눈치 챈다 해도 별로 신경 안 쓸걸."

167

그러나 아버지는 당연히 눈치를 챘고 퇴근 후 데프콘 초읽기에 들어갔지만, 우리는 이미 멀리 도망가 있었다. 감사하게도 집에 돌아오자 아버지는 평정심으로 돌아와 있었다. 차 모양은 우스꽝스러웠지만 달리는 데는 문제가 없었기 때문이다. 무난히 달리기만 하면 수리할 이유도 없다는 뜻이었다. 우리는 가욋돈을 지급할 능력이 없었다. 결국, 우리는 밴을 수리하지 않고 동물원으로 아기 고래를 몰고 가는 꼴로 3년을 더 돌아다닌 후에 기능이 한층 좋은 새 폭스바겐 밴으로 바꿨다.

우리 새집은 작았다. 개조된 차고가 딸린 1층짜리 목장 주택이었는데 침실 네 개와 집무실, 거실, 주방이 있었다. 집무실과 큰 방은 차고를 개조한 것이었다. 지은 지 25년이나 된 집이라 수리가 절실했다. 차고 개조한 것까지 다 합해도 37평이 채 되지 않았다.

그러나 우리에게는 더없이 멋졌다. 형과 동생, 그리고 내가 생애 처음으로 각자의 방을 가지게 되어서 우리는 나름의 스타일대로 방을 꾸미느라 여념이 없었다. 어머니도 마침내 '내 집'이라 부를 수 있는 집을 가지게 되어 대단히 자부심을 느꼈으며, 그 후 몇 년 동안 집을 손봐서 개성을 부여하느라 많은 시간과 정성을 쏟았다. 사람들이 칫솔을 바꾸는 빈도보다 더 자주 어머니는 벽 색깔을 바꾸었고 그렇게 몇 년이 지나자 열여섯 개의 벽면은 색이 제각각이었다. 주말이 되면 형과 나는 어머니가 정한 목록에 있는 일을 끝내고 난 후에야 비로소 밖에 놀러 나갈 수 있었다. 토요일 아침에는 늘 담장을 세우고 벽을 칠하고 또 칠했으며 덤불과 나무를 심고 주방 캐비닛을 사포로 닦는 등, 어머니가 불시에 떠올린 계획을 충실히 수행해야 했다.

우리에게는 집을 꾸미는 데 쓸 돈이 따로 없었기 때문에 일은 무척 느리게 진행되었다. 예를 들어 담장을 세우기 위해 어머니는 아낄 수 있는 돈을 모조리 긁어모아 매주 나무판을 한 다스씩 사다 모았다. 나무판을 다 모으는 데 거의 다섯 달이나 걸렸지만, 다행히도(물론 어머니의 생각일 뿐이지만) 인건비는 들지 않았다. 네브래스카에서 지붕 공사를 한 경험이 있는 일꾼인 형과 내가 담장 공사를 맡았다. 공사를 끝낸 담장은 위가 똑바르지 않고 눈에 띄게 경사졌지만, 어머니가 우리한테 일을 맡길 때 이미 예견했던 결과라고 형과 나는 생각했다.

앞으로도 우리가 집안일을 계속하게 되리란 걸 안 부모님은 크리스마스 선물로 공구를 주기 시작했다. 부모님에게는 그야말로 일거양득이었으리라. 우리로서는 뜻밖의 선물을 받는 것이고(원하지도 않던 망치를 크리스마스 선물로 받을 줄 어찌 상상이나 했으랴!), 부모님한테는 돈을 아끼는 일이었다. 또한 우리에게 무기를 사주는 것보다 훨씬 나았다. 그해 크리스마스 늦은 아침, 형과 나는 소파 위에 나란히 앉았다.

"이번 크리스마스에 대해 어떻게 생각하니?" 형이 물었다.

"내가 목수였다면 아주 멋졌겠지." 부모님이 내게 준 선물을 보고 고개를 주억거렸다. "철근 망치로 내가 뭘 해야 하지? 다음엔 가구라도 만들라는 건가?"

형이 고개를 저으며 한숨을 내쉬었다. "내 말이. 그래도 넌 종류라도 많지. 난 실톱 달랑 하나야. 도대체 이걸로 뭘 어떡하라고? 난 리바이스 청바지가 갖고 싶었는데." 우리는 말없이 앉아 있었다.

"우리 부모님 좀 이상하지 않아?" 내가 물었다.

형은 아무 말도 없었다. 형을 바라보자 실톱을 뚫어져라 쳐다보고 있었다.

"뭐 생각해?"

형이 머리를 저으며 이맛살을 찌푸렸다. "별거 아냐. 저걸로 오크 같은 단단한 나무를 자를 수 있겠다 싶어서."

"그래서 뭐?"

"내 방 가구도 오크겠지?"

"아마도."

형이 곰곰이 생각에 잠겼다. "우리 부모님 좀 가혹하다고 생각하지 않냐?"

"좀이 아니라 많이. 꼭 굴락구소련의 강제 노동 수용소 보초들 같아."

형이 갑자기 화성인이라도 본 것처럼 눈을 깜빡였다.

"닉, 무슨 소릴 한 거야?"

"신경 쓰지 마."

"너도 가끔 좀 이상해."

"알아." 전에도 이런 소리를 들은 적이 있었다. "아까 한 말은 뭐야?"

"있잖아, 우리가 이걸로 덕을 볼 수 있지 않을까 해서."

"무슨 뜻이야?"

형은 몸을 기대어 낮은 소리로 계획을 말했고, 나는 형이 큰일을 내고야 말겠구나 싶었다. 과연 부모님이 출근하자마자(우리는 아직 방학이었다) 형은 실톱으로 옷장 바닥에 구멍을 뚫어 집 밑으로 기어 들어갈 수 있는 공간을 만들었다. 그런 식으로 형은 밤에 자러 가는 척하고는 부모님에게 들키지 않고 방에서 밖으로 살금살금 나가려는 거였다.

물론 형은 그 일을 해냈다.

그즈음 어머니는 종일 밖에서 일하고 집에 와서 또 요리와 청소를 하는 것을 몹시 힘들어했다. 그래서 아버지가 요리를 맡도록 징집되었다.

어느 날 학교에서 돌아오자, 아버지는 들뜬 목소리로 이제 아버지가 요리하게 되었다고 말했다. 아버지는 어릴 때 먹었던 최고의 요리를 우리에게 해주겠노라 호언장담하면서 절대 주방에는 얼씬도 못 하게 했다.

"깜짝 놀랄 거야."

우리는 어떻게 해야 할지 몰랐다. 여태 아버지가 손수 한 요리라곤 닭 모래주머니 튀김이 다였다. 날개도 아니고, 그렇다고 다리나 가슴살도 아닌 모래주머니라니. 아버지는 그런 것들을 좋아했다. 접시 가득 튀겨놓고 우리더러 맛을 보라고 들이밀었었다. 그러나 그날 밤 메뉴는 그 음식도 아니었다.

모래주머니든 뭐든 일단 기름에 튀기면 주방 가득 고소한 냄새가 가득했다. 그런데 그날은 고소한 냄새는 나지 않고 밀가루를 불에 태운 듯한 매캐한 탄내만 진동했다. "어이쿠" 하는 소리가 두어 번 들리더니 아버지가 주방에서 연기를 빼내려고 뒷문을 여는 소리가 났다. 그러고는 거실을 들락거리며 "너희 이거 정말 좋아할걸!" "너희한테 음식을 해주게 되어 진짜 좋다! 어릴 때 먹던 요리를 앞으로 다 해주고 싶어. 이제 감이 좀 잡힌다!"
따위의 말을 떠들썩하게 해댔다.

서너 번의 '어이쿠'가 더 터져 나오고 드디어 아버지가 우리를
식탁으로 불렀다. 아직 어머니는 퇴근 전이었고, 우리는 자리에
말없이 앉았다. 아버지가 스토브에서 음식을 가져와 앞에 놓았
다.

준비된 음식은 두 가지였다. 토스트 한 접시, 그리고…… 그리
고…….

우리는 가까이 가서 들여다보았지만, 도무지 무엇인지 알 수
없었다. 정체를 알 수 없는 무언가가 그릇에 담겨 있었다. 회갈
색 덩어리에 그레이비고기를 익힐 때 나온 육즙에 밀가루 등을 넣어 만든 소스
비슷한 게 뿌려져 있고 검은 입자가 뒤섞여 있었다. 천천히 응고
된 듯한 그 덩어리 옆에 숟가락이 놓여 있었다.

"좀 타긴 했지만 괜찮을 거야. 먹어."

우리는 아무도 숟가락을 들 엄두를 못 냈다.

"아빠, 이거 뭐야?" 데이나가 마침내 입을 열었다.

"응, 콩이야. 비밀 레시피로 요리했어."

우리는 다시 그릇을 보았다. 전혀 콩 같아 보이지 않았다. 콩
냄새도 나지 않았다. 거의…… 초자연적인 냄새가 났다. 개가 먹
고서 일부를 소화시킨 후 다시 게워낸 것 같았다. 하지만 좋다,
콩과 토스트 그리고…….

"그럼, 주요리는 뭔데?" 내가 물었다.

"무슨 말이야?"

"햄버거라든지, 치킨이라든지."

"이 요리에는 그런 거 필요 없어."

"이 요리가 뭔데?" 형이 물었다.

"콩 얹은 토스트." 아버지의 목소리는 자신감으로 쩌렁쩌렁 울렸다.

"엄마는 이런 거 해준 적 없지?" 우리는 서로 마주 본 후 고개를 끄덕였다.

"그렇다니까." 아버지가 그릇에 손을 뻗었다. "누가 먼저 먹을래?"

형과 나는 손가락 하나 까딱하지 않았다. 마침내 데이나가 목청을 가다듬으며 나섰다.

"내가 먹을게, 아빠."

아버지가 환하게 웃으며 데이나의 접시에 토스트를 놓고 그 위에 콩을 퍼 올리기 시작했다. 두껍고 딱딱해서 숟가락을 들고 씨름을 해야 했다. 아버지가 음식을 헤집자 냄새가 더욱 고약해졌다. 아버지가 코를 찡그리는 게 보였다.

"아까도 말했지만 좀 타긴 했어. 하지만 맛은 괜찮을 거야. 어서 먹어."

"아빠도 먹을 거지?" 데이나가 물었다.

"아니, 너희 많이 먹어. 아빠 보기만 해도 배가 불러. 너희들 같은 성장기 애들은 에너지가 필요해. 미카?"

아버지가 다시 사발에 숟가락을 들이밀어, 마치 꽁꽁 언 아이스크림을 스쿱으로 퍼내듯 콩을 낑낑거리며 떠올렸다.

"아빠, 난 됐어. 오늘 마크네서 밥 먹기로 했거든. 미리 먹으면 거기서 못 먹어."

"아깐 그런 얘기 안 했잖아."

"잊어버렸나 봐. 가만 생각해보니 늦었네. 10분 전에 그 집에 가 있었어야 하는데."

형은 재빨리 자리에서 일어나 홀연히 사라져버렸다.

"하는 수 없지. 닉, 너는?"

"좋아. 먹지 뭐." 내가 접시를 들어 올려 토스트 한 조각을 얹고 '탄 그레이비 얹은 콩 비슷한 음식'을 접시 위에 야구공처럼 떨어뜨리니 데굴데굴 굴러서 식탁으로 떨어질 지경이었다.

"좀 펴봐. 그럼 나아져." 아버지가 제안했다.

동생과 내가 숟가락으로 쿡쿡 쑤시며 아무리 펴려 해도 콩은 요지부동이었고, 이제 그걸 진짜 먹어야 한다는 생각에 공포가 일었다. 더는 미룰 수 없어 먹어야 하나 말아야 하나 고민하고 있는데 어머니가 문간에 들어섰다.

"안녕, 얘들아! 잘 지냈니? 너희 보고 싶어서……" 어머니가 걸음을 멈추고 코를 찡그렸다. "이 고약한 냄새는 뭐야?"

"저녁 준비했어. 어서 와. 당신 기다리고 있었어."

어머니가 식탁에 놓인 음식을 보더니 말했다. "얘들아. 접시 싱크대로 가져와."

"왜……?" 아버지가 말했다.

"왜는 뭘 왜야? 엄마가 스파게티 만들어줄게. 스파게티 먹고 싶지?"

우리는 목이 빠지도록 고개를 끄덕인 후 재빨리 식탁에서 일어났다.

"좋아. 자전거 바구니에서 엄마가 장 봐 온 거 가져와. 금방 만들어줄게."

무슨 이유인지는 몰라도 아버지는 전혀 화나 보이지 않았다. 내 생각엔 그게 다 아버지의 술책이 아니었나 싶다. 그날 이후로 아버지는 요리하는 것이 금지되었다. 그리고 어머니가 집안일을 도와주지 않는다고 불평할 때마다 아버지는 억울한 듯 말하곤 했다. "나도 하려고는 했지. 근데 당신이 하지 말라며."

우리 집에서는 대체로 음식이 집착의 대상이었다. 평소에는 다른 아이들이 흔히 먹는 쿠키, 트윙키가운데에 크림이 든, 단맛이 많이 나는 노란색 작은 케이크, 호호초콜릿 롤케이크 같은 것들을 먹을 형편이 안 됐기에, 기회만 생겼다 하면 폭식을 했다. 남의 집에 가서도 먹을 거라면 뭐든지 뒤져서 배가 터질 때까지 걸신들린 것처럼 먹어치웠다. 앉은자리에서 오레오를 서른 개, 마흔 개 먹어치우기는 예사였다. 어떤 땐 친구는 자기 방에 있는데 우리는 친구네 부엌으로 몰래 숨어 들어가 찬장을 뒤져 음식을 찾아 먹기도 했다.

어머니가 가끔 정신이 어떻게 돼서 단것을 사 왔을 때도 마찬가지였다. 예를 들어 시리얼의 경우, 우리는 보통 치리오스를 먹었는데 어쩌다 어머니가 알록달록한 앵무새 시리얼이나 트릭스를 충동구매하면 우리는 '그 자리에서' 한 통을 다 먹어치웠다. 다음 날 아침을 위해 남겨놓는 일 따위는 하지 않았다. 우리는 늘 이렇게 생각했다. '지금 먹지 않으면 다른 사람이 먹을 테고 그럼 내 몫이 없어지는 거야.' 그래서 우리는 배가 아플 때까지 먹고 또 먹었다. 한번은 30분 만에 앵무새 시리얼을 큰 사발에 담아 다섯 번이나 먹어치운 후 형과 나는 배가 불러 숨도 제대로 못 쉬고 소파에 나란히 앉아 있었다.

"한 그릇 더 먹을 만큼 남았지?" 형이 말했다.

"응."

"데이나 먹게 놔둘까?"

"아니. 안 돼. 지난번에 데이나도 다 털어 먹었잖아."

"나도 그 생각 했어. 근데 나 배가 터질 것 같아. 한 입도 더 못 먹겠어."

우리는 배가 꺼지기를 바라며 좀 움직였다. 마침내 형이 나를 돌아보며 말했다.

"나눠 먹을래? 반반씩?"

"좋아."

아버지도 단 음식을 좋아했다. 늘 집에 오레오를 놔두었는데, 우리의 손길을 피해 서재에 숨겨두었다.

당연히 우리는 오레오를 찾아 아버지의 서재를 뒤졌다. 보통 몇 분 만에 찾았고, 들키지 않으려고 처음에는 한두 개 정도만 훔쳐 먹었다. 그 후 두 번, 세 번 다시 갔고, 아무도 손대지 않은 것처럼 보이게 하려고 포장지에 담긴 오레오를 잘 펴놓았다. 그러기를 몇 번 더 하고 나면, 아버지가 퇴근해서 집에 올 때쯤에는 부서진 과자 몇 개만 남아 있곤 했다.

빈 봉지를 들고 안에 든 부스러기를 본 아버지는 눈이 툭 불거졌다.

"이런 독수리 같은 놈들! 내가 집에 좀도둑을 키웠어!"

아버지는 고래고래 소리를 지른 후 열쇠를 찾았다. 열쇠를 들고 나가 차를 타고 가서 오레오 한 봉지를 더 사 왔다. 아버지는 밤새 서재에서 우리에게 저주 서린 눈길을 보냈다.

다음 날이면 과자 봉지 찾기가 어김없이 시작됐다. 그리고 일단 찾았다 하면 불가항력에 의해 부스러기만 남을 때까지 또 먹어치웠다.

"이 독수리 같은 놈들! 너흰 모두 좀, 도, 둑이야!" 아버지의 비명이 들려왔다.

10

라로통가, 쿡 아일랜드(Rarotonga, Cook Islands)
1월 31일

이스터 섬에서의 마지막 날, 우리는 아침을 먹으려고 일찍 일
어났고 해 뜰 무렵에는 식사를 마쳤다.

이른 아침은 우리 여행에서 어느덧 일상이 되었다. 대개 6시
반 아침 식사를 시작으로 8시 전에는 로비에 모여 방문할 곳으
로 이동한다. 사람 90명과 200개의 짐 가방이 포함된 우리 일행
을 이동시키려면 시간이 많이 필요했다. 우리는 급하게 꾸려진
프로젝트 팀이라기보다는 천천히 이동하는 대상의 행렬 같았다.
비행기를 타고 떠나는 시간은 보통 오전 10시경이었고 그때쯤이
면 별로 하는 일도 없이 벌써 다섯 시간째 깨어 있는 셈이었다.

아침 일찍 일어나서 종일 관광지를 돌고 늦게 저녁을 먹는 여
행을 7일이나 계속하다 보니 이스터 섬에서의 일정이 끝날 때쯤
에는 모두 녹초가 되었다. 그러나 우리는 이제 겨우 전체 일정의

3분의 1 지점에 와 있었다.

쿡 아일랜드로 알려진 남태평양 군도의 주도인 라로통가까지는 비행기로 일곱 시간이 걸렸다. 서쪽으로 가는 데 시차가 발생해서 이른 오후에 도착했다. 그날은 짜인 일정 없이 자유 시간을 보낸 후 다음 날 아침에 호주로 출발할 예정이었다. 그러니까 이스터 섬에서 에어스록까지 가는 열네 시간을 나눠서 잠시 라로통가에 머문 셈이었다.

비행기에서 내리자 찜통 같은 열기가 훅 끼쳤다. 이스터 섬보다 훨씬 더웠다. 전형적인 남태평양 날씨였다. 파란 하늘에는 늦은 오후의 소나기를 품은 밀도 높은 뭉게구름이 가득했고, 습도가 높았으며, 미풍이 불었다. 섬은 아름다웠다. 주도로가 섬을 감싸 돌았고, 섬 식물들로 빽빽한 중앙봉은 구름에 싸여 있었다. 이스터 섬처럼 이곳도 처음 폴리네시아인들이 정착했지만, 18세기 후반 섬에 고립된 블라이 제독과 '바운티'호의 폭도들이 가장 유명하다.

호텔에 도착해서는 그룹별로 흩어졌다. 점심을 먹으러 가기도 하고 방에 낮잠을 자러 가기도 했다. 더러는 해변이나 수영장을 찾았고 스노클링을 하는 사람도 있었다. 형과 나는 스쿠터를 빌려 타고 섬을 돌아다니기로 했다.

섬은 둘레가 40킬로미터 정도였고, 영국에서처럼 도로의 반대쪽으로 차량이 다녔다. 익숙해지는 데 시간이 좀 걸렸지만, 도로가 한산해서 별문제는 없었다. 거리를 신나게 돌아다니면서 여기저기 멈춰 사진을 찍었다. 끝도 없이 뻗은 야자수를 보며 이스터 섬도 한때는 이랬을까 하는 의문이 들었다. 그 생각을 하자니 애잔했다. 물론 이스터 섬도 특유의 소박하고 정겨운 면이 있지만, 두 섬의 차이는 가히 충격적이었다.

쿡 아일랜드는 흑진주가 유명해서 형과 나는 아내에게 주려고 발길을 멈추고 쇼핑을 했다. 지난주에 형은 형수와 두 번, 나는 캣과 네 번 통화했다. 전화 통화는 몇 분도 채 걸리지 않았다. 두 여자의 생활은 보통 때와 똑같았지만 더 정신이 없었다. 아내와 헤어져 여행을 떠난 지 일주일 만에 이렇게 많은 곳을 봤다는 게 새삼 놀라웠다.

얼굴에 바람을 맞으며 달리니 기분이 상쾌했고 섬을 도는 동안 이런저런 것들이 떠올랐다. 일정 없이 형과 나만 따로 있어서였던 것 같다. 우리의 어린 시절이, 우리가 살았던 곳이, 우리가 했던 일들이 생각났다. 나는 애들이 하고 있을 일을 상상하고, 캐시가 아침에 거울 앞에 서 있는 장면을 그려보았다.

무엇보다 스쿠터로 달리는 동안 단 한 순간도 일 생각이 나지 않았던 게 좋았다. 몇 년 만에 처음으로 내가 휴가를 와 있다는 기분이 들기 시작했다.

형과 나는 생수를 마신 후 섬의 끝 쪽에 있는 해수욕장에 갔다. 해변에는 산호가 흩어져 있었고 파도는 높이 치솟아 암벽을 때렸다. 해수욕장에는 형과 나뿐이었고, 해변 근처에는 집 한 채도 보이지 않았다. 뒤를 지나가는 차 소리만 희미하게 들릴 뿐이어서 섬에 오직 우리만 있는 것 같았다.

우리는 한참 동안 그 자리에 앉아서 파도를 바라보았다. 바다는 에메랄드빛이었고 앉은 자리에서도 바다의 밑바닥이 들여다

보였다. 우리는 선명한 색깔의 물고기 떼가 헤엄치는 것을 하염없이 바라보았다. 남태평양 군도의 섬들에는 저마다 토종이 있는 경우가 많았다. 하와이나 피지에 있는 물고기들도 거기서만 볼 수 있었으니, 지금 보고 있는 종류들도 다시는 못 볼 수도 있겠구나 싶었다.

"이래서 라로통가에 잠깐 쉬었다 가기로 했나 보다. 해변도 아름답고, 날씨도 좋고, 사람도 없고. 정말 최고야!" 형이 말했다.

"그랜드캐니언 갔을 때랑은 완전히 다르지?" 내 말에 형이 히죽 웃으며 말했다. "대단한 여행 아니었냐?"

"굉장했지." 내가 말했다.

"아니, 끔찍했어." 형이 바꿔 말했다. "넌 그때 어려서 잘 모를 걸. 여행이 끝날 무렵에 아버지는 우리 때문에 거의 돌 지경이었어. 온종일 운전이며 관광에 시달리고도 호텔 갈 돈이 없어서 차에서 하룻밤을 지내야 했잖아. 차에 에어컨도 없었는데, 기억나냐? 한여름에 햇빛이 차창으로 바로 쏟아져서 발갛게 익을 지경인데 사막까지 지나가야 했잖아. 우리는 밤낮 더워 죽겠다고 불평만 했어. 게다가 땀으로 흠뻑 젖을 때까지 소리를 꽥꽥 질러가며 레슬링도 했지. 아버지가 성질을 엄청 냈어."

"우리 아버지가?" 나는 믿지 못하는 척했다. "우리의 데프콘 씨가? 에이, 다른 사람으로 착각했겠지."

형이 껄껄 웃었다. "평소 아버지답지 않아서 우리가 그런 순간을 더 잘 기억하는 것 같아. 보통은 아버지가 주위에 있다는 것도 모를 지경이다가 갑자기 폭발을 해버리잖아. 그 순간 아버지는 더 이상 아버지가 아니라, 무시무시한 괴물 같았어."

"그때 기억나? 아버지가 〈에이리언〉 개봉하는 날 밤에 우릴 데리고 영화 보러 갔잖아. 어디서 들으니 영화가 진짜 무섭다더라면서. 아, TV로 〈공포의 별장〉이란 것도 봤어. 그때 우리 몇 살이었지? 열한 살 정도?"

"그 정도 됐던 것 같아."

"형 같으면 앨리한테 그런 영화 보여주겠어? 몇 년 후에라도?"

형의 수양딸 앨리는 열 살이었다.

"어림도 없지. 크리스틴이 날 죽이려 들걸. 집으로 무서운 비디오도 못 빌려 오게 해."

"캐시도 그럴 거야. 마일스 보여주려고 〈악마의 분신〉 빌려 왔다는 얘기 내가 한 적 있어?"

"아니. 어떤 건데?"

"늑대 인간 나오는 건데, 스티븐 킹 소설을 영화로 만든 거야. 난 마일스가 나하고 같이 보고 싶어 할 거라 생각했거든. 아버지가 늘 그러셨잖아. 그래서 나도 마일스하고 같이 봤지."

"그랬더니?"

"몇 달 동안 악몽을 꾸더라고. 캐시가 엄청 화냈어. 얼마나 노려보던지, 형은 상상도 못 할 거야. 요즘도 내가 마일스한테 영화를 보여주기만 하면 또 그 얘기야. '마일스를 또 악몽 꾸게 만들 작정이야? 악몽 꾸면 당신이 밤새 돌봐야 할 테니 알아서 해' 이런다니까."

형이 슬며시 웃었다. "아내와 애들은 우리만큼 공포 영화에 매력을 못 느끼는 것 같아."

"슬픈 일이야." 나도 같은 생각이었다. "난 그저 클 때 아버지가 우리와 함께 했던 일을 마일스하고 공유하고 싶을 뿐이었어. 낚시하러 가거나 잡기 놀이 하거나, 박물관 가는 것처럼 말이야."

"동생아, 나 그 기분 너무 잘 알겠다." 형이 내 어깨에 팔을 둘렀다. "아버지도 그걸 아셨음 좋겠어. 아버지는 인생에서 중요한 것들이 무엇인지 알게 했어."

호텔에 돌아왔다가 스노클링을 하러 가기로 했다.

카리브와 하와이에서 스노클링을 해봤지만, 그날만큼 인상적인 적은 없었다. 밝은 청색 불가사리 수천 마리와 바라쿠다 떼, 색색의 자리돔들이 따뜻하고 깨끗한 물을 유영했고 물살은 잔잔해서 별로 힘들이지 않고도 얕은 수면을 떠다닐 수 있었다. 하늘에는 구름이 가득해서 햇볕에 탈 염려도 없었다. 우리는 빗방울이 듣고도 한참이나 더 물에서 놀았다.

그 후에 호텔 야외 테라스에서 저녁을 먹었다. 정해진 계획은 없지만 막상 방으로 돌아가려니 시간이 아까워서 식사 후 무엇을 할지 정하기로 했다. 우리에게 서빙을 하기도 했던 바텐더가 술집 순례를 권했다. 미리 신청하면 8시경에 밴이 호텔로 태우러 올 거라고 했다.

술집 순례란 이런 식이다. 밴이 와서 사람을 태우고 저녁 내내 이 술집 저 술집으로 데려다준다. 술을 마실 줄 알고 말고는 별로 중요하지 않다. 내가 수년간 많은 나라를 방문하면서 알게 된 사실이 있다면, 느긋한 분위기에서 사람을 만나 그들의 일상을 보지 않고는 그 나라를 제대로 안다고 말할 수 없다는 점이다. 그런 상황에서 만난 사람들은 거의 다 친절했고 전 세계 사람들은 미국인을 만나면 대체로 자신의 영어를 연습하고 싶어 했으며 미국에 관한 얘기를 들으려 했다. 미국은 나쁜 점이 많은 나라임에도 외국인에게는 분명 매혹적이고 흥미로웠다. 좋아하는 것도 있고 싫어하는 것도 있지만, 어쨌든 무관심의 대상이 아니라 뭔가 견해를 가지게 하는 나라였다. 그리고 또 내가 알게 된 사실은, 사는 곳이 어디든 사람들은 다 거기서 거기라는 점이다. 어느 곳에 있는 사람이든 스스로 처한 상황을 개선하고 싶어 하고, 자식들에게 더 좋은 기회를 주고 싶어 한다. 정치꾼들은 십중팔구 자존감이 낮고, 선동가들은 좌와 우를 다 들먹거리기 일쑤다.

우리 바텐더도 그저 그런 보통 사람이어서 우리가 그의 고국인 뉴질랜드를 방문하지 않는 데 약간 실망하면서도 자기가 미국에 가봤다는 얘기를 신이 나서 떠들었다.

"그래요? 어디 가봤어요?" 형이 물었다.

"로스앤젤레스, 샌프란시스코, 시애틀, 라스베이거스, 덴버, 댈러스, 뉴올리언스, 시카고, 디트로이트, 필라델피아, 뉴욕에 갔었어요. 그해 여름 내내 이곳저곳 돌아다니며 보냈죠."

"그랜드캐니언 봤어요?"

"네, 물론이죠. 정말 멋졌어요. 러시모어 산에도 가봤어요. 거대한 삼나무 숲도 봤고요. 아름답더군요. 그래도 저는 라스베이거스가 제일 좋았어요."

"베이거스에서 재미 좀 봤나 보군요." 내가 물었다.

"아뇨. 몽땅 잃었어요. 슬롯을 했거든요, 아시죠? 재미는 있었어요. 아주 스릴 넘치는 곳이더군요. 그래서 좋아요. 거기 가보셨어요?"

"물론이죠. 새크라멘토에서는 비행기로 한 시간 정도밖에 안 걸려요." 형이 말했다.

바텐더가 얼굴에 희색을 띠고 머리를 저으며 말했다. "전 사람들한테 미국에 가려거든 라스베이거스에 가라고 해요. 조명, 쇼, 짜릿한 흥분. 그게 바로 미국이라고 말해주죠."

저녁을 먹는 동안 의사 질 해나가 우리 식사 테이블에 자리를 같이했다. 지난 며칠간 배탈 난 사람이 많아서 질은 매우 바빴다. 다른 사람들처럼 질도 맥이 빠져 보였고 우리가 그날 밤 밖에 나가려 한다고 하자 눈이 휘둥그레졌다.

"피곤하지 않아요?"

"조금요. 그래도 같이 갑시다. 재미있을 거예요." 형이 말했다.

"고맙지만, 전 그냥 자러 갈래요. 누구 같이 가는 사람 있어요?"

"찾아봐야죠. 쭉 돌며 물어보려고요."

아무리 재미있게 들리려 목소리를 높여도 대부분 거절 의사를 밝혔다. 스무 명도 넘는 사람에게 얘기했는데, 가겠다는 사람은 여행 강사 찰스뿐이었다. 우리는 8시에 로비에서 만나기로 했다.

"잠깐 눈 붙이고 그때 보죠." 형이 말했다.

우리는 방으로 가서 누운 즉시 곯아떨어져서는 둘 다 다음 날 아침이 되어서야 깨어났다.

아침을 먹고 있자니 찰스가 우리 테이블로 왔다. "어젯밤에 어 딨었어요? 신나게 놀 만반의 준비를 하고 기다렸는데."

"죄송합니다." 형이 고개도 들지 못하고 기가 죽어 말했다.

"스파크스 형제도 피곤한 날이 있군요."

"누구도 피해 갈 수는 없나 봅니다."

찰스가 떠나기가 무섭게 내가 형에게 속삭였다. "어떻게 밤새 잘 수가 있지? 우리도 늙나 봐, 그치?"

"그러게. 대학 다닐 때만 해도 나는 절대 지치지 않을 줄 알았 는데. 그땐 밤 새워 놀아도 끄떡없었어. 나 참 제멋대로였지?"

"대학? 뭔 소리 하세요? 형은 고등학교 때 벌써 천둥벌거숭이 였어."

1979년에 고등학교에 입학한 형은 그 후 2년 동안 가족 모두 와 심드렁하게 지냈다. 부모님의 권위에 정면 도전하는 나이에 도달했고, 거기에 걸맞게 행동했다. 다만 형은, 10대 소년이라면 이 정도이리라는 기대치를 훨씬 넘어섰다. 강에서 술을 마셨고, 한번은 청바지 주머니에서 마리화나가 나오는 바람에 군대식 사 립학교에 보내버린다는 경고를 받고 한 달간 외출이 금지되었 다. 열다섯 어느 날에는 귀를 뚫어 귀고리를 하고 나타났고 어머 니는 이번에도 군대식 학교를 들먹여 귀고리를 빼게 했다.

어머니는 늘 군대식 학교로 우리를 겁박했다. 부모님은 모두 기숙학교에 다녔고 각자 기숙학교의 끔찍한 비화를 가지고 있 었는데, 항상 '그래도 군대식 학교가 아니었던 게 얼마나 다행이 야'라고 말을 맺었다. 어린 우리는 그런 교육 기관은 사탄이 만들었다고 믿을 정도로 크나큰 공포심을 가지고 있었다. 그러나 우리 집에 형을 그곳에 보낼 돈이 없다는 사실을 깨달았는지 형은 점점 더 부모님의 말을 듣지 않았다. 당연히 행동도 갈수록 나빠졌다. 형이 1학년이었을 때 집 분위기는 극도로 팽팽했고, 형이 부모님에게 목소리를 높여 대들 때마다 동생과 나는 놀라움을 금할 수 없었다.

10대들은 대개 드러나는 이미지에 목숨을 거는데, 형도 예외는 아니었다. 형은 가난에 지쳤고 가난해 보이는 데 넌더리를 냈다. 열여섯이 되자 형은 아이스크림 가게에서 그릇을 닦아 돈을 모으기 시작했다. 중고차를 사서 수리하는 법을 배우고 새 옷을 사 입고 데이트를 시작했다. 머지않아 줄리라는 여자애와 심각한 사이로 발전해서 시간만 났다 하면 붙어 다녔다. 어머니는 어린 나이에 여자애와 너무 가까이 지내는 게 좋지 않다고 생각했고, 그 때문에 또 언쟁이 벌어졌다. 한번은 형이 여자친구와 방에서 함께 낮잠을 자다가 어머니에게 들켜 순식간에 아수라장이 되었다. 그때만큼 어머니가 화를 내는 모습은 본 적이 없었다.

어머니가 아버지의 서재로 쳐들어간 것도 그 무렵이었다. 그때까지 아버지는 우리를 키우는 데 전혀 상관하지 않았지만 더는 아버지의 도움 없이는 안 되겠다고 생각했던 거였다.

"내가 여태 애들 키웠으니, 이젠 당신 차례야."

아버지는 묵묵히 고개를 끄덕였다. 아마 요리나 청소보다는 훨씬 낫다고 생각했을지 모른다.

그 후, 형이 저녁에 아버지의 서재에 가 앉아 있는 모습이 자주 눈에 띄었다. 아버지는 아주 지적이었고 거의 매 순간 책을 읽었다. 새크라멘토에 있는 캘리포니아주립대학에서 행동 이론과 관리를 가르쳤는데 그 분야에 관해 구할 수 있는 책은 모두 읽었다. 진짜로. 아버지의 서재에는 책 수천 권이 책장에 꽂히거나 바닥에 쌓이거나 상자에 들어 있었고 아버지는 그 책들을 빠짐없이 읽었다. 저녁마다 아버지가 발을 책상 위에 올리고 앉아 책 읽는 모습이 보였다. 책 읽는 속도도 엄청나게 빨라서 하루 저녁에 평균 한두 권을 뚝딱 읽어치우고는 메모까지 했다. 아버지의 일과는 다른 가족과 달랐다. 오후에 강의가 있어서 밤새 책을 읽다가 새벽 다섯 시에 잠들면 정오나 돼야 일어났다.

아버지는 항상 서재 문을 열어두었고, 혼자 있을 때 가장 편안함을 느꼈다. 과묵하고 남의 말을 주의 깊게 들어주었다. 아버지가 동료들에게 이야기할 때 그 사람들의 표정에서 그들이 얼마나 아버지를 존경하는지 읽을 수 있었다. 아버지에게는 사람들이 말을 끊지 않고 술술 자기 얘기를 하게끔 만드는 재주가 있었다. 특별히 질문하지 않으면 충고도 하지 않았다. 대신 들은 얘기를 다른 말로 바꿔 얘기함으로써 말한 사람이 자신의 문제를 명료하게 인지하고 생각을 정리할 수 있게 도와주었다.

형한테 얘기할 때, 그리고 후에 나와 얘기할 때도 아버지가 사용하는 화법은 똑같았다. 우선 특별한 상황에 관해 어떻게 된 건지 물어본 후 하나씩 얘기를 풀 때까지 조용히 듣기만 했다. 형이나 내가 더 많이 얘기하면 할수록 아버지의 말수는 더 적었다. 이 일방적인 대화가 한 시간을 훌쩍 넘길 때도 있었다. 그러고 나면 우리는 한층 생각이 명료해져서 서재를 나섰고, 아버지가 이 세상에서 가장 똑똑한 사람이라고 믿어 의심치 않았다.

마침내 아버지는 우리가 10대를 보내는 내내 반드시 지켜야 할 금과옥조 세 가지를 내렸다. 그 셋은 이랬다.

1. 술 마시고 운전하지 마라.
2. 여자애를 임신시키지 마라.
3. 통금을 지켜라.(1학년 때는 자정, 그리고 학년이 올라갈 때마다 30분씩 늘어났다.)

아버지가 우리에게 내린 특별법은 시의 적절했다. 우리는 어떤 형태로든 문제를 일으킬 만한 나이가 되어 있었지만, 이미 세 가지를 따르고 있었기에 그 법이 합리적으로 느껴졌다. 사실 우리는 10대가 될 때까지 너무 오래 멋대로 살았기 때문에 어떠한 규제도 가혹하다고 느꼈을 것이고, 당연히 노골적인 반항으로 이어졌다. 그러나 이 법은 충분히 심사숙고해서 만든 것이라 형도 거부할 수 없었다.

형도 그 법만은 잘 지켰다고 말할 수 있다. 그 외에는 웬만한 사람이 하는 것은 다 하고 살았고, 다음 몇 년간 부지런히 외연을 넓혔다. 셀 수 없이 많은 밤, 나는 부모님이 형 때문에 전전긍긍하는 소리를 들었다.

"애가 점점 거칠어지는데, 어째야 할까?" 한쪽이 말했다.

긴 침묵이 이어진 후 다른 쪽이 대답했다. "글쎄."

그해에는 내게도 변화가 있었다. 육상 경기에 도전했는데 두각을 나타내지는 못했고, 그저 팀의 신입생 중에서 잘하는 축에 속할 정도였다. 그러나 장거리 선수가 몇 명 안 됐기 때문에 거기서 잘한다는 것은 별 의미가 없었다.

그런데도 나는 육상을 좋아했고, 운명의 장난처럼 페어 오크스에는 전설적인 육상 선수, 빌리 밀스Billy Mills가 살고 있었다. 그는 사우스 다코타 블랙 힐스의 가난한 마을에서 자란 오글랄라 수Sioux 인디언으로, 1964년 도쿄올림픽 1만 미터 경기 금메달리스트였다. 올림픽 육상 경기 역사상 가장 의외의 우승으로 기록된 사건이었다. 빌리는 올림픽 1만 미터 경기에서 우승한 유일한 미국인으로 그의 역량을 후세에 길이 입증했고, 다음 해에는 세계 기록을 깼다. 이미 몇 년 전 나는 즐겨 보던 연감에서 빌리에 관한 이야기를 읽고 매혹돼 있었다. 그런 사람이 페어 오크스에 산다는 사실을 알고 기뻐서 한달음에 주방에 있는 어머니에게 달려가 자랑했던 기억이 난다.

"아, 빌리." 어머니가 고개를 끄덕이며 말했다. "빌리와 아내 팻은 나도 잘 아는데."

나는 눈이 휘둥그레졌다. "엄마가 알아?"

"응. 우리 안경점에서 안경 맞추거든. 좋은 부부더라." 어머니가 별일 아니라는 듯 말했다.

미국의 국민 영웅과 말을 섞는 사람 옆에 내가 서 있다는 사실에 놀라 나는 아무 말도 못 하고 멍하니 어머니만 바라보았다.

그 후 나는 기대에 들떠서 줄곧 빌리와 맞닥뜨릴 기회를 넘봤다. 그러나 정작 식료품 가게나 식당에서 그를 만나도 차마 앞에 나설 용기가 없었다. 한번은 비공식 주민 육상 대회가 인근 고등학교에서 열린다는 소식을 듣고 달려갔다. 당연히 빌리가 거기와 있었지만, 나는 그를 보고도 온몸이 꽁꽁 얼어붙어 말 한마디 못 했다. 그저 빌리의 걸음걸이를 보며 '세상에서 가장 빠른 사람은 저런 식으로 걷는군' 하고 생각하며 따라 하려고 노력했다. 두말할 필요도 없이 나는 내 재능으로 빌리에게 감동을 주고 싶었지만, 그런 일은 절대 일어나지 않았다. 빌리에게는 딸이 셋 있었는데, 막내딸이 그 경기에 출전했다. 나와 달리 그 애는 끝내주게 잘 달려서 단 한 번도 진 적이 없었다.

빌리의 과거를 알고 나서 나는 다른 위대한 육상 선수들에 대해서도 찾아 읽었다. 그러고는 곧 헨리 로노, 서배스천 코, 스티브 오벳처럼 달리고 싶었지만, 그건 말 그대로 꿈일 뿐이었다. 그런데도 나는 육상 팀에서 뛰었고 머지않아 팀 소속인 2학년생 해럴드 쿠팔트와 친해졌다.

해럴드는 고등학생이었지만 빌리처럼 거의 전설에 가까웠다. 주니어부 2마일 대회에서 국내 최고 기록을 세웠고 한동안 미국 주니어 기록을 보유할 정도로 전국에서 가장 빠른 주자로 손꼽혀서 내가 빌리만큼이나 우상으로 여기는 사람이었다. 이번에도 신입생과 선배 사이에는 하늘과 땅 같은 간극이 있었다. 그런데 시즌이 끝날 무렵의 어느 날 오후, 팀에서 여럿이 함께 달릴 기회가 있었는데 어쩌다 보니 내가 해럴드 옆에서 뛰고 있었다. 우리는 곧 대화를 시작했고, 해럴드가 더는 할 말이 없어 입을 다물 때까지 떠들어댔다.

"네가 뛰는 거 많이 봤어." 부담스럽지 않은 침묵이 흐른 뒤 해럴드가 내게 말했다. "열심히 노력하면 굉장한 선수가 될 수 있겠더라. 그냥 잘하는 정도가 아니라 굉장히 잘하게 될 거야.

아주 타고났던걸."

그날 그 말을 들은 뒤로는 어떻게 뛰었는지 하나도 기억이 나지 않는다. 해럴드가 했던 말에 실려 둥둥 떠다녔던 것 같다. 그때까지 들은 것 중에 가장 의미 있는 말이었다. 해럴드의 말은 내 환상을 채워주었을 뿐 아니라 부모님으로부터 늘 인정받고 싶었던 내밀한 소망을 두드려주는 느낌이었다. '굉장해질 수 있다. 나는 타고난……'

나는 그 순간 해럴드의 말을 예언으로 만들겠다고 다짐했으며 그해 여름만은 빈둥거리지 않고 열심히 훈련하기로 했다. 방학 동안에도 학기 중보다 더 열심히 연습했다. 열심히 노력하면 할수록, 더 하고 싶은 욕구가 일었다. 하루에 두 차례씩 연습했고, 37도가 넘는 무더위에도 달렸으며, 어떤 때는 너무 심하게 달려 구토를 하기도 했다. 해럴드가 칭찬했음에도 나는 타고난 육상선수가 아니었지만, 모자란 재능은 갈망과 노력으로 메워나갔다.

그러는 사이 형은 일해서 돈을 벌었다. 몇 년 새 형은 조금 성숙해졌고 급속도로 남자다워졌다. 게다가 잘생기기까지 했다. 타고난 자신감과 매력이 더해져 형은 이성에게 강하게 어필했다. 형에게 꾸준하고 진지하게 사귀는 여자친구가 있는지 없는지는 사실 전혀 중요하지 않았다. 형 옆에는 늘 여자들이 들끓었고, 멀리서 형을 바라보는 여자들도 많았다. 형은 자석 같은 매력을 가진 사내였다.

나는 형과 달랐다. 형보다 키가 작고 팔다리가 가늘었으며 형에게는 넘치는 자신감이 내겐 하나도 없었다. 그러나 이제 그건 중요하지 않았다. 달리기는 내가 열심히만 하면 두각을 보일 기회를 준다고 믿었기에 그해 여름 나는 오로지 달리는 데만 신경을 집중했다.

음, 하나 신경 쓴 게 있긴 했다. 나는 부모님만큼 형이 걱정되었다. 그해 여름이 끝나갈 무렵, 여러 번 협상한 끝에, 나는 형을 내가 달리는 크로스컨트리 팀에 합류하게 했다. 해럴드가 이끄는 팀은 전국 최고가 되리라 촉망받았고 곧 베이 에이리어와 로스앤젤레스에서 열리는 경기에 참가할 예정이었다. 경기 후에는, 우리가 보통은 가볼 엄두도 못 내는 놀이공원이나 해변의 보드워크에 갈 기회도 있었다. "형은 무조건 빨리 뛰어서 7등 안에만 들면 돼. 그럼 상상도 못 할 만큼 재밌는 일이 기다리고 있을 거야." 내가 형에게 말했다.

형은 결국 내 말을 들어주었다. 일단 달리기 시작하니 7등 안에 드는 것은 문제도 아니었다. 우리 팀은 무패 행진을 계속했고 대개 해럴드의 공이 컸다. 해럴드는 거의 모든 경기에서 코스 기록을 깼고 전국 고등학생 선수권 대회에서는 2등을 했다.

형은 나처럼 기를 쓰고 앞서나가려 하지 않았는데도 점점 실력이 나아졌다. 형은 팀의 일원이었고, 팀은 형에게 의지했다. 자라면서 배운 대로 형은 자연스럽게 책임감을 진지하게 받아들였다. 형은 조금씩 문제를 덜 일으키기 시작했고, 팀이 성공할수록 팀에 대한 형의 자부심도 커졌다. 내가 형보다 빠르다는 사실이 형에게는 전혀 문제 되지 않았다. 오히려 나의 성과를 가장 먼저 축하해주는 사람이 형이었다.

그러나 내게는 우리가 수년 만에 다시 어울리게 되었다는 사실이 중요했다. 그리고 무엇보다 그것을 즐기고 있어서 더욱 좋았다.

내 고등학교 2학년은 변화의 시기였다. 달리기를 사랑하게 되었을 뿐 아니라 태어나 처음으로 신체적인 면에서 형을 능가했다.

그러는 중에도 나는 성적 관리를 게을리하지 않았다. 오히려 성적에 점점 더 집착해서 전 과목 A도 모자라 한 과목도 놓치지 않고 1등 하기를 원했다.

또한 소설에 탐닉하기 시작했다. 아버지처럼 어머니도 열렬한 독서가여서 한 달에 두 번 도서관에 가서 책 예닐곱 권을 빌려와 다 읽었다. 어머니는 특히 제임스 헤리엇과 딕 프랜시스의 책을 좋아했다. 나는『돈키호테』『귀향』『죄와 벌』『율리시스』『엠마』『위대한 유산』 같은 고전을 찾아 읽었고, 무엇보다 스티븐 킹의 소설을 좋아했다. 크면서 봤던 오래된 호러 영화의 영향이었는지 나는 킹의 신간이 나오기를 애타게 기다리며 그의 소설을 읽고 또 읽었다.

내가 처음으로 여자친구를 사귄 것도 2학년 때였다. 이름이 리사였고 나와 같이 크로스컨트리 선수였다. 리사는 나보다 한 살 아래였는데, 희한하게도 내 소년 시절 영웅이었던 빌리 밀스의 딸이었다.

우리는 4년 동안 사귀었는데, 나는 리사뿐 아니라 리사의 가족들과도 허물없이 지냈다. 우리 부모님은 내가 해낸 일을 순수하게 기뻐해주었지만, 빌리 아저씨와 팻 아주머니는 달랐다. 빌리 아저씨는 내가 받는 훈련이나 도달해야 할 목표에 대해 얘기하면서 그 목표가 전혀 허무맹랑하지 않다고 나를 독려했다.

나는 학업과 달리기, 과제 그리고 리사 사이를 오가느라 눈코 뜰 새 없이 바빴고 다른 것에는 신경 쓸 여력이 없었다. 시간이 없는데 돈까지 없으니 데이트하기가 녹록지 않았다. 부모님은 용돈을 주지 않았고, 우리가 영화를 보고 싶다고 해도 지갑을 열지 않았으므로 나는 형의 전례를 따르기로 했다. 우선 크로스컨트리 시즌이 끝난 후, 전에 형이 일했던 식당에서 접시 닦는 일을 구했다. 처음에는 한 주에 이틀을 식당 문 닫을 때까지 일하다가 몇 달 후 주당 35시간을 일했고, 다시 식탁 치우는 버스보이로 승진했다. 마침내 웨이터가 된 후에는 팁까지 합쳐서 고등학생치고는 제법 수입이 짭짤했다. 나는 아침 7시부터 거의 자정까지, 하루도 빠짐없이, 매일 매 분 일을 했고, 이런 스케줄은 2년 후 고등학교를 졸업할 때까지 거의 변하지 않았다.

연습 시간에 형과 나는 자주 우리의 과거와 미래를 얘기했다. 꿈이나 돈에 관해 얘기하기도 했다.

"우리 어렸을 때 얼마나 가난했는지 생각나지?" 형이 물었다.

"응. 근데 솔직히 난 우리가 그렇게 가난했다는 걸 몇 년 전에야 알았어."

"난 가난한 게 싫었어. 지금도 싫어. 내가 나이 들어 뭘 할지는 모르지만, 난 정말 가난하게 살지는 않을 거야. 서른다섯쯤에 백만장자가 됐음 좋겠다. 뭘 해야 할지는 아직 모르겠지만, 꼭 그렇게 될 거야."

"형은 해낼 거야." 내가 말했다.

"넌 어때?"

내가 웃으며 말했다. "난 서른에 백만장자가 될래."

형은 아무 말도 하지 않았다. 우리는 걸음을 나란히 하고 조금의 차이도 없이 땅을 차며 걸었다.

"뭐야? 정말 내가 그렇게 될 거라고 생각해?"

"글쎄. 그냥 서른다섯이 더 현실성 있다는 생각만 했어."

"뭘 해서 부자가 될 거야?"

"모르겠어. 넌?"

"나도 전혀 모르지."

형과 나는 함께 달렸고, 함께 일했으며, 시간이 나면 같은 친구들과 어울리기 시작했다. 해럴드, 크로스컨트리 팀의 다른 멤버인 마이크 리, 레슬링 캘리포니아주 챔피언 트레이시 예이츠, 형과 나. 우리는 이렇게 다섯을 '미션 갱'이라 불렀다.

모범적인 학생 선수로 널리 평판을 얻고 있었지만, 우리는 이중인격자 같다는 느낌을 공유하고 있었다. 내가 처음으로 술에 흠뻑 취한 것도, 현명하지도 않고 법에도 어긋나는 방법으로 불꽃놀이를 하면서 엄청나게 신나한 것도 모두 그들과 함께 한 일이었다. 우리는 심심찮게 여러 친구의 우편함을 부숴버렸고, 그것들이 '꽝' 하는 소리와 함께 공중을 날면 환성을 질렀다. 또 친구들 집을 두루마리 휴지로 둘둘 말아서 전날 밤에 눈이 내린 것처럼 만들기도 했다. 한번은 크리스마스 즈음에 집집마다 반짝이는 전구로 장식한 거리를 지나가면서, 그게 뭐가 그리 재미있다고 두 시간이나 들여 전구를 하나하나 다 풀어 떼어낸 후 쓰레기봉투 여섯 개에 나누어 버렸다. 당연히 집들은 아주 보기 흉한 몰골이 되었다. 왜 그런 짓들을 하고 다녔는지 도무지 설명할 길이 없다. 유치하고 황당한 짓이었지만, 만약 그때로 돌아간대도 또 그런 짓을 할 것 같다.

함께 시간을 보낸 덕분에 형과 나는 다시 가까워졌다. 그러나 그때 우리의 관계는 어릴 때와는 많이 달라져 있었다. 우리는 형제를 넘어 좋은 친구가 되었다. 나 고등학교 2학년 때 이후로는 어떤 일로도 언쟁이나 주먹다짐을 하지 않았다.

봄에 형과 나는 같은 경기에서 경쟁하게 되었는데 내 그간의 훈련이 효과를 보이기 시작했다. 해럴드가 정신적인 지주가 되어 우리는 경기마다 기록을 세웠고 장거리 혼합 팀은 미국에서 가장 빨리 달렸다. 해럴드는 2마일 경기에서 주 챔피언이 되었고 나는 800미터에서 전국 고교 2년생 중 상위 기록을 차지했다.

형 말고는 가족 누구도 경기장에 응원하러 오지 않았다. 부모님은 경기장에 거의 온 적이 없었다. 사실 내가 선수로 뛰는 동안 부모님은 딱 한 번, 다행히 기록을 깰 때, 나를 보러 왔다.

부모님의 관심 부족을 이상하게 여기는 사람도 있었지만, 나는 별로 신경 쓰지 않았다. 어차피 형이 경기할 때도, 데이나가 훈련팀에 참여했을 때도 보러 가지 않기는 마찬가지였으니까. 우리는 어느새 뭐든 우리끼리 하는 것에 익숙해져서 부모님이 이런 이벤트에 오리라고는 기대도 하지 않았다. 우리 셋은 부모님이 주 중에 일하고, 집을 건사하고, 일과를 처리하고, 우리를 키우며, 경제적인 어려움에 시달리느라 너무 바쁘므로 두 분의 주말을 우리에게 할애해달라고 부탁하는 것이 옳지 않다고 여겼던 것 같다. 부모님은 다른 일을 하면서 휴식을 취하는 게 더 좋을 거라고 이해했다.

예를 들어, 어머니는 뜰에서 일하거나 집 손보기를 좋아했고, 화초나 나무를 심고 방 벽을 칠할 때 한없이 행복해 보였다. 내가 경기를 마치고 돌아오면 어머니는 뺨에 먼지나 칠을 묻히고 있기 일쑤였고 청바지는 노동자 옷처럼 얼룩덜룩했다. 그런가 하면 아버지는 주말 동안 조용한 집에서 밀린 연구를 하고, 책장에 꽂힌 책을 정리하며 만족했다. 분명 가끔 조용한 집에 있는 것도 근사한 일일 터였다. 두 분이 함께 좋은 시간을 보내는 데 그 시간을 썼는지는 모를 일이다. 부모님은 두 분 관계에 관해서는 아주 철저해서, 자신들의 삶에 대해 우리에게 얘기하는 법이 없었다. 물론 우리도 애써 묻지 않았다.

형은 이듬해 여름에도 나와 같이 훈련을 했고 3학년 중에 가장 잘 뛰는 선수군에 속했다. 경기에서 형과 나는 대개 3등 안에 들었지만, 형은 한 번도 나처럼 달리기를 진지하게 생각하지 않았다.

졸업 후 형은 새크라멘토에 있는 캘리포니아주립대학에 입학했고, 이제 새로운 일에 에너지를 쏟았다. 예쁜 여자들과 연이어 데이트했고, 주말에는 스키를 탔으며, 스노보드를 시작했고 산악자전거와 사랑에 빠졌다. 보트와 워터스키를 타러 갔고 주말에는 샌프란시스코, 타호 호수, 요세미티 국립공원에서 시간을 보냈다. 또 급류 타기에 도전해서 끝내 가이드가 될 정도로 능숙해졌다. 주말에는 요트 선수로 경주를 하기도 했다. 형은 학교 근처 아파트로 이사해서 술집과 나이트클럽에서 사람들과 어울렸다. 매수 새롭고 흥미로운 일을 하면서 새로 찾은 자유를 만끽하는 것 같았다. 그러면서도 학점에 신경 썼고 부동산 중개 회사에서 인턴으로 일했다.

반면에 나는 고등학교 3학년 내내 신경쇠약에 시달렸다. 성적을 잘 받는 데 집착했다. 졸업생 대표가 되기 직전이었고 그 영광이 마지막 순간에 손아귀를 벗어나게 하고 싶지 않았다. 게다가 계속 잘 뛰기만 하면 목표였던 장학생이 될 가능성이 크다고 생각했는데, 4월이 다 되도록 이렇다 할 제안이 없었다. 주당 서른다섯 시간 일했고 시간이 나기만 하면 여자친구와 같이 보냈다. 이렇게 계속 굴러가다 보니 심각한 불면증이 생겼다. 하루에 세 시간도 채 자지 못하니 항상 불안하고 초조했다.

한편으로 나는 형이 사는 방식이 부러웠다. 뭔가 해내려 하지 않고 그냥 '살아가는' 능력에 탄복했다. 나는 학교 복도에서 친구들이 폴섬 호수나 스쿼밸리에서 스키를 타며 얼마나 재미있었는지 침을 튀기며 얘기하는 소리를 들었다. 나도 좀 더 재미있게 살 수는 없을까, 하고 내면의 목소리가 속삭일 때마다 애써 그 소리를 밀어냈다. 머리를 사정없이 흔들며 혼잣말을 하곤 했다. 나는 시간이 없고, 부상을 감당할 수 없고, 이제 곧 결승선에 도달할 테니 조금만 더 참자고.

그러니 당연히 늘 행복할 수만은 없었다. 내 목표는 그 자체가 중요할 뿐 그것을 좇는 데는 기쁨이 없었다. 그런데도 어쨌든 나는 살아남았다. 그리고 바라던 대로 졸업생 대표가 되었다. 졸업하기 한 달 전, 800미터 전국대회에서 우수한 성적을 거둔 덕분에, 노터데임대학 체육 특기자로 전액 장학생이 되었다. 그리고 석 달 후 나는 가족들로부터 3200킬로미터 이상 떨어진, 인디애나 사우스벤드에서 살게 되었다.

대학을 가고 싶지 않은 마음도 있었다. 나처럼 어린 시절을 보낸 사람에게는 가족과의 유대가 무엇보다 중요하다.

부모님을 위시하여 형과 동생에게서 한 번도 떨어져본 적이 없었고, 언젠가는 떨어질 운명이라고 여러 해 동안 마음을 다졌는데도 가족을 두고 나만 떠난다는 게 좀 겁이 났다.

여태 형에 관한 얘기를 많이 썼지만, 그렇다고 동생이 내게 덜 중요한 존재였던 것은 아니다. 유년 시절에 동생과 나는 형만큼이나 많이 어울려 놀았다. 물론 노는 방식은 달랐지만. 나는 형과 했던 모험 이야기를 늘 데이나에게 들려주었다. 리사와 문제가 있어 힘들 때도 데이나에게 다 털어놓았다. 한마디로 자라면서 겪는 모든 일을 동생에게 얘기한 셈이고, 데이나는 세상 누구보다 내가 어떤 사람인지, 왜 그런 행동을 했는지 잘 이해했다. 무엇보다 데이나는 나를 사랑했고, 나에 대한 균형 감각을 유지하는 능력을 갖추고 있었다. 내 고통은 늘 데이나의 고통이었고, 데이나의 슬픔은 항상 나의 슬픔이었다. 만약 누군가 형에게 묻는다면, 형도 아마 데이나에 대해 똑같은 말을 할 것이다. 형 역시 내가 데이나에게 느끼는 것과 똑같은 유대감을 갖고 있었으니까.

고등학교 졸업을 앞두고 있을 무렵 데이나가 방에서 우는 소리가 들렸다. 노크 후 안으로 들어가니 데이나가 손에 얼굴을 묻고 침대에 앉아 있었다.

"뭐 힘든 일 있니?" 내가 데이나 옆에 앉으며 물었다.

"그냥 다."

"그러지 말고 말해봐. 무슨 일이야?"

"난 내가 싫어."

"왜?"

"난 작은오빠나 큰오빠 같지 않잖아."

"무슨 소리야?"

"오빠들은 다 가졌잖아. 뭐든 다 잘하고. 친한 친구도 많고, 운동도 잘하고 공부도 잘하고 인기 있고 여자친구도 있어. 오빠들은 모르는 사람이 없고 모두 오빠들처럼 되고 싶어 해. 그런데 나는 오빠들하고 하나도 안 닮았어. 난 다리 밑에서 주워 왔나봐."

"네가 우리보다 훨씬 나아. 넌 세상에서 제일 다정한 사람이야."

"그럼 뭐 해? 아무도 그런 건 신경도 안 써."

나는 데이나의 손을 잡았다. "진짜 힘든 일이 뭐야?"

데이나가 대답을 피했다. 잠시 나는 방을 둘러보았다. 보통의 사춘기 소녀들처럼 데이나도 잡지에서 오려낸 사진을 벽 여기저기 붙여놓았다. 옷장 위에는 종과, 도자기로 된 말이 죽 놓여 있었다. 묵주 옆에는 성경이, 침대 위에는 십자가가 보였다. 한참을 기다리자 데이나가 말을 꺼냈다.

"홀리가 주니어 무도회에 초대받았어."

홀리는 데이나의 가장 친한 친구로 몇 년째 단짝이었다.

"잘됐네."

데이나가 대답을 하지 않자 비로소 동생이 속상한 이유를 알 것 같아 가슴이 쿵 내려앉았다.

"아무도 널 초대해주지 않아서 속이 상했구나."

데이나가 다시 울음을 터트렸고 나는 데이나의 어깨에 팔을 두르며 어루만지듯 말했다. "너도 곧 초대받을 거야. 네가 얼마나 괜찮은 앤데 그래. 예쁘고 상냥하지. 너를 초대하지 않는 사람은 진짜 멋진 여자애를 못 알아보는 바보 멍청이야."

"오빠는 몰라. 오빠랑 큰오빠는…… 보는 여자애마다 잘생겼다고 해. 애들은 나한테 그런 오빠가 있어서 진짜 좋겠다고 해. 그런데…… 아무도 나보고는 예쁘다고 하지 않아."

"너 예뻐." 내가 힘주어 말했다.

"아냐, 안 예뻐. 그냥 평범하게 생겼어. 거울 보면 그래."

데이나는 계속 울기만 하고 더는 아무 말도 하지 않았다. 데이나도 세상 모든 사람이 가지는 열등감에 시달리고 있다는 것을 그때 처음 알았다.

데이나는 내내 그런 감정을 숨기고만 있었다. 그러나 내가 데이나에게 한 말은 진심이었다. 곧 동생도 초대를 받으리라 믿었다.

그런데 며칠이 지나도록 빛나는 갑옷을 입고 데이나의 기사가 되려고 백마 타고 나타나는 남자애가 없었고 데이나는 실망과 상처로 고통스러운 표정이 역력했다. 아무도 데이나의 진가를 몰라준다는 생각에 미칠 것 같았다. 누구든 신청만 하면 데이나는 무한한 사랑을 제공할 준비가 되어 있는 아이였다. 나는 형

이나 부모님을 사랑하듯 동생을 아꼈기에 데이나를 보호하기로
했다.

무도회 일주일 전쯤의 어느 날 저녁, 데이나의 방으로 갔다.
데이나의 친구들이 나를 잘생기고 인기가 많다고 생각한다면,
그들에게 우리가 얼마나 재미있게 잘 어울려 노는지 보여주고
싶었다. 내게는 우리가 남매라는 게 별로 문제 되지 않았다. 오
히려 데이나와 함께 당당하게 나타나 온 세상에 그 사실을 알리
고 싶었다.

"데이나, 나랑 무도회 가지 않을래?" 내가 진지하게 말했다.

"무슨 소리야. 말도 안 돼."

"재미있을 거야. 좋은 데 가서 저녁 먹고, 리무진도 빌릴 거야.
그리고 밤새 춤을 추자. 내가 최고의 데이트 상대가 되어줄게."

데이나는 미소를 지으며 고개를 저었다. "아니, 됐어. 이젠 거
기 안 가고 싶어. 괜찮아."

나는 그 말이 진심인지 아닌지 몰라서 잠시 우물쭈물했다. "진
짜야? 나한테는 정말 중요한 문젠데."

"그럼. 진심이야. 어쨌든 데이트 신청해줘서 정말 고마워."

나는 데이나를 바라보았다. "너 땜에 내 마음이 얼마나 아픈지
알아?"

데이나가 쓸쓸한 미소를 지었다. "웃긴다. 큰오빠도 똑같은 말
을 했거든."

"뭐?"

"큰오빠도 어제 무도회에 가자고 초대했어."

"근데 형하고도 안 가기로 했어?"

"응."

데이나가 나를 가볍게 안고 내 볼에 키스했다. "어떤 여자애도 이렇게 멋진 오빠들을 가질 순 없을 거야. 난 큰오빠와 작은오빠가 정말 자랑스러워. 난 세상에서 제일 운 좋은 애야. 오빠들을 정말정말 사랑해."

나는 목이 멨다. "아, 내 동생 데이나. 나도 널 사랑해."

11

에어스록, 호주(Ayers Rock, Australia)

2월 2-3일

태평양 위를 날아보지 않으면 그 바다가 실제로 얼마나 큰지 절대 가늠하지 못한다. 우리는 비행기를 타고 네 시간을 날아 이스터 아일랜드에, 일곱 시간을 더 날아 라로통가에 도착했다. 또 일곱 시간이 더 걸려 호주 브리즈번에 도착했는데, 그사이 국제 날짜 변경선을 통과했고 거기서 다시 세 시간이나 걸려서 마침내 호주 오지 한가운데 있는 울루루 카타추타 국립공원Uluru-Kata Tjuta National Park 내 에어스록에 도착했다.

날짜 변경선을 지나는 바람에 여정이 더 길어졌다. 인생에서 하루가 없어진 것 같아 기분이 이상했다. 그뿐 아니라 브리즈번에서 잠시 멈춰 또 두어 시간을 보냈으니 열두 시간 이상을 가는 길에 쓴 것이다. 우리가 출발할 때 바다를 반 정도 건너고 있었다고 생각하니 사뭇 놀라웠다.

호텔에 도착한 일행은 하나같이 지친 나그네의 몰골을 하고 있었다. 로비에서 다음 날 일정을 확인했다. 오후에는 전원 에어스록에 가야 했지만, 아침은 선택 사항이었다. 가령 할리스를 빌려 따로 오지를 둘러보거나 헬리콥터를 타고 올가로 가서 노출된 바위산과 에어스록 근처 협곡을 볼 수 있었다. 또 올가 일부를 걸어서 여행하거나, 해 뜨기 전에 호텔을 나서 에어스록의 일출을 보는 코스도 있었다.

형과 나는 자고 싶었지만, 그래도 제시간에 일어나 일출 원정대에 합류했다. 사막은 서늘하고 칠흑같이 어두웠다. 빛이 없어서 수천수만, 아니 수백만 개의 별이 보였다. 우리가 탄 버스 외에도 그곳으로 가는 버스가 길게 늘어서 있었다. 나중에 알게 된 사실인데, 우리가 묵은 호텔은 3000명을 수용할 만큼 규모가 컸다. 올랜도나 시카고 같은 큰 도시에서야 아무것도 아니지만, 오지 한복판에서는 놀라운 일이었다. 언제 어떤 방향으로든 수백 킬로미터 이내 거의 모든 도시의 인구보다 그 호텔에 와 있는 사람의 수가 더 많다고 했다.

에어스록은 세계에서 가장 큰 돌기둥 혹은 단일 암체다. 약 8킬로미터 둘레에 높이는 거의 300미터이며, 지면 아래로 5킬로미터 정도 뻗어 있다. 동트기 전 암흑 속에서 에어스록은 어두운 그림자에 불과해서, 그쪽을 똑바로 바라보지 않으면 거기 있다는 것조차 알아보기 힘들었다. 우리 일행은 부스스한 모습으로 버스에서 내려 조망 지점으로 갔다.

이윽고 수평선 위로 빛이 타오르더니 천천히 퍼지기 시작했고 우리의 눈길은 자연스럽게 바위로 모였다. 장석이 많고 입자가 큰 사암으로 이루어진 에어스록은 시간과 기상 조건에 따라 색이 달라진다고 했다. 그렇지만 처음에는 왜 그렇게 많은 사람들이 그곳에 감탄해 마지않는지 이해하기 어려웠다. 바위가 그렇게 유명해야 할 뾰족한 이유가 없어 보였다. 형과 나는 사진을 찍고 또 찍으면서도 실망을 감출 수 없었다. 그렇게 에어스록은 실제보다 과장된 명성을 누린다고 사람들이 결론을 내릴 즈음, 태양이 높이 올라 동녘 하늘을 비추었고 곧 엄청난 광경이 펼쳐졌다.

태양이 비스듬하게 비추자 바위가 불타는 거대한 석탄처럼 붉게 달아오르기 시작했다. 그리고 몇 분 동안 형과 나는 속수무책으로 바위만 바라보고 있었다. 태어나서 그렇게 놀라운 광경은 처음이었다.

형과 나는 올가를 걷는 대신 헬리콥터를 타고 투어하기로 하고 오전 8시에 공항으로 가서 이륙 준비를 했다.

그렇게 이른 시각에 일정에 나선 이유를 곧 알게 되었다. 여름철 사막이라 도착했을 때는 이미 상당히 더웠고 헬리콥터의 덮개 때문에 열기가 한층 더 심했다. 안을 꽉 채운 다섯 사람은 이륙하는 순간부터 계속 땀을 흘렸다.

헬리콥터를 타고 30분 남짓 나는 동안 다른 쪽은 절대 볼 엄두도 못 낼 정도의 경치가 펼쳐졌다. 에어스록을 한 바퀴 돌고 올가 위를 날았다. 그러다 사막을 느릿느릿 걷는 야생 낙타를 발견했다. 호주에는 수만 마리의 야생 낙타가 있다고 했다. 원래 토착종은 아니고, 오지 정착을 돕기 위한 생존 수단으로 수입된 것이란다. 그중에 도망친 것도 있지만 잘 자라준 것도 있어서, 마침내 수가 증가했다. 지금은 오히려 중동으로 역수출하는 형편이다.

날개가 회전하고 엔진이 으르렁대는 소리 때문에 헬리콥터 안에서는 대화를 할 수 없었다. 그런데 우연히 뒤를 돌아볼 때마다 형은 얼굴 가득 미소를 짓고 있었다.

헬리콥터 여행을 마친 후 점심 먹을 때까지 시간이 남아 근처를 가볍게 뛰기로 했다.

평생 수천 킬로미터나 뛴 덕에 우리 둘에게 조깅은 퍽 자연스러웠다. 몇 번 걸음을 맞춰보니 수월하게 보폭이 같아졌다.

"옛날 같다. 우리 고등학교 다닐 때." 내가 말했다.

"나도 그 생각 하고 있었어."

"요즘도 조깅 자주 해?"

"자주는 못 해." 형이 대답했다. 호흡은 고르고 안정적이었다. "축구할 때나 좀 뛸까, 매일 하려니 등이 아파서."

"이해해. 나도 일요일만 되면 빠른 속도로 30킬로미터는 뛰었는데 요즘은 어림도 없어. 기껏해야 6킬로미터나 뛸까 말까야."

"우리도 나이를 먹나 봐. 몇 달 후에 고등학교 졸업 20주년 동창회를 한다잖냐."

"갈 거야?"

"그럴까 싶어. 동기들 만나면 재밌을 거야. 그런데 고등학교 때 생각을 하면 마이크, 해럴드, 트레이시, 그리고 네가 먼저 떠올라. 그때가 참 좋았어." 잠시 단단한 땅을 차고 나가는 발소리만 들렸다. "너 해럴드랑 더블데이트 했던 거 기억나냐? 트레이시하고 내가 너희 있는 거 보고 차 창문 내리라고 하고는 그 안에 병 로켓을 던졌잖아."

내가 웃음을 터트렸다. "그걸 어떻게 잊겠어?" 그때 로켓이 발치에서 터지는 바람에 혼비백산했었다.

"그때 기억은 사라지지를 않아. 그 녀석들 참 대단했어. 아직만나는 애들은 걔들뿐이야. 그때가 벌써 20년 전이라니 믿을 수가 없어."

점심을 먹고 간단한 샤워를 마친 후 우리는 일행과 함께 다시에어스록으로 갔다. 한낮이라 엄청나게 눈부셨다. 40도에 육박하는 날씨에 멀리 하늘에는 태양이 작열했고 사암인 에어스록의색은 특별할 것이 없었다. 사방에 파리가 끓어서 계속 몸을 움직이지 않으면 입술이나 눈썹, 팔, 다리에 금세 파리 떼가 모여들었다. 파리가 수백억 마리는 되는 듯했다. 여행객들은 전기 고문이라도 당하는 것처럼 연방 몸을 움찔댔다.

버스는 몇 시간에 걸쳐 에어스록 둘레의 여러 곳에 들렀다. 원주민들이 신성시하는 곳들이었다. 내려서 걷다가 이야기를 듣고다시 버스로 돌아갔다. 벽화와 작은 샘에 가서도 우리는 원주민의 역사에 관해 끝없이 들어야 했다.

세 번째인가 네 번째 들른 곳에서 형에게 무슨 말을 하려고돌아봤더니 형의 눈이 멀거니 초점이 없었다. 그때 우리는 바위위쪽에 난 틈과 관련된 전설을 듣고 있었다. 정령 전사가 사막에서 길을 잃어 다른 정령과 싸웠는데, 그 전투의 이미지가 바위에새겨졌다는 이야기였다. 그래서 작은 못이 생겨났으며, 그 형상이 어디에 있으며, 그 때문에 이렇게 가까이 있다는 등, 그런 비슷한 이야기가 이어졌다. 나 역시 지독한 더위로 머리가 어질어질했고 전설 속에 등장하는 인물들에 온전히 집중할 수 없었다.

"재미없는 것일수록 사람들은 더 길게 얘기하는 경향이 있는 것 같지 않냐?" 형이 달려드는 파리를 손바닥으로 내쫓아가며 한숨을 섞어 말했다.

"재밌는데 뭐. 우리가 전혀 모르는 문화라서 그렇지."

"재미가 없어서 우리가 모르는 거야."

"지루하진 않은데."

"딸랑 사막 한가운데 큰 바위 하나잖아."

"색깔은 어쩌고?"

"아침에는 물론 색이 멋졌지만, 낮에는 그냥 큰 바위일 뿐이잖아. 정령들이 싸우는 얘기를 듣자고 이 땡볕에서 파리한테 공격당해가며 서 있어야 하다니."

"이런 곳에서 수천 년 동안 사람이 살았다니 놀랍지 않아?"

"그 사람들이 떠나지 않은 게 더 놀랍다. 원주민들이라고 바닷가로 몰려가 저녁에 먹을 물고기를 잡으면서 이런 생각을 하지 않았을 리가 없어. '나 떠나야 하는 거 아닐까?'"

"형 더위 먹은 것 같아."

"응, 맞아. 그런 것 같아. 나 여기 있다가 죽을지도 몰라. 내가 정신 잃기를 기다리는 독수리가 머리 위에 수천 마리 와 있는 것 같아."

그날 늦은 오후에 우리는 세 번째로 에어스록을 찾았다. 일몰에는 바위가 어떤 색으로 변하는지 보기 위해서였다.

"여기서는 에어스록만 보고 말려나 봐." 형이 불만스럽게 말했다.

"아냐. 오늘 밤에 원주민 음악을 들을 예정이랬어."

"아, 그래? 빨리 보고 싶다." 형이 두 손을 들어 올리며 말했다.

결국 그날 저녁 이벤트는 전 여행을 통틀어 가장 기억에 남을 만큼 멋졌다. 먼저 칵테일을 즐기며 모두 해가 지기 시작하는 에어스록을 감상한 뒤, 곧 흰 천과 초와 아름다운 꽃으로 장식된 테이블들이 있는 작은 공간으로 안내되었다. 분위기는 화려했고 음식은 맛있었다. 뷔페 음식 중에는 양념을 발라 끓인 후 완전히 익힌 캥거루와 악어 고기가 인상적이었다. 날씨는 시원하고 극성을 부리던 파리도 사라지고 없었다.

우리는 서서히 어두워지는 하늘을 머리에 이고 사막에서 느긋하게 저녁을 즐겼다. 때마침 별들이 하늘 가득 나타났다. 잠시 후 촛불이 모두 꺼지고 천문학자의 강의가 시작됐다. 투광 조명등을 사용해서 하늘 여러 곳을 비추며 머리 위 세상을 설명했다.

어둡고 대기가 맑아서 광활한 은하계에 있는 별 하나하나를 다 알아볼 수 있을 정도였다. 그러나 우리가 남반구에 와 있었기 때문에 늘 보던 하늘이 아니어서 어안이 벙벙했다. 북두칠성과 북극성 대신 남십자성이 있었고 뱃사람들이 그것으로 어떻게 방향을 읽는지 알게 되었다. 수십 년 전보다 지구에 더 가까워진 목성이 하늘에서 밝게 빛났다. 토성도 보였는데, 같은 하늘 두 개의 세상에서 공통으로 본 첫 별이었다. 기특하게도 TCS에서 망원경을 준비해두었다. 그날 저녁 나는 책에서만 봤지 렌즈를 통해서는 한 번도 본 적 없는 목성과 토성을 보았고, 형도 마찬가지였다.

호텔로 돌아오면서 형은 아주 만족스러운 표정으로 좌석에 머리를 기댔다. "아침은 굉장했고, 저녁은 지금까지 일정 중 최고였어."

"일정이 아직 반이나 남았는데 벌써 이런 걸 느끼다니 대단해."

형이 눈을 감은 채 빙그레 웃었다. "내 마음을 읽었구나, 동생아."

나도 눈을 감고 뒤로 몸을 기댔다. 버스 안은 조용했다. 모두 우리처럼 몸을 느긋하게 뉘고 있는 듯했다. 사방은 고요한데 내 마음은 이리저리 헤매 다녔다. 여러 해가 너무 순식간에 지나가 버려 마치 다른 사람의 눈으로 내 인생을 보듯 비현실적인 느낌이 들었다. 방금 보낸 저녁의 힘 때문일 수도 있고, 피곤해서 그럴 수도 있겠지만, 어쨌든 낯선 이국땅 한가운데 있자니 내가 서른일곱의 작가이자 남편이며 다섯 아이의 아빠라는 생각이 전혀 들지 않았다. 대신 세상에 막 발을 내디뎌 불확실한 미래를 마주한 듯한, 1984년 8월 인디애나 사우스벤드에서 막 비행기를 내렸을 때와 비슷한 느낌이었다.

노터데임에서 보낸 첫해는 고난의 연속이었다. 그룹에서 가장 똑똑한 아이가 아니기는 난생처음이었고, 해야 할 공부는 상상했던 것보다 훨씬 어렵고 많았다. 하루에 평균 네 시간은 공부했는데도 기대만큼 성과가 나지 않았고, 다음 4년 동안 공부하는 시간을 계속 조금씩 늘려야 했다.

집에서 떨어져 있는 것도 힘들었다. 가족들과 친구들, 리사가 그리웠고 새 룸메이트와 잘 지내지 못했다. 거기다 도착한 지 2주 만에 아킬레스건을 다쳤는데 아픔을 참고 계속 훈련을 했더니 건염이 점점 심해졌다. 급기야 내 아킬레스건은 골프공만큼 커졌다. 의사는 달리기를 절대 하지 말아야 나을 수 있다고 했다.

그 무렵 달리기는 내 삶의 가장 중요한 부분이어서 달리지 못한다고 생각하니 세상 전체가 뒤집히는 느낌이었다. 내 꿈은 빌리 밀스의 발자취를 따라 미국을 대표하여 올림픽 금메달을 따는 것이었다. 이제는 안다, 설혹 내가 부상을 입지 않았더라도 그 꿈은 이룰 수 없었으리라는 것을. 차라리 날기를 소망하는 편이 나았을지 모른다.

앞서 말했다시피 내가 잘 달리기는 했지만 대단한 정도는 아니었다. 세계 정상이 될 만큼 천부적으로 발이 빠르지도 않았고 체력이 강하지도 못했다. 그 전에는 다른 고등부 주자들보다 열심히 훈련한 결과 그 정도에 이르렀던 것이다. 그러나 이런 깨달음은 나중에 든 것이고, 당시에는 부상이 엄청난 충격이었다. 내가 실패하고 있다는 느낌이 처음으로 들었다.

가을 내내 부상은 조금도 나을 줄 몰랐고, 겨울이 되어 약간 낫는가 싶었는데 다시 부상을 입었다. 그 무렵 리사와 나는 다른 대학을 가면서 자연스럽게 멀어지는 뭇 연인들의 전철을 밟아, 헤어진 상태였다. 마음이 다른 데 가 있었으므로 학업은 여전히 어렵기만 했다.

그래도 어쨌든 힘을 끌어내어 몇몇 경기를 치른 끝에 릴레이 팀의 일원으로서 학교 기록을 세우기도 했다. 내게는 그게 그해의 마지막 경기였다. 경기를 마친 후 나는 제대로 걷기조차 힘들었다. 아킬레스건은 레몬 크기만 해졌다. 조금만 움직여도 찢어질 듯 아팠고, 걸음을 내디딜 때마다 녹슨 경첩같이 끽끽 소리가 났다. 여름방학이 되어 집에 돌아갈 때 나는 목발을 짚고 비행기에서 내렸다.

그해 여름의 첫 몇 주 동안 나는 참담한 심정이었다. 직업도 없고, 여자친구도 없으며, 형이 나가 살았으므로 같이 어울릴 사람도 없었다. 게다가 석 달 동안은 뛰지 말라는 의사의 명령을 받은 상태라 동료들보다 처지고 있다는 생각에 괴로웠다.

어머니는 내 기운을 돋우려고 노력했다. 적어도 어머니는 그렇게 생각하고 한 일이었다. '거실 좀 칠해라. 그러면 기분이 좀 좋아질 거야. 다른 색 칠하게 그 문 좀 사포로 문질러라. 기운이 날 거다.'

어머니의 작전이 성공했다면 나는 지구상에서 가장 활기찬 아이가 됐을 것이다. 그러나 나는 그저 온종일 이런저런 일을 하며 페인트 묻은 옷을 입고 서성거렸고, 내가 원하는 거라곤 뛰는 것밖에 없는데 왜 신은 내 말을 들어주지 않는지 불평했다. 6월 중순이 되자 어머니는 나의 태도에 짜증을 냈고 내가 식탁에 대고 내 슬픈 운명을 100번째 한탄하자 더는 참을 수 없다는 듯 고개를 절레절레 저었다.

"따분한 게 문제구나. 뭔가 할 일을 좀 찾아봐."

"뛰는 것 말고는 하고 싶은 게 없어."

"영 못 뛰게 되면 어쩌려고?"

"무슨 말이야?"

"아픈 데가 낫지 않으면 어쩔 거냐고? 설사 낫더라도 다시 다칠까 봐 마음 놓고 연습을 못 하게 되면 또 어쩔래? 평생 백수로 살고 싶진 않겠지?"

"엄마……."

"분명하게 말할게." 어머니가 단호하게 말했다. "공평하지 않다 싶겠지? 근데 인생이 공평하다고 말하는 사람은 아무도 없어." 나는 머리를 식탁으로 떨어뜨렸다.

"아, 이런. 계속 여기 이러고 앉아만 있을 수는 없잖아. 할 일 없이 삐죽거리지만 말고 무슨 일이든 해봐."

"뭐 어떤 거?"

"그건 네 일이야."

나는 몹시 낙담한 채 고개를 들었다. "엄마……."

"글쎄." 어머니가 어깨를 으쓱하며 말했다. 그러고는 나를 보며 내 인생을 송두리째 바꿔줄 말을 했다. "책을 써봐."

그때까지 나는 글을 써봐야겠다는 생각을 한 번도 해본 적이 없었다. 물론 늘 책을 읽긴 했지만, 앉아서 내 얘기를 쓴다? 생각만으로도 웃겼다. 나는 작법을 전혀 몰랐고 내 언어를 글로 옮기고 싶은 열망도 없었다. 창작 수업은 들어본 적이 없었고 심지어 학교 문집이나 신문에 글을 기고한 적도 없었기에, 내게 글을 구성하는 숨은 재주가 있기나 한지 의심스러웠다. 그런데도 책을 쓴다는 생각 자체는 매력적으로 느꼈던지 나도 모르게 "좋아" 하고 대답하고 있었다.

다음 날 아침, 나는 아버지의 타자기를 앞에 두고 종이 한 장을 끼워 넣은 후 글을 쓰기 시작했다. 장르는 호러로 정하고, 가는 곳마다 우발적인 죽음을 유발하는 주인공을 만들어냈다. 하루에 예닐곱 시간을 투자해서 6주 동안 근 300페이지를 쓴 후에 이야기 하나를 끝냈다. 지금도 그때 쓴 마지막 문장이 기억난다. 내 평생 했던 그 어떤 일보다 성취감이 컸었는지는, 글쎄 잘 모르겠다.

책에 대해 말하자면, 스토리는 엉망이고 단어 선택도 끔찍했다. 그렇다고 문제 될 건 없었다. 애초에 출판하려는 의도 없이 내가 과연 책을 쓸 수 있는지 보려 했을 뿐이니까. 그랬는데도 소설을 쓰기 시작하는 것과 실제로 한 편을 끝내는 것 사이에는 큰 차이가 있었다. 더 놀라운 발견은 내가 책 쓰는 과정을 상당히 좋아하더라는 점이었다.

그렇게 내 나이 열아홉에 우연히 작가가 되었다. 인생이란 이렇게도 우스운 것이다.

1년에 8개월은 집을 나가 살았기 때문에 형과 나는 만날 시간이 거의 없었다. 형은 여전히 주말만 되면 새롭고 짜릿한 일을 찾아다녔다. 그사이 나는 부상으로 계속 힘들어했다. 크로스컨트리도 육상 경기도 할 수 없었지만 재기의 기회만 노렸다.

그 전해 새로 사귄 친구 중 몇 명은 육상팀 동료였는데, 다음 해 힘든 일을 겪으며 그 친구들에게 많이 의지했다. 대학에 입학하면서 나는 형이나 동생에 비해 가족에게 덜 의존하게 되었다. 대학 신입생인 데이나는 아직 집에서 살았고, 형은 아파트를 얻어 독립했지만 일주일에 서너 번은 집에 가는 편이었다. 내가 전화를 걸면 거의 형은 집에 있었다.

2학년 개강을 위해 집을 떠난 직후, 어머니로부터 브랜디의 상태가 좋지 않다는 소식을 접했다. 브랜디는 열두 살로, 다른 개들로 치자면 그리 나이가 많은 편이 아니지만 도베르만에게는 조상과도 같은 나이였다. 어머니는 자주 근심 어린 목소리로 브랜디의 근황을 전했다. 어머니는 우리만큼이나 브랜디를 아꼈다. 내가 브랜디가 어떤지 좀 더 자세히 말해달라고 하자 어머니는 얼버무리며 정확한 대답을 피했다.

"살이 좀 빠졌고 관절염이 더 심해진 것 같아."

가을 방학을 맞아 집에 돌아온 나는 브랜디를 보고 충격에 빠졌다. 비교적 건강하던 녀석이 두 달 못 본 사이에 걸어 다니는 해골 같은 몰골이 되어 있었다. 배가 안으로 쑥 꺼져서 멀리서도 갈비뼈 수를 셀 수 있을 지경이었다. 집에 들어서자 브랜디가 나를 향해 천천히 다가왔는데, 눈에 반가운 기색이 역력했다. 털이 빠지고 깡마른 꼬리를 천천히 흔들며 인사를 건넸다. 몸을 굽혀 부드럽게 쓰다듬는데 브랜디가 떠는 것이 손에 고스란히 전해졌다. 울컥 목이 메었다.

이틀 동안 최대한 시간을 내어 브랜디를 옆에 두고 부드럽게 쓰다듬어주었다. 브랜디가 크리스마스까지 버티지 못할 것 같았다. 나는 우리가 크면서 함께했던 모험을 떠올리며 브랜디에게 나지막이 지나간 시절 얘기를 해주었다.

학교로 돌아가기 전날, 아침에 일어나보니 브랜디가 죽어 있었다.

형과 나는 억지로 울음을 참으며 동생을 데리러 갔다. 데이나는 씩씩한 척하지 않고 바로 울기 시작했다. 동생이 우는 바람에 형과 나도 눈물이 터졌고, 조금 있다가 우리는 울어서 퉁퉁 부은 얼굴로 뒤뜰에 구덩이를 파고 브랜디를 묻었다. 브랜디는 우리에게 영원히 잊지 못할 추억만 남겨두고 먼 나라로 떠났다.

"브랜디가 너 올 때까지 기다렸어. 네가 다시 갈 줄 알고 마지막을 너와 함께하고 싶었나 봐." 형이 말했다.

몇 년이 지나서야 우리는 브랜디에게 일어난 일의 진실을 알게 되었다. 브랜디는 자다가 죽은 게 아니었다. 그날 아침 일찍 동물병원에서 어머니 품에 안겨 생을 마감하는 주사를 맞았다. 우리가 아직 자는 사이에 어머니는 브랜디를 집에 도로 데리고 와서 우리가 볼 수 있게 침대에 눕혀두었다. 어머니는 브랜디가 안락사당했다는 사실을 우리가 모르기를, 그저 잠자듯 평온하게 죽음을 맞았다고 믿기를 원했다. 브랜디를 안락사시켰다는 걸 알면 우리가 충격을 받을 게 뻔했고, 어머니는 우리 마음을 덜 다치게 하고 싶었던 거다.

우리가 어른이었음에도, 항상 우리에게 강해져야 한다고 강조했음에도, 어머니는 브랜디의 죽음으로 우리가 덜 힘들기를 바랐던 것이다.

집중 훈련으로 아킬레스건과 발바닥 근막이 심하게 손상되어 2학년 4월에 수술을 받았다. 다시 달릴 수 있을지 아슬아슬한 상황이었다. 그래도 여전히 꿈을 불태우며 재활 치료를 마친 후 7월에 다시 가볍게 달리기 시작했다. 8월 중순이 되자 몇 해

만에 처음으로 통증 없이 달릴 수 있었다. 열심히 훈련한 덕분에 곧 과거에 세웠던 것보다 더 빠른 훈련 기록을 세웠다. 하루 중 두 번째 고강도 훈련에서 8킬로미터를 23분에 주파하고도 숨이 가쁘지 않을 정도였다.

그러나 10월에 통증이 재발한 후 점점 나빠져서 지난번 다친 자리에 코르티손 주사를 맞았다. 소염 성분 때문에 당장은 통증이 느껴지지 않아서 나는 달리기를 계속했다. 6주 후 통증이 재발했고 또 코르티손 주사를 맞았다. 곧 매달 주사를 맞는 신세가 되었지만, 어쨌든 그럭저럭 부끄럽지 않은 기록을 냈다. 여름이 되어서는 훈련을 계속하기 위해 매주 주사를 맞아야 할 지경이 되었고, 계산해보니 수술 후 거의 서른 번은 맞은 셈이었다, 나는 마지막 시즌을 준비해야 했다. 아킬레스건과 발바닥 근막이 부어올랐다. 훈련을 위해 다리를 절며 운동장에 나가면서 이제 더는 뛸 수 없으리라는 현실적인 결론에 도달했다.

마지막으로 운동화를 벽에 걸면서, 슬픈데도 이상하게 안심이 되었다. 19년이 지난 지금도 여전히 남아 있는 학교 기록을 보유한 것 말고는, 내가 스스로 세운 다른 목표는 다 이루지 못했다. 7년 동안 달리기는 내 삶을 지탱해준 원동력이었지만, 달리지 않아도 살 수 있으리라는 생각이 들었다.

나는 최선을 다했지만, 애초에 될 일이 아니었다. 그러나 또다시 꿈에 도달하지 못하고 말지라도 다시 해야 한다면 나는 기꺼이 그렇게 할 것이다. 꿈을 좇을 때 사람은 자신에 대해 알게 된다. 자신의 능력과 한계, 그리고 힘든 훈련을 통해 인내의 가치를 배운다.

아버지에게 내가 내린 결정을 얘기하며, 후련하지만 서운하기도 하다는 심정을 토로했다. 아버지가 내 어깨에 팔을 두르며 말했다.

"누구에게나 꿈이 있어. 네 꿈이 원하던 대로 이루어지지 않았다 해도 나는 네가 무척 자랑스럽다. 실제로 노력도 해보지 않는 사람들이 정말 많거든."

그해, 어머니는 마침내 그렇게 소원하던 말을 가지게 되었다. 세 살 된 아라비아 말이었는데, 어머니는 치누크란 이름을 지어주었다.

어머니는 치누크를 아메리칸 리버 근처 마구간에 맡겨두고 출근 전후에 들러 밥을 주거나 솔질을 했다. 치누크의 털을 빗기고, 마구간을 치우고, 말발굽에서 진흙을 떼어내면서 몇 시간을 보내기도 했다.

아메리칸 리버 옆에 승마 루트가 있었지만, 어머니가 치누크를 타기까지는 몇 달이 걸렸다. 치누크는 등에 안장을 얹어본 적 없이 염소 한 마리와 평원에서 살아왔다. 어머니도 그런 점이 마음에 들어 치누크를 데려오기로 마음먹은 거였다. 치누크는 여느 아라비아 말들처럼 아주 예민했지만, 어머니는 거친 말을 다루는 데 천부적인 재능이 있었다. 곧 치누크는 어머니가 안장 얹는 것을 허락했고, 안장에 익숙해지자 어머니는 치누크의 등에 올라탔다. 치누크는 사람이 타는 것을 좋아하지 않았지만 어머니는 차근히 설득해나갔다. 어느 날 내게 전화를 건 어머니의 목소리에 그 기쁨이 고스란히 담겨 있었다.

"오늘 치누크 타고 몇 시간이나 달렸어! 얼마나 신났는지 몰라."

"축하해, 엄마!" 우리 어머니는 평생 희생하며 사느라 자신의 꿈은 늘 뒷전이었다. 어머니도 드디어 자신을 위해 뭔가를 한다는 생각에 무척 기뻤다.

후에 어머니는 나폴레옹이라는 두 번째 말을 가지게 되었다. 성격이 온화하고 길도 잘 들어서 아버지에게 딱이었다. 놀랍게도 아버지도 말을 타겠다고 했다.

아버지는 승마를 좋아하지 않았지만, 결혼 생활 개선을 위해 노력하고 있음을 어머니에게 보여주려 했던 것 같다. 수년 동안 감정적으로 멀어져 있었기에 부모님의 관계는 소원했고, 형이 가끔 언급했던 대로 어머니는 거의 한계에 다다른 듯 보였다. 자식들을 위해 결혼 생활을 유지하고는 있었지만, 어머니는 아버지가 없으면 더 행복하겠다는 말을 이따금 하곤 했다. 어머니나 아버지가 심각하게 이혼을 고려했었는지는 모르겠으나 집에 있을 때나 전화 통화를 할 때 어머니가 불평하는 소리는 점점 잦아졌다. 당연히 아버지도 어머니가 하는 얘기를 들었을 것이다.

관계 회복은 늘 어렵기 마련이지만, 거리감이 몇 년을 두고 쌓인 경우에는 극복이 더 힘든 법이다. 그러나 두 분은 승마를 방편으로 삼아 조금씩 관계 개선의 싹을 틔워가는 것으로 보였다.

형은 여전히 걱정 없는 생활을 이어갔다. 1987년 대학을 졸업한 후 형은 친구 한 명과 유럽에 가서 거의 한 달에 걸쳐 스페인과 프랑스, 이탈리아를 자전거로 누볐다. 돌아오자마자 유럽에서의 모험담을 늘어놓더니 다시 급류 타기를 하러 산맥으로 여행을 떠났다.

8월에 형은 부동산 중개업자로 전일제 근무를 시작했고 데이트도 열정적으로 계속해나갔다. 몇 주마다 다른 여자를 집에 데려와서 부모님에게 소개했고 데이트 상대들은 하나같이 형에게 흠뻑 빠진 듯했다. 한번은 형이 같은 여자를 두 번 집에 데려왔다는 소식을 어머니가 전화로 전해주었다. 형에게는 그 여자가 그나마 몇 년 만에 꾸준히 사귀는 여자친구였다. 그리고 형이 그녀를 세 번째 집에 데려오자 어머니는 이번만은 진지한 것 같다고 여겼다.

나는 졸업 후 로스쿨에 갈 요량으로 기업 재무 학위를 받으려 노력 중이었다. 1988년 3월, 친구 몇 명과 우리의 마지막 여름방학을 즐기러 플로리다로 자동차 여행을 가기로 했다. 룸메이트의 아버지가 새니벨 섬에 콘도를 가지고 있어서 우리는 데이토나나 포트로더데일 같은 일반적인 행선지 대신 그곳을 택했다.

그곳에서 둘째 날 밤에 어떤 여자가 친구 두어 명과 콘도 주차장으로 걸어 들어오는 것을 발견했다.

첫인상이 마음에 들었지만, 그런 여자야 시내에 수도 없이 깔렸기에 곧 잊었다. 그런데 잠시 후 친구들과 내가 로비로 들어서는데 6층 외부 복도에서 우리를 부르는 소리가 들렸다.

"이봐요, 혹시 여기 묵어요?"

위를 올려다보니 좀 전에 봤던 세 아가씨였다.

"그런데요." 우리가 대답했다.

"만나기로 한 친구가 아직 안 와서 그러는데요, 혹시 급하게 욕실 좀 쓸 수 없을까요?"

"쓰세요. 우린 8층에 있어요." 우리가 소리쳤다.

그녀들이 위로 올라와서 뉴햄프셔대학 4학년생이라고 자신들을 소개했다. 우리는 어서 들어가서 욕실을 쓰라고 했다. 잠시 후 세 여자가 주방에 서 있었는데, 좀 전에 봤던 여자만 내 눈에 들어왔다. 가까이서 보니 그녀의 눈 색깔이 비현실적일 정도로 특이했다. 나는 그때까지 그렇게 아름다운 눈을 본 적이 없었다. 자꾸 그녀에게 시선이 가서 억지로 눈길을 돌려야 했다.

"안녕. 난 닉이야." 내가 용기를 내어 말했다.

그녀가 미소를 지었다. "안녕, 닉. 나는 캐시야."

우리는 첫 만남에서부터 서로 전기가 통했다고 말하고 싶지만, 그렇게 말하면 말짱 거짓말이다. 그녀들은 30분 정도 우리 방에 있다가 자기들 거처로 우리를 초대했다. 거기 있는 동안 나는 캐시의 친구한테서 그들의 전화번호를 받아냈고, 다음 날 전화를 걸 테니 생각 있으면 같이 해변에 놀러 가자고 했다.

다음 날 아침 그녀들이 우리와 같이 가겠다고 하자 나는 캐시를 다시 볼 기대에 마음이 들떴다. 지난밤에 캐시에게 좋은 인상을 주었기를 바라며, 캐시 일행이 다가오자 나는 재빨리 손을 들어 인사했다.

"어서 와. 와줘서 기뻐."

그 말에 캐시는 이렇게 말했다. "안녕, 난 캐시야. 어젯밤에는 없었지?"

자존심에 금이 갔지만, 좌절하지는 않았다. 결국, 우리는 몇 시간이나 대화를 나눴다. 캐시 일행이 근처 나이트클럽에 갈 거라고 하자, 나는 떨떠름해하는 친구들을 꼬드겨 그곳에 갔고 바로 캐시를 찾았다. 그녀와 한 시간 동안 춤춘 후 내가 몸을 숙여 말했다. "그거 알아? 너랑 난 결혼하게 될 거야."

캐시가 어이없다는 듯 웃으며 말했다. "너 맥주나 한 잔 더 마셔야겠다."

캐시가 내 여자가 되리란 걸 어떻게 그리도 빨리 예감했을까? 이상한 직감의 순간이었지만, 솔직히 그때 나는 이미 확신하고 있었다.

우리는 비슷한 점이 많았다. 나처럼 캐시도 경영학과 4학년이었다. 나처럼 가톨릭 신자여서 매주 일요일 성당에 갔다. 네 남매의 중간이긴 했지만, 나처럼 위로 남자 형제 하나와 아래로 여동생이 하나 있었다. 우리 부모님처럼 캐시의 부모님도 가난하다가 중산층이 되었으며 이혼 경력이 없었다. 그리고 희한하게도 우리 부모님과 캐시의 부모님은 결혼기념일도 같았다(8월 31일). 캐시는 운동도 했다(체조 주 챔피언이었다). 나처럼 캐시도 아이들을 원했고, 아내 되는 사람이 그랬으면 하고 내가 바랐던 대로 캐시도 집에서 아이들을 키우고 싶어 했다.

그러나 무엇보다 나를 가장 사로잡았던 것은 캐시의 태도였다. 캐시는 잘 웃었고, 어떤 상황에서도 유머를 발휘할 수 있는 사람에게 쉽게 빠져들었다. 지적이고, 책을 많이 읽어서 말을 잘했고, 사람들의 말을 잘 들어주었으며 신념이 확고했다. 그리고 특히 마음이 따뜻했다. 내 친구들을 마치 여러 해 동안 알고 지낸 사람처럼 편하게 대했고, 어른이든 아이든 미소로 반겨 맞을 줄 알았다. 캐시는 모든 사람에게 진심으로 관심을 보였다.

나는 이 모든 것을 춤추는 동안 알아보았고, 내가 평생의 반려자로 꿈꿨던 사람이 바로 그녀라고 믿어 의심치 않았다.

노터데임에 돌아가자마자 나는 형에게 전화를 걸었다.

"형, 나 결혼할 여자 만났어."

"어디서? 언제? 봄방학이라서 어디 간다고 하지 않았냐?"

"응. 거기서 만났어."

"오, 둘 다 봄방학이었단 말이지. 근데 뭐 벌써 결혼하겠단 말이 나와?"

"형도 만나보면 알게 될 거야."

"봄방학이었다며!"

"응. 멋지지 않아?" 내가 유쾌하게 말했다.

졸업을 앞둔 두 달 동안 나는 캐시에게 100통도 넘는 편지를 썼다. 캐시는 나를 만나러 노터데임에 두 번 왔고, 내 졸업식 때 부모님은 처음으로 노터데임을 방문했다. 두 분에게 지난 4년간 내가 지냈던 곳을 보여주는 동안 나는 주로 캐시 얘기를 하며 그녀가 내게 얼마나 큰 의미였는지를 설명했다. 졸업식 후 부모님이 비행기를 타고 집으로 돌아가는 사이 나는 뉴햄프셔에 가서 캐시의 졸업식에 참석했다. 거기서 캐시의 부모님을 만났고, 열흘 뒤 캐시를 새크라멘토에 데리고 가서 우리 부모님에게 소개했다.

부모님은 캐시를 보자마자 크게 안아주며 환영했고 캐시는 주방에 남아 어머니와 한 시간 동안 대화를 나눴다. 그날, 캐시가 사러 간 후 어머니가 말했다. "캐시 참 괜찮은 아이구나. 말로 들던 것보다 더 참하네."

어머니의 말에 심장이 터질 것 같았다. "엄마가 마음에 들어
해서 정말 좋아."

1988년 5월에 졸업한 후 내가 맨 처음 한 생각은 '이제 어떡
하지?'였다.

수년간 나는 학생이자 선수로서 확고한 믿음을 가지고 목표
를 추구했었다. 하라는 대로 했으며 규칙을 따랐다. 그런데 순식
간에 두 세계가 뒤로 물러난 후 나는 갈 길을 잃고 표류하고 있
었다. 도대체 내가 어떤 사람인지, 무엇을 하고 싶은지, 내 미래
는 어떻게 될지 알 수 없었다. 나는 규칙을 따르기만 하면 세상
이 내 집 앞으로 몰려올 거라고 믿었다. 그러나 세상은 전혀 그
럴 조짐을 보이지 않았다.

우수한 성적으로 졸업했는데도 지원한 로스쿨 어디에서도 나
를 받아주지 않았기에, 문은 열리기도 전에 닫혀버린 꼴이었다.
친구들은 모두 자기가 나고 자란 곳 아니면 가까이 있는 뉴욕이
나 시카고 소재 회사에 취직했다. 나도 고향으로 가고 싶어서 불
투명한 미래에 불안해하며 새크라멘토행 비행기를 탔다. 내 첫
직업은 식당에서 서빙하는 일이었다. 대학 학위를 가지고도 나
는 최저임금을 받았다.

그러는 사이 나는 흥미로운 분야를 찾아가며 직업을 탐색하
기 시작했다. 헷갈리기는 했지만 크게 걱정은 하지 않았고, 8월
에 캐시가 새크라멘토로 이사 올 즈음에는 부동산 감정하는 일
을 해보겠다고 마음먹었다. 비슷한 시기에 형과 나는 마을의 황

폐한 지역에 있는 작은 임대 주택 두 채를 사들여서 수리한 다음 세를 놓았다. 얼마 안 되는 남는 시간에는 전통적인 탐정소설 형식의 『귀족 살인The Royal Murders』이라는 두 번째 소설을 썼다. 그러나 출판하기에는 아직도 턱없이 부족했다.

낮에는 수습 감정사로 지역 기업에서 일하고, 밤에는 서빙 일과 책 쓰기를 계속한 끝에 돈을 모아 작은 다이아몬드 반지를 샀다. 1988년 10월 12일, 캐시의 생일에 나는 무릎을 꿇고 그녀에게 청혼해서 허락을 받았다.

며칠 후 나는 내 옆에 있는 친구이자, 장차 무슨 일이 있어도 끝까지 내 곁을 지켜줄 형에게 결혼식 들러리를 부탁했다.

12

앙코르, 캄보디아(Angkor, Cambodia)

2월 4-5일

캄보디아 앙코르 사원들은 약 310제곱킬로미터를 차지하고 있으며, 크메르 제국이 전성기를 누리던 879년에서 1191년 사이에 지어졌다. 지금까지 발견된 100개 이상의 사원은 한때 여러 도시에 둘러싸여 있었다. 그 도시들을 기반으로 하여 제국의 왕들은 버마, 타이, 라오스, 베트남, 중국 남부 지방, 캄보디아를 포함한 동남아시아의 어마어마한 영토를 다스렸다. 제국은 약 500년 동안 지속하다가, 1432년 삼족(타이인)이 앙코르를 약탈한 후 수도를 남쪽에 있는 프놈펜으로 옮겼다. 앙코르는 이전의 영광을 되찾지 못하고, 정글이 계속 잠식해나가자 마침내 완전히 잊히고 말았다. 시간이 흘러 앙코르가 신의 피조물이라는 전설이 떠돌았고, 몇몇 모험심 강한 유럽 탐험가들 사이에서 그 유명한 유적지에 관한 이야기가 회자하기 시작했다. 그러다 1860년

프랑스 탐험가 앙리 무오Henri Mouhot가 앙코르에 다시 세간의 관심을 불러들였다.

프랑스인들은 유적지에 매혹되어 대대적인 복구 작업에 나섰다. 그러나 앙코르에 남은 것이라고는 인류 역사상 가장 위대한 건축물로 일컬어지는 사원뿐이었다. 나무로 건물을 지은 도시는 썩어서 주변 정글에 묻힌 지 오래였다.

앙코르 사원은 대개 힌두교의 영향을 받았고 나머지는 불교식이다. 처음 사원이 지어질 때는 제국에 두 종교가 공존했지만, 지배자가 바뀜에 따라 불교가 힌두교를 대신하고 다시 반대 상황이 벌어지면서 그때그때 시류를 반영했다. 그런 것에 비해 건축 양식에는 큰 차이가 없었다. 가운데 산처럼 생긴 사원이 있고 주변에는 사각형이나 원 모양의 벽 또는 단이 있으며 해자나 외벽으로 에워싸여 있다.

'도시 사원'이라는 뜻의 앙코르와트는 앙코르 지역에서 가장 큰 사원이자 현존하는 가장 큰 규모의 종교 건축물이다. 12세기 전반에 수르야바르만 2세Suryavaram II가 지은 것으로 크메르 건축 양식의 최고봉으로 꼽힌다. 외벽에 새겨진 무늬는 수르야바르만 2세 치세에 있었던 일뿐 아니라 힌두 문학의 중요한 장면까지 정밀하고 섬세하게 묘사하고 있다. 약 4미터 높이, 폭 1킬로미터 벽에 새겨진 돋을새김을 완벽하게 이해하려면 몇 년은 걸릴 것이다. 무늬 연구에만도 책이 여러 권 쓰였을 정도이고, 대충 언급만 하려고 해도 이 책의 지면이 모자랄 형편이다.

뭐니 뭐니 해도, 눈으로 봐야 믿을 수 있다.

캄보디아까지는 비행기로 일곱 시간이 더 걸렸고 나는 전 세계를 여행한다는 것이 참으로 대단한 일이라는 것을 절감하기 시작했다. 우리는 결국 비행기에 거의 꼬박 사흘을 앉아서 5만 8000킬로미터를 비행하는 여행을 하고 있었다.

캄보디아는 과연 어떤 모습일지 궁금했다. 아시아 국가 중에는 육상 경기를 위해 홍콩과 한국에 가본 게 다였고, 프놈펜이라는 도시에 대해서는 사전 지식이 거의 없었다. 놀랍게도 그곳은 내게 희망이면서도 비극으로 다가왔다. 주요 도로가 전 세계 여느 도시처럼 북적였지만, 사람들은 차 대신 스쿠터를 타고 다녔다. 공동 주택 너머로 새 고층 건물이 눈부셨지만, 양복을 깔끔하게 차려입은 사람의 수만큼 시골에는 지뢰로 다리를 잃은 사람이 넘쳐났다. 어디로 눈을 돌리든 그 나라의 모순이 보였다. 번영에 찬 미래를 위해 과거 청산에 안간힘을 쓰는 모습이었다.

우리는 프놈펜에 잠시 들러 국립박물관과 왕궁을 본 후 공항으로 가서 비행기를 타고 앙코르에 갈 예정이었다.

국립박물관 또한 캄보디아의 전형적인 모습을 보여주는 것 같았다. 정문 밖에서는 수많은 거지가 관광객들에게 잔돈을 구걸하고 있었고, 안에는 수십 년 동안 맹위를 떨쳤던 전쟁을 상기시키는 것들이 있었다. 박물관에는 시바, 비슈누, 브라마 같은 인도 신에 관련된 물건과 조각상이 넘쳐났고 창문에는 유리가 하나도 없었다. 그래서 안에 있는 물건들이 비바람에 고스란히 노출되었다. 창문은 25년 전 전쟁으로 깨졌고, 유리를 갈아 끼울 돈은 없었다. 진열된 물건들은 고정되지도 않은 채 받침대 위에 올려져 있었다. 조각상은 대부분 부서졌고 퍼석퍼석한 회반죽벽에는 군데군데 총알 자국이 나 있었다. 천장에는 물 샌 자국이 줄을 이었고 얼룩이 벽을 타고 내려왔다. 바닥은 맨 콘크리트였다.

가이드들은 박물관과 그 나라의 문화, 국민성 등을 자랑스럽게 얘기했다. 떠날 때가 되자 형과 나는 마음이 착 가라앉았다. 그때까지 다녀본 곳 중에 캄보디아가 제일 이질적이고 이해가 되지 않았으며 우리는 그저 겉도는 느낌이었다.

다음으로 왕궁을 둘러보러 갔다. 도시의 한 블록만 한 단지 내에 스무 개 정도의 건물과 사원이 벽에 둘러싸여 있었다. 건물 하나는 그 자체가 왕이 사는 성이었고, 천장이 높고 붉은 카펫이 길게 깔리고 기둥이 높은 아름다운 건물은 고관대작들이 왕을 알현하는 영접실이었다. 궁전 뜰에 있는 사원에는 은으로 된 커다란 불상이 있었다. 다른 유물들과는 달리 그 불상만은 전쟁에도 파괴되지 않았고, 지금도 사람들이 바친 수백 송이 꽃에 둘러싸인 걸 보니 캄보디아인들의 가슴에 중요한 부분을 차지하는 것 같았다.

프놈펜에서는 세 시간도 채 머무르지 않았지만 더 오래 있었던 것 같은 기분이 들었다. 우리를 짓누르는 과거의 무게를 느끼며 앙코르 정글로 출발했고 해가 지자마자 그곳에 도착했다.

앙코르 공항의 주도로에서 바로 사원이 연결되었고, 한때 정글이었던 곳에는 거대한 호텔들이 자리하고 있었다. 호텔 몇 곳은 세계 어디에 내놔도 별 다섯 개를 받을 만큼, 너무 화려해서 현기증이 날 정도였다. 호화로운 장식과 은은한 조명이 건물을 에워싸고 있었다. 구불구불한 진입 도로 가에는 키 큰 야자수와 양치식물이 늘어섰고 온 사방에 꽃이 만발해 있었다. 어떤 호텔의 하루 방값은 보통의 캄보디아인이 일 년에 버는 돈을 능가했다. 또 어떤 호텔은 건강과 미용을 위한 사우나, 재킷을 입어야 입장이 가능한 최고급 레스토랑을 갖추고 있었다.

그러나 일단 길을 나서면 사람들은 자전거나 스쿠터를 타고 다녔다.

호텔에 도착하니 앙코르와트 관광은 해 뜰 무렵에 진행될 예정이라고 했다. 형을 포함한 많은 사람이 가지 않기로 했다. 이번 여행을 통틀어 형과 내가 따로 행동한 것은 그때가 처음이자 마지막이었다. 잠깐씩 떨어져 있기는 했지만, 우리는 근 2주 동안 늘 동선을 같이했다.

버스에서 누가 형과 나 사이에 대해 물었다.

"그럼요. 형하고 여행하면 좋아요."

"항상 같이 있는 게 귀찮지는 않아요?"

잠시 생각해보니 다른 사람들의 눈에는 좀 이상해 보이기도 하겠다 싶었다.

"아뇨, 전혀. 우리는 취향이 비슷해서 죽이 잘 맞아요."

"멋지네요." 그 사람이 머리를 절레절레 내저으며 말했다. "당신 둘은 보통 남편과 아내보다 더 잘 어울려요. 자세히 살펴보면 벌써 같이 다니는 데 싫증을 내기 시작한 커플들도 많거든요."

나는 앙코르와트를 얼른 보고 싶었다. 산처럼 높이 솟은 사원과 사각형으로 동심원을 그린 울타리, 길이 약 250미터 되는 둘레 벽, 그리고 해자가 둘러싼 건물을 둘러본 후 외벽으로 향했다. 외벽을 넘어가니 가이드가 잠시 멈추라고 했다. 어두워서인지 아무것도 보이지 않았다.

때마침 사원 뒤편 하늘이 붉게 물들더니 선명한 오렌지색으로 퍼진 후 노랗게 변했다. 변화무쌍한 하늘빛 덕분에 사원은 어슴푸레할 뿐 모양이 제대로 보이지 않았다. 그러나 나는 눈을 뗄 수 없었다. 미리 앙코르와트를 안내하는 글을 읽었고 멀리서 보기도 했지만, 가까이에서 본 앙코르와트는 크기로 나를 완전히 압도했다. 최근에 지어졌더라도 대단한 규모라 할 정도인데, 800년 전에 지어졌다니 도저히 믿기지 않았다.

하늘빛이 노란색에서 파란색으로 바뀔 때까지 앙코르와트를 감상한 후 다시 버스에 올라타고 호텔로 돌아왔다. 어느새 앙코르 시외 지역은 활기에 넘쳤다. 느릿느릿 달리는 버스 사이를 서커스 하듯 지나가는 스쿠터들로 인해 길은 혼잡했다. 운전 규정은 없는 것 같았다. 양방향으로 달리는 스쿠터 운전자들이 차량 사이를 곡예 하듯 누비다가 갑자기 방향을 트는데도, 아무 탈이 없었다.

분야는 다르지만, 스쿠터 운전자들도 앙코르와트 못지않게 인상적이었다. 스쿠터는 대개 중국제로 600달러 정도 한다고 했다. 모터 달린 자전거보다 별반 크지 않지만, 스쿠터야말로 캄보디아에서는 '최고급 세단'이었다.

"저 스쿠터에는 네 명이 타고 있어요!" 누군가의 외침에 모두 그 장면을 보려고 창문으로 몰려갔다.

"여기는 다섯 명이다!" 또 누군가 말하자 우리는 우르르 반대쪽으로 몰려갔다.

"하하, 여섯도 있어요!"

"말도 안 돼!"

"저 뒤를 봐요!"

스쿠터에 여섯 명이 탄 것을 보고 나는 믿을 수가 없어 눈만 껌뻑거렸다. 스쿠터는 천천히 움직였지만, 방향을 바꿔가며 잘 갔다.

"와, 진짜 대단하다. 저쪽을 좀 봐요."

"왜요?"

"저기는 일곱이에요."

정말 일곱이었다. 가운데 앉은 남자는 아버지이고, 나머지는 그의 아이들인 것 같았다. 어린 여자애 둘은 아빠 뒤에 앉고, 남자애 셋은 앞에 앉았다. 그리고 가장 어려 보이는 다섯 살가량의 남자아이는 남자의 어깨에 올라타 있었다. 아이들이 모두 교복을 입고 있는 걸 보니 아빠가 아이들을 등교시키는 모양이었다.

호텔에 도착할 때까지 우리는 여덟 명이 탄 스쿠터를 찾느라 바빴다. 이런 놀라운 환경에서는 더한 기록도 가능하리라 생각했지만, 결국 찾지 못했다.

캄보디아의 더위와 습도 때문에 우리는 하루를 둘로 나누어 썼다. 아침에는 타프롬Ta Prohm, 바이욘Bayon 사원, 코끼리 테라스 Elephant Terrace를 보러 갔다. 점심 식사 후에는 호텔에서 몇 시간 쉰 다음, 늦은 오후가 되어서야 앙코르와트에 갔다.

처음 간 곳은 타프롬이었는데, 웅장한 앙코르와트를 물리치고 우리가 제일 좋아하는 사원으로 꼽혔다. 타프롬 자체는 별로 크지 않고 거의 폐허가 되었지만, 주변의 밀림이 눈길을 끌었다. 그늘에 가려진 교살무화과나무와 판야나무의 거대한 뿌리가 문 앞까지 침범했고 뿌리가 나뭇가지에서 나온 것처럼 벽을 타고 기어 올라갔다. 한때 주변의 모든 것을 삼켜버렸듯, 정글이 사원을 빨아들이고 있는 것 같았다.

뿌리는 끝 간 데 없이 뻗어 있었다. 처음에는 거대한 뿌리만 눈에 들어왔는데 자세히 보니 가는 뿌리들이 벽을 파고들어, 벽돌이 헐거워져 빠져버린 곳도 있었다. 몇십 년 후에는 그렇게 빠져나온 벽돌이 바닥에 수북할 것 같았다.

사원은 많이 황폐해졌지만, 원래 형태는 유지하고 있었다. 나중에 보게 될 모든 사원과 마찬가지로 그곳도 사각 벽 네 개가 산처럼 뾰족한 사원을 터널처럼 둘러싸고 있었다. 우리는 폐허가 된 곳을 통과해 중심으로 조금씩 돌아 들어갔다. 모퉁이를 돌자마자 같이 갔던 일행이 보이지 않았다. 그런 곳은 처음이었다.

"여기 멋지다!" 형이 말했다.

"정말 신기하다, 그치?"

"〈인디아나 존스와 미궁의 사원〉 세트장 같아."

"상상력이 그것밖에 안 돼?" 내가 푸념했다.

"그렇지 않냐? 영화 세트장이 되고도 남겠잖아. 누군가 폐허가 된 사원은 어떤 모습일까 상상하고 지은 것처럼 너무 진짜 같아서 오히려 문제가 됐을 것 같아."

"너무 진짜 같아서 오히려 문제라고?"

"응. 꼭 뭘 그대로 본뜬 것 같잖아."

40분 지나 우리는 버스로 돌아갔다. 다음 갈 곳은 바이욘 사원이었다. 거기는 정글을 정리해놓아서 유적 안에 들어가볼 수 있었다. 호주와 달리 앙코르의 더위는 습기 때문에 한층 더 힘들었다. 모기에 물리지 않으려고 벌레 퇴치 스프레이를 잔뜩 뿌렸다.

타프롬에 비해 바이욘 사원은 별로 특별하지 않았다. 그 사원에서만 볼 수 있다는 돋을새김도 다른 사원들과 배치가 같아서인지 비슷해 보였다. 사암에 새겨진 그림은 각각의 이야기가 있어서 제법 알아보기 쉬웠다.

그러나 무늬에 얽힌 사연들은 이해하기 어려웠다. 우리가 방문한 나라의 여러 언어 중에서 캄보디아어가 가장 생소했다. 소리 자체가 너무 달라서 단순한 단어도 알아듣기 어려웠다. 그래서 가이드가 얘기할 때마다, 심지어 영어로 말할 때도, 우리는 가이드가 더듬거리며 내뱉는 강한 말투와 긴 끊김 사이에서 의미를 파악하느라 애를 먹었다. 우리는 그들의 말을 못 알아들었고, 그들은 우리가 하는 말을 이해하지 못했다.

"왜 그냥 새김이라고 하지 않고 돋을새김이라고 하죠?" 형이 물었다.

"어…… 그러니까…… 아…… 음…… 돋을새김은……" 가이드는 싹싹한 미소만 지었다.

"그러니까 '돋는다'는 게 뭐냐고요?"

"보이죠?" 가이드가 벽을 가리키며 말했다. "이게 돋을새김입니다." 그는 그 단어를 또박또박 분명하게 발음했다. "돋.을.새.김."

"아." 형은 끝내 제대로 의사소통이 안 될 것 같자 답 얻기를 포기했다. "어쨌든 고맙습니다."

가이드가 머리를 숙이며 말했다. "아임 웰컴."

코끼리 테라스에 도착했을 때는 태양이 머리 꼭대기에서 지글거렸다. 통치자들은 코끼리가 새겨진 길고 두꺼운 벽 위에 앉아 광장에서 펼쳐지는 공연을 보았다고 했다.

"어떤 공연이었는데요?" 형이 물었다.

"음...... 어...... 그러니까......"

"연극?"

"아뇨. 어......"

"서커스 같은 거?" 형이 거들었다.

"네, 서커스. 허풍선이가...... 어......" 가이드는 머리를 흔들어가며 하려던 말을 설명했다.

"공중그네?"

"네, 그네요. 그리고 여자들이...... 음 ......" 가이드가 작은 엉덩이를 옆으로 살랑살랑 흔들었다.

"춤춘다고요?"

"네, 춤을 춰요. 그리고 어...... 음......"

"코끼리?" 이번에도 형이 거들었다.

"아뇨. 코끼리 말고."

호텔에 돌아온 후 반갑게도 세 시간을 쉴 수 있었다. 형과 나는 운동을 하고, 밥을 먹고, 잠시 낮잠을 잔 후 앙코르와트로 향했다. 앙코르와트를 완전히 감상하려면 두 시간으로는 부족하다는 얘기를 수도 없이 들었다.

규모를 보면 그 말이 맞을 것 같았다. 그러나 힌두교의 신 비슈누에 얽힌 얘기를 잘 알거나 그 이야기가 어떻게 그림으로 해석되었는지 차근히 배우고 싶은 게 아닌 다음에는 두 시간도 길었다. TCS 강사 중에는 앙코르와트의 돋을새김에 푹 빠져서 깊이 연구한 사람이 있었다. 사원을 둘러싼 중심 벽으로 가려고 둑길에 들어선 후부터 그는 신바람이 났다. 우리가 놀랍도록 정교한 무늬를 바라보며 사진을 찍고 있자니, 강사는 몇 걸음에 한 번씩 발을 멈추고 벽에 있는 여러 부분을 가리키며 흥분에 들뜬 쩌렁쩌렁한 목소리로 아주 세세한 부분까지 설명하고 또 했다.

솔직히 말해서 우리는 설명을 들을수록 더 헷갈렸다.

"자, 이곳이 비슈누가 강을 건넌 장소입니다. 그가 서 있는 곳을 보세요. 전경에 있는 사원이 보이죠?"

우리는 눈을 가늘게 뜨고 사원을 찾았고, 그때까지는 그런대로 괜찮았다. 그러나 불행하게도 강의는 끝없이 계속되었다.

"메루 산 중앙에 있는 걸 보면 아시겠지만, 비슈누 뒤에 있는 사원은 우주를 표현한 것입니다. 우주의 축소판이라는 말이죠. 앙코르와트에 있는 모든 것이 그렇듯, 이것도 같은 것을 표현하고 있습니다. 이 돋을새김은 모두 바가바드기타는 물론이고 라마야나와 마하바라타 같은 서사시에서 테마를 따왔습니다. 모두 범상치 않은 것들이란 걸 알 수 있지요. 자, 좀 가다 보면 수르야바르만 2세의 인생을 담은 장면을 보실 수 있습니다. 그는 자신을 라마와 비슈누의 제8 화신인 크리슈나와 동일시하려고 스스로를 데바라자로 만들었습니다. 자야바르만 2세가 참족을 물리친 후 그에 관해 어떻게 생각했을지 상상할 수 있겠지요. 아, 그리고 바로 저 앞에 우주 부활의 신화를 묘사한 유명한 돋을새김이 있습니다. '우유의 바다 휘젓기'라는 이름으로도 유명하죠!"

형의 눈이 또 한 번 희멀겋게 초점을 잃었다. "우유라고?"

"응. 그렇게 말하네."

"도대체 무슨 말이야? 라마는 누구고 데바라자는 또 뭐야?"

"물어볼까?"

"아니." 형이 황급하게 말했다. "질문하는 사람이 없어야 빨리 지나가지."

형은 잠시 걸음을 멈추더니 고개를 절레절레 저었다. "저 사람은 우리가 시반가 뭔가를 다 안다고 생각하나?"

"비슈누야. 지금 비슈누 신에 대해 얘기하고 있어."

"뭐든 똑같아. 난 이거 하나도 모르겠고, 나중에는 기억도 안 날 거야. 높이 3미터에 8킬로미터나 되는 긴 벽이 사원을 둘러싸고 있어. 정말 놀라운 건물이고 이걸 짓느라 몇십 년이 걸린 이유도 알겠어. 근데 우리가 이걸 계속 연구하며 살 게 아니면 새긴 무늬도 다 그게 그거지 뭐."

"돈을새김이래."

"뭐든 간에."

그러는 동안에도 강사는 더 신이 나서 열심히 떠들고 있었다.

"네 개의 사암이 외벽 위로 향하는 게 보일 겁니다. 보이시죠? 저것들은 '사천왕' 또는 '관세음보살'을 상징한다고 생각합니다!"

앙코르와트 중심부의 산사 아래 서자 강의는 최고조에 달했다.

"대승 불교와 소승 불교를 비교해보면 흥미롭습니다. 그러나 여러분은 역사적으로 크메르 제국 초기에 만연했던, 우주 만물에 영혼이 있다는 애니미즘을 기억할지도 모르겠습니다. 니악타 숭배로 예를 들어보죠. 입구 근처에 구렁이 신인 나가를 보셨을 겁니다. 이게……"

"저 죄송한데요," 형이 말을 끊었다.

"네, 말씀하세요."

형이 템플마운틴을 가리키며 말했다. "저기 올라가도 됩니까?"

남은 시간 동안은 우리끼리 유적지를 돌아다녔다. 가파르고 부실한 계단을 오르고, 돌로 된 복도를 걸어 다니고, 포즈를 취해 사진을 찍고, 갈 수 있는 데까지 높이 올라가서 앙코르와트를 살폈다.

"이런 거에 관한 시험은 없었으면 좋겠다. 난 낙제하고 말 거야." 형이 둑길을 도로 내려가며 말했다.

"나도 그래."

형이 갑자기 걸음을 멈췄다. "우리 여행 떠난 지 벌써 2주나 됐어."

"벌써 그렇게 됐네."

"생각하니 좀 슬프다. 이 여행 때문에 몇 달 동안이나 설렜는데 벌써 반이나 지나가버리다니. 너무 빨라."

"꿈은 항상 그렇게 허망하더라." 내가 말했다. "간절히 뭔가를 원하다가 마침내 얻는가 싶으면 갑자기 끝나버려. 꼭 달리기 시합 같아. 운동장에서 몇 분 뛰려고 그 고생을 하며 훈련을 하잖아. 그래도 나는 그 과정을 즐기는 법을 배웠어."

"철학적인 얘기를 하려는 거냐?"

"아니. 그냥 갑자기 그런 생각이 들어서."

"다행이다. 철학이라면 오늘 너무 많이 들어서 말이야."

우리는 조금 더 멀리 걸어갔다.

"형수 보고 싶지?"

"응. 애들도. 너는?"

"떠나는 순간부터 보고 싶었어."

우리는 캐시의 고향인 뉴햄프셔 맨체스터에서 결혼식을 올렸다. 그 전 여섯 달 동안 캐시는 국토를 횡단해가며 결혼 준비를 했다. 그사이 캐시는 두 번밖에 집에 못 갔는데, 나의 사랑스러운 예비 신부는 필요하다고 판단하는 경우 꽤 효율적으로 행동하는 사람이라는 것을 그때 이해하게 되었다.

식은 1989년 7월 22일, 캐시가 어릴 때부터 다녔던 성당에서 치렀다. 캐시가 아버지의 팔짱을 끼고 통로로 들어설 때부터 나는 그녀에게서 눈을 뗄 수 없었다. 베일에 가려진 캐시의 눈은 반짝였고, 마침내 내게 인계될 때 그녀의 손은 가늘게 떨렸다. 나는 결혼식이 거의 기억나지 않는다. 내 마음에 뚜렷이 남은 순간은 내가 캐시의 손가락에 반지를 끼운 때뿐이다. 피로연의 기억도 희미하다. 신혼여행지였던 하와이에 도착했을 때 우리 둘은 몹시 지쳐 있었다. 신혼여행은, 어느새 나만큼이나 캐시를 사랑하게 된 빌리와 펫 밀스 부부가 선물로 보내준 것이었다. 이미 오래전에 다른 사람을 만난 리사는 농담 삼아 나를 '멀리 가버리지 않은 전 남자친구'라고 불렀다.

결혼식과 피로연을 나라의 반대편에서 했기 때문에 참석한 친구들은 몇 명밖에 없었다. 그래서 어머니는 우리를 위해 새크라멘토에서도 파티를 열기로 했다. 뒤뜰을 장식하고, 케이크를 만들고, 맥주와 음식을 차려 어린 시절부터 알고 지내던 사람이면 누구나 들러서 축하할 수 있게 했다. 파티는 여러 시간 계속됐고, 어떤 면에서 원래 했던 피로연보다 더 재미있었다. 마우이섬에서의 신혼여행에서 돌아와 나는 형과 함께 임대 부동산 두 개를 사들였고, 결국 출판되지는 않았지만 두 번째 소설을 끝냈다. 나는 새로 시작한 일에 들떠 있었고 신부와 깊은 사랑에 빠져 있었다. 지금 생각해도 그때가 내 인생에서 가장 황홀한 밤과 낮이었다.

그 무렵 어머니는 우리 못지않게 들떠 보였다. 이제 일을 그만하고 싶다는 얘기도 자주 했다. 우리가 대학을 졸업했고, 아버지도 전보다 돈을 많이 버는데 굳이 어머니가 매일 출근할 필요는 없었다. 어머니는 일할 만큼 했으니 이제 가족들과 잘 지내고 아버지와 함께 말을 타고 싶다고 했다.

"우리 다음 주말에도 말 타러 가기로 했어." 어머니가 기대로 눈을 반짝이며 말했다.

그다음 주 금요일 밤, 그러니까 우리가 결혼한 지 6주 되었을 때, 캐시와 나는 부모님 집에 바비큐를 먹으러 갔다. 형과 동생은 집에 없었다. 형은 일요일에 집에 돌아왔다가 다시 캉쿤에 갔고 데이나는 남자친구와 로스앤젤레스에 있었다. 조용한 밤이었다. 우리는 같이 요리를 해서 저녁을 먹었다. 그리고 거실에 앉아 영화를 보았다. 밤이 이슥해서 캐시와 나는 집에 갈 채비를 하고 일어나 의자에 앉은 어머니의 볼에 키스했다.

"내일 밤에 들를게." 내가 말했다.

"알았어. 와주면 좋지. 운전 조심해." 어머니가 말했다.

"잘 자요, 엄마." 내가 손을 흔들었다.

다음 날 정오경에 어머니와 아버지는 아메리칸 리버를 따라 난 오솔길로 승마하러 갔다. 새크라멘토 계곡의 흔한 8월답게 기온은 30도를 웃돌았고, 대기는 건조하고 차분했다. 하늘에는 구름이 한가로이 떠다녔다. 두 분은 공원 도로 옆 그늘에 앉아 도시락을 먹었다. 잠시 후 다시 승마를 시작했는데, 더위 때문인지 말들이 도통 속도를 내려 하지 않았다. 그래서 부모님은 말을 타고 천천히 걸으면서 한가로이 대화를 나누며 풍경을 감상했다.

강굽이를 돌자 길이 좁아졌다. 아버지는 나폴레옹을 타고 앞서갔고 어머니와 치누크는 뒤를 바짝 쫓았다. 아버지의 증언대로라면 특별히 이상한 일은 없었다. 난데없는 소음도 없었고 뱀이 나타난 것도 아니며 말을 놀라게 할 만한 요소는 전혀 없었다. 자갈길에 가끔 큰 돌이 있었지만, 말이 길을 찾는 데 방해가 될 만한 것은 없었다. 몇 년 동안 말 수천 마리가 지나다녔고 나폴레옹과 치누크도 수십 번은 왔다 갔다 한 길이었다.

그런데 그날은 무슨 이유에서였는지 치누크가 휘청하더니 넘어졌다.

전화가 울릴 때 나는 주방에 있었다. 전화를 받자 아버지가 넘어가기 직전의 가쁜 숨소리를 냈다.

"엄마한테 일이 생겼다……. 말에서 떨어져서…… UC 데이비스 대학병원에 실려 갔는데……"

"엄마는 괜찮아요?"

"모르겠다, 모르겠어." 아버지는 겁에 질린 목소리로 떠듬떠듬 말했다. "나는 말을 집에 데려다 놔야 해서 의사와 얘기를 못 해 봤다. 지금 그리로 갈 거다."

"저도 갈게요."

캐시와 나는 무서웠지만, 심각한 상황은 아닐 거라고 서로를 안심시키며 차를 몰아 병원으로 갔다. 응급실로 들어가자마자 담당 간호사에게 경과를 물었다.

간호사는 차트를 확인한 후 뒤로 가서 누군가와 얘기하더니 다시 우리에게 왔다.

"환자분 지금 수술 중입니다. 비장이 파열되고 팔이 부러진 것 같습니다."

나는 안도의 한숨을 쉬었다. 부상이 심각하긴 해도 생명에 지 장을 주지는 않을 것 같았다. 잠시 후 고등학교 때 크로스컨트리 를 함께 했던 친구 마이크 마롯이 문을 열고 바삐 들어왔다. "여 긴 어쩐 일이야?" 내가 물었다.

"길을 달리다가 사람들이 모여 있길래 가보니 너희 아버지가 계시더라. 그래서 같이 말 두 마리를 집에 데려다 놓고 거기서 이리 바로 오는 길이야. 어머니는 어떠셔?"

내 친구들이 다 그렇듯, 마이크도 어머니를 무척 좋아했기에 나만큼이나 놀란 것 같았다.

"모르겠어. 간호사 말이 비장이 파열됐다는데, 아무도 나와서 얘기해주는 사람이 없어. 너 거기에 있었다며? 어땠어? 많이 심 했어?"

"의식이 없으셨어. 난 그거밖에 몰라. 내가 가고 몇 분 만에 헬리콥터가 도착하긴 했어."

세상이 슬로모션으로 빙글빙글 도는 것 같았다.

"내가 뭐 도울 일 없을까? 어디 전화해야 하지 않아?"

"응." 나는 마이크에게 양가 친척들의 전화번호를 건넸다. "사람들한테 이 일을 전하고 다른 사람들한테도 알려달라고 해줘." 마이크가 전화번호를 옮겨 적었다.

"그리고 형 좀 찾아줘. 캉쿤에서 오늘 오후에 비행기를 타고 오기로 돼 있어. 샌프란시스코로 들어올 거야."

"어느 비행긴데?"

"모르겠어."

"몇 시에 들어오는데?"

"그것도 모르겠어. 되는대로 찾아봐줘……. 참, 데이나도 찾아줘. 마이크 리와 로스앤젤레스에 있어."

"알았어. 걱정하지 마."

몇 분 후에 아버지가 창백한 표정으로 덜덜 떨며 병원에 도착했다. 내가 아는 내용을 전하자 아버지는 눈물을 터트렸다. 우는 아버지를 안았더니, 잠시 후 눈물을 애써 참으며 억지로 몇 마디 했다. "난 괜찮다. 이제 괜찮아."

우리는 자리에 앉아 몇 분 동안 한 마디도 하지 않았다. 10분, 20분. 잡지라도 보려고 했지만, 글자가 하나도 눈에 들어오지 않았다. 캐시가 내 다리에 손을 얹고 앉아 있다가 아버지에게 가까이 다가갔다. 아버지는 앉았다 일어섰다, 좀 서성이다가 다시 앉았다. 그러고는 다시 일어나서 서성이다 또 앉기를 반복했다.

40분이 지났지만 아무도 상황이 어떻게 돌아가는지 몰랐다.

형은 비행기에서 내리자마자 샌프란시스코 국제공항 장내 방송으로 자신의 이름이 불리며 공항에 비치된 서비스 전화를 받으라는 메시지를 접했다.

"빨리 UC 데이비스 대학병원으로 가세요." 수화기 저편의 목소리가 전한 내용이었다.

"무슨 일인데요?"

"저희가 받은 내용은 그게 답니다."

순식간에 공황에 빠진 형은 주변에 택시가 없어 리무진을 잡아타고 한 주 동안 차를 세워둔 친구의 집으로 갔다. 새크라멘토까지는 두 시간 거리였다.

한 시간 후 양복을 입은 상냥한 남자가 우리를 찾아왔다. "스파크스 씨?"

우리는 동시에 일어나 그 사람에게 의사냐고 물었다. 의사는 아니라고 했다.

"병원 상담사입니다. 어려운 일인 줄 알지만, 저와 같이 가주셔야겠습니다."

우리는 그를 따라 작은 접견실로 갔다. 그 방에는 우리 가족밖에 없었다. 우리를 위해 따로 마련한 장소 같았다. 숨이 막혔다. 남자가 무슨 말을 하기도 전에 가슴이 미어졌다.

"선생님 부인께선 뇌출혈입니다." 남자가 아버지에게 말했다. 그의 목소리는 부드러웠고 같이 아파하고 있었다.

아버지의 눈에 다시 눈물이 차올랐다. "괜찮아질 수 있을까요?" 아버지가 나지막이 물었다. 아버지의 목소리가 한층 부드러워지더니 간청하듯 말했다. "제발…… 제발…… 괜찮을 거라고 말해주십시오……."

"죄송하지만, 상황이 좋지 않습니다." 방이 빙빙 돌기 시작했다. 나는 남자만 쳐다보았다. "돌아가시진 않겠죠?" 내가 꺽꺽거리며 물었다.

"죄송합니다." 남자가 계속 우리와 함께 있어주었지만, 더는 아무 말도 들리지 않았다. 갑자기 캐시와 아버지에게 갔던 것만 기억난다. 나는 두 사람을 꽉 껴안고 난생처음으로 엉엉 울었다.

데이나도 전화를 받고 새크라멘토행 다음 비행기를 탔다. 나는 몇몇 친척들에게 전화해서 상황을 알렸다. 모두 눈물을 터트리며 최대한 빨리 병원에 오겠다고 약속했다.

시간 왜곡이 일어난 것처럼 시간이 천천히 흘렀다. 우리 셋은 감정을 주체하지 못하고 허물어졌다가, 정신을 차리려고 힘껏 도리질했다. 한 시간이 지나 어머니를 면회할 수 있었다. 병실로 들어가니 어머니는 산소통을 달고 주사액을 맞고 있었다. 심전도 기계 소리만 규칙적으로 들렸다.

현 상황을 알면서도 어머니가 자는 것 같아 보여서 나는 희망을 붙들고 기적이 일어나기를 기도했다.

그날 밤늦게부터 어머니는 얼굴이 붓기 시작했다. 주사액은 혹시 장기를 기증할 경우 손상되지 않게 하려고 맞고 있을 뿐이었고, 어머니는 점점 원래의 모습을 잃어갔다.

몇몇 친척이 병원에 도착했고 또 몇 사람은 오는 중이었다. 모두 병실에 들어갔다 나왔지만 그리 오래 있지는 못했다. 그렇게 생기발랄했던 어머니가 평소와 다른 모습을 하고 누워 있으니 차마 보고 있기가 힘들었지만 복도에 서 있기도 이상했다. 우리는 뭘 해야 할지 몰라 계속 왔다 갔다 하기만 했다.

친척들이 계속 도착했다. 복도는 친구들로 북적이기 시작했다. 사람들은 서로를 위로했다. 모두 눈앞에서 벌어지는 일에 현실감이 없었다. 캐시는 한 번도 내 옆을 떠나지 않고 손을 잡아주었지만, 내 마음은 끊임없이 어머니에게 향했다.

병실에 아무도 없을 때 안으로 들어가 문을 닫았다. 금세 눈물이 차올랐다. 어머니의 손은 언제나처럼 따뜻했다. 어머니의 손등에 입을 맞췄다. 목소리가 갈라질 정도로 오후 내내 울었지만, 어머니를 보자 울음을 멈출 수가 없었다. 얼굴이 부었는데도 어머니는 아름다웠다. 나는 온 마음에 간절함을 담아 어머니가 눈뜨기를 기도했다.

"엄마, 제발." 나는 눈물을 흘리며 말했다. "제발, 엄마. 깨어나지 못하면 곧 가야 하는 거지? 시간이 없네. 부디, 한 번만 내 손을 꼭 잡아줘. 우리는 엄마가 필요해……."

나는 어머니의 가슴에 얼굴을 묻고 엉엉 울었다. 내 안에 있는 어떤 것도 함께 죽어가는 기분이었다.

형이 도착했고 나는 형을 보자마자 팔에 안겨 눈물을 터트렸다. 형이 오고 한 시간 후에 데이나가 도착했는데 복도로 걸어오는 동안에도 부축을 받아야 할 정도로 충격이 심했다. 데이나가 울부짖었다. 어머니를 잃은 사람의 눈물에다 세상에서 가장 친한 친구를 잃은 사람의 눈물이 더해진 통곡이었다. 이윽고 형과 내가 데이나를 데리고 병실로 들어갔다. 데이나에게 어머니의 얼굴이 많이 부었다고 미리 얘기했는데도 동생은 어머니의 상태를 보고 또 한 번 오열했다. 어머니의 모습은 우리 눈에도 낯설게만 보였다. "엄마 같지 않아." 동생이 흐느끼며 말했다.

형이 데이나를 꽉 잡아주며 귀에다 속삭였다. "엄마 손을 봐, 데이나. 손은 하나도 안 변했어. 엄마는 아직 저기 있어."

"아, 엄마…… 우리 엄마, 제발 돌아와."

그러나 어머니는 우리의 간청을 들어주지 않았다. 세상의 어떤 어머니보다 아이들을 더 사랑했으며 평생 희생만 한 우리 어머니는 장기로 세 사람의 목숨을 살리고 1989년 9월 4일에 저세상으로 떠났다.

어머니의 나이 47세였다.

13

프놈펜, 캄보디아(Phnom Penh, Cambodia)

2월 6일

앙코르에서 이틀을 보낸 후 다시 비행기를 타고 프놈펜으로 돌아갔다. 이번에는 홀로코스트 박물관과 킬링필드에 가볼 예정이었다.

박물관은 1975년 크메르 루주Khmer Rouge가 장악했던 프놈펜 시내에 있다. 크메르 루주의 리더 폴 포트Pol Pot는 완벽한 공산주의 국가를 만들려고 도시 전체를 비웠다. 100만 명이 시골로 쫓겨났다. 평균 나이가 12세인 크메르 루주 군인들만 남은 프놈펜은 유령 도시처럼 텅 비었다.

미국 군대가 베트남에서 떠나버리고 다른 나라는 개입하려 하지 않자, 폴 포트는 피비린내 나는 통치를 시작했다. 맨 먼저 지식인들을 다시 도시로 불러들여 처형했다. 고문으로 수천 명의 생과 사를 갈랐다. 급기야 총알 값을 아끼려고 희생자들의 머리를 대나무 대에 꿰어 처형했다. 이후 몇 년에 걸쳐 100만이 넘는 사람들이 지금 킬링필드라고 알려진 처형장에서 목숨을 잃었다.

비행기를 타고 가는 내내 형과 나는 두 가지 상반된 심정으로 도착을 기다렸다. 박물관과 킬링필드를 보고 싶은 마음만큼 우려도 컸다. 우리가 갔던 많은 곳이 고대 역사와 관련한 곳이라면, 이곳은 잊을 수 없다는 걸 알면서도 잊고 싶은 현대 역사의 현장이다.

밖에서 바라본 홀로코스트 박물관은 별로 특별하지 않았다. 주도로에서 약간 들어간 곳에 위치한 그곳은 발코니가 있는 2층 건물로, 고등학교였던 원래 건물의 느낌이 그대로 남아 있었다. 그러나 악의 없는 외양과는 대조적으로 건물을 에워싼 가시철사는 아직 그대로였다. 이곳이 바로 폴 포트가 희생자들을 고문한 장소였다.

우리 현지 가이드도 그 학교에 다녔다고 했다. 전시장으로 가기 전에 그가 공부했던 교실을 손가락으로 가리켰을 때 우리는 당황해서 모두 할 말을 잃었다.

전시장에는 포로들을 전기고문했던 방과 하나같이 무시무시한 장치를 늘어놓은 방들이 꽉 들어차 있었다. 프놈펜이 수복된 후에도 그곳들은 그대로 방치되어서 벽과 바닥에는 핏자국이 선명했다.

크메르 루주 대부분이 아이들이었다는 가공할 사실은 다시는 생각조차 하기 싫을 만큼 끔찍했다. 크메르 루주 병사들은 무자비하고 효율적으로 희생자들을 처치했다고 한다. 아이들은 자기

부모와 친구들마저도 뒤통수를 쳐서 죽였단다. 내 맏아들이 얼추 그 병사들과 비슷한 나이라고 생각하니 속이 메스꺼웠다.

벽에는 희생자들의 사진이 걸려 있었다. 고문당하는 죄수들과 킬링필드에서 발굴한 사체를 찍은 사진이었다. 가운데 방의 양 모퉁이에는 희생자들의 해골을 전시해놓은 작은 회당이 있었다. 해골은 모두 감시자들이 도망간 후에 캠프에서 발견된 것이었다. 한쪽 벽에는 군복을 입은 어린 소년이 킬링필드에서 희생자들을 때려죽이는 그림이 걸려 있었다. 그 그림을 그린 화가도 거기서 가족을 잃었다고 했다.

우리는 모두 할 말을 잃었다. 그저 이곳저곳 돌아보며 머리를 젓고 숨죽여 신음을 내뱉을 뿐이었다. 끔찍하고, 불쾌하고, 슬프고, 소름 끼치는 광경이었다.

엄청난 충격에 압도되어 두어 명은 자리를 떴다.

"선생님 가족 중에도 희생된 사람이 있습니까?" 내가 관리인에게 물었다.

관리인은 그 질문을 수천 번은 들은 듯 자동 반사적으로 대답했다. 그러나 결코 믿을 수 없고, 잊어서도 안 될 일이라는 느낌만은 고스란히 전해졌다. "네, 식구들 대부분을 잃었습니다. 아내, 부모님, 조부모님, 삼촌과 숙모들 모두."

"형제자매도 있었나요?"

"네, 남동생이 하나 있었습니다."

"생존해 계십니까?"

"모릅니다. 전쟁 후로 본 적이 없습니다. 크메르 루주였거든요."

우리는 프놈펜 외곽으로 나와서 킬링필드로 향했다. 비포장도로의 양옆에는 초라한 집들이 늘어서 있었다. 길 위 중간쯤에 피복 봉제 공장이 있었고 밖에는 여성들 열 몇 명이 흙바닥에 앉아 점심을 먹고 있었다.

킬링필드도 외관으로는 군데군데 배수로가 있는 흔한 보통 들판과 별반 다르지 않아서 그냥 지나치기 십상이었다. 그곳은 각 면이 100미터 정도로 상상했던 것보다 훨씬 작았다. 가운데 있는, 죽은 이들을 기리기 위한 추모관만이 여느 들판과 구별되는 점이었다.

몇 시간 동안 우리는 가이드를 따라 곳곳을 둘러보았다. 여기는 희생자가 100명, 저기는 200명, 또 저기는 400명이 발견된 곳이라고 했다. 또 어떤 곳에는 머리 없는 뼈만 묻혀 있어서 거기서는 몇 명이 죽었는지 알 수 없었다. 이 들판에서만 수천 명이 죽었다고 하지만, 정확한 희생자 수는 아무도 모른다.

형과 나는 슬프고 토할 것 같은 기분으로 말없이 걷기만 했다. 드디어 추모관으로 안내되어 들어갔다.

눈앞에 갑자기, 한 면 너비가 3미터에 높이가 12미터 되는 직각 통처럼 생긴 흰색 추모관이 나타났다. 우리는 거기에 뭐가 있는지 모르고 다가갔다가 온몸이 마비된 듯 얼어붙고 말았다. 뒷벽에서부터 추모관 꼭대기까지 유리로 된 선반이 있었고, 거기에는 수없이 많은 해골이 쌓여 있었다.

버스로 돌아오면서 형은 내가 느끼는 감정을 정확히 한 문장으로 정리했다.

"이곳은 지옥이었어."

그날 내내 심란한 상태였는데도, 이상하게 짜인 여행 일정 때문에 우리는 킬링필드에서 곧바로 러시안 마켓에 가서 몇 시간 동안 경박스럽게 쇼핑을 해야 했다.

여러 아시아 국가처럼 캄보디아도 불법 복제 기술이 뛰어났다. 러시안 마켓은 해적판 DVD에서부터 뒤로 빼돌린 의류에 이르기까지 모든 것을 파는 행상 수백 개가 운집한 건물이었다. DVD는 3달러, 갭 청바지는 원래 가격의 절반 정도에 팔았다.

시장은 매우 혼잡했다. 그 나라를 방문하는 관광객이 한 명도 빠짐없이 같은 시간에 몰려든 것 같았다. 우리와 함께 여행하는 사람들은 대개 경제적으로 윤택해서 고국에 돌아가 얼마든지 진품을 살 여력이 되는데도 시장을 나설 때는 너도나도 양손에 물건이 가득했다.

프놈펜에서의 마지막 밤에는 칵테일파티를 따로 하지 않고 각자 호텔에 있는 레스토랑 중 한 곳을 골라 예약하라고 했다. 우리가 머문 호텔이 캄보디아에서 음식을 가장 잘하기로 유명한 곳이라는 게 이유였다. 형과 나는 예약하는 것을 잊어버려서 아무 데나 적당한 곳에서 저녁을 먹기로 했다. 손님이 거의 없어 30분 만에 식사를 끝냈다.

처음에는 실망스러웠지만, 음식 맛이 그런대로 괜찮아서 우리는 식사에 만족했다. 운이 우리 편이었는지 그날 밤 호텔 식당 중에 제대로 돌아간 곳이 그곳 말고는 하나도 없었다. 예약을 했던 사람들은 몇 시간을 기다려 겨우 저녁을 먹었다. 오븐이 고장 났거나, 요리사가 결근했거나, 음식이 잘못 나오는 등 온갖 머피의 법칙이 난무했다. 애피타이저가 나오는 데 한 시간 반이 걸리더니 주요리는 그러고도 두 시간이나 지나서 준비되었다. 다른 때였다면 그런 상황도 웃으며 지나갈 수 있었겠지만, 우리는 이미 13일을 여행한 사람들이었다. 사람들은 피곤함에 절었고 다음 날 아침 일찍 일어나 비행기를 타고 자이푸르로 가야 했다. 형과 나는 기대한 대로 여덟 시간을 푹 잤지만, 다섯 시간도 채 못 잔 사람들이 많았다.

호텔 방에서 형과 나는 또 〈크로코다일 헌터〉를 봤다. CNN과 〈크로코다일 헌터〉 외에는 영어로 방송하는 프로그램이 없었다. 신기하게도 어느 나라에 가든 TV를 틀기만 하면 〈크로코다일 헌터〉가 나왔다. 캄보디아에서는 우리의 경험을 토대로, 세상 사람들이 가장 좋아하는 쇼는 바로 〈크로코다일 헌터〉라는 게 유행어가 될 지경이었다.

"오, 이 뱀 예에쁘죠." 열정적인 우리의 호스트 스티브 어윈이 말했다. "색깔 좀 봐요. 아, 정말 멋지지 않아요? 하지만 이 쪼그만 예쁜이는 아아주 위험하답니다. 입을 벌렸다 하면 남자 열 명은 너끈히 해치워요!"

"저 사람 진짜 웃긴다." 형이 말했다.

"나오기만 하면 웃기더라. 우리 애들도 저 사람 나오는 거 좋아해." 내가 말했다.

한동안 말이 없길래 나는 형이 조는 줄 알았다. 그러나 고개를 돌려보니 형은 천장을 바라보고 있었다.

"뭐 생각해?"

한참 후에 형이 대답했다. "오늘 오전에 본 거. 박물관, 킬링필드."

"진짜 끔찍했지?"

"응." 형이 고개를 끄덕였다. 목소리가 착 가라앉았다. "참 슬프더라. 이곳에 있는 사람들도 안됐고, 세상살이도 슬프고, 모든 게 다 허무했어. 텅 빈 것 같기도 하고. 다 부질없는 느낌. 절대 일어나지 말았어야 할 일이 일어난 것 같았어." 형이 잠시 주저한 후 말을 이었다. "엄마 돌아가신 후에도 바로 그런 기분이었어."

나는 형을 슬쩍 올려다보았다. 형의 말이 전혀 놀랍지 않았다. 우리는 슬플 때마다 늘 가족에 관한 얘기를 떠올렸다.

"여행 같이 하는 사람들, 돌아가셨을 때 엄마 나이보다 거의 다 많더라. 엄마 가신 지가 13년이나 됐다는 게 믿기지 않아. 얼마 전 일 같은데."

"그러게."

"우리도 10년만 있으면 돌아가실 엄마 나이가 된다는 거 알아? 그때 페이턴은 열한 살밖에 안 되네."

나는 아무 말도 하지 않았다. 형이 긴 한숨을 쉬더니 말을 이었다.

"근데 참 이상해. 엄마 생각을 하면 전혀 나이 든 모습을 상상할 수 없어. 내 맘속에서는 말이야. 엄마는 항상 마지막에 봤던 그 모습으로 남아 있어. 살아 계셨다면 지금쯤 어떤 모습일지 그려볼 수가 없어." 형의 목소리가 점점 잦아들더니 다시 얘기를 시작할 때는 무겁게 잠겨 있었다.

"뭐가 제일 한스러운지 아냐?" 나는 대답을 기다리며 형을 보았다.

"엄마한테 작별 인사도 못 했다는 거야. 너랑 제수씨는 그래도 인사는 했잖아. 캉쿤에 갈 때 시간이 없어서 엄마한테 전화할 생각을 못 했어. 그러고 다음에 봤을 때는 엄마가 더는 엄마 같지 않았고, 장기를 기증할지 어떨지를 의논해야 했어. 실감이 나지 않았어. 그리고 내가 가장 가슴 아픈 건, 엄마는 늘 희생만 했지 손주도 못 안아보고, 네가 글을 쓰게 된 것도 모르고, 크리스틴하고 아이들도 못 만났다는 거야. 엄마는 분명 멋진 할머니였을 텐데……." 형은 눈시울을 붉혔다.

"나도 엄마 보고 싶어." 내가 나직이 말했다.

어머니의 장례식을 치른 후 몇 달은 정상을 회복하기 위해 무춤하는 기간이었다. 우리는 무슨 일을 어떻게 해야 할지 몰랐다. 우리 세 남매는 아버지를 지켜봐야 했고, 서로가 무너지지 않게 지탱해야 했다. 누구라도 먼저 울기 시작하면 모두 순식간에 무너지고 말 것 같았다. 그래서 각자 더는 울면 안 된다는 결론에 도달했다. 우리는 혼자 있을 때가 아니면 절대 울지 않았다.

어머니는 가고 없는데, 이상하게도, 가지 않은 것처럼 느껴질 때가 많았다. 집에 있는 모든 물건에 어머니의 흔적이 남아 있었다. 찬장 안 양념통의 위치, 선반에 놓인 사진 액자, 벽 색깔, 침실 의자에 걸쳐 있는 나이트가운. 어디를 보든 어머니가 떠올랐고 심지어 주방에 서 있으면 뒤에 어머니가 서 있는 것 같은 기분이 들 때도 있었다. 그런 때, 나는 그런 느낌이 내 상상만이 아니기를 기도했다. 나는 눈꼬리가 미세하게 떨리거나 미풍에 나뭇가지가 흔들리는 것에서도 흔적을 찾으려 했다. 어머니의 영혼이 우리와 함께 있는 거라고 말하고 싶었다. 하지만 아무것도 없었다.

집 안 구석구석은 어머니를 끊임없이 상기시킴과 동시에 얼마나 공허한지도 느끼게 해주었다. 집 안에는 힘도, 활기도, 벽을 울리는 웃음소리도 없었다. 가구나 물건을 다시 배치해서 어머니의 흔적을 지워볼까 싶을 때도 있었다. 가령 어머니의 손지갑 같은 것. 수년 동안 어머니는 손지갑을 현관 근처 바구니에 넣어두었다. 어머니가 돌아가신 후 몇 달 동안 아무도 그것을 옷장 안에 넣어두거나 심지어 안에 무엇이 들었는지 열어볼 엄두를 못 냈다. 분명 안에는 가족사진과 외할머니한테서 받은 편지와 립스틱과 자질구레한 장신구가 있을 테니까. 그것들은 너무 사적이고 또 너무 '엄마다워'서 손을 대는 순간 어머니에 대한 기억을 저버리는 것 같아 두려웠다. 어머니를 잊고 싶지 않은 우리가 할 수 있는 일은 그런 물건들을 남겨두는 것뿐이었다. 손지갑은 어머니가 돌아오기를 바라는 우리의 조용하고 간절한 바람의 상징이 되었다.

그해 우리는 집에서 크리스마스를 기념하지 못하고 난생처음 친척 집에서 보냈다. 함께 있는 것이 위로가 되긴 했지만 아무도 마음속 공허를 털어놓을 수 없었다. 어머니가 떠난 후 집에서의 크리스마스는 이전과 완전히 달랐다.

캣과 나는 1년 차 결혼 생활에 잘 적응하면서 동시에 아버지에게 최대한 신경 쓰려고 노력했다. 우리는 매주 목요일을 따로 빼서 아버지와 영화를 보거나 외식하는 데 할애했다.

형과 데이나는 함께 살 아파트를 빌리기로 했다. 집에서 몇 킬로미터밖에 떨어지지 않은 곳으로 정한 이유는 나와 캐시처럼 아버지를 잘 지켜보기 위해서였다. 어머니의 죽음은 자식들에게도 힘들었지만, 아버지에게는 훨씬 더 고통스러웠다. 두 분의 관계를 제대로 이해하지는 못하지만, 어머니와 아버지는 27년을 함께 보냈고 어머니가 떠난 후 아버지의 세상은 갑작스럽고도 철저하게 바뀌어버렸다.

아버지는 되는대로 사는 것 같았다. 장례식이 끝난 후에도 검은색 옷만 고집했다. 처음에는 그저 잠시 그러고 말겠거니 했는데 몇 달이 계속되자, 아버지에게 어머니 잃은 상실감이 엄청나게 크다는 걸 알 수 있었다. 아버지 역시 우리처럼 어머니에게 많이 의지했었다. 어린 나이에 결혼했고 항상 아내가 곁에 있었기에, 아내 없는 성인기는 어떤 것인지조차 몰랐다. 아버지는 가장 친한 친구이자 연인이며 심복이었던 사람을 잃은 것이다. 그것만으로도 충분히 힘든데, 아버지는 사는 방식까지 바꿔야 했다. 요리와 청소하는 법을 배워서 스스로 해야 했다. 수입원 일부가 없어졌기에 돈을 아껴 쓰는 법도 배워야 했다. 그리고 아내가 주로 맡았던 자식들과의 관계도 신경 써야 했다. 우리는 아버지를 사랑했고 아버지도 우리를 아꼈지만, 우리가 아버지를 모르는 것만큼 아버지도 우리를 몰랐다. 그러나 각자 나름대로 노력한 끝에 어머니가 아버지에게 했던 역할을 우리가 조금씩 대신하게 되었다.

형은 아버지와 유일하게 흉금을 터놓는 상대가 되었다. 내가 그랬던 것처럼 아버지도 늘 형을 흠모했었고, 그런 감정은 어머니가 돌아가신 후 더 강해졌다. 형에게는 아버지가 갖고 싶은 면이 많았던 것 같다. 잘생기고 카리스마 있으며, 자신감 넘치고 인기도 많은. 우습게도 아버지는 매사에 형의 승인을 구하기 시작했다. 형의 의견을 듣지 않고는 어떤 일도 결정하지 않았고, 형이 최근 모험담을 얘기할 때면 자랑스럽기 그지없다는 표정으로 진지하게 들었다. 캣은 아버지의 벗이 되어주었다. 아버지는 캣을 처음 만날 때부터 마음에 들어해서 우리가 집에 들를 때마다 오래 함께 있고 싶어 했다. 둘은 함께 디저트 와인을 마셨고 요리를 했으며, 농담하고 웃었다. 슬픈 일이 있어서 넋두리하고 싶을 때 아버지는 언제나 캐시를 찾았다. 그러면 캐시는 아버지가 원하는 대로 말하고 행동해서 아버지의 기대에 부응했다. 그러면서도 아버지는 데이나를 보살피는 일을 게을리하지 않았다. 데이나의 생활비를 대고 차를 사주었으며 의료보험료를 내주었다. 점차 둘은 같이 말을 관리하게 되었다. 아버지는 어머니가 했던 부모로서의 역할을 함으로써 살아나갈 힘을 얻었던 것 같다. 내게도 어머니가 한때 감당했던 역할이 떨어졌지만, 아무도 맡고 싶지 않은 성질의 것이었다. 나는 열여섯 이후로 줄곧 바쁜 고등학교 시절을 보내고 멀리 있는 대학에 다녔으며 캐시와 일찌감치 가정을 꾸리다 보니 형이나 동생보다 상대적으로 부모님에게 덜 의존적이었다. 아버지도 이런 것을 느꼈는지, 시간이 흐를수록 나를 아버지의 화와 고통을 뿜어내는 출구로 삼았다.

이윽고 아버지는 나를 업신여기듯 행동하기 시작했다. 예산세우는 데 도움이 필요한지 물으면 아버지는 내가 돈을 알겨내려 한다고 나무랐다. 내가 아버지 집을 청소하면, 자신을 아무것도 할 줄 모르는 게으름뱅이로 여긴다고 타박했다. 줄곧 그래왔던 대로 일하러 가면서 우리 코커스패니얼 강아지를 맡기면, 아버지를 도와주기는커녕 덕이나 보려 한다고 몰아세웠다. 캐시와 내가 집에 가도 내게는 말 한마디 하지 않았다. 나는 거실에서 혼자 멀거니 앉아 있고, 아버지는 주방에서 내 아내와 웃고 떠들었다. 이런 역학 관계는 갈수록 더 심해졌다.

나는 아버지가 나를 미워해서가 아니라 우리보다 더 심하게 고통을 겪으면서 안으로 속을 끓이기 때문에 그런다는 것을 알았다. 마음속 울분과 고통이 어디론가는 표출되어야 하며, 아버지가 말과 행동은 그렇게 하지만 실제로는 나를 깊이 사랑한다는 것도 알았다. 그러나 그 모든 것을 다 이해한다 해도 도대체 어떻게 해야 아버지의 환대를 받을지 몰라 캐시에게 하소연할 때가 많았다.

형과 나는 각자 독립적인 삶을 살면서도 서로 관계를 이어가는 데 최선을 다했다. 형은 부동산 중개업자로서 차곡차곡 경력을 쌓아나갔고, 주로 손목터널증후군에 도움이 되는 손목 보호대를 만드는 내 작은 사업도 순조로운 출발을 보였다. 젊은이들이 대개 그렇듯 나 역시 사업에 대해 많이 안다고 착각했다. 그런 탓에 곧 연간 수입을 크게 웃도는 빚을 지게 되었다. 캐시와 나는 몇 달 동안 밤낮으로 일했지만 버는 족족 채무를 이행하는 데 다 나가버렸다. 앞으로 빚지지 않고 살 수 있을지조차 의문이었다. 결혼 첫해에 우리는 모든 면으로 시련을 겪었지만, 다행히도 둘 사이는 더 공고해졌다.

집세를 내고 매끼 밥상을 차리는 일조차 어려워지자 나는 형에게 긴급 도움을 요청했다. 형은 피자와 맥주를 사주며 내 얘기를 들었다. 결국, 우리는 앞서 사두었던 임대 주택 두 채를 팔기로 했다. 거기서 얻은 이익으로 캣과 나는 빚더미에서 헤어 나왔고, 서서히 조금씩 수익을 내는 단계로 돌아섰다. 그런데도 나는 여전히 식당에서 서빙하고 아내까지 일을 해야 간신히 연명할 수 있었다.

그러는 사이 형은 계속 쉬운 삶을 사는 것 같았다. 데이트하고 주말에는 신나게 놀면서도 일은 잘해나갔다. 캐시와 나는 밤에 형을 만나러 갈 때마다 이번에는 형이 누구를 데려올지 기대에 부풀었다. 여자들은 대개 형을 잘 모르면서도, 내가 캐시에게 느끼는 것만큼이나 형에게 홀딱 빠진 것 같았다. 그러나 겉으로야 어떻든, 형도 속으로는 아버지 때문에 고통받고 있었다. 아버지가 여전히 힘든 시간을 보내고 있었기에 형이 우리 가족의 리더 역할을 떠맡았다. 아버지가 데이나나 나보다 형과 더 자주 대화를 했기 때문에 아버지의 깊은 슬픔을 이해하는 사람은 형밖에 없었다. 1990년 여름 어느 저녁, 밖에서 만난 형은 유독 다른 데 정신이 팔려 있었다.

"형, 무슨 일 있어?"

"아버지 때문에 걱정이야."

나 역시 아버지가 걱정이었지만, 이유는 형과 분명히 달랐다. 아버지가 내게는 비이성적으로 행동했지만, 형과 함께 있을 때는 철저하게 이성적이었다. 둘 다 정상이라고 보기 어려운 상황이었다.

"왜?" 내가 물었다.

"엄마한테서 전혀 벗어나지를 못해. 아홉 달이나 지났는데도 밤만 되면 울다가 잠이 들어. 그리고 점점 신경질적이 되고 있어." 나는 뭐라 할 말이 없었다.

"너도 알다시피 계속 검은 옷만 입는데 요즘은 더 심해졌어. 옷장에 있는 옷을 싹 버리고 다시 샀는데, 죄다 검은색이야. 출근할 때 빼고는 집 밖에도 나가지 않아. 엄마가 그리운 건 알겠지만, 우리도 다 그렇잖아. 엄마는 자기가 없어도 아버지가 행복해지기를 바랄 텐데. 강해지기를 원할 거라고."

"우리가 어떡하면 좋을까?"

"모르겠어."

"캐시랑 내가 아버지하고 얘기 좀 해볼까?"

아버지가 내 말은 듣지 않았지만, 캐시는 점점 더 자주 곁에 두고 싶어 했다.

"별 소용 없을 거야. 나도 그래봤거든. 아무리 집에 오시라고 해도 말을 듣지 않아. 내가 집에 가도 같이 밖에 나가려고 하지도 않고. 아버지가 너희 집에 가신 적 있냐?"

"아니."

형이 고개를 저었다. "세상과 담을 쌓으면 안 되는데. 상황이 더 안 좋아질 뿐이잖아. 스스로 고립을 청하는 꼴이야."

"아버지한테 그런 이야기 해봤어?"

"늘 하지."

"뭐라셔?"

"괜찮다고만 해."

어머니의 첫 번째 기일이 다가올 무렵, 아버지는 서서히 자신이 만든 껍질에서 빠져나오기 시작했다. 여전히 검은 옷을 고집했지만, 우리와 함께 컨트리 댄스를 배우기 시작했는데 그 밤 외출이 아버지를 되살린 것 같았다. 천천히 그러나 확실히, 아버지는 예전의 모습으로 돌아가고 있었다. 나를 대할 때도 전만큼 쌀쌀맞지 않았다.

어찌 되었든 우리는 어머니 없이 첫해를 무사히 견뎠다.

그해 늦가을에, 캐시의 임신 소식이 날아들었고 모든 초보 예비 부모처럼 우리도 육아 용품을 준비하면서 초음파로 아기 만날 순간을 애타게 기다렸다.

캐시는 임신부의 본분을 다했다. 조심해서 먹고 움직였으며, 출근하기 전에 입덧 다스리는 방법도 터득했다. 임신부답게 피부는 벌겋게 상기되기 시작했다. 우리는 가족과 친지들에게 소식을 알렸다. 모두 그 소식에 기뻐했다. 오랜만에 아버지도 그어느 때보다 행복해 보였다.

임신 12주차가 되어 아내와 나는 초음파를 보러 병원에 갔다. 검사실에서 의료기사가 배에 젤을 바르고 기구로 아내의 배 위를 훑는 동안 나는 캣의 손을 잡아주었다.

"저기 보이죠?" 기사의 말에 우리는 신기해서 화면을 바라보았다.

물론 너무 작아서 땅콩처럼 보일 뿐 전혀 아기 같지 않았다. 그러나 그것이 아기와의 첫 만남이었고 캐시는 내 손을 꽉 잡고 밝게 웃었다.

기사가 더 선명한 그림을 잡아주려고 기구를 계속 움직였는데, 그러다 잠시 후 눈에 띄게 인상을 썼다.

"왜 그러세요?" 캐시가 물었다.

"아직은 뭐라 말씀드리기가……." 기사가 억지로 웃음을 지어 보였다. "잠시 실례 좀 할게요." 기사가 자리에서 일어나 검사실을 나갔다.

우리는 어찌할 바를 몰랐다. 이게 정상적인 절차인지 아니면 예상치 못한 돌발 상황인지도 가늠이 되지 않았다. 잠시 후 의사가 들어왔다.

"뭐가 잘못됐나요?" 캐시가 다시 물었다.

"잠시 보겠습니다." 기사가 다시 기구를 작동하기 시작했고, 두 사람은 화면이 뚫어지도록 쳐다보았다. 기사가 뭔가를 가리키며 의사에게 귓속말했다. 의사도 작은 소리로 뭐라고 대답했다. 둘 다 우리의 질문에는 묵묵부답이었다. 이윽고 기사가 일어나서 나갔다. 의사의 표정이 사뭇 심각해 보였다.

"뭔가 잘못된 거죠?" 캐시가 물었다.

"죄송합니다, 심장이 뛰지 않습니다." 캣이 울음을 터트렸다. 나는 검사실에서 아내를 데리고 나왔다. 어머니가 돌아가신 것처럼 우리 아기도 뚜렷한 이유 없이 죽었다. 며칠 후 캣은 자궁 내막을 긁어내는 수술을 받았다. 수술 후 휠체어에 앉아 캣은 하염없이 눈물만 닦아냈다. 나는 어떤 말로도 아내를 위로하지 못했다.

나중에 형에게 안겨 나도 울고 말았다.

그 일이 있고 난 뒤 몇 달 동안 아내와 나는 우리가 다시 부모가 될 수 있을지 걱정했다. 얼마나 지나야 캣이 다시 임신할 수 있는지 몰랐고, 다시 아기를 가질 수 있을지조차 확실치 않았다.

유산은 흔한 일이고 주변에 유산한 사람이 많지만 결국은 애 낳는 데 전혀 문제가 없었다는 말로 주변 사람들은 우리를 위로했다. 우리는 사람들의 진심을 알았고 그 말이 사실이라는 것도 알았다. 하지만 반대의 경우 또한 잘 알고 있었기에 캣은 엄마가 되지 못할지도 모른다는 사실에 절망했다. 또다시 힘든 크리스마스가 지나갔다. 내 스물다섯 번째 생일에 데이나가 전화로 생일 축하 노래를 불러주었다. 바라는 게 뭐냐고 데이나가 물었을 때 내 머릿속에는 오직 한 가지 생각밖에 없었다.

1991년 1월 말에 드디어 우리의 바람이 이루어졌지만, 이번에는 그 소식을 철저히 비밀에 부쳤다. 우리는 전에 있었던 일을 반복하고 싶지 않아서 4월이 되어 안정기에 접어든 후에야 주변에 소식을 전했다. 여름에 배가 불러오자 캐시는 아이 이름 사전을 보거나 주로 『첫 임신 출산에 관한 모든 것』을 읽으며 시간을 보냈다.

그러나 생활의 압박은 방심할 틈도 없이 하나가 끝나면 다른 하나가 시작되는 식으로 계속 이어졌다. 두 가지, 캣의 일까지 포함하면 세 가지, 일을 하는데도 우리는 금전적으로 여전히 힘들었고 조금도 나아질 기미가 보이지 않았다. 아내는 직장에서 출산 휴직을 보장하는 건강보험에 가입해 있었는데, 그해 초여름, 임신 5개월에 접어들 무렵 해고를 당했다. 우리 코커스패니얼이 10킬로그램이 넘자 아파트에서 쫓겨나 새로 살 집을 구해야 했다. 게다가 차 한 대가 완전히 박살났는데, 우리에게는 16만 킬로미터를 달린 13년 된 차밖에 살 여력이 없었다. 국세청에서는 지난 3년간 내 사업체와 개인 납세 신고를 감사하겠다고 했다. 끝내는 혐의를 완전히 벗었지만, 두 가지 일을 하면서 국세청에서 원하는 영수증을 일일이 모으려니 그러잖아도 힘든 여름날이 악몽처럼 길었다.

그사이에도 틈틈이 시간을 짜내어 『보키니Wokini』라는 제목으로 빌리 밀스와 함께 책을 썼다. 그것이 출판으로 이어진 첫 책이었지만, 내 글 솜씨가 좋아서라기보다는 빌리의 유명세 덕을 보았던 것 같다.

9월에 마침내 진통이 와서 병원으로 달려갔다. 분만 과정은 빨랐다. 자궁이 빨리 열려서 병원에 도착했을 때 이미 분만 준비가 될 정도였다. 아기가 거꾸로 들어 있는 바람에 캣이 등을 틀어 진통을 하다 보니 통증이 극심했다. 분만 준비가 완료되었을 때는 진통이 극에 달했는데, 의사가 도착하자마자 갑자기 아기의 심장 박동이 느려졌다.

의사와 간호사의 표정을 보니 사태가 심각한 것 같았다. 또 아기를 잃을지 모르는 상황이었다.

순식간에 세상이 쪼그라드는 느낌이었다. 내 머릿속에는 오직 아내와 아내의 배 속에 든 아기뿐이었다. 철저한 무력감과 함께 가슴이 찢어지는 듯한 고통이 찾아왔다. 의사가 행동에 돌입했지만 나는 그 적극적인 동작이 거의 기억나지 않는다. 그저 옆으로 물러서서 그 어느 때보다 간절히 기도를 드렸다.

훌륭한 의사 덕분에 나는 잠시 후 아빠가 되었다. 그러나 아기의 피부는 회색이었고 한참 동안 전혀 울지 않았다. 나중에 알게 된 사실이지만, 내 아들은 탯줄을 통해 피를 흘려 피가 모자랐던 것이다. 나는 생명을 알리는 울음소리를 바라고 또 바랐다.

영원과도 같은 시간이 흐른 뒤 마침내 아기의 울음이 들렸다.

내게는 훨씬 길게 느껴졌지만, 실제로는 몇 분 후에 의사가 아이는 괜찮을 거라고 우리를 안심시켰다. 그제야 한시름 놓으며 우리가 진짜 부모가 되었다는 실감이 났다. 아내가 아기를 안았다. 우리는 첫아들에게 마일스 앤드루라는 이름을 지어주었고, 맨 처음 형에게 전화했다.

"나 아빠 됐어! 아들이야!" 내가 수화기에 대고 소리를 질렀다.

형이 와 하고 함성을 질렀다. "축하한다! 산모는 어때?"

"좋아. 그리고 감사하게도 아기도 괜찮아. 형, 빨리 와! 우리 아기 봐야지! 얼마나 귀여운지 몰라!"

형이 또 한 번 호탕하게 웃었다. "동생아, 간다 가!"

역시 형이 가장 먼저 병원에 도착했다. 마일스를 보더니 나를 돌아보며 말했다.

"오, 저 녀석이 날 꼭 빼닮았네."

나는 형의 등을 후려쳤다. "꿈도 꾸지 마. 형이 잘생겼는지는 몰라도, 이분한테는 명함도 못 내밀어."

순식간에 아빠가 되어 새 삶을 살면서도, 형과 나는 계속 함께할 기회를 만들었다. 잠시 형이 내가 하는 기형교정 사업을 도왔지만, 그해 말 나는 그 일을 그만두기로 했다. 새 식구가 생기니 좀 더 안정적인 일이 필요해서 사업을 포기하고 1992년 초에 레덜리 연구소의 약품 영업사원으로 취직했다. 난생처음 공식적으로 최저임금 이상을 벌었다. 그때가 내 나이 스물여섯이었다.

나는 아이 때문에 완전히 다른 삶을 사느라 어머니 생각을 덜 했지만, 아버지는 여전히 감정 기복이 심했다. 여름 동안 좋았던 기분은 침울하게 가라앉았고, 그러다가 다시 낙관적으로 바뀌곤 했다. 아버지를 만나러 갈 때마다 다른 상태를 보이자 형과 나는 아버지가 조울증이 아닌지 염려했다.

동생도 여느 성년 초반의 사람들처럼 자아를 찾으려 애쓰는 힘든 시기를 거치고 있었다. 성적이 뛰어나지 않았던 데이나는 전일제 일자리를 위해 대학을 자퇴했는데, 몇 주 후에 그 일을 그만두게 되었다. 그때부터 데이나는 칵테일 바 종업원, 에어로빅 강사, 태닝숍 직원 등 이 일 저 일을 전전했다. 형과 데이나는 다시 각각 다른 아파트에서 살게 됐고, 아버지가 동생의 집세를 지원했다. 데이나는 겉모습도 많이 변했다. 20대 초반이 되면서 미모가 톡 터졌다. 덕분에 이성들 사이에서 폭발적인 인기를 누렸고, 형처럼 데이나도 한 남자를 진득하게 사귀지 못했다.

"도대체 왜들 그래?" 어느 날 밤에 내가 형에게 물었다.

"뭐?"

"형하고 데이나 말야. 어쩌자고 한 달 이상 만나는 사람이 없어?"

"줄리랑 신디하고는 몇 년 동안 연애했어."

"그 여자들하고도 사귄다고 해놓고 실제로는 다른 사람하고 데이트했잖아. 그 때문에 둘과도 헤어졌고."

형이 빙긋 웃었다. "스물셋에 결혼하고 싶어 하는 사람은 많지 않답니다, 아저씨!"

"나도 일찍 결혼할 생각은 아니었어. 캐시를 만나서 그렇지."

"그렇다고 그렇게 빨리 결혼할 필요는 없었잖아."

"아니, 그래야 했어. 캐시가 캘리포니아로 이사 오기로 하면서 내게 뭐랬는지 알아? 공항에 가서 데려오는 길에 말야."

형이 고개를 저었다.

"공항에서 만나자마자 내가 달콤한 말을 막 쏟아내기 시작했거든. 그런 거 있잖아. 내가 널 얼마나 사랑하는지 아느냐, 여기 와서 내가 정말 기쁘다, 너의 용기에 감복했다……. 내가 말을 다 할 때까지 듣고 있더니 캐시가 웃으면서 이러더라고. '나도 사랑해, 닉. 그리고 나도 여기 온 걸 잘했다고 생각해. 하지만 이거 하나만은 알아야 해. 널 사랑하는 만큼 내겐 우리 가족도 소중해. 난 일시적인 관계를 위해 가족을 버리지는 않아.' 그게 무슨 뜻이겠어? 내가 물었더니 캐시가 내 가슴을 톡톡 두드리며 말하더라. '딱 6개월 줄게. 그때까지 청혼하지 않으면 난 집으로 돌아갈 거야.'"

형의 눈이 휘둥그레졌다. "제수씨가 그런 말을 했어?"

"그렇다니까."

형이 껄껄 웃었다. "하여튼 대단한 여자야. 말문을 딱 막아버렸네."

"그러니까."

"잘한 거야, 닉. 캐시보다 더 나은 여자는 없을걸."

"맞아. 근데 아까도 말했지만, 형은 도대체 어떻게 된 거야?"

"간단해, 닉. 나는 아직 캐시 같은 여자를 못 만났을 뿐이야. 그런 여자를 만나면 나도 결혼해서 정착할 거야."

1992년, 어머니가 돌아가신 지 3년이 되자 우리는 각자 나름대로 살아내는 방법을 찾았다. 나는 가족이 있고 새로운 일을 찾았으며, 데이나는 새 남자친구를 만났고 다시 학교에 다녔다. 형은 줄기차게 연애를 했고 주말마다 신나는 일을 만들었다. 아버지는 그때까지도 검은 옷을 고집했지만 감정이 들쑥날쑥한 일은 많이 줄었고, 다시 여자를 만나볼 생각도 하기 시작했다. 어쨌든 우리 가족은 겉으로는 서서히 정상을 회복하는 것처럼 보였다.

10월에 캐시와 나는 마침내 이사하는 게 좋겠다는 결론에 도달했다. 캘리포니아를 사랑했지만, 우리 아들에게 좋은 환경을 만들어주기에는 현실적으로 맞지 않았다. 월급이 썩 나쁘지는 않았으나 캐시가 마일스를 키우고 싶어 하는 동네에 살기에는 턱없이 부족했다. 더구나 하루가 다르게 치솟는 주거비 때문에 시간이 가도 나아질 가능성이 없었다.

아내와 나는 아메리칸 드림을 꿈꾸었다. 아이들을 위한 조그마한 정원과 뒤뜰에 바비큐 그릴이 있는, 우리 집이라고 부를 수 있는 집을 갖고 싶었다. 아주 기본적인 꿈이지만 우리에겐 너무 먼 것이었다. 캐시와 여러 번 토론을 거친 끝에 사장에게 남동부 지역으로 전근을 보내달라고 부탁했다. 사장은 내 부탁을 크게 반기지 않았다. 내가 그 회사에 들어간 지 8개월밖에 되지 않았고 최근에야 업무 연수를 마쳤으며, 맡은 역할도 잘 해내고 있었기 때문이다. 사장은 사람을 새로 뽑는다고 해도 일을 잘하리라는 보장이 없으니 그 과정을 싫어했다. 그리고 당연히 새로 들어온 사람이 숙달되는 동안 그 구역의 실적은 떨어질 게 뻔했다.

그날 밤, 형에게 전화를 걸었다.

"형, 혹시 약품 영업 해볼 생각 없어?"

나는 그 제안이 일리가 있다고 생각했다. 우리는 함께 달렸고, 서빙도 함께 했고, 임대 주택도 같이 샀으며, 내가 시작했던 작은 회사를 형이 도와주기도 했다. 심지어 우리는 서로 닮기까지 했다.

형은 갑작스러운 제안에 놀라 잠시 말이 없었다. 형은 일을 잘하고 있었지만, 부동산 중개업이란 게 철저하게 구전에 의존하는 일이었고 이미 큰 부동산 중개업체가 업계를 좌지우지하고 있는 게 현실이었다. 형은 작은 회사 소속이어서 새 물건을 찾아늘 허덕여야 했고 회사에서 돈을 안 주고 질질 끄는 데도 지쳐 있었다.

"무슨 말이야?" 형이 한참 만에 입을 뗐다.

"내가 전근 가게 되면 형을 사장한테 소개하는 게 어떨까 싶어서. 면접 보면 바로 채용될 것 같아."

"그렇게 생각해?"

"응. 틀림없이."

형은 밤새 생각했는지 다음 날 아침에 바로 전화가 왔다.

"닉, 나 약품 영업 하고 싶은 것 같아."

그리고 세상에나, 예견했던 대로 내가 뉴번, 노스캐롤라이나를 중심으로 한 새 구역을 넘겨받은 후 형도 채용이 되어 새크라멘토에서 내가 맡았던 구역을 넘겨받았고, 나는 형에게 회사 차열쇠를 건네주었다.

그 사이 캐시와 나는 나라의 반대편에서 새 인생을 시작할 준비를 차근차근 하기 시작했다.

형이 새 일을 수락한 지 일주일도 안 된 11월 초, 집에서 천천히 짐을 싸고 있는데 아버지한테서 전화가 왔다.

"지금 당장 병원에 가야겠다." 아버지가 3년 전 운명의 전화를 걸었을 때처럼 갈라진 목소리로 숨을 헐떡이며 말했다. "메서디스트에 있대. 거기 어딘지 알지? 밥이 몇 분 전에 데려갔다더라."

내가 알기로 밥은 데이나의 남자친구였지만, 아버지의 두서없는 얘기로는 도대체 무슨 말인지 알 수 없었다.

"누구? 데이나 말씀하시는 거예요? 데이나가 왜요?"

"데이나가…… 병원에 있대……."

"데이나? 왜요?"

"모르겠다…… 나도 가봐야……."

데자뷔를 보는 듯 사방이 빙글빙글 돌기 시작했다.

"무슨 일인데요? 사고 났어요?"

"모르겠다……. 그렇진 않은 것 같은데…… 밥 말로는 갑자기 발작같이…… 그것밖에 모른다……. 미카가 가고 있고…… 나도 지금 갈 거다."

병원에서 밥을 만나 경위를 들었다. 밥은 엘크 그로브에 있는 목장에 살면서 말과 소 사료를 배달하는 화물 운전사였다. 안장 없이 하는 로데오 경기 선수였던 밥은 형이나 나보다 키와 덩치가 더 컸고, 카우보이 부츠를 신고 있었다. 밥과는 여러 번 만났지만, 그때만큼 겁에 질린 모습은 본 적이 없었다.

"데이나가 잠에서 깨더니 말을 제대로 못 했어요. 말이 막 헛나와서 무슨 말인지 알아들을 수가 없었어요. 그래서 데이나를 차에 태우고 병원으로 왔어요. 차 안에서 눈이 돌아가고 경련을

273

일으켰어요. 병원에 도착했을 때도 발작을 일으켰고요. 의료진이 데리고 들어갔는데 아직 소식이 없네요."

병원은 달랐지만, 어머니가 돌아가셨을 때와 상황이 무섭도록 비슷했다. 어떻게 돼가는지 소식을 기다리며 작은 복도를 서성거리는 것도 똑같았다. 이윽고 동생을 만나게 된 방까지도.

데이나는 몹시 지쳐 보였다. 발작에 대한 치료를 받은 후라 눈이 푹 꺼져 있었다. 우리처럼 데이나도 겁에 질려 있었고, 우리만큼 어리둥절해 보였다. 그러나 지친 것만 빼고는 그럭저럭 괜찮아 보였다. 손가락 끝으로 엄지를 두드릴 수도 있었고, 지난밤부터의 일도 잘 기억했다. 그날 아침 일찍 일어났을 때 뭔가 이상하다는 것을 느꼈다고 했다.

데이나의 말투는 약간 어눌했다. "말을 하는데, 이상한 소리만 귀에 들렸어. 다시 해봤는데도 마찬가지였어. 그리고 냄새, 아주 안 좋은 냄새가 계속 났어. 그러다 밥이 나를 차에 태웠고, 그 후로는 아무것도 기억이 안 나."

좀 있으니 의사가 와서 데이나가 심한 발작을 일으켰다고 했다. 왜 그런 거냐고 계속 물어도 의사는 검사 결과가 나와봐야 안다고 즉답을 피했다. 그러면서 안정을 취하는 게 제일 중요하다고 말했다.

다른 사람들은 모두 병실에서 나가고 나 혼자 남자, 데이나가 나에게 옆에 있어달라고 했다.

"오빠, 제대로 말해줘. 무슨 일이 있었는지 알고 싶어. 내가 왜 발작을 일으킨 거야?"

"원인이 될 수 있는 건 많아. 난 크게 걱정 안 해."

"예를 들면?"

데이나가 바른말을 기대하며 내 얼굴을 살폈다. 동생은 나라면 진실을 말해주리라 믿었던 것이다.

"뭐든 그럴 수 있어. 갑작스러운 민감 반응일 수 있고, 스트레스 때문일 수도 있어. 간질일 수도 있는데 여태 한 번도 그런 적이 없었으니 모르겠네. 뇌종양이거나 뭘 잘못 먹었을지도 모르지. 탈수증일 수도 있겠다. 어쨌든 뭔가 잠시 네 몸을 뒤섞어버렸나 봐. 발작 일으키는 사람은 많아. 되게 흔한 거야."

그냥 지나치기를 바랐던 한 가지 원인에 집중하며 데이나가 나를 보고 말했다.

"뇌종양?" 데이나가 나직한 소리로 물었다.

나는 아무 일도 아니라는 듯 어깨를 으쓱했다. "뇌종양에 걸려도 발작을 일으키긴 하지. 하지만 오빠를 믿어. 네가 뇌종양일 리 없어. 내가 말한 것 중에 뇌종양일 가능성이 가장 낮아."

데이나가 무릎을 내려다보며 말했다. "뇌종양 아니었음 좋겠다."

"걱정하지 마." 나는 내 두려움이 얼굴이 드러나지 않기를 바라며 데이나를 안심시켰다. "오빠가 말했지? 그럴 가능성은 극히 낮아."

몇 주 동안 데이나는 수없이 많은 검사를 받았다. 의사들도 도대체 원인을 몰랐다. CT 촬영으로도 결론이 나지 않고, 더는 발작도 없자, 최악의 상황은 지나갔다고 여겼다. 그러나 애초에 왜 발작이 일어났는지를 모르니 여전히 불확실성이 우리를 짓눌렀다.

내게는 노스캐롤라이나로 이사할 시간이 다가오고 있었다. 데이나가 병원에 간 후 아내와 나는 그 문제에 대해 수도 없이 얘기했다. 캐시는 내가 다른 일을 찾는 한이 있어도 남아 있는 게 낫겠다고 했다. 데이나한테 우리가 필요할지도 모른다는 게 아내의 말이었다. 우리의 꿈은 잠시 미루어도 될 일이었다. 최소한 무슨 일인지 알 때까지만이라도.

좋은 대안 없이 선택해야 하는 상황이었다.

"형하고 얘기를 좀 해볼게. 형의 말을 들어보자." 고민 끝에 내가 말했다.

그날 밤, 형을 만나 나를 괴롭히는 죄책감을 털어놓으니 형이 내 어깨에 손을 얹으며 말했다.

"네가 이사 안 간다고 데이나한테 딱히 해줄 수 있는 게 없어. 아직 문제가 뭔지도 모르잖아. 넌 네 가족 생각을 해야지. 넌 이제 아빠잖아. 마일스에게 제일 좋다고 생각되는 일을 해." 나는 차마 형과 눈을 맞추지 못했다.

"그치만……"

"내가 데이나를 잘 지켜볼게. 여기는 나도 있고, 아버지도 계시잖아. 필요하면 너를 부를게. 그때 비행기 타고 날아오면 돼."

"그래도 그냥 가버리려니 마음이 좋지 않아."

"나도 네가 가는 게 싫어." 형이 그렇게 말하더니 미소를 지으며 덧붙였다. "하지만 기억해, 닉. 원한다고 다 가질 수는 없잖아."

1992년 크리스마스를 며칠 앞둔 날, 캐시는 이삿짐 트럭을 맞으러 마일스를 데리고 노스캐롤라이나행 비행기를 탔다. 나는 형에게 내가 일하던 구역을 마저 넘겨주고 의사들에게 형을 소개하기 위해 남았다. 우리가 살던 아파트는 짐을 다 뺐기 때문에 떠나기 전날 밤에는 아버지 집의 오래된 내 방에서 잤다.

형이 와서 나를 도와 나머지 물건을 차에 실어주었다. 나는 국토를 횡단하여 운전해야 했다. 형이 내 반바지를 입고 있는 게 보였다. 우리는 체격이 비슷해서 오랫동안 서로 옷을 빌려 입곤 했다.

형은 몇 해 여름 동안 컨솔리데이티드 프라이트웨이스Consolidated Freightways에서 트럭에 물건 싣는 일을 한 적이 있어서 깨지지 않게 물건 싣는 법을 알았다. 운전석만 빼고 차가 꽉 찼다. 작별할 시간이 되어 우리는 문 바로 안쪽에 서 있었다. 데이나와 아버지에게는 벌써 인사를 마친 상태였다. 이제 가야 할 시간이었다.

집안 곳곳에는 수천 가지 기억이 숨 쉬고 있었다. 내 마음에는 어머니가 주방에서 웃는 소리가 들렸고 식탁에 앉아 있는 형과 동생이 보였다. 이미 집을 떠난 적이 있었지만, 이번에는 달랐다. 지난번에 집을 떠날 때는 10대였고, 지금은 내가 책임질 가족이 있었다. 다시는 돌아오지 못하리라는 생각이 들었다.

"폭스바겐에 짐 실어서 이리로 이사 왔던 때랑 비슷하네." 나는 목이 메었다.

"아주 터져나가는구나. 그래도 이번엔 차가 들리지는 않았네. 도착하는 데 얼마나 걸려?"

"나흘 정도."

"운전 조심해."

"그럴게."

우리는 이별의 포옹을 했다. "보고 싶을 거야." 내가 말했다.

"나도."

"사랑해, 형."

형이 나를 더 세게 끌어안았다. "나도 사랑한다, 동생아."

포옹을 풀며 눈물이 나오려는 걸 억지로 참았다. 지난 3년 동안 우리는 서로에게 크게 의지했지만, 나는 지금 벌어지는 일의 의미를 애써 희석하려 했다. 그저 단순히 좀 멀리 이사하는 것뿐이라고, 다시 못 볼 게 아니라고. 나도 형을 보러 올 테고, 형도 나를 찾아올 거라고. 전화로 얘기하면 된다고.

"형 내 반바지 입었네." 내가 뜬금없이 말했다.

"내일 줄게." 형이 아무 생각 없이 말했다. "아니." 서둘러 다시 말했다. "못 주겠구나. 넌 내일 없지. 바지 못 주겠다."

그 말에 감정이 북받쳐 형이 울면서 내게 다시 기댔다. "형, 괜찮아. 다 괜찮아질 거야." 결국, 나도 울음을 터트리고 말았다.

그리고 몇 분 뒤 백미러를 바라보는 눈물 어린 내 눈에 점점 작아지는 형의 모습이 들어왔다. 형은 억지로 미소를 지으며 잔디밭에 서서 천천히 손을 흔들었다.

14

자이푸르 & 아그라, 인도(Jaipur and Agra, India)

2월 7-8일

    우리는 라자스탄의 주도이며 250만 명이 사는 인도 남부의 도시 자이푸르에 도착했다. '핑크 시티'란 별명을 가진 자이푸르는 요새와 궁전 등 다채로운 문화로 유명하고, 근처 시골 지역들의 상업적 중심지 역할을 한다.

    어떤 곳인지 사전 지식이 없었지만, 인도는 어떤 나라와도 다르다는 사실을 곧 알게 되었다. 세 군데에서 여권을 보여주고서야 자이푸르 도심을 통과해 한때 마하라자가 살던 암베르 궁Amber Fort까지 갈 버스를 탔다.

    우리 가이드는 인도 억양 섞인 영어를 완벽하게 구사했다. 도시를 가로지르며 가이드는 자이푸르가 인도에서 가장 아름다운 도시로 손꼽히는 곳이라고 했다. 확실히 그렇게 믿는 모양이었다. 버스로 40분을 달리는 동안 가이드는 여러 기념물에 대해 설명을 시작했다. 가이드가 가장 좋아하는 단어는 '자이푸르, 아름답다, 핑크'였다. 모든 설명에 그 단어들이 들어가거나 약간 변조되어 등장했다.

'자이푸르. 아름다운 도시, 자이푸르. 핑크 시티. 얼마나 아름다운지 눈으로 확인하세요. 풍경은 아름답고, 오래된 마을의 건물들은 다 핑크빛이죠. 자이푸르는 핑크 도시랍니다. 자이푸르는 아름다운 도시예요.'

그러는 동안 형과 나는 입을 떡 벌린 채 창밖만 바라보고 있었다.

어디든 사람들이 넘쳐났다. 보도와 거리도 빽빽했다. 우리가 탄 버스는 보행자들, 스쿠터, 자전거, 낙타, 코끼리, 당나귀, 마차와 마구 뒤섞여 있었는데, 이 모든 것들이 제각기 다른 속도로 이리저리 움직이고 있었다. 힌두 문명에서 신성시되는 소들은 개, 염소와 함께 쓰레기 더미를 코로 뒤적여가며 도시를 자유롭게 활보했다.

도시의 가난이 특히 짙게 다가왔다. 누더기가 된 천막, 썩은 판자 따위의 버려진 물건으로 대충 이어 만든 집이 수만 명의 안식처였다. 그런 집들이 중심 도로와 골목길에 즐비했다. 누더기를 걸친 사람들이 사방에 깔렸고 배수로에서 자는 사람도 수십 명이었다. 사람들은 아무 데서나 대소변을 보았지만 우리 말고는 아무도 신경 쓰지 않았다. 대기에는 디젤유 냄새가 가득했다.

한편 가이드의 설명은 계속되었다.

"담 바로 뒤에 있는 멋진 집을 보세요. 정말 아름답죠? 오래된 마을에 있는 건물은 모두 핑크색입니다. 그래서 자이푸르를 핑크 시티라 부르죠. 자이푸르는 아름다운 도시입니다."

형이 나한테 몸을 기울여 나직한 목소리로 말했다. "이번에는 또 어디가 멋지다는 거지?"

"저기 담 뒤에 있는 집들 말하는 거 같은데. 지붕 보이지?"

"빈민가 뒤 말이냐?"

"응."

"이게 아름다운 도시냐? 저 사람 정신이 어떻게 된 거 아니야?"

그때 우리 뒤에 앉아 있던 일행 한 명이 앞으로 몸을 기울이더니 역시 낮은 목소리로 말했다.

"자이푸르는 인도의 다른 도시에 비해 잘사는 편이에요. 캘커타나 봄베이는 더해요."

"여기보다 더 안 좋아요?" 형이 물었다.

"당연하죠. 믿으실지 모르겠지만, 자이푸르는 정말로 아름다운 도시예요."

그 말에 우리는 입을 닫고 이런 곳에서 어떻게 사람이 살아낼 수 있는지 궁금해하며 창밖만 하염없이 바라보았다.

암베르 궁은 자이푸르에서 10킬로미터 정도 떨어진 곳에 있었다. 마하라자를 보호하기에 더없이 이상적인 언덕 꼭대기에 위치한 궁은 여러 계곡과 봉우리로 둘러싸여 있었다.

요새 밑에서 우리는 네 그룹으로 나뉘어 코끼리를 타고 요새 입구로 이어지는 구불구불한 길을 올라갔다.

스무 마리 넘는 코끼리를 동원해서 느릿느릿 이동하다 보니 일행이 모두 정문에 도착하기까지는 시간이 제법 걸렸다. 인도의 노점상들은 페루의 그들보다 훨씬 더 공격적이었다. 값싼 장신구를 든 사람들이, 네 명에서 여섯 명씩 모여 서 있는 우리를 순식간에 에워싸더니 서로 가격을 싸게 해주겠다고 아우성이었다. 안 산다고 해도, 멀리 도망가도 소용이 없었다. 우리의 관심을 끌기 위해 고래고래 소리를 질러가며 계속 따라왔다. 두 번째로 거절 의사를 밝히자 상인들은 더 가까이 다가와 더 크게 고함을 질렀다.

요새에 맨 먼저 도착한 사람들은 등을 밖으로 하고 둥글게 막아 서서 물건을 사라는 외침을 애써 외면하고 있었다. 행상들은 30분이 넘도록 가지 않았다. 우리가 정문으로 들어갈 때까지 따라다녔다.

암베르 궁을 한 시간 동안 돌아보면서 우리는 힌두교와 이슬람교가 절묘하게 조화된 건축 양식에 경탄했다. 넓고 경치 좋은 뜰, 수준 높은 그림과 프레스코 벽화, 마하라자의 후궁 열 몇 명이 각각 기거했던 방이 있었다. 꽃이 사시사철 피게 하려고 기발한 관개 시설까지 갖춘 크고 아름다운 정원에서 사진을 찍은 후 위층으로 갔다. 거기서 보니 방어에 얼마나 신경을 쓰면서 요새를 만들었는지, 감탄이 절로 나왔다.

가장 인상적인 곳은 '거울의 방Hall of Mirrors'이었다. 그 요새를 유명하게 만드는 데 일조한 정교한 대리석 작품은, 가까이서 보니 그때까지 본 어떤 유적보다 더 수준이 높아 보였다. 거울의 방은 수천 개의 거울과 수많은 보석을 새겨 넣은 대리석 벽으로, 완성하기까지 10년 세월과 2000명 인력이 동원되었다. 저녁이면 마하라자가 홀 앞에 촛불을 켜서 보석과 거울이 은은하게 빛나게 해놓고 신나게 즐겼다고 했다. 앙코르와트의 돋을새김이 정교하기로 유명하지만, 대리석을 가지고 작업하는 것이 훨씬 더 어려웠을 것이다. 아로새긴 수천수만의 보석과 거울이 완벽하게 조화를 이루는 장관이었다.

"정말 끝내준다. 근데 너무 심한 것 같지 않냐? 내 취향으로는 지나치게 화려한 거 같아." 형이 작은 소리로 말했다.

"아무렴 어때. 이제 이런 거 만들 줄 아는 사람도 없을 텐데 뭐. 인도로 이사 오지 않는 다음에는."

"그렇겠지?"

요새를 떠나 연이은 빈민가를 거쳐 인도 특유의 방식으로 된 문을 통과한 후 마침내 천국 같은 호텔에 도착했다.

우리가 머문 호텔은 한때 마하라자의 궁전이었다. 객실은 오두막 스타일이었고 구내는 흠잡을 데 없이 완벽했다. 정원은 나무와 연못, 구불구불한 통로, 꽃으로 싱그러웠고 실내에는 스파와 테니스 코트, 헬스클럽, 수영장까지 갖춰져 있었다. 직원들은 전문적이고 효율적이었다. 우리가 그들이 있는 방향으로 눈길만 주어도 즉시 달려와 무엇이 필요한지 살폈다. 직원들이 우리를 각자 방으로 안내한 뒤 객실의 특징을 하나하나 상세하게 설명했고, 몇 시간 만에 되가져오겠다는 약속과 함께 빨랫감과 신발을 가져갔다. 전 여행을 통틀어 가장 호화로운 호텔이었지만, 형도 나도 문 바로 바깥에 펼쳐진 현실 때문에 마음이 불편했다.

저녁이 되어 칵테일파티를 한 뒤 도시 궁전을 방문하기 위해 머리에 터번을 둘렀다. 그곳에서 우리는 왕실에서 하던 식의 영접을 받았다. 우리를 위해 특별히 준비한 낙타와 백마, 코끼리 옆에 경비대가 서 있었다. 거기서 저녁을 먹고 인도 전통 광대놀이를 보았지만, 형과 나는 피곤해서 방으로 돌아가 눕고 싶은 마음뿐이었다.

다음 날 아침, 우리는 둘 중 하나를 선택해야 했다. 박물관 방문 후 쇼핑을 하거나, 호텔에서 쉬거나.

형과 나는 호텔에 남기로 했다. 우리는 안식처를 떠나고 싶지 않았다. 2주 만에 처음으로 아무것도 하지 않고 푹 쉬었다. 오후가 되자 형은 선글라스와 수영복 차림으로 수영장 옆 안락의자에 길게 늘어졌다.

"지금 내게 필요한 건 바로 이거야."

"나도 그래. 근데 인도를 볼 마지막 기횐데 호텔 수영장에 앉아 있으니 좀 미안하네."

"설마 또 박물관이나 시장에 가고 싶은 거냐?"

"아니. 그저 죄책감이 든다는 말이지, 뭐."

"넌 만날 죄책감을 느끼지. 그게 네 문제야."

"친구가 많이 없는 게 문제인 줄 알았는데."

"그것도 문제고."

나는 고맙다는 표시로 팔을 넓게 벌렸다. "이래서 내가 형을 좋아한다니까. 언제든 건설적인 비판을 해주잖아."

"도움이 된다니 기쁘네. 엄마가 돌아가신 후에 그 역할을 대신해줄 사람이 필요했지?"

"응. 하지만 엄마는 대체 불가능한 존재였어."

"엄마는 우리 가족을 굴러가게 하는 바퀴의 중심이었어. 우리는 모두 바퀴살이었고. 엄마가 돌아가신 후 우리는 중심을 잃어버린 거야. 그래서 충격이 더 컸던 거지. 엄마를 잃은 것만도 힘든데 새로운 형태의 가족이 돼야 했으니까 말이야. 그 바람에 너와 나, 데이나가 더 가까워지긴 했지만."

"아버지는?"

"글쎄. 아내를 잃은 상실감일 수도 있지만, 내 생각엔 아버지한테 조울증이 있었던 것 같아. 엄마가 계실 때는 아버지의 기분이 오락가락해도 통제할 수 있었겠지. 그러다 엄마가 안 계시니까, 뭐랄까, 아버지도 중심을 잃은 거야."

"좋은 아버지이긴 했을까? 우리가 어렸을 때 말이야."

"좋은 면도 있었지만, 아닌 부분도 많았어. 그래도 지금의 우리를 보면 두 분의 공을 인정할 수밖에 없지 않을까? 우리는 결혼 생활이 행복하고, 나름대로 성공했고, 도덕적으로 바르고, 동기간에 우애도 있잖아. 네 아이들이 나중에 같은 얘기를 하면, 너 역시 부모로서 잘했다고 생각하지 않을까?"

"분명 그렇겠지."

다음 날 아침, 우리는 비행기를 타고 타지마할Taj Mahal을 보러 아그라로 갔다.

창밖으로 내다본 아그라의 풍경은 자이푸르와 비슷했지만, 두 가지 뚜렷한 차이가 있었다. 대기오염이 훨씬 더 심하고, 비포장 도로가 훨씬 더 많았다.

대기오염 때문에 우리는 버스를 갈아타야 했다. 타지마할에 가려면 마지막 수 킬로미터는 전기버스를 타고, 정문에서 400미터 앞에서는 차에서 내려야 했다.

우리가 내린 곳에서는 타지마할이 보이지 않았다. 타지마할이 실제로는 큰 건물의 일부라는 것을 사람들은 대개 알지 못한다. 이번에도 긴 줄에 서서 폭발물이나 무기가 없는지 점검받은 후 건물로 들어갔다. 거기에서도 타지마할은 보이지 않았다.

대신 샤 자한이 손님을 맞은 건물 옆 포장도로에 줄지어 섰다. 전방 오른편에 거대한 장식 문이 달린 대형 벽돌 건물이 있었고, 거기 들어가기 위해 또 한 번 줄을 서서 보안 점검을 받았다.

마침내 반대편에 '사랑이 만든 훌륭한 기념비'인 듯한 물체가 언뜻 보였다.

타지마할은 무굴 황제 샤 자한이 자신의 열네 번째 아이를 낳다가 죽은, 두 번째 아내 뭄타즈 마할을 기리기 위해 1631년에 짓기 시작했다. 즉, 무덤이라는 얘기다. 타지마할 안에는 샤 자한의 위령비 옆에 뭄타즈 마할의 기념비가 보석과 함께 놓여 있다. 타지마할은 가장 대칭을 잘 이룬 건물로 꼽힌다. 뭄타즈의 기념비가 돔의 정중앙에 있고, 모퉁이 탑 네 개가 돔에서 정확히 같은 거리에, 같은 무게로 세워져 있다.

타지마할을 짓는 데 인력 2000명과 코끼리 1000마리, 22년의 세월이 들었고, 건축 재료는 인도 전역과 중앙아시아에서 들여왔다. 타지마할은 영원한 사랑의 상징으로 여겨지지만, 정작 샤 자한은 그곳에서 거의 시간을 보내지 못했다. 샤 자한과 뭄타즈의 시대가 끝난 후 아들이 아버지 샤 자한을 황제에서 폐위하고 수 킬로미터 떨어진 '붉은 성'에 가둬버렸다. 샤 자한이 갇힌 곳에서 타지마할이 보였지만, 거기에 발을 들여놓는 것은 허락되지 않았다.

우리가 서 있는 곳에서는 어쩐지 현실감이 없었다. 대리석은 잔뜩 오염된 하늘을 등지고 밝게 빛났고, 형상은 앞에 있는 길고 네모난 연못에 비쳤다. 사람들은 '왕의 궁전'이라는 뜻의 타지마할을 사진으로 보고, 그것이 희고 장식 없는 대리석으로 만들어졌다고들 여긴다. 그러나 가까이에서 보면 대리석 벽돌 각각의 특징이 선명히 드러난다. 크기가 더 크고 규모가 훨씬 방대하기는 하지만, 타지마할도 '거울의 방'처럼 꽃과 덩굴 모양이 보석과 준보석으로 아로새겨져 있다. 사진을 찍은 뒤 기념비로 걸어가서 앞면 장식을 자세히 보았다.

"대리석이 엄청나게 많군." 형이 딱 한 마디로 정리했다.

우리는 타지마할에서 한 시간 조금 넘게 머물렀는데, 놀랍게도 그 정도로 충분했다. 결국 타지마할은 묘지이고 뭄타즈와 샤 자한이 묻힌 작은 방 말고는 별다른 게 없어서 주로 건물 짓는데 사용한 대리석 벽돌만 눈여겨보았다. 대단하기는 했지만, 수학적으로 정확하게 지어져서 예술적 기교는 오히려 떨어지는 편이었다. 한쪽에 있는 디자인이 반대쪽에 똑같이 복제되어 있었다. 구조는 놀라웠지만, 반복이 심했다.

우리에게는 아들이 아버지를 가두고, 어머니의 무덤인 타지마할에 말년의 아버지를 못 가게 한 사실이 무척 흥미로웠다.

"봐. 내가 말한 대로지?" 형이 의기양양하게 말했다. "우리 아버지는 샤 자한보다 훨씬 나았어. 샤 자한의 아들은 아버지를 싫어했잖아."

내가 동의의 뜻으로 고개를 끄덕였다. 뭄타즈의 거대한 기념비를 올려다보면서 나도 모르게 아버지와 데이나 생각에 빠져들었다.

1993년 1월, 캐롤라이나로 이사한 지 3주도 못 돼서 나는 다시 캘리포니아로 돌아왔다.

해가 바뀌자마자 데이나는 새 의사에게 진료를 받으러 갔다. 그는 MRI를 다시 찍어보자고 했다. 그때만 해도 MRI 기계는 기술적으로 빠른 변화를 보여서 다른 기계들이 할 수 없는 여러 가지를 제공했다. 구식 기계로 사진을 찍기는 했지만, 새 기계로 다시 찍을 필요가 있다는 말이었다.

데이나가 귀마개를 하고 침대에 누워 기계 안으로 실려 들어갔다. 기계는 숟가락으로 팬을 두드리는 것 같은 쟁쟁 소리를 냈고 몇 시간이 지나 사진이 나왔다. 사진에는 있어서는 안 될 것이 버젓이 존재했다. 뇌종양이었다.

데이나는 UC 샌프란시스코에서 긴급 수술을 받기로 하고, 비행기를 타고 날아가 아버지와 형을 만났다. 전날 밤 호텔에서 형과 나는 시종일관 밝은 기분을 유지하려 노력했지만, 아버지는 극도로 긴장했다. 형과 나는 우리 둘만 있게 되었을 때에야 마음 놓고 두려움과 걱정을 토로했다.

우리 동생, 내 동생 데이나는 뇌종양이었다. 어머니를 잃은 것도 모자라 우리는 또 다른 시련에 직면했다.

아침 일찍 수술이 잡혀서 우리는 7시가 조금 못 되어 데이나를 데리고 병원에 갔다. 그러나 일정에 쫓겨 수술은 정오 가까이나 돼서 시작됐고, 우리는 평생 가장 긴 하루를 보내야 했다. 오후 7시가 지나 의사의 보고가 있었다.

수술은 잘 됐고 종양은 떼어낼 수 있는 만큼 떼어냈다고 했다. 다 제거하기는 어려웠다고. 종양 일부가 뇌 깊숙이 침투했고, 또 일부는 뇌에서 생체 기능을 담당하는 곳과 얽혔다고 했다. 종양을 다 제거하면 데이나는 식물인간이 된다고 의사는 덧붙였다.

데이나의 상태에 대한 의사의 설명을 우리가 완전히 이해하는 데는 시간이 오래 걸렸다. 우리는 종양이 얼마나 남았는지, 위치가 어디인지, 결국 어떻게 된다는 것인지 구체적으로 듣기를 원했지만, 뇌수술이란 게 흔히 규칙보다는 판단에 의존하는 것이라고 했다.

"일단 환자가 회복하면 항 발작 치료와 방사선 치료를 시작할 겁니다. 치료가 잘 들으면 수술 못 했던 부위가 없어질 수도 있습니다."

"방사선 치료가 듣지 않으면 어떻게 되나요? 그럼 언제? 언제 다시 수술해야 합니까?"

의사가 고개를 저었다. "방사선 치료에 희망을 걸어봅시다. 말씀드렸다시피 환자가 더 안 좋아질까 봐 종양을 다 제거하지 못했으니까요."

"가능성은 얼마나 됩니까? 살 수 있을까요?"

"종양이 어떤 형태인지에 따라 다릅니다. 지금 조직 검사를 하고 있습니다. 어떤 종양은 다른 것들보다 방사선 치료에 더 예민합니다. 빨리 자랄 수도 있고 아닐 수도 있죠. 결과가 나올 때까지는 확실히 알 수 없습니다. 만약 종양이 예민하면 방사선 치료가 잘 들을 수도 있습니다."

"그러면 동생이 정상적인 생활을 할 수도 있을까요?"

의사가 서 있는 자세를 바꾸며 말했다. "대체로는 그렇습니다."

그게 무슨 의미인지 몰라 의아해하고 있는데 의사가 말을 이었다. "항 발작 치료는 기형을 유발할 수 있으므로 임신을 금합니다."

의사가 말을 멈췄다. 형과 나는 무슨 말이 나올지 알 것 같아서 서로를 바라보았다.

"환자분은 아이를 갖지 못할 확률이 높습니다."

우리는 한참 동안 아무 말도 하지 못했다.

"환자는 언제 볼 수 있습니까?" 이윽고 내가 물었다.

"내일. 지금은 자고 있습니다. 무조건 푹 자면서 쉬는 것이 제일 좋습니다."

그날 밤, 형과 나는 한 호텔 방에서 잤다. 아니, 잠이 들려고 애썼다. 오래전 우리 생일에 데이나와 내가 나눴던 대화를 떠올리며 밤새 천장만 바라보았다. '나는 결혼해서 애를 가지고 싶어……' 데이나는 그렇게 말했었다.

'그게 다야?'

'응, 내가 원하는 건 그뿐이야.'

그 기억이 내 가슴을 찢어놓았다.

데이나는 머리에 붕대를 칭칭 감고 있었다. 주로 잠을 잤고, 깨어나 있을 때도 정신이 혼미했다. 눈에 초점이 없고 행동은 둔했다.

"수수울…… 자알…… 대때?" 데이나가 낮은 목소리로 더듬거리며 말했다.

"응, 아주 잘 됐대." 형이 말했다.

"아…… 잘……."

"사랑한다, 동생아." 내가 말했다.

"나도…… 오빠들."

그러고는 다시 잠에 빠져들었다.

일주일 후, 조직 검사 결과가 나왔다. 데이나의 뇌종양 세포는 기본적으로 세 가지 유형이었다. 희소돌기아교세포종, 성상세포종, 다형교아종. 모두 거미줄처럼 빨리 퍼지는 종양이며 방사선 치료와 화학 요법에는 일부만 반응한다. 할 수 있는 치료에 대해 듣고 난 후 우리 마음속에는 종양에 대한 한 가지 사실만 명백하게 남았다.

하나같이 치명적이지만 한 가지 종양은 특히나 더 그랬다. 다형교아종을 가진 사람의 5년 후 생존율은 2퍼센트 미만이었다.

데이나는 이제 막 스물여섯이 되었다.

원래 인생이란 늘 엎친 데 덮치기 마련이다. 새로 전근한 곳의 사장은 즉시 실적에 압박을 가하기 시작했다. 캣과 나는 우리 첫 집을 샀다. 3개월 만에 우리는 이사를 하고, 직장을 옮기고, 집을 사고, 리모델링을 시작했고, 끊임없이 데이나를 걱정했다.

그게 다가 아니었다. 아버지에게 데이나의 검사 결과는 너무 혹독했다. 마침 비슷한 시기에 우리가 노스캐롤라이나로 이사가 버린 것이 아버지 의식에 잠재한 화와 죄책감을 키운 모양이었다. 이번에도 아버지는 무기력에 대한 분노를 내게 퍼부었다. 가령, 내가 우리 새집에 관해 얘기라도 꺼낼라치면 아버지는 계약금 낼 때 도와줄 거라고는 꿈도 꾸지 말라고 야멸차게 말했다. 전화해도 아내하고만 얘기했다. 말할 기회가 있을까 하고 옆에서 기다려도 그뿐이었다. "저, 닉이 옆에 있어요. 인사라도 하실래요?" 캐시가 말한다. 그러고는 한참 말이 없다가 다시 말한다. "아, 네. 그럼 그럴게요. 들어가세요, 아버님." 그러고는 캐시가 말없이 전화를 끊었다.

"나랑 말 안 하겠다셔?" 내가 물었다.

"당신 때문이 아니야." 캐시가 나를 안아주며 속삭였다. "무서워서 그러시는 거야."

다행히도 아버지가 데이나 앞에서는 용감한 태도를 이어갔다. 예약 시간에 맞춰 데이나를 병원에 데려갔고, 4월이 되어 방사선 치료가 시작되자 데이나를 다시 집으로 들어오게 했다. 방사선 치료 때문에 데이나는 몸이 쇠약해지고 머리도 한 움큼 빠졌지만, 전화할 때마다 활기찬 기운을 잃지 않았다. 타고난 낙관주의자인 데이나는 괜찮아질 거라고 믿었다.

한번은 데이나가 이렇게 말했다. "작은오빠, 내가 계속 기도했더니 효과가 있나 봐. 종양이 없어지는 것 같아. 종양이 죽어가면서 고통에 몸부림치는 게 상상이 될 정도야."

"맞아, 분명 그럴 거야. 넌 젊고 강하니까."

"오빠도 나를 위해 기도해줄 거지?"

"그런 부탁은 안 해도 돼. 지금도 매일 기도하고 있으니까."

"고마워, 오빠."

"아버지는 어떠셔?"

"아주 잘 견디고 계셔. 얼마나 도움이 많이 되는지 몰라. 수프도 끓여주시고, 리모컨 있는 TV도 사주셔서 이제 채널 돌리려고 일어나시 않아노 돼."

"다행이다."

"오빠는 어때? 뭐 좋은 일 없어?"

나는 잠시 주저했다. 할 말이 있었지만, 얘기할지 말지 고민스러웠다. 어떻게 얘기해야 할까? 그러나 형을 포함한 다른 가족이 이미 알고 있으니 언젠가는 데이나도 알 일이었다.

"음, 캣이 또 임신했어." 내가 어렵게 말했다. "9월 출산 예정이야." 데이나는 한참 동안 말이 없었다.

"정말 잘됐다." 착 가라앉은 목소리였다. "축하해."

데이나와 전화를 끊고 형에게 바로 전화했다. "데이나한테 얘기했어?" 형이 물었다.

"응, 얘기했어."

"어떻게 받아들이데?"

"예상한 대로."

"너무 슬프다. 데이나는 좋은 엄마가 될 텐데. 우리 엄마처럼."

나는 아무 말도 할 수 없었다.

"줄곧 네 생각을 했어." 형이 한참 만에 다시 말을 이었다.

"무슨?"

"인생의 기복 말이야. 결혼부터 시작해보자. 넌 결혼을 해서 최고로 행복했어. 6주 후 엄마가 돌아가시는 바람에 끝도 없이 내려갔어. 제수씨가 첫 임신을 했고, 유산을 했지. 이사하기로 하고 새 생활에 가슴이 부풀었어. 그런데 한 달 후 데이나가 발작을 일으켰고 뇌종양 판정을 받았어. 제수씨의 임신 사실을 확인한 것과 비슷한 때, 데이나가 아이를 못 가지고 5년 이상 살기 어렵다는 걸 알게 됐어. 네 인생은 평평한 땅에 내려보지 못하고 끝없이 올라갔다 내려오는 롤러코스터 같아. 네겐 모든 게 최상 중의 최상이고 최악 중의 최악이었어."

"형도 그렇잖아. 아버지도 그렇고." 내가 조용히 말했다.

"맞아. 한 번도 마음 놓고 행복에 취한 적이 없어."

데이나의 방사선 치료는 그해 여름 중반에 끝이 났고, 놀랍게도 CT 사진이 깨끗해졌다. 의사들도 낙관했고 데이나의 머리카락도 천천히 다시 자라기 시작했다. 발작이 있고 난 뒤 처음으로 우리는 데이나에 대한 걱정을 내려놓았다.

데이나의 상태가 호전되자 나를 향한 아버지의 태도도 좋아졌다. 나와 전화로 다시 얘기하기 시작했다. 처음에는 망설였지만, 분명 화해의 제스처였다. 그러나 여전히 캐시와 오래 얘기했고, 그 대화를 통해 아버지가 드디어 다시 데이트를 시작했다는 사실을 알게 되었다.

아버지가 어떤 여자를 만나게 되었고 많이 좋아한다고 캐시에게 말했다.

데이나도 밥과 잘 지냈다. 수술 후 둘의 관계는 더 단단해졌다.

그리고 형은 여전히 주말에는 멀리 여행을 다니고, 심각한 관계는 무조건 피하는 쉬운 삶을 누렸다.

1993년 9월, 라이언이 태어났지만 나는 병원에서 아들을 맞지 못했다. 빠질 수 없는 회의 때문에 출장을 가 있었고, 회의가 끝나는 바로 그때 양수가 터졌다. 나는 다음 날이 되어서야 병원에 가서 아들을 만났다.

11월에 우리 가족은 아버지의 동생인 몬티 삼촌과 추수감사절을 함께 보내기 위해 텍사스에서 모였는데, 아버지가 유달리 들떠 보였다. 아버지는 사랑하고 있다고 했고, 우리 셋은 아버지가 드디어 함께할 사람을 만난 것에 기뻐했다. 그러나 이 소식은 다른 소식에 밀려 덜 중요한 일이 되어버렸다.

데이나와 밥이 또 헤어졌다는 것이었다. 전혀 예상도 못 했던 일이었다. 데이나가 최근에 많이 아프면서 둘의 관계가 시험에 든 모양이었다. "아, 밥 참 좋은 친군데, 유감이네." 내가 그렇게 말한 기억이 난다. "근데 다른 일이 또 있어." 데이나가 말했다.

"뭔데?"

데이나가 어깨를 살짝 으쓱하며 미소를 지으며 말했다. "나 임신했어." 나는 무슨 말을 해야 할지 고민스러웠다.

"걱정하지 마. 나 항 발작 약 끊었어."

더 심각한 문제가 있었다. 우리 가족에게는 항상 더 기막힌 일이 기다리고 있다는 사실을 나는 서서히 깨닫고 있었다. 데이나가 임신으로 건강을 심각하게 위협하고 있어서 남은 7개월이 걱정이기도 했지만, 그보다 데이나가 싱글맘이 되기로 했다는 게 더 문제였다. 게다가 쌍둥이를 임신했다는 사실도 알게 되었다.

그렇게 우리의 걱정은 늘어만 가는데, 크리스마스 직후에 아버지가 갑자기 오갈 데 없는 데이나에게 집에서 나가라고 통보했다.

아무에게도 말하지 않았지만, 나는 아버지가 조울증만 있는 게 아니라 다른 정신적인 문제까지 있을지도 모른다는 생각을 조심스럽게 하기 시작했다.

12월에, 아버지는 어머니가 돌아가시고 처음으로 만나 사랑한 여자가 실제로는 이혼녀가 아니라는 사실을 알게 됐다. 그 여자는 남편과 별거 중이었고 아버지가 가진 얼마 안 되는 돈을 보고 이용하려고 접근한 거였다. 그 여자와 관계가 끝날 무렵 아버지는 크게 빚을 졌다. 아버지에게서 더는 짜낼 돈이 없자 여자는 관계를 완전히 끊어버렸다. 아버지가 계속 전화를 걸어서 여자가 질려버렸는지 아니면 우연이었는지, 갑자기 여자의 남편이 등장했다. 건장한 경찰관인 남편은 아버지 집 진입로에서 아버지에게 신체적 위협을 가했다. 이 정면 대립에서 아버지는 겁에 질렸고 죽음에 대한 공포까지 느꼈다.

크리스마스를 즈음해 벌어진 이 사건으로 아버지는 감정적으로 철저히 무너졌다.

그때부터 아버지는 하향 곡선을 그리더니 시간이 갈수록 더 나빠지기만 했다. 기분과 태도가 엉망이었고, 화를 내기도 모자라 피해망상적인 모습까지 보였다. 경찰서에 간들 어쩔 도리가 없고, 갈 수도 없다고 판단한 아버지는 대신 총과 탄약을 샀다. 데이나에게는 집에서 나가라고 했다. 그러고 나서 개를 사들여 플레임이라 불렀다.

셰퍼드인 플레임은 원래 경찰견으로 훈련받았지만, 변덕이 심해서 경찰견이 되지 못했다. 아버지 말은 잘 들었지만 다른 모든 사람을 불안에 떨게 했다. 아무에게나 으르렁대며 물려고 했고 믿음직하지 못했다. 개의 폭력적인 기질과 아버지의 불안한 정서는 매우 위험한 조합이었다.

1994년 초 몇 달 동안 형과 나는 하루가 멀다 하고 전화를 걸어 동생과 아버지에 관해 우리가 할 수 있는 일이 뭐가 있을지 얘기하고 또 얘기했다.

"데이나를 우리 집에 와서 살게 하면 어떨까?" 내가 물었다.

"그건 안 돼. 여기 병원에 다녀야 하잖아."

"아버지는 어때?"

"데이나한테 어서 집에서 나가래. 솔직히 말하면 나도 데이나가 거기 있는 거 싫어. 아버지 요즘 정말 이상해. 플레임도…….맞아, 데이나 거기 있으면 안 돼. 애가 없어도 거긴 안 돼."

"형하고 살면 안 될까?"

"나도 말해봤는데, 그러기 싫대. 혼자 살 수 있다고 우겨. 올가한테 작은 방이 있는데 그걸 빌려본다고 하더라."

올가는 우리가 말을 데려다 놓았던 오래된 농가 주택에 사는, 데이나의 오랜 친구였다.

"어떻게 감당하려고 그러지? 직업도 없고, 남편도 없고, 돈도 없는데 뇌종양이고……."

"그러게. 나도 그 얘길 했지."

"뭐래?"

"괜찮대. 자기는 전혀 걱정이 안 된대. 아이들 낳는다는 생각에 아주 신이 났어."

"어떻게 걱정을 안 할 수가 있지? 만약 또 발작하면 도와줄 사람도 옆에 없는데."

"데이나는 다 잘될 거라는 신념이 있어. 그걸로 될까?"

"글쎄다." 형이 대답했다.

고맙게도 데이나는 임신 기간을 별 탈 없이 잘 견뎌내고 1994년 5월에 건강한 쌍둥이 남자아이, 코디와 콜을 낳았다. 출산한 지 일주일 만에 데이나는 다시 항 발작 치료를 시작했고, 일명 집이라 부르는 비좁은 방에서 두 아이를 키우며 살았다. 형과 내가 돈을 보내주어서 어쨌든 생존은 해나갔다. 데이나와 쌍둥이들은 두 달 동안 나무 바닥에 접이식 매트리스를 깔고 잤다. 그러다 여름이 끝날 무렵 밥과 화해하고는 그의 집으로 들어가기로 했다. 놀랍게도 데이나는 쌍둥이가 태어나기 직전까지 밥에게 임신 사실을 알리지 않았다.

그사이 아버지는 주로 개와 시간을 보냈다. 데이나의 건강이 확실히 좋아졌는데도 화가 누그러지기는커녕 점점 늘어만 갔다. 그 여섯 달 사이 아버지는 우리 자식들 외의 나머지 가족들과 관계를 끊기 시작했다. 아버지는 할머니, 할아버지, 삼촌, 숙모의 전화를 받지 않았고 그쪽에서 편지를 보내와도 열어보지도 않은 채 돌려보냈다. 왜 그러는지 나는 물론이고 형이나 데이나에게도 말하지 않았다. 우리가 도대체 무슨 일이냐고 물으면 곧 폭발할 것처럼 화가 나서 이를 갈며 니들이 알 바 아니라고 호통을 쳤다. 이유가 뭐든 간에, 아버지는 자신의 인생에서 생긴 모든 문제를 당신 친가 식구들 탓으로 돌리기 시작했다. 그러나 그때 나 역시 수없이 많은 부침을 겪고 있었으므로 아버지가 잘 이겨내리라 믿고 싶었다.

그즈음 아버지가 정신과에 다니기 시작했다는 사실을 알게 됐는데, 형과 나도 그게 도움이 되리라 기대했다. 아버지는 이미 수년간 지킬 박사와 하이드 같은 상태를 유지해온 것 같았다. 사람들을 철저하게 속여서 직장에서는 아무도 아버지에게 뭔가 이상한 점이 있다는 것을 몰랐고, 정신과 의사마저 속였다. 아버지는 항우울증 약을 처방받아야 도움이 되었을 텐데 어쩐 일인지 신경안정제인 바륨을 처방받아 먹고는 상황을 더 악화시켰다.

데이나와 밥이 다시 함께 살게 되었고, 쌍둥이는 건강했고, 아버지는 제한적이기는 하지만 우리와 연락하고 지냈으며, 형은 일에 집중해서 좋은 성과를 보였고 데이트도 계속 했다.

가족들과 4800킬로미터나 떨어진 나는 한 가지 작은 변화 외에는 보통 때처럼 삶을 이어가고 있었다. 결혼 5주년 직후에 캐시 조부모님의 삶에서 영감을 얻어 다시 글을 쓰기 시작했다.

1993년과 1994년에 걸쳐 형과 나는 먼 거리에 살면서도 꽤 자주 만났다. 우리가 일하는 제약회사는 신제품 출시를 홍보하는 전국 단위의 영업 회의를 열곤 했다. 그리고 뉴저지에 있는 본사에서 연수가 있었는데, 마침 형과 내가 같은 기수에 속하게 되었다. 또 형이 노스캐롤라이나로 와서 나를 만났고, 나도 최소한 1년에 한 번은 캘리포니아로 가서 형을 만났다. 우리는 만나기만 하면 데이나와 아버지 얘기를 했다. 형이 전달자 역할을 충실히 해주어서 나는 가족의 대소사를 빠짐없이 들었다. 그리고 내 얘기도 형에게 했다. 형 역시 마음 놓고 말할 사람은 나밖에 없어서 내게 속 얘기를 털어놓았다.

1994년 말, 전국 영업 회의에 참석한 우리는 그날 일정을 마치고 쉬던 중에 어김없이 같은 주제를 떠올렸다.

"아버지는 어때?" 내가 물었다.

"난들 알겠냐만, 누굴 또 만나는 것 같아."

"아버지가 쌍둥이들은 보러 가셔?"

"아니."

"이유가 뭐래?"

"주말에는 개하고 있고 싶대."

"설마 그렇게 말하지는 않았겠지?"

"말도 제대로 안 해. 근데 행동하는 걸 보면 그런 식이야. 아버지는 개하고 새로 사귄 여자 말고는 관심이 없어."

"친가 식구들은 왜 안 보는지도 얘기 없어?"

"응, 전혀."

"근데 데이트는 하고?"

"응. 어떤 때 보면 좀 나아지는 것 같아. 근데 크게 놓고 보면……" 형의 목소리가 점점 작아졌다. "좀 나아졌으면 좋겠는데, 이번에는 잘 모르겠어. 볼 때마다 그렇게 화를 내셔."

"데이나는?"

"애들 때문에 바쁘지 뭐. 지난번 CT도 괜찮았어. 종양의 흔적이 없대. 그나저나 너 쌍둥이 못 봤지? 애들이 얼마나 귀여운지 몰라. 걔들 땜에 나도 결혼하고 싶을 뻔했어."

"하면 되지."

"지금 말고. 몇 년 후에." 그 말에 내가 웃었다.

"참, 요즘 나도는 인수 합병에 대해 어떻게 생각하냐?" 형이 물었다.

아닌 게 아니라, 레덜 연구소의 모회사인 아메리칸 사이언아미드가 경매에 넘어갔다는 소문이 있어서 회의 참석자들 모두 직장을 잃을까 봐 노심초사했다.

"글쎄. 일어날 일이면 어쨌든 일어나겠지, 뭐. 너무 많은 일을 겪어서 그런지, 우리는 넘어져도 다시 일어설 것 같은 생각이 들어."

회의 후 2주도 채 지나지 않은 1994년 말, 회사가 아메리칸 홈 프로덕츠에 팔렸다는 소식이 날아들었다. 1월에 회사는 서서히 구조 조정을 시작했다. 나는 직장을 잃지 않으려고 사우스캐롤라이나 그린빌로 옮겨야 했고, 형은 로스앤젤레스 남부로 전근을 명받았다. 나는 하는 수 없이 전근을 택했지만, 형은 사직하기로 했다.

"떠날 수 없어. 내 집이 여기 있고, 데이나와 아버지도 여기 있는데, 내가 가면 어딜 가겠어?"

"어쩌려고?"

"부동산 일을 다시 하면서 상황을 보지 뭐. 소설은 어떻게 돼가?"

"막 다 써서 넘겼어."

"이건 출판할 거야?"

"그랬으면 좋겠어."

"전에 쓴 두 편보다 좋아?"

"아마도."

"어이. 너도 곧 제약업을 그만두게 되겠네."

"그럴 수도." 나는 한숨을 쉬었다. "지켜봐야지. 미래를 꿈꾸는 건 이미 포기한 지 오래야."

15

랄리벨라, 에티오피아(Lalibela, Ethiopia)

2월 9-10일

우리는 자이푸르에서 아침에 비행기를 타서 타지마할을 보러 아그라로 갔다가, 그날 오후 늦게 에티오피아 아디스아바바Addis Ababa로 가기 위해 한 번 더 비행기에 올랐다.

도착했을 때는 어두웠지만 아디스아바바의 첫인상은 놀라웠다. 에티오피아에 대한 인상은 TV나 신문에서 본 것에 주로 기반을 둬서, 프놈펜이나 자이푸르와 비슷한 도시이리라 상상했었다. 그러나 아디스아바바는 오히려 리마와 더 비슷했고, 그 국제적인 분위기는 사뭇 놀라웠다. 길고 잘 정비된 그린벨트가 주요 중심 도로를 따라 늘어섰고, 깨끗하고 조명 시설도 잘된 거리에는 스쿠터나 소가 아닌 차만 다녔다. 몇 주 만에 처음으로 코카콜라나 갭 청바지 따위를 광고하는 옥외 광고판도 심심찮게 눈에 띄었다.

가이드는 완벽한 영어를 구사했다. 도시에 관해 물었더니 가이드가 고개를 끄덕였다. "네, 아디스아바바는 현대적인 도시입니다. 하지만 항상 이렇게 깨끗하지는 않습니다."

"그러면요?"

"지난주에 아프리카를 대표하는 나라들이 모여서 중요한 회의를 했습니다. 정부에서 좋은 인상을 남기려고 몇 주 동안 도시 전체를 청소했습니다."

그러나 청소로 할 수 있는 것에는 한계가 있다. 어쨌든 표면적으로 볼 때 아디스아바바는 우리가 최근에 방문한 도시들에 비해 충격적이라고 할 만큼 부유해 보였다.

아침이 되어 우리는 다시 공항으로 가서 랄리벨라로 가기 위해 프로펠러로 움직이는 작은 비행기 두 대에 나눠 탔다.

랄리벨라는 아비시니아(혹은 에티오피아) 정교회의 정신적 고향이지만, 13세기에 만들어진 하나의 암석으로 된 동굴 교회로 가장 유명하다. 랄리벨라 왕의 명령에 따라 노예 4만 명이 동원되어 열한 개의 동굴 교회가 돌로 만들어졌다. 그 교회들은 지상에 있지 않다는 점에서 매우 독특하다. 땅을 파고 들어가 지어서 교회의 지붕 선이 지면에 닿아 있다.

우리가 착륙한 공항은 에티오피아 고원 지대 봉우리로 둘러싸인 외딴 곳에 있었다. 주변에는 공항 외에 다른 건물이 전혀 없었고, 시에라 산맥 근처의 남南네바다를 연상시켰다. 돌이 많은 토양이라 나무가 거의 자라지 않았고, 키 작은 관목들이 눈이 가 닿는 곳까지 뻗어 있었다.

랄리벨라는 해발 600미터이고, 공항에서 약 40킬로미터 정도 떨어져 있다고 했다. 아스팔트길이 계곡을 통과하고 봉우리를 따라 구불구불 나 있었고, 그 길을 버스로 한 시간 달려 목적지에 도착할 때까지 다른 차는 한 대도 보이지 않았다.

랄리벨라가 13킬로미터쯤 남은 지점에서 길을 따라 걷고 있는 열 살 남짓한 남자애를 보았다. 아이는 숯을 잔뜩 쑤셔 담은 마대를 도시로 배달하기 위해 끙끙거리며 끌고 가고 있었다. 등에 매달린 자루는 아이보다 더 크고 넓었으며 아이의 몸무게보다 몇 배는 무거워 보였다. 우리가 탄 버스를 보더니 아이는 웃으며 손을 흔든 후 다시 마을로 천천히 행진을 이어갔다.

랄리벨라의 마을은 대부분 고속도로에서 멀리 떨어진 울퉁불퉁한 자갈길에 있었다. 초가지붕의 토담집에는 창문이 거의 없었지만 마을에는 식당과, 가족이 운영하는 작은 사업체, 그리고 기념품 가게까지 있었다. 거의 모든 사람이 서양식 옷차림이었다. 길에 늘어선 많은 테이블에서는 대개 미국 로고가 박힌 다양한 티셔츠를 팔았다. 모든 면에서 랄리벨라는 관광객에게 바가지를 씌워 먹고사는 마을이었다.

버스가 동굴 교회 근처에 도착했다. 버스에서 내리자마자 10대 아이들이 달려와서 우리를 에워쌌다. 이전에 방문한 다른 곳과 달리, 이 아이들의 손에는 팔 장신구도 없었다. 오로지 돈만 구걸했다. 아이들은 학교에 가기 위해, 아니면 지금 다니는 학교에서 필요한 책을 사기 위해 돈이 필요하다고 했다.

끝내 에티오피아인 가이드가 작대기로 아이들을 쫓아버렸다.

랄리벨라는 여행지 중에 사전 정보가 가장 적은 곳이었다. 그러나 절대 실망스럽지 않았다. 우리가 방문한 첫 번째 교회를 보자마자 손으로 바위를 파내는 데 엄청난 노동력이 들었겠다는 생각을 했다. 교회들의 크기는 적어도 길이 18미터에 너비 12미터로 우리가 상상했던 것보다 훨씬 더 컸고 꼭대기는 지붕을 댄 현대적인 지지대로 둘러싸여 있었다.

"지붕은 물이 새는 것을 막고 교회가 썩지 않게 하기 위한 장치입니다." 가이드가 알려주었다.

우리는 이 교회 저 교회 돌아다니며 몇 시간을 보냈다. 교회 안은 어두웠다. 창문은 거의 보이지 않았고, 형광등이 있었지만 어둠을 밝히기엔 역부족이었다. 바닥은 800년이나 사용한 탓에 얼음처럼 부드럽고 매끄러웠다. 아직 교회가 쓰이고 있어서 바닥에는 융단이 깔려 있었다. 그런데 깔개가 바닥 전체를 커버하지는 못해서, 우리는 맨바닥을 밟고 넘어지지 않도록 야맹증 환자처럼 엉거주춤한 자세로 천천히 걸었다.

랄리벨라에서는 총 세 시간 정도 있었다. 돌아갈 시간이 다 되어가자 형과 나는 이리저리 다니며 사진을 찍었다. 교회는 돌을 재료로 만들었다기보다는 돌을 깎아 만들었다는 점에서 여태 봤던 것들과 사뭇 달랐다. 우리는 교회의 독창성이 잘 드러나는 부분을 찾아다녔다.

교회를 둘러보면서 형은 이상하게 계속 말이 없었다. 내가 사진을 찍는 동안 형은 그 장소가 내려다보이는 곳에 가서 앉았다. 나도 그쪽으로 가 형 옆에 앉았다.

"여기 어떠냐?" 형이 물었다.

"볼만한데. 그걸 묻는 거야?"

"우리나라에 있는 교회하고는 완전히 다르다, 그치?"

"예배드리는 내내 서 있으려면 애들이 참 싫어하겠다."

형이 웃었다. "요즘도 미사 보러 가는 게 좋냐?"

"뭐하고 비교해서?"

"기독교 교회에 가는 거하고."

나는 잠시 생각해보았다. "응, 그런 것 같아. 캣이 가톨릭 신자라서 바꿀 생각도 없어."

"나는 지금 가는 교회가 좋아. 아니, 전에 갔던 교회라고 해야하나? 어쨌든."

"왜?"

"글쎄. 미사는 항상 똑같아서 난 좀 지겹더라. 설교도 내 삶과 연관 짓기 어렵고. 어느 교회든 신을 가깝게 느끼게 해줘야 한다고 생각하는데, 내게는 그렇게 느껴지지 않아. 새 교회에서는 잠시나마 그랬거든."

"다시 그런 기분을 느낄 수 있을까?"

"모르겠어. 요새 난…… 신에게 친밀감을 느끼지 못해. 내가 신을 믿는지도 모르겠어."

"진짜?"

"신 자체는 아냐. 신이 존재하기는 하겠지. 하지만 신이 세상을 복되게 하는지는 모르겠어. 모든 걸 진행해놓고는 결과가 나올 때까지 뒷짐 지고 수수방관하는 것 같아."

"음…… 계속 말해봐."

"교회에서 말하는 건 그게 아니잖아. 감사한 마음으로 기도했지만, 전에도 말했듯이, 전혀 응답이 없었어. 그리고 오랫동안 감사하고 싶은 마음도 없었어. 시련을 겪고 나면 더 큰 시련이 닥쳤어. 전혀 나아지지 않았어. 그런데도 모두 나보고 강해지라고만 했어. 끝내는 기도에 응답하는 날이 올 거라고 말야."

반응을 바라고 하는 말이 아니어서 그저 묵묵히 들었다.

"그리고 얼마 안 있어 운명에 뒤통수를 얻어맞았지. 내가 뭘 믿어야 하니? 난 십계명을 따랐고, 신을 믿었고, 교회에 꼬박꼬박 다녔고, 열심히 기도했어. 그런데 신의 도움이 절실할 때 내가 받은 대답은 고작 '나보고 어쩌라고?'였어. 내가 신에게 바라는 건 내게 운명을 견딜 힘을 달라는 게 아니야. 신이 그 일을 끝내주길 바랐다고. 근데 신은 들어주지 않았어. 그래서 난 더는 기도하지 않아."

나는 아무 말도 하지 않았다. 신념에 관한 한, 직접 질문받지 않은 다음에는 아무 말도 하지 않는 것이 최선이다.

"너는 그럴 때 없었냐?"

"있었어. 항상."

"그런데도 넌 회의스럽지 않냐?"

"응."

"어째서?"

"글쎄." 한숨을 쉰 후 말을 이었다. "일단 나쁜 일이 일어나는 게 신의 탓이라고 생각하지 않아. 그냥 일어날 일이라 일어나는 거지. 신이 나쁜 운명을 만든 게 아니니 신이 그걸 바꿔줘야 한다는 기대도 하지 않았겠지."

형이 고개를 끄덕이더니 말했다. "난 아직도 우리한테 일어난 모든 일 때문에 슬퍼. 때로는 화가 나서 견딜 수가 없어. 간혹 그런 감정에서 빠져나오는 데 며칠이 걸리기도 해."

나는 형의 어깨에 팔을 둘렀다. "나도 그래."

"그럴 때 넌 어떻게 하니?"

내가 어깨를 으쓱한 후 말했다. "그냥 일해."

형이 웃었다. "후훗. 완전히 균형 감각을 잃었군."

"형도 그래. 일, 신앙, 가족, 친구 관계, 건강. 어느 것 하나 무시해선 안 돼. 안 그러면 결국 무너지고 말아."

"내가 너만큼 이상하다는 거냐?"

"당연하지. 우린 형제잖아. 스트레스를 다른 방식으로 풀 뿐이야. 솔직히 말하면, 우리의 상태는 형이 생각하는 것보다 훨씬 더 비슷할 거야. 왜 안 그렇겠어? 같은 일을 겪었는데."

1995년 초, 데이나는 2년째 병이 좋아지고 있었고, 엄마가 되었다. CT 사진도 계속 깨끗했다. 날이 갈수록 데이나에 대한 걱정은 줄어들었다. 그러나 동시에 아버지에 대한 고민은 점점 늘어만 갔다.

직업과 관련된 일을 제외한 아버지의 행동은 갈수록 나빠졌다. 빚이 산더미 같은데도 집을 리모델링하고 새 SUV를 사는 등 돈을 물 쓰듯 쓰기 시작했다. 우리가 전화를 걸면 늘 플레임 얘기밖에 하지 않았다. 새 여자친구가 있었지만, 아버지의 세계는 개를 중심으로 돌아가는 듯했다.

친가 식구들과도 여전히 담을 쌓고 살았다. 가끔 도대체 왜 그러는지 궁금해하는 친척들의 전화를 받았지만, 나라고 딱히 더 아는 게 없으니 아무 말도 할 수 없었다. 전화를 걸 때마다 아버지는 신경질을 냈고, 캣과의 통화도 점점 짧아졌다. 데이나는 마을의 반대쪽에 살며 쌍둥이를 키우고 동동거리느라 아버지와 연락할 여유가 없었다.

형조차 상황을 이해하는 데 애를 먹고 있었다. 어찌어찌 얘기할 자리를 만들면, 아버지는 더할 수 없이 좋고, 일도 잘 돼가고 있으며, 주말에는 개와 여자친구를 벗하여 잘 지낸다고 했다. 그러나, 어떻게 지내냐고 물은 지 20여 분이 지나 다른 일을 의논하려고 하면 5단계 경계 태세에 돌입해서 갑자기 형에게 으르렁거리듯 말했다.

"나 사는 데 관심 꺼라. 그리고 당장 여기서 나가!"

요상하고, 마음 아프고, 걱정되는 일이었다.

그런데도 캣과 나는 그런 상황에서 멀리 떨어져 있어, 몇 년이 지나서야 그때 일어난 일에 대해 세세히 들을 수 있었다. 우리는 어린 아들 둘을 키우면서 또 한 번 이사해야 했다. 처음 몇 달 동안 아내는 집을 팔기 위해 뉴번에 있고 나는 그린빌에 있는 작은 아파트에 살았다. 낮에는 새 거래처를 뚫기 위해 일했고, 밤에는 살 집을 찾아 돌아다녔다. 주말에는 내가 집으로 돌아가거나 아내가 그린빌로 와서 내가 수배해놓은 집들을 보러 다녔다.

5월 말, 우리는 마침내 그린빌 새집으로 이사했고, 이웃과 안면을 트고 주변에 무엇이 있는지 익히고 새 친구를 사귀느라 몇 주를 보냈다. 늘 활달하고 싹싹한 마일스는 새로 이사해서도 금세 친구를 사귀어 잘 놀았다. 두 살이 안 된 라이언은 여전히 아기였다. 아직 말도 하지 못했고 몹시 내성적이었다. 마일스가 그 나이에 보였던 호기심이 라이언에게는 좀체 없었고, 종종 마음이 딴 데 가 있어 보였다. 차에 태우려고 하면 공포로 비명을 질렀고 관심을 끌려고 해도 반응이 없었다. 소아과 의사에게 상담해봤지만 크면서 괜찮아질 테니 걱정하지 말라고 했다.

"아직 두 살도 안 됐잖아요. 좀 더 기다려봅시다." 의사가 말했다.

7월이 되어 나는 저작권 대리인을 구하기 위한 절차를 밟기 시작했다. 스물다섯 통의 문의 편지를 보냈고, 맨 처음 테레사 파크가 답장을 보내 와서 기꺼이 나와 소설 작업을 하겠다고 했다. 나머지 답장 스물네 통은 필요 없게 됐다. 1995년 10월, 소설이 출격할 준비를 갖췄다.

아버지에 대한 걱정과 이사해야 하는 부담만 빼면 그해는 그때까지 순조롭게 흘러갔다. 데이나는 석 달에 한 번씩 검사를 받았는데 이번에도 CT 결과가 좋았고, 형도 부동산 일을 잘 해나갔다. 아버지 역시 개인적인 생활은 힘들어했지만, 직장 생활은 흠잡을 데 없었다. 잠시나마 거의 모든 게 순조로워 보였다. 그러나 지금 생각해보면 그건 단지 초강력 태풍이 불어닥치기 전의 숨 고르기에 불과했다.

내 에이전트와 나는 소설이 팔리기를 간절히 바랐지만, 희망과 현실은 별개였다. 나는 내심 소설이 팔려 신용카드 대금을 갚을 수 있거나 아내에게 적당한 차를 사줄 수 있을 정도로만 살림이 펴도 좋겠다고 생각했다. 둘 중 어떤 것이라도 좋았다. 나는 우리 이웃에 있는 다른 사람들과 똑같이 예산 문제에 시달리는 전형적인 중산층 생활을 하고 있었고, 우리 집의 담보대출금은

12만 5000달러였다.

화요일과 금요일에 소설 『노트북The Notebook』을 출판사에 보냈다. 다음 월요일에 직장에서 에이전트가 내게 남긴 자동응답 메시지를 들었다. 듣는 즉시 전화를 해달라고 했다. 정오가 조금 못 된 시각이었고 나는 모 병원에서 의사들의 점심을 준비하고 있었다. 음식을 가져가서 세팅해놓고 의사들이 오전 진료 마치고 오기를 기다렸다가 레딜 회사의 항생제와 혈압강하제의 효능을 설명하려던 참이었다.

병원 전화로 에이전트에게 전화를 걸자 테레사가 거두절미하고 요점을 말했다.

"워너 북스에서 출판 의사를 밝혔어요." 테레사는 흥분으로 숨도 제대로 못 쉬었다.

"그래서요?"

"워너 북스에서 그 책을 100만 달러에 사겠대요."

나는 눈을 깜빡이며 수화기를 귀에 바짝 가져다 댔다. 잘못 들었을 거라 생각하며 다시 말해보라고 했다. 다시 확인한 후, 나는 의자에서 떨어지지 않으려고 손잡이를 잡고 간신히 앉아 있었다. 서른 번째 생일을 두 달가량 남기고 나는 단번에 백만장자가 되었던 것이다.

이런 상황에는 어떻게 반응을 해야 할까? 나도 캐시도 상상못 해봤던 일이었다. 에이전트에게 금액을 두 번도 아니고 세 번이나 다시 물어봤는데도 여전히 내가 뭘 잘못 들었을 거라고 생각했다. 몇 분 후 에이전트가 다시 그 믿을 수 없는 금액을 얘기하며 거래가 최종 완료되었다고 말해주었다.

당장 아내에게 전화했지만, 받지 않았다. 형도 출장 가고 없어서 통화가 되지 않았다. 데이나와도, 아버지와도 통화할 수 없었다. 결국, 아무에게도 말을 못 하고 그 기쁜 소식을 안으로만 끓이고 있는데 의사들이 점심을 먹으러 들어오기 시작했다. 경천동지할 소식을 가슴에 품고 나는 억지로 힘을 짜내어 그들에게 약품을 홍보했다.

마침내 아내와 통화가 되었고 캐시는 한동안 어리둥절해했다. 흥분하면 아내는 사투리가 튀어나온다.

"워매!" 아내가 비명을 질렀다. "아니지잉?"

"맞당께!" 내가 맞받아 소리쳤다.

아버지마저도 그 소식을 듣고 진심으로 기뻐해주었다. 아버지와 통화한 후 저녁 내내 친지들에게 전화로 소식을 알렸다. 형과는 거의 마지막으로 통화가 되었는데, 소식을 듣고 한동안 형은 말이 없었다.

"진짜지?" 형이 드디어 말했다.

"정말 안 믿기지?"

"100만 달러? 네가 쓴 책으로?"

"실감 나?"

"지금 당장은 안 나네. 잠시 시간을 줘." 형이 전화에다 대고 숨을 몰아쉬었다. "진짜…… 믿을 수가 없다……." 형이 중얼거리더니 다시 말이 없었다.

우리는 상당히 친했지만, 그렇다고 형제간 질투가 전혀 없지는 않았다. 졸업 후 형은 이런저런 일에서 나보다 훨씬 잘나갔다. 그건 우리 둘에게 항상 자연스러운 일이었다. 형이기도 하거니와 학교 성적과 육상을 제외하면 형이 모든 면에서 늘 앞서갔기 때문이다. 형은 진심으로 축하해주었지만, 마음 한편에서는 그 소식이 자신의 것이었으면 하고 바랄 터였다.

그러나 형은 바로 그 감정을 옆으로 밀어낼 줄 아는 사람이었다. 곧이어 형이 한 말은 세상 그 누가 내게 했던 말보다 더 큰 의미가 있었다.

"동생아, 난 네가 자랑스럽다. 정말 훌륭해."

"고마워, 형."

"이제 하나만 남았네."

"뭐?"

"이제 내가 100만 달러를 어떻게 벌지 생각 좀 해주라. 너는 네 목표를 달성했으니, 이제 나도 내 것을 이뤄야 하지 않겠어?"

일순간에 번 돈이 아찔할 정도로 컸지만, 나는 제약회사 영업을 계속 하기로 했다. 그 책이 서점에 풀린다 해도 잘 팔릴지 알 수 없었고, 두 번째 책이 잘된다는 보장도 없었으니까. 캣과 나는 그 뜻밖의 횡재를 로또에 당첨된 것과 마찬가지라고 보았다. 포드 익스플로러 중고를 사고 신용카드 빚을 갚고 캣에게 새 결혼반지 사준 것을 빼고는 횡재한 돈을 전혀 쓰지 않았다. 오랫동안 궁핍하게 살았던 탓에 모든 것이 조심스럽기만 했다. 우리는 그 돈으로 세 가지를 해결하기로 했다. 주택담보대출금, 아이들의 대학 학비, 은퇴 후 생활.

그런데도 11월과 12월은 황홀함의 연속이었다. 북클럽에 가입되었고 해외로 판권이 팔렸으며, 뉴라인 영화사가 책을 영화

화하기로 했고, 편집 과정까지 함께 하기로 했다. 날마다 캣과 함께 기뻐할 새롭고 짜릿한 소식이 넘쳤다.

그런 것들을 제외하면 우리의 삶은 평범하게 흘러갔다. 추수 감사절이 왔다 갔고, 크리스마스가 왔다 갔다. 데이나의 CT 결과는 3년째 깨끗한 것으로 나왔고, 동생은 여느 해처럼 우리 생일에 내게 전화로 생일 축하 노래를 불러주었다. 아버지는 계속 여자친구와 만나며 잘 지내는 것 같다고 했다.

마일스는 네 살 반, 라이언은 두 살 반이 되던 1996년 1월에 우리는 다음 날 예정된 편도선 수술을 위해 마일스를 병원에 데려갔다. 마일스가 의사에게 진료를 받는 동안, 라이언은 아내와 나 사이에 조용히 앉아 있었다. 진찰은 오래지 않아 끝났다. 의사가 라이언에게 말을 걸었고 라이언은 아무 말도 하지 않았다.

늘 있는 일이라 캣과 나는 놀라지 않았다. 라이언은 아직 말을 하지 않는다고 설명하자, 의사는 가만히 고개만 끄덕였다. 진찰실을 나서려는데 의사가 잠시 라이언과 단둘이서 얘기를 해도 되겠느냐고 물었다.

"그럼요." 우리는 별생각 없이 그렇게 대답했다. 의사가 라이언에게 막대사탕을 주거나 진찰실에 있는 물건을 보여주려나 보다고 생각했다.

그런데, 이상하게도 진료실 문은 10분 넘게 꽉 닫혀 있었다. 라이언을 데리고 나오는데 의사의 표정이 심상치 않았다.

"왜 그러세요?" 내가 물었다. 나는 그 의사를 잘 알았다. 제약회사 영업사원으로 여러 달 그를 방문하다 보니 어느새 친구처럼 지내고 있었다.

"라이언과 이것저것 해봤는데……"

의사가 한숨을 쉬며 잠시 머뭇거렸다. 라이언을 내려다본 후 다시 우리를 돌아봤다.

"라이언이 자폐증일지도 모르겠어요."

'라이언이 자폐증일 수도 있다.'

캣과 나는 아무 말도 못 하고 의사를 바라만 보았다. 가슴이 꽉 막히면서 갑자기 숨 쉬기가 힘들었다. 아내는 얼굴에 핏기가 가셨고 우리를 둘러싼 방이 점점 조여 오는 느낌이었다. 라이언은 여전히 멍하니 초점 없는 얼굴로 우리 옆에 서 있었다. 이미 소아과 의사에게 상담할 정도로 걱정했지만, 그리 심각하지는 않다고 자위하고 있었다. 소아과 의사도 곧 괜찮아질 거라고 했었다.

그런데 이게 뭐지?

그 말은 부모가 가장 무서워하는 말 중에 하나라고 생각한다. 〈레인맨〉 덕분에 우리에게는 자폐증이 친숙했다. 잡지에서 읽기도 했고 텔레비전 프로그램에서도 봤다. 라이언을 바라보았다. 우리 아들이? 우리 자식이? 우리 아이가?

아냐, 의사가 뭘 잘못 안 거야. 나는 그렇게 생각했다. 라이언은 자폐증이 아니야. 그럴 리 없어. 괜찮았잖아. 믿지 않을래. 믿을 수 없어. 하지만…….

실은 라이언에게 뭔가 문제가 있다는 걸 알았다. 캣과 나도 지난 몇 달 동안 라이언이 좀 이상하다고 생각했다. 그러나 이렇게 심각할 줄은 꿈에도 몰랐다. 이럴 수는 없었다. 오, 하느님, 제발 이것만은 아니기를…….

"무슨 말입니까?" 내가 더듬더듬 물었다.

"그러니까 장애가……"

"뭔지 압니다. 그런데 왜…… 어떻게……?"

의사가 진료실에서 본 것을 차근차근 설명했다. 눈을 못 맞추고, 이해력이 부족하고, 말을 못 하며, 화려한 물건에 집착하고, 운동 기능이 떨어진다고.

의사가 설명을 이어가자 우리는 정신이 혼미해졌다. 우리도 이미 알고 있는 것들이었다. 우리 아들을 누구보다 잘 알았으니까. 그런데 그게 무슨 의미인지는 몰랐다.

"괜찮아질까요?"

"글쎄요."

"우리가 어떡하면 되죠?"

"검사를 받아볼 필요가 있습니다. 시내에 있는 발달장애 센터에 가시면 더 전문적인 얘기를 들을 수 있을 겁니다."

집에 돌아와 거실에 조용히 앉아 있는 라이언을 보면서 우리는 여러 감정에 휩싸였다.

부정, 죄책감, 분노, 두려움, 절망.

우리는 그날 오후 의사의 말을 믿어야 할 이유와 믿지 말아야 할 이유를 찾느라 많은 시간을 보냈다.

우리는 라이언이 수년간 보인 행동에 대해 얘기했다. 몇 시간 동안 라이언을 옆에 두고 우리 아들에게는 전혀 문제가 없다고 주장하기 위해 계속 얘기하고 걱정하고 울먹였다. 그러나 문제가 있다는 걸 모르지 않았다. 이제 남은 건 희망과 기도와 애원 뿐이었다.

그날 밤, 형에게 전화를 걸었지만 제대로 말을 할 수 없었다. 수화기를 든 손이 덜덜 떨렸다. 목이 막혀 겨우 입을 뗐는데 그 순간 눈물이 터져버렸다.

"맙소사, 확실하니?"

"확실하진 않아. 검사를 좀 받아봐야 해."

"내가 뭘 해주면 좋겠니?"

"형…… 나는……"

"내가 그리 갈까? 얘기할 사람이 필요하잖아. 뭐든 얘기만 해."

"아니. 괜찮아. 우리도 아직 뭐가 뭔지 몰라."

"나도 뭐든 해야 할 것 같아."

"라이언을 위해 기도해줘. 그래줄 거지?"

"네 가족 모두를 위해 기도할게. 당장."

다음 두 달 동안은 라이언에 대한 걱정으로 때론 불평하고 때론 짓눌렸다는 기억밖에 없다. 라이언 생각만 할 때도 있었고 겨우 다른 일을 조금 할 때도 있었다. 그러다 보니 뭔가…… 잘못되어간다는 이상한 기분이 들었다. 곰곰이 생각해보니 잠재의식에서는 한시도 아이 생각을 놓아본 적이 없어서 그런 거였다.

두려움이 우리 삶 구석구석에 침투했다.

다음 몇 달 동안 캣은 해답을 찾아 라이언을 이곳저곳으로 실어 날랐다. 어디나 대기자 명단이 길어서 기초적인 평가를 받는 데도 6주가 걸린 끝에, 진료실에서 듣고 싶지 않은 얘기를 들었다.

"30개월인데 발달 기능 면에서 현재 라이언은 14개월 된 아이와 같습니다. 다른 문제도 있습니다. 예를 들면 눈을 못 맞추는 것 같은."

"그래서 결국 뭐란 말입니까?"

"자폐증일 확률이 매우 높습니다."

"나아질까요?"

"글쎄요."

"우리가 할 수 있는 게 있습니까?"

"글쎄요."

"집에서 뭘 하면 되죠?"

"글쎄요."

전혀 해답이 없었다. 평가하기만 하면 다른 검사를 권했다. 다른 검사를 받는 데 또 6주가 걸렸고, 우리는 속수무책으로 결과가 나올 날만 기다렸다.

석 달이나 걱정한 끝에, 4월 말에 두 번째 검사의 결과를 보러 진료실에 갔더니 의사가 라이언의 파일을 꼼꼼히 살핀 후 이윽고 우리를 올려다보며 말했다.

"죄송하지만 실수가 있었을지도 모르겠습니다. 라이언한테 자폐 경향이 있긴 하지만 자폐증이라 하기는 어렵다고 봅니다."

"그게 무슨 뜻입니까?"

"발달장애인 것 같습니다."

"그럼 괜찮을 거란 말씀인가요?"

"글쎄요."

"우리가 할 수 있는 일은 뭡니까?"

"글쎄요. 다른 검사를 받아보셨으면 좋겠습니다. 청력 검사를 상세하게 해서 라이언이 제대로 듣는지 확인을 해봐야 할 것 같습니다."

또 한 달이 지났고, 또 걱정했고, 또 검사했고, 또 다른 의사를 만났다.

"죄송합니다. 진단이 틀렸던 것 같습니다. 라이언은 발달장애가 아닙니다."

"그럼, 뭐가 문제죠?"

"라이언은 완전히 듣지 못합니다."

우리는 놀란 눈으로 의사를 바라보았다. "그럼 어떻게 에어컨을 켰을 때 그쪽으로 돌아볼 수 있죠?"

"아, 그렇습니까? 그렇다면 다른 검사를 해봅시다."

검사, 검사. 의사들은 검사하자는 말밖에 몰랐다.

다른 청력 검사를 받았다. 이번에는 내이內耳에 대한 검사였다. 한 달 후, 다시 진료실에 앉았다.

"보호자분 말씀이 맞았습니다. 라이언은 들을 줄 압니다."

"그럼, 문제가 뭡니까?"

"주의력 결핍 장애를 동반한 심각한 지적장애입니다."

"지적장애 아닙니다. 라이언은 똑똑합니다. 뭐든 다 기억한다고요." 내가 말했다.

달리 할 말이 없었던지 의사는 또 검사를 받아보자고 했다.

그 후, 다음 의사 면담에서는 경증으로 분류되긴 했지만, 다시 자폐증을 진단받았다. 다음에는 발달장애로 다시 돌아갔다.

다시 말해 누구도 우리 아들의 병명을 몰랐다. 누구도 우리가 어떻게 해야 할지 알려주지 않았다. 아무도 라이언이 괜찮아질

지 어떨지 말해주지 않았다. 우리에게 뭔가를 얘기해줄 수 있는 사람은 아무도 없었다.

아내는 나보다 더 심하게 매일의 고통 속에 살았다. 내가 낮에 일하는 동안 아내는 라이언을 데리고 검사실을 전전했다. 밤에도 내가 소설을 쓰는 동안 아이들을 건사했다. 나도 간신히 짬을 내서 어린이의 발달장애에 관한 책을 읽기 시작했다. 이것저것 골라 읽다 보니 몇 달 새 전반적인 장애에 관한 책 마흔 권과 여러 치료의 개요를 설명한 임상 보고서 200~300편을 읽었다. 아들을 이해하고자 하는 내 나름의 방식이었다. 해답에 이를 수만 있다면 어떤 것이든, 뭐든 찾아다녔다.

8월 말에 라이언은 세 번째 생일을 맞았다. 직전에 한 검사에서도 별로 나아진 점이 없었다. 14개월 대신 15개월 아이의 발달 과정을 보였다.

즉, 8개월 동안 이 병원 저 병원을 전전하며 십수 가지 테스트와 평가를 받은 결과가 처음 문제가 있다는 얘기를 들었을 때보다 또래에 비해 훨씬 더 뒤처진다는 것이었다. 그리고 라이언은 아직도 말을 전혀 하지 않았다.

온갖 걱정에 둘러싸여 있었지만, 나는 계속 낮에는 약을 팔았고 초여름부터는 두 번째 소설을 썼다. 밤을 이용해서, 슬픔으로 고통받는 아버지에게서 영감을 얻은 소설 『병 속에 담긴 편지 Message in a Bottle』를 쓰기 시작했다. 일은 어떤 면으로 피난처가 되어주었다. 글을 쓰는 동안만은 라이언에 대한 생각을 잊었다.

1996년 초 몇 달 동안 형과 나는 자주 연락을 주고받았다.

형한테만은 내가 느끼는 공포를 얘기했고, 형은 항상 진지하게 들어주었다. 그러면서도 형은 자신의 삶을 전진시켜나갔다. 1996년 4월에 형은 부동산 일을 그만둬야겠다고 말했다.

"대신 사업체를 하나 사들일까 생각 중이야." 형이 전화로 말했다.

"어떤 건데?"

"제조업이야. 차고 서랍장, 벽장 선반 같은 홈 오피스 물품을 만드는."

"그쪽으로 잘 알아?"

"아니. 하지만 지금 사장이 가르쳐준다고 했어."

"잘됐네."

"근데 한 가지 문제가 있어."

"뭐?"

"나한테 돈 좀 빌려줄 수 있냐? 서너 달 후에는 갚을 수 있을 거야."

금액을 듣고는 잠시 망설였지만, 흔쾌히 그러겠다고 대답했다.

"고마워." 그러고는 한층 낮은 목소리로 물었다. "라이언은 어때?"

형은 가족 중에서 그 질문을 한 번도 빼먹지 않는 유일한 사람이었다.

1996년 상반기에는 밝은 면도 두 가지 있었다. 데이나의 CT 결과가 매우 좋았고 겉보기로도 아주 건강해 보였다. 두 살짜리 쌍둥이 형제를 키우느라 피곤한 것만 빼면 기분도 최고로 좋아서 우리는 데이나의 건강에 대해서는 한시름 놓았다.

아버지도 드디어 자신만의 길을 찾기 시작했다. 시간이 지남에 따라 플레임 얘기는 점점 줄고 교제하는 여자 얘기가 늘어났다. 아버지가 정상적으로 패턴을 이어간 유일한 분야였던 일 얘기도 많아졌고, 여름쯤에는 친가 식구들과 연락하자는 내 요구도 듣기 시작했다.

"모두 아버지를 걱정하고, 보고 싶어 해요." 내가 말했다.

"안다. 다시 연락할 거다. 마음의 준비부터 좀 하고."

아버지가 망설이는 이유는 막상 화해를 청했을 때 친척들이 보일 반응이 두려워서였던 것 같다. 결국, 아버지는 용기를 내어 몬티 삼촌에게 전화했다. 주로 아버지가 횡설수설 길게 얘기하는 편이었지만, 전화를 끊은 후 삼촌은 기뻐서 감정을 주체할 수 없었다고 했다. 비록 대화가 아닌 연설에 가까웠지만, 삼촌이 오랫동안 간절히 그리던 목소리였으니까. 대화는 두 분에게 꼭 필요한 일이었고, 한번 물꼬를 트자 자주 전화 통화를 했다.

아버지가 한 일을 듣고 자랑스럽다고 했더니 그 순간만은 아버지도 내 말에 감동한 것 같았다.

"사랑해요, 아버지." 내가 나직이 속삭였다.

"나도."

그리고 몇 주 후 아버지가 전화로 전혀 다른 얘기를 했다.

"나 결혼할 거다." 아버지가 말했다.

아버지가 결혼하려는 여자분이 어떤 사람인지 궁금해서 형에게 전화했더니 형이 말했다. "닉, 너도 보면 좋아할 거야." 나는 만난 적이 없지만, 형은 그분을 여러 번 만났다. "아버지한테 잘

해줄 거야."

"아버지 요새 행복한 것 같더라."

"그런 것 같아. 지난 주말에는 데이나 집에 쌍둥이를 보러 가셨어."

"잘됐네." 내가 잠시 말이 없다가 다시 말했다. "엄마 돌아가신 후 7년은 너무 길었어."

"그러게. 불쌍한 아버지가 과연 다시 괜찮아질 수 있을지 의문이 생기던 참이었어. 몬티 삼촌한테 전화했다는 얘기 들었냐?"

"응. 잘됐어. 아버지에겐 가족이 필요해. 형 사업은 어때?"

"밤낮없이 일하느라 힘들어. 근데 보람은 있어. 매달 판매가 오르고 있거든."

"축하해, 형."

형이 잠시 쭈뼛거렸다. "다른 일도 있어."

"뭔데?"

"나의 캐시를 드디어 만난 것 같아. 이름이 크리스틴이야."

"우워! 진짜?"

"닉, 너도 마음에 들 거야."

"오, 꽤 진지하게 들리는데."

"진지해."

"근데 결혼할 생각을 하니 공연히 진지해지는 거야, 아님 지금 형의 마음이 진지한 거야?"

"하하."

나는 깜짝 놀랐다. 형이 거기에 농담하지 않는 것만 봐도 이미 답은 나와 있었다.

"잘됐다. 빨리 형수 될 사람 보고 싶네."

아버지가 약혼했다고 전화로 알린 지 이틀 후이자 『노트북』이 출판되기 한 달 전, CBS 텔레비전 쇼 〈48시간〉 팀이 우리 집에 도착했다.

프로듀서 앤드루 코언이 초여름께 내 소설 신간 견본을 읽고 '베스트셀러의 탄생'이라는 코너를 찍기로 했던 것이다. 이들 촬영팀은 나만 찍은 게 아니었다. 여름 내내 워너 북스에서 마케팅 회의에 참석하고, 워너 북스 최고 경영자인 래리 커시바움과 사장 모린 이전, 내 담당 편집자 제이미 랍, 그리고 소설을 읽고 토론할 새로운 북 그룹까지 필름에 담았다.

촬영팀은 목요일에 우리 집에 왔고, 이틀 후인 토요일에는 작가로서 첫 홍보 행사가 될 남부 캘리포니아 서점연합회 만찬을 위해 로스앤젤레스에 갈 예정이었다. 당연히 나는 혼이 나가버린 사람 같았다.

아침 일찍 감독과 촬영팀이 도착해서 온종일 나를 따라다녔다. 집과 직장에 있는 내 모습을 찍었고, 낮에는 쇼 호스트인 에린 모리아티가 내 집필 과정과 책이 성공할지 어떨지에 대한 내 견해 등을 인터뷰했다. 에린과 앤드루는 뉴욕으로 돌아갈 비행기를 타려고 늦은 오후에 떠났지만, 촬영기사는 내가 새 소설을 작업하는 마지막 장면을 담기 위해 집에 남았다. 저녁 9시경, 카메라 앞에서 타이핑을 하고 있는데 아내가 전화기를 들고 작업실로 들어왔다.

"아주버님이야." 아내가 말했다.

"내가 30분 후에 전화한다고 해줘."

"지금 통화해야 한대. 중요한 일이라고."

"무슨 일이지?"

"모르겠어. 목소리가 안 좋아."

내가 전화기를 받아들자 카메라가 내 쪽으로 향했다.

"응, 형. 무슨 일이야?"

"아버지가……" 형의 목소리는 낮고 아득했다.

"왜, 무슨 일인데?"

"리노 근처 경찰서에서 전화가 왔어. 교통사고가 났대. 실려 갔다는 병원에 방금 전화해서 확인했어."

형이 긴 한숨을 쉬었다. 나는 아무 말도 할 수 없었다. 뒤에서 카메라가 돌아가고 있었다.

"돌아가셨어, 니키." 형이 낮은 목소리로 말했다.

"누가?" 이미 답을 알면서도 묻지 않을 수 없었다.

"아버지. 아버지가 한 시간 전에 돌아가셨어."

나는 꼼짝도 할 수 없었다. 형이 울음을 터트리자마자 내 눈에도 눈물이 차올랐다.

"데이나와 내가 지금 병원으로 갈 거야. 좀 전에 전화했고, 지금 데리러 가려고. 이미 돌아가셨지만, 보러 가야지."

"아…… 형……"

"알아. 나 지금 나가봐야……."

전화를 끊었다. 통화하는 동안 캣이 내게서 눈도 떼지 않고 기다리고 있었다.

"무슨 일이야?"

소식을 듣고 캐시는 눈물을 터트리며 팔을 벌려 나를 안았다. 뒤에서 카메라 끄는 소리가 들렸다. 모든 게 카메라에 담겼겠구나 싶었다. 촬영팀은 서둘러 짐을 싸서 조용히 집을 떠났다.

나는 밤새 캣과 얘기하며 울었다. 한밤중에 형이 전화했다. 데이나와 함께 병원에 도착해서 시신을 확인했다고 했다.

"아버지가 돌아가셨다는 게 믿기지 않아." 형은 몹시 충격받은 것 같았다. "어젯밤에 통화했는데 이제 다시 아버지의 목소리를 들을 수 없다니."

"데이나는 어때?"

"여기 오고부터 계속 울기만 해. 근데 몇 분 있으면 나가야 돼. 도대체 뭘 어떻게 해야 할지 모르겠어."

"내가 지금 거기 있으면 좋을 텐데."

"나도 그래. 언제 올 거니?"

"모르겠어. 가능한 한 빨리 갈게. 이번 주말에 서점연합회 모임이 있어서 캘리포니아로 갈 예정이었는데 그것부터 취소하고…… 세상에, 이게 또 무슨 일이야."

"실감이 안 나."

그러고는 우리 둘은 다시 울음을 터트렸다.

아침이 되어 형에게서 다시 전화가 왔다. 아버지 얘기를 하자 형이 조용해졌다.

"닉, 계속 북 투어 생각을 했어." 형이 한참 만에 말했다.

"나도."

"그거 해야겠지?"

"모르겠어. 어떻게……"

"너 가야 해." 형의 목소리가 진지해졌다.

"그러면 안 될 것……"

"아버지는 네가 책 쓰는 걸 자랑스러워했어." 형이 내 말을 자르며 말했다. "아버지라면 누구보다 거기 가야 한다고 말씀하셨을 거야. 얼마나 중요한 일인지 아시니까. 네 첫 소설이야. 평생한 번밖에 없는 기회일지도 모르잖아."

"하지만…… 내가 어떻게……"

"할 수 있어, 닉. 그리고 넌 해낼 거야. 네가 아버지를 사랑한다는 건 나도 알고 아버지도 아셔. 아버지도 너를 사랑하지만, 네겐 신경 써야 할 가족이 있잖아. 엄마와 아버지 모두 네가 거기 가기를 바라실 거야."

전화를 끊은 후 나는 형이 한 말을 곱씹었다. 형의 말은 맞기도 하고 틀리기도 한 것 같았다. 이해는 하지만, 너무…… 비정했다. 미래를 위한 꿈과 아버지에 대한 존중 사이에서 선택해야하는 일 같았다. 집에 있는다고 뭐가 달라지나? 그리고 그게 중요한가?

그런데 가기로 한다면, 그럼 어떨까? 어떤 사람이 투어가 즐겁냐고, 나에게 벌어지는 일이 얼마나 황홀한가 하고 물으면, 나는 뭐라고 말해야 하나?

대답을 얻지 못하고 계속 망설였다.

나는 아내와 데이나의 의견을 구했고 다시 형, 그리고 친척들과 얘기했다. 에이전트와 홍보 담당자, 편집자와 통화했더니 모두 필요하면 투어를 취소하겠다고 말했다. 고민 끝에 가기로 했다. 그러나 죄책감은 이루 말로 표현할 수 없었다. 아버지한테 예의가 아니라는 생각이 떨쳐지지 않았다.

앤드루 코언 감독한테서 곧 전화가 왔다. 감독 역시 몹시 놀라서 위로의 말을 건넸다. 나는 아버지의 죽음과 관련된 장면은 방송에 내보내지 말아달라고 부탁했다. 요즘 TV 방송의 추세로 보아 그 장면이 나가면 시청률이 오르리란 걸 우리 둘 다 알았지만, 감독은 주저하지 않고 그 장면은 쓰지 않겠다고 말했다. 아버지를 잃어 비통한 가운데에도 사람의 선량함을 다시금 깨닫는 순간이었다.

나는 가슴이 미어질 듯한 심정으로 캘리포니아행 비행기에 올랐고 약속 장소에 도착했다. 그날 저녁은 내가 다른 사람의 눈으로 상황을 보는 것처럼 유체이탈된 느낌만 들었을 뿐, 아무것도 기억나지 않는다. 사람들이 새 책에 대해 물으면 자동으로 준비해둔 답변을 읊었다. 말을 하면서도 내 머릿속은 아버지로 가득했다. 그리고 내가 지금 얼마나 잘못하고 있는지, 형제들이 얼마나 그리운지도.

행사를 끝내고 다음 한 주 동안은 새크라멘토에서 형, 동생과 함께 보냈다. 형과 나는 순식간에 껍데기만 남은 집에서 기거했다. 집은 변한 것이 하나도 없었다. 부엌 조리대 위에는 커피 잔이, 냉장고에는 신선한 우유가 있었다. 형이 가져다 테이블에 올려둔 우편물 위에 새로 도착한 것들이 쌓였다. 잔디도 새로 깎여 있었다. 금방이라도 아버지가 차를 타고 들어오거나 어머니가 주방에서 요리해도 전혀 이상하지 않을 풍경이었다. 가슴에 남은 기억이 너무 또렷해서 방방이 둘러보며 아무 말도 할 수가 없었다.

피곤했다. 어머니. 동생. 아버지. 아들. 짧은 시간에 너무 많은 걱정거리가 쌓였다. 형도 나처럼 몹시 지친 표정이었다.

우리는 장례식을 준비했다. 친척들이 모여들었다. 하나같이 충격을 받았고, 몬티 삼촌은 계속 울기만 했다. 우리도 그랬다.

7년 전 장례식에 왔던 사람들이 그대로 다시 모인 가운데 아버지는 어머니 옆에 묻혔다. 잭 삼촌이 무덤에서 최고의 송별사로 고인을 추모했다. 아버지가 연락을 끊어서 친지들의 마음을 아프게 했는데도 모두 아버지를 아꼈다. 묘지에서 캣과 나는 손을 꼭 잡았다. 밥과 데이나도, 형과 크리스틴도 그랬다.

장례식을 치르며 나는 아버지에 대한 생각을 정리했다.

아버지는 선량하고 다정다감한 사람이었다. 어머니의 죽음으로 상처 입었고 동생의 병으로 또 깊이 충격을 받았다. 인생의 후반 7년 동안, 이제는 기억하지 않아도 될 끝없는 슬픔 속에서 허덕였다. 그랬다. 때로 아버지는 화를 냈고, 심지어 고약하기까지 했다. 그러나 내 아버지는 우리가 성장하도록 도와준 사람이었다. 독립심을 키워주었고 배움의 가치를 몸소 보여주었으며 세상에 대한 호기심을 가르쳤다. 더 중요한 점은, 아버지는 우리가 동기간으로서 더 친밀해지는 계기를 주었는데, 나는 그것이 세상에서 가장 값진 선물이라 생각한다. 아버지로서 최고의 것을 가르쳤다. 실제로 누구도 아버지보다 그 역할을 더 잘해내지는 못할 것이다.

나중에 우리 셋만 서로 어깨동무하고 관 앞에 앉아서 마지막으로 아버지에게 작별 인사를 했다. 벌써 아버지가 그리웠다. 이미 창밖의 해는 완전히 떨어졌는데, 우리는 부모 잃은 형제들이 늘 그러하듯 우리끼리만 오도카니 앉아 있었다.

장례식이 끝난 뒤에도 캣과 나는 캘리포니아에 며칠 더 있었다. 마일스는 무슨 일이 일어났는지 이해했지만, 라이언은 아직 아무것도 모르는 눈치였다.

그해 동안 아내와 나는 라이언에 관한 한, 더 똘똘 뭉쳤다. 우리가 얼마나 힘든 나날을 보내는지 제대로 아는 사람은 캣과 나 둘뿐이라고 믿었다. 고통의 시간을 겪으며 우리는 사람을 철저하게 두 부류로 나눴다. 라이언에게 친절한 사람은 좋은 사람, 라이언을 무시하는 사람은 나쁜 사람.

라이언이 다른 아이들과 같아지리라는 환상 따위는 없었다. 라이언은 거의 웃지 않았고, 말할 때 사람들을 쳐다보지 않았으며, 다른 사람들이 하는 말을 이해하지 못했다.

그렇지만, 우리는 무엇보다 라이언이 그 모습 그대로 사람들에게 받아들여지기를 원했다.

라이언은 다정하고 정 많은 아이였다. 조금만 기다리고 참아주면 같이 어울려 재미있게 놀 수도 있었다. 그러나 아내와 나 말고는 누구도 그런 노력을 해주지 않았다. 마일스와는 달리 라이언은 친구가 없었다. 마일스와 달리 이웃의 어떤 아이도 라이언과는 같이 놀고 싶어 하지 않았다. 마일스와 달리 아무도 라이언에게는 말을 걸어주지 않았다. 슬프게도 어른들 역시 다르지 않았다. 대개 대놓고 무시하거나, 라이언의 무반응을 멋대로 해석했다. "걔는 내가 싫은가 봐요." 이웃들은 우리한테 그렇게 얘기했다. 장례식을 치르는 동안 친척들도 라이언을 무시하는 것 같았다. 그러잖아도 힘든데 더 스트레스가 쌓였다. 캣과 나는 '노력해보기는 했나요?'라고 소리 지르고 싶은 걸 참느라 이를 악물어야 했다.

우리가 진심으로 하고 싶은 말은 이런 것이었다. '제발, 누가 좀 도와줘요. 아무라도 좋아요. 우리는 라이언을 깊이 사랑하지만 아이 생각만 하면 얼마나 무서운지 모른다고요.'

우리는 세상을 재단해가며 안으로만 옹송그렸다. 누구의 도움도 받지 않고 라이언의 문제를 처리하고 있었고, 앞으로도 그럴 작정이었다. 우리는 사람들이 라이언이나 우리를 불쌍하게 여기게 하고 싶지 않았다. 그러면서도, 비록 아이에게 문제가 있더라도 사람들이 우리만큼 라이언을 사랑해주기를 바랐다.

장례식이 끝나고 이틀 후 캣과 나는 식료품을 사러 갔다. 형이 우리 아이들 둘을 데리고 있겠다고 했고, 우리가 나갈 때 형은 아버지의 서재에서 서류를 분류하고 있었다. 그런데 집에 돌아와보니 형이 책상에 없었다.

대신, 형은 거실에서 라이언과 부드럽게 몸싸움을 하고 있었다. 더구나 라이언이 웃고 있었다.

그렇다, 웃었다.

믿을 수가 없었다. 하늘에서 내려왔대도 그렇게 기쁨에 넘친 소리를 낼 수는 없을 것 같았다. 아내와 나는 한참을 그냥 바라만 보았다.

"왔네." 형이 별일 아니라는 듯 말했다. "우리 재밌게 놀고 있어."

우리가 어떤 기분인지 형에게 말할 필요는 없었다. 형도 이미 알고 있었으니까.

나는 거의 석 달 동안 북 투어를 계속했다. 캣은 라이언을 데리고 이 병원 저 병원 다니며 혼자 애들을 건사했다. 상상을 초월할 정도로 힘든 나날이 우리의 결혼 생활을 타격했다.

물론 캣과 나 사이에 긴장을 유발한 것이 한 가지 이유만은 아니었다. 그러나 가장 큰 부분은 역시 결혼식장에 발을 들인 이후로 한시도 잠잠하지 않고 끊임없이 밀어닥친 위기와 관계가 있었다. 우리의 결혼 생활은 서바이벌 캠프보다 더 열악한 상황의 연속이었다. 그렇다 보니 감정을 어디론가는 흘려보내야 했다. 나는 캣에게 서운한 마음을 표출했고, 캣은 나에게 서러운 마음을 터트렸다. 결혼한 후로 이미 엄청난 스트레스를 받은 데다 라이언 문제까지 더해지자 우리는 한계에 이르렀다.

나도 라이언을 많이 걱정했지만, 내 걱정은 아내에 비할 바가 못 됐다. 아마 모성애 때문인 것 같다. 아내가 라이언을 생각하는 마음은 거의 본능적인 반응이었다. 아내는 라이언을 자궁에 품었고, 젖을 먹여 키웠으며, 내가 집 밖에서 일하는 동안 매일 매시간 돌봤다.

크리스마스가 다가올 무렵, 우리는 예전과 달리 함께 있는 것을 즐거워할 수 없었다. 말다툼도 훨씬 잦아졌다. 내가 북 투어를 다니는 석 달 동안 아내가 모든 집안일을 도맡았으니 이제 아내도 휴식을 가질 자격이 있고, 또 그럴 필요도 있다고 생각했다. 그래서 아내에게 크리스마스 선물로 하와이 여행을 보내주었다. 캣이 친구와 일주일을 보내는 사이 나는 집에서 애들을 돌봤다.

문제가 있으면 함께 여행을 가는 게 더 낫지 않았냐고 이상하게 여기는 사람이 있을지도 모르겠다. 대답은 간단하다. 누군가는 집에 남아서 라이언을 돌봐야 했다. 근처에 도와줄 만한 가족도 없고, 기꺼이 나서줄 이웃도 없었다. 한마디로 일주일 동안 믿고 라이언을 맡길 사람이 아무도 없었다. 아내를 쉬게 하려면 내가 집에 있어야 했다.

그러나 아내가 떠난 후에도 우리는 전화로 언쟁했다. 날 선 말들이 오고 갔고, 서로에 대해 배려도 할 줄 몰랐으며, 질책이 난무했다. 끝내 캣은 내 말이 들리지 않을 정도로 고래고래 고함을 질렀다.

"여보." 아내가 끝내 참았던 울분을 터트렸다. "당신이 올해 힘들었다는 거 알아. 하지만, 나는 어땠을지 생각해봤어?" 아내가 잠시 말을 멈추고 긴 한숨을 쉬었다. "매일 아침 라이언 생각으로 눈을 떠. 그러곤 라이언을 보러 가. 예쁜 내 아이, 내 목숨보다 더 소중한 내 아이. 이 아이에게 친구가 있기는 할까, 말은 할 수 있을까, 학교는 다닐 수 있을까, 다른 아이들처럼 놀 수 있을까. 여자친구와 데이트는 할까, 운전은, 댄스파티는, 결혼은……. 온종일 이 병원 저 병원 다니는데도 아무도 뭐가 잘못됐는지, 우리가 뭘 어떡해야 하는지 말해주지 않아. 이제 곧 네 살이 되는데, 라이언이 나를 사랑하는지조차 몰라. 이런 생각을 눈 뜨면서부터 잠자리에 들 때까지 하루 온종일 해. 가끔은 자다가도 깨어

나서 엉엉 울어." 아내의 목소리가 갈라지기 시작했다. "올해 나는 줄곧 그렇게 살았어."

아내가 말을 마쳤지만, 나는 아무 말도 할 수 없었다. 아내 말이 맞았다. 나도 아들을 걱정했다. 그러나 뼈아픈 얘기지만, 내 걱정은 아내와 달랐다. 나는 라이언과 아버지, 데이나와 책 등으로 걱정을 나눴지만 아내는 아들에게 모든 신경을 집중했다. 아내에게는 라이언이 세상 전부였다.

아내가 겪고 있는 절망의 깊이를 그때 처음으로 제대로 깨달았고, 그런 상황에서 언쟁을 시작한 나라는 사람에게 넌더리가 났다.

"미안해. 그 정도인 줄 몰랐어."

아내는 전화기 건너편에서 그저 코만 훌쩍였다.

"여보?"

"응?"

"내가 영원히 당신을 사랑할 거라고 맹세했었지? 이제 다른 맹세를 하나 할게. 나, 열과 성을 다해서, 반드시 우리 아들을 낫게 할 거야."

다음 날, 마일스가 이웃집에 가 있는 사이, 월마트에 가서 작은 책상과 의자를 샀다. 자리에 아이를 묶어놓을 수 있는 좌석 벨트가 있다는 단순한 이유에서였다. 그러고는 그 전해에 읽었던 모든 책에서 이르는 대로 라이언을 의자에 앉히고 벨트를 맨 다음 그림책을 펴고, 상으로 줄 작은 사탕을 손에 들고 사과 그림을 가리켰다. 내가 "사과" 하고 큰 소리로 말했다. 그러고는 다시 말했다. 그리고 또 한 번. 그리고 또.

사과. 사과. 사과. 사과. 사과. 나는 아이가 말할 수 있도록 단어를 되풀이했다. 이렇게 간절했던 적이 없었다. 온 신경을 집중했다. 오로지 아이가 이 한 단어를 말할 수 있기만을 바랐다.

몇 분도 안 돼서 라이언은 싫증을 냈다. 그러고는 안절부절못했다. 몇 분이 더 지나자 울면서 의자에서 빠져나가려고 했다. 곧 화를 내기 시작했다. 화는 점점 심해져서 주먹을 쥐고 소리를 질렀고 머리카락을 잡아 뜯었다. 손톱으로 팔을 할퀴려고 했다. 울부짖고 비명을 질렀다.

나는 라이언의 손을 잡고 자해하지 않도록 라이언의 몸을 책상에 바짝 붙이고서 말했다. 사과. 사과. 사과.

라이언은 계속 울고 울고 또 울었다.

그래도 나는 멈추지 않고 계속 "사과"라고 했다. 라이언은 또 울고 울었다.

두 시간이 지나자, 라이언이 "스"라고 했다.

네 시간이 지나자, "사"라고 했다.

여섯 시간이 지나자, 화가 나서 가슴이 미어지도록 여섯 시간 동안 울부짖던 내 아들이 작은 소리로 말했다. "사구아."

"사과."

한참 동안 나는 라이언을 바라만 보았다. 너무 지쳐서 라이언이 실제로 말했다는 걸 믿을 수가 없었다. 잘못 들은 줄 알고 다시 "사과"라고 말했다. 라이언이 다시 그 단어를 말하자, 나는 자리에서 벌떡 일어나 환호성을 지르며 덩실덩실 춤을 추었다. 라이언에게 다가가 꼭 안아주었다. 비록 내 애정 표현에 반응하지는 않았지만, 아이는 다시 "사과"라고 말해주었다.

그때야 비로소 눈물이 차올랐다.

비명이나, 앓는 소리, 고함이 아닌 라이언의 목소리. 그 '목소리'를 듣는 것만으로도 심장이 멎을 것 같았다. 라이언의 목소리는 음악처럼 달콤한 천상의 소리였다. 게다가 라이언도 '배울 수 있다'는 사실을 깨달았다. 그때 알게 되었다, 내가 내내 가장 두려워했던 것이 바로 이것이었다는 것을. 아내와 나는 일 년 동안 우리가 라이언에게 무엇을 해야 할지, 과연 아이가 괜찮아지기나 할지 의심했었다. 그런데 이 간단한 단어 하나를 듣고 라이언도 배울 수 있다는 가능성을 보게 되었다.

그 단어가 내게 희망을 주었다. 그 순간이 되도록 나는 모든 희망을 잃고 있었다는 사실을 외면했었다.

라이언을 가르치기가 쉬우리라 여기지 않았고, 아이가 당장 발전을 보이리라 꿈꾸지 않았다. 길고 험한 길이란 걸 알았지만, 내 아이이기에 덤볐던 일이었다.

내 아들은 배울 수 있었다.

그때 나는 아무리 시간이 오래 걸리더라도 라이언과 함께 한 걸음씩 걸으리라 다짐했다. 아이는 알아듣지 못하겠지만, 나는 아이의 얼굴을 감싸고 귓속말을 했다. "아빠랑 같이 이걸 해나갈 거야, 알겠지? 아빤 절대 그만두지 않을 거니까 너도 포기하면 안 돼. 넌 결국 좋아질 거야."

다음 날, 또 여섯 시간 동안 라이언과 씨름한 후, 하와이에 있는 아내에게 전화를 걸었다. 나는 다시 한 번 우리가 싸웠던 일에 대해 용서를 구한 후, 마일스가 엄마와 통화할 수 있게 수화기를 건넸다. 내게 다시 수화기가 건너오자 내가 천연덕스럽게 말했다.

"근데, 라이언이 당신한테 할 말이 있대."

나는 수화기를 라이언의 귀에다 대고 작은 사탕을 내밀며, 라이언이 해야 할 말을 입으로 그렸다. 라이언이 온종일 연습한 말이었다. 수화기에 대고 라이언이 말했다.

"어마 사당애."

사랑해. 아내가 라이언에게서 들은 첫 말이었다.

그날 밤, 나는 제약 영업직을 그만두기로 했다. 그러나 제2의 직업이 새로 생겼다는 사실도 명심했다. 나는 다음 3년 동안 소설을 쓰면서 매일 하루에 세 시간, 일주일에 7일을 라이언 가르치는 데 할애했다. 그리고 조금씩 공을 들여 한 번에 한 단어씩 천천히 가르친 끝에 마침내 라이언은 말을 하게 되었다.

쉽지는 않았다. 끔찍하리만큼 실망스러운 과정의 연속이었다. 절대 한꺼번에 두 걸음 앞으로 가는 법이 없었다. 반걸음 앞으로 가는가 싶으면 거의 처음으로 돌아가고, 잠시 옆길로 샜다가 다시 조금씩 전진하는 식이었다. 처음 책상에 마주 앉은 지 몇 개월이 지나 라이언은 말을 따라 하기 시작했다. 들은 말을 거의 따라는 했지만, 그게 무슨 뜻이며 무엇에 쓰는 말인지는 몰랐다. 라이언은 그저 사탕을 얻기 위해 소리를 낼 뿐이었다. '사과'라는 단어가 무엇을 뜻하는지 이해시키는 데 또 여러 달이 걸렸다.

행동에도 문제가 많았다. 눈을 맞추지 않았고, 운동 기능이 부족했고, 음식을 심하게 가렸으며, 대소변도 잘 못 가렸다. 아내와 나는 모든 분야에 공을 들였다. 예를 들어 라이언은 화장실에 간다는 생각만으로도 공포를 느꼈다. 대소변 문제를 해결하기 위해 우리는 라이언을 묶어놓고 주스를 몇 잔이나 연거푸 마시게 한 뒤 욕실에 데리고 가, 말 그대로 함께 앉아서 아무리 무섭더라도 소변을 보도록 달랬다. 무려 여덟 시간 동안.

라이언과 하는 단계별 수업은 하루에 세 시간씩 진행되었지만, 나는 라이언이 나와 함께 하는 경험이 힘들고 고되다고만 느끼게 하고 싶지는 않았다. 그래서 가르치고 배우는 것 외에도 하루에 적어도 한 시간 동안은 라이언이 하고 싶어 하는 일을 함께 했다. 정글짐에서 놀거나 산책을 하거나 색칠을 하는 등, 라이언이 좋아하는 거라면 뭐든지 같이 했다.

그리고 내게는 아들이 하나 더 있다는 사실도 잊지 않았다. 나 역시 어릴 때 관심을 사랑의 동의어로 믿었기에 마일스가 나처럼 차별당한다는 생각을 하면서 크기를 바라지 않았다. 그래서 마일스와도 하고 싶은 일을 함께 하며 시간을 보냈다. 자전거를 타고, 공 던지기 놀이를 했으며, 마일스가 속한 축구팀 코치를 맡았고, 같이 태권도를 배웠다.

그렇게 아이들이 내 제2의 직업이 되었다.

1997년 5월에 우리는 뉴번으로 이사를 했고, 지금 살고 있는 집을 리모델링하기 시작했다. 여러 달이 걸리는 큰 공사였지만, 그 무렵에는 이사나 리모델링에 관계된 것쯤은 간단한 일에 속했다.

아내와 나는 계속해서 라이언에게 공을 들였다. 8월에 두 번째 소설 『병 속에 담긴 편지』를 끝냈고, 8월 말에는 동생이 전화로 밥과 결혼할 거라는 소식을 전했다. 그 후 얼마 되지 않아 형과 크리스틴도 약혼했고, 다가오는 여름에 결혼할 예정이었다. 형의 사업도 계속 성장해서 홈 멀티미디어 시스템용 가구를 만드는 일까지 병행하기 시작했다.

데이나가 다시 두통을 호소하긴 했지만, 뇌종양으로 진단받기 전에도 편두통은 있었고 CT 결과도 계속 괜찮게 나와서 크게 염려하지 않았다. 첫 수술을 받은 지 약 5년이 지난 때였고, 그때는 확실히 차도를 보였다. 데이나는 예쁘게 꾸민 하와이의 결혼식장에서 식을 올렸다. 잠시, 아주 잠시, 데이나의 세계에는 모든 것이 완벽해 보였다. 늘 꿈꿔왔던 삶을 살았으니까. 결혼해서 아이를 가졌으며, 게다가 말을 목장에 맡겨놓을 정도였다.

그런데 신혼여행 가 있는 동안 데이나가 갑자기 발작을 일으켰다. 돌아와서 CT를 찍었는데 수년 동안 보이지 않던 것이 나타났다.

뇌종양이 다시 자라고 있었다.

16

발레타, 몰타(Valletta, Malta)

2월 11-12일

아그라로 가기 전날 아침부터 나흘 동안 우리는 타지마할과 랄리벨라를 둘러보는 데 총 다섯 시간을 썼다. 그리고 비행기를 탄 시간은 두 배나 되는 약 열 시간 정도였다.

총 2주 넘게 여행한 데다 나중에는 느린 템포로 이동해서, 몰타에 도착했을 때는 형과 나 둘 다 축 처져 있었다. 다행히도 몰타는 유럽의 정취와 분위기를 물씬 풍겨서 곧 기운이 났다.

푸른 지중해에 빠져드는 흰 바위 절벽들이 절경이었다. 하늘에는 구름 한 점 없었고, 쾌청하고 맑은 겨울 날씨였다. 여행을 통틀어 시원한 곳에 도착한 것은 그때가 처음이어서 겉옷을 걸치고 버스에 올라 목적지로 향했다.

여행단의 규모가 워낙 커서 세 그룹으로 나눠 일정을 진행했다. 우리 팀이 맨 처음 방문한 지하 무덤Hypogeum은 유해

6000~7000구가 있는 곳으로 1902년에 발견되었다. 건물은 미로였고, 약 12미터 깊이에 3단 이상의 방들로 구성되어 있었다. 기원전 3600년까지 거슬러 올라가는 유적이니 피라미드나 스톤헨지보다 훨씬 역사가 오래된 곳이다. 실제로 뼈나 부싯돌 혹은 단단한 바위 같은 지극히 간단한 도구를 사용해서 석회암을 깎아 만든 것으로, 세계에서 가장 오래된 구조물로 알려졌다.

우리가 곧 방문하게 될 몰타의 다른 유적지들, 즉 독립된 신의 조각상 중에 가장 오래된 것으로 알려진 타르시엔 신전Tarxien Temple과 역시 이제까지 발견된 독립 석조 건물 중에 가장 오래된 지상 거석 신전megalithic temples aboveground과 함께 지하 무덤은 세계에서 가장 일찍 등장한 선진 문명으로 손꼽힌다. 그러나 이 초기 인류가 누구인지, 그들이 어디서 왔는지, 무슨 일이 있었는지, 결국 어디로 갔는지는 아무도 모른다. 그 문명은 도착할 때처럼 수수께끼만 남기고 사라져버린 것이다.

사라진 정착민들에 관한 매력적인 역사보다 형이 더 관심을 가진 것은 몰타라는 나라 자체였다. 교통 법규가 잘 지켜지는 포장도로를 달리는데(앞선 여러 여행지에서의 경험 때문에 이제는 이런 풍경이 오히려 낯설었다), 형이 계속 빙긋이 웃었다.

"방금 뭐가 떠올랐는지 아나?" 형이 물었다.

"뭐?"

"이탈리아로 여행 갔던 생각이 났어. 대학 졸업하자마자 트레이시랑 자전거 여행을 갔거든. 꼭 이런 풍경이었어. 똑같지는 않지만, 비슷했어. 그 여행이 완전 대박이었지."

"오, 진짜?" 내가 놀라는 척했다. "늘 하던 대로 낯선 곳에 가서 모르는 사람들을 만나고, 신나게 놀았던 거 아니야?"

형은 우리의 미션 갱 시절을 떠올렸는지 씩 웃었다. "우리가 처음 유럽에 도착했을 때 무슨 일이 있었는지 얘기 안 했던가?"

나는 고개를 저었다.

"트레이시와 내가 마드리드로 갈 때, 하필 우리가 각각 다른 여행사의 마일리지가 있어서 같은 비행기를 타지 않았어. 비슷한 시간에 내리기로 하고 녀석을 만나러 게이트에 갔는데, 트레이시가 오지 않는 거야. 문제는 걔 가방에 여행 용품이 다 들어 있었어. 가이드북, 길 안내도, 지도, 심지어 산악용 자전거 조립하는 데 필요한 공구까지. 나만 낯선 나라에 뚝 떨어진 거야. 영어 하는 사람도 없고, 표지판도 못 읽겠고, 왜 트레이시가 안 왔는지 누구한테 물어야 할지도 모르겠더라. 공항과 연결된 도시가 어디인지도 몰랐어."

"그래서 어떻게 했어?"

"겨우 영어 할 줄 아는 사람을 만나서 도움을 청했지. 그 사람 덕분에, 트레이시가 늦게 공항에 도착하는 바람에 비행기를 놓쳤고 다음 날이나 돼야 온다는 사실을 알게 됐어. 난 갈 곳이 없었어. 그때는 신용카드도 없었고. 어찌어찌 하다 보니 정비공을 만나, 그 사람들이 내 자전거를 조립해주고 마을로 가는 방향을 가르쳐줘서 무턱대고 페달을 밟았지. 한 시간쯤 걸려 시내에 도착했는데, 어디로 가야 할지, 어디서 자야 할지 또 모르겠는 거야. 마침 하드록 카페가 눈에 띄길래 거기 가면 적어도 영어는 통하겠다 싶어서 뭐 좀 먹으러 들어갔지. 그다음부터는 한결 쉬웠어."

"어떻게?"

형이 웃으며 어깨를 으쓱했다. "내 서빙을 맡은 여종업원에게 그날 밤 데이트하겠느냐고 물었지. 당연히 데이트하러 갔고."

잠시 후, 형이 나를 돌아봤다. 형은 여행 내내 비디오를 찍느라 바빴다. 끝내 여섯 시간 분량이 나왔다. 나중에는 한 번도 보지 않았지만, 여행 중에는 누가 봐도 다큐멘터리 영화를 찍는 것 같았다.

"닉, 지하 무덤에 대해 들어본 적 있냐?"

나는 고개를 끄덕였다. "책에서 읽은 적 있어."

"그거 그냥 무덤 아니야?"

"그건 그렇지. 하지만 여태껏 발견된 것 중에 가장 오래된 거라잖아. 그래서 특별한 거고."

형은 잠시 생각에 빠졌다. "내가 원하는 그림이 뭔 줄 아냐?"

"뭔데?"

"내가 무덤에 누워 있는 거. 죽은 척하는 거지. 멋있지 않냐?"

"좀 소름 끼친다."

형이 대수롭지 않다는 듯 손을 툭 튕기며 말했다. "소름 끼치는 거나 멋진 거나 다 똑같아."

천만다행으로 형은 사람들의 유해와 먼지 속에서 사진 찍을 기회를 얻지 못했다.

지하 무덤은 그때까지 우리가 가봤던 어떤 장소와도 달랐다. 우선, 밖에서 보면 전혀 눈에 띄지 않는 건물 밑에 자리를 잡고 있었다. 그저 근처 식당이나 사무실, 집과 비슷해 보였다. 그곳이

박물관이라고 알리는 것은 오직 유리문에 찍힌 글씨뿐이었다.

안에서는 매우 심각한 표정을 한 가이드가 모든 것을 설명해 줄 만반의 준비를 하고 기다리고 있었다. 지하 무덤은 썩지 않게 하려고 철저히 밀봉되어 있었다. 계단을 내려가면서 우리는 머리를 부딪히지 않게 조심했다. 유골이 발견된 곳으로 안내된 후 맨 먼저 지하 무덤에 관한 짧은 영상을 보았다. 시간 단위로 관광객 입장이 가능했기에 모두 지시에 따라 신속하게 움직여야 했다. 질문은 사절, 사진 촬영도 금지였다. 섣불리 사진을 찍다가는 카메라를 압수당할 판이었다.

"저 사람 교도소 간수 같다." 형이 속삭였다. "실수로라도 한번 웃지를 않네."

"누구? 유쾌한 씨?"

"우리를 계속 쩨려보면서 누가 말을 잘 듣고, 누가 안 들을지 가려내고 있는 것 같아."

"형은 후자라고 결론 낸 것 같아. 자꾸 형만 보고 있잖아."

"그러게. 저런 분이 또 사람 보는 눈은 있으셔."

우리는 냉난방이 확실하고 화질 좋은 컴퓨터가 곳곳에 배치된 상영실로 들어갔다. 선택의 여지가 없었다. 꼼짝없이 영상을 감상해야 했다. 가이드가 출석을 체크하고 있었다.

다음 15분에 걸쳐 우리가 알게 된 것은? 별것 없음. 누가 그 무덤을 만들었는지, 아무도 모른다. 왜 지었는지, 아무도 모른다. 무덤을 지은 사람들에게는 무슨 일이 일어났는지, 아무도 모른다. 그들이 원래 어디에 있던 사람들인지, 아무도 모른다. 왜 그런 식으로 디자인했는지, 아무도 모른다. 그 문명이 어땠는지,

아무도 모른다. 한 가지 확실한 것은 지하 무덤이 피라미드보다 훨씬 전에 지어졌다는 것뿐이다.

불이 켜졌다.

"이쪽으로 나오시죠. 어서 나오십시오. 곧 투어가 진행됩니다. 시간이 없으니 뒤로 처지면 안 됩니다. 질문도 가능하면 삼가기 바랍니다. 시간이 지체되니까요." 가이드가 말했다.

그리고 우리는 지하 무덤 내부로 안내되었다. 기본적으로 동굴이고, 안에서는 아무것도 손대면 안 됐다.

바닥에서 15센티미터 위에 지어진 경사로를 걸으며 우리는 머리를 숙여야 했고 그런 상태로 가이드가 쉬지 않고 읊어내는 말을 들어야 했다. 덕분에 우리가 알게 된 것은 이번에도 똑같았다. 별것 없음.

가이드가 하는 말은 죄다 영상에서 가져온 것 같았다.

그런데도 역사상 가장 오래된 유적을 걷는다는 데서 묵직한 감정을 느꼈다. 그리고 더 특별한 느낌을 주는 것은 우리 팀이었다. 가이드 덕분에 우리는 잔뜩 얼어 있었다. 이제는 서로 거의 친구가 된 스무 명이 그렇게 긴 시간 동안 귀엣말도 하지 않고 동굴에 서 있다는 게 섬뜩할 정도였다. 여행을 통틀어 가장 조용한 순간이었다.

거기서 나와 시내 한가운데 있는 타르시엔 유적지로 갔다. 그러나 이번에는 건물 대신 큰 돌멩이만 몇 개 흩어져 있는 작은 공터로 안내되었다. 마추픽추 같은 곳이 아니었다.

"여기란 말이야?" 형이 물었다.

"어때, 그리 나쁘지 않잖아. 적어도 여기서는 비디오를 찍을 수 있으니까."

"찍을 게 있어야지. 그저…… 심심하기만 하잖아. 우리 여기 얼마나 오래 있지?"

"한 한 시간?"

"아무도 뭘 모르는 곳에서 한 시간이라…… 너무 길다."

형 말이 맞았다. 우리를 반기는 듯한 새 가이드를 만났지만 한 시간은 너무 길었다. 가이드가 하는 모든 말은 이런 표현으로 시작했다. "둘 중 하나일 것 같습니다만……" 아니면 "이게 무엇에 쓰인 건지는 잘 모르겠지만……."

그리고 자주 '복제품'이란 단어가 들렸다.

가령, "이것은 기념비의 복제품입니다. 우리가 중요하다고 여기는 이유는……."

몇 분 안 돼 열 개 이상의 '복제품'이 등장하자 형이 손을 들었다.

"계속 '복제품'이란 말을 하시네요." 형이 말했다.

"네. 복제품입니다."

"그럼, 진짜가 아니라는 거네요."

"네. 진짜 기념비는 박물관에 있습니다. 진품들은 발견되자마자 훼손되지 않게 실내 박물관으로 옮겨졌습니다."

"그리고 보여주신 것들은 다 복제품이고요?"

"네. 하지만 진품과 똑같이 만들었습니다. 굉장하죠?" 가이드가 자랑스럽다는 듯 환한 표정을 지었다.

"이 유적지 중에 어느 정도가 복제품입니까?"

가이드가 손으로 쭉 둘러보며 말했다. "거의 다라고 보시면

346

돼요. 하지만 얼마나 잘 만들었는지 보면 아실 겁니다." 가이드가 옆으로 물러섰다. "예를 들어, 이 벽은 두 가지 중 하나의 용도로 쓰였을 거라고 생각되는데……."

형과 나는 곧 관심을 잃었다. 지금 보고 있는 것이 진짜 타르시엔 유적이 아니라 모조품이라면…… 루브르에 가서 진짜 그림을 보는 대신 모나리자의 사진을 보는 것과 무엇이 다른가.

"이게 다 진짜가 아니란 말이지." 형이 주변을 둘러보며 말했다. "꼭 영화 세트장 같아."

"그러게. 그리고 솔직히 말하면 세트장으로도 그리 좋지는 않아."

그날 저녁에는 피자와 맥주를 파는 호텔 근처 식당을 골라 형과 나 둘이서 식사를 했다. 둘이 있을 때면 늘 그렇듯 그날도 우리는 어린 시절을 회상했다. "블래키 기억나?" 형이 물었다.

"그 악마 새? 어떻게 잊겠어? 메달에 쓰인 단어를 잘못 읽어서 내가 엉엉 운 거 기억나?"

우리는 배를 잡고 웃어댔다.

"밴에 책을 너무 많이 실어서 차가 발사 직전의 로켓 같아진 건 또 어떻고?"

"그랜드캐니언 낭떠러지에서 떨어지는 척하기도 했잖아." 우리는 의자에서 굴러 떨어질 듯 웃어젖혔다.

"비비 총으로 싸움한 건 어떻고. 그때 내가 비비 총을 네 등에 쐈는데 그게 박혀서 스테이크 칼로 빼낸다고……."

"마크하고 내가 우편함을 박살 내서 그 자식들이 우리를 혼내

준다고…….”

“할아버지가 내 머리에 호스를 대고…….”

“그 악명 높은 일회용 밴드 치료법도 빼놓을 수 없지…….”

우리는 만나기만 하면 늘 똑같은 얘기를 했다. 어떤 이유에서 인지 그 얘기들은 전혀 싫증이 나지 않았다. 우리가 고개를 뒤로 젖히거나 무릎을 치며 웃으면 다른 테이블에 있는 사람들은 도 대체 뭐가 그렇게 웃긴지 궁금해서 우리를 넘겨다보곤 했다.

실은 별것 아니었다. 그 얘기들이 웃긴 이유는 우리가 살아오 고 견뎌낸 흔적이기 때문이다. 상황이 나쁘면 나쁠수록 우리에 게는 더 재미있는 일화로 남았다.

갑자기 형이 조용해졌다. 따스하고 감정적인 얼굴이 되었다.

“좋은 시절이었어.” 형이 말했다.

“최고였지.”

저녁 식사 후, 형과 나는 우리의 운을 시험해보려고 카지노에 갔다. 블랙잭을 했는데 형은 이기고 나는 졌다. 리노나 라스베이 거스보다 훨씬 작고 조용한 곳이었는데, 밴드가 연주하러 온다 는 소리에 적잖이 놀랐다. 딜러 말이 꽤 실력 있고 유명한 밴드 라고 했다.

“이 지역 밴드인데 벌써 몇 년째 여기서 연주를 해요.”

“몰타 음악을 듣다니 재밌겠어요. 한 번도 들어본 적 없거든 요.” 형이 말했다.

“그래요?” 딜러가 말했다. “오늘 밤에 밴드 연주 들으러 사람 들이 많이 올 겁니다. 나중에는 꽤 북적일 거예요. 춤도 출 겁니 다.”

형이 싱긋 웃었다. "기대되네요."

한참 후 등 뒤에서 밴드가 준비하는 소리가 들렸지만 우리는 게임에 집중하느라 뒤를 돌아보지 않았다. 몇 분 후 첫 소절 연주하는 소리가 들렸다. 처음에는 무슨 곡인지 몰랐는데, 가만 들어보니 리드 싱어가 〈마을의 겁쟁이Coward of the County〉를 영어로 부르고 있었다.

케니 로저스 노래 아냐? 우리는 믿기 어려워 눈을 깜빡이며 뒤를 돌아보았다. 거기, 몰타의 고급 카지노에서 카우보이모자를 쓴 지역 밴드가 부츠 발로 박자를 맞춰가며 미국 컨트리 송을 부르고 있었다. 홀을 메운 사람들은 환호를 보내며 노래를 따라 불렀다. 몰타 음악을 기대하던 우리는 서로 마주 보고 웃음을 터트렸다.

잠시 후 우리도 '아무려면 어때'라는 사인을 서로에게 보낸 후 다른 사람들의 합창에 맞춰 함께 노래를 불렀다.

이제 남은 여행이 어떨지 훤히 알겠다고 생각한 바로 그때 뜻밖의 일은 일어난다. 세상은 항상 우리를 놀라게 할 준비를 하고 있었다. 내가 몰타 발음을 따라 해가며 케니 로저스의 노래를 부르리라고는 꿈에도 상상하지 못했었다.

다음 날 아침, 우리는 다른 복제 유적지인 하가르 킴Hagar Qim을 방문했다. 진짜는 아무것도 없는 유적지보다는 절벽 주변 풍광이 더 흥미로웠다. 어쨌든 사진 찍기에는 좋은 곳이었다.

거기서 우리는 몰타에 있는 중세 대성당 두 개를 보러 갔다. 쿠스코처럼 그곳 성당들도 경이로웠다. 높은 아치형 천장과 금박을 입힌 거대한 제단, 수백 점의 그림 등 하나하나가 압도적이었다. 바닥은 대개 대리석이었고, 각각의 조각은 기사들이 묻힌 무덤의 윗부분이었다.

우리는 바닷가 카페에서 점심을 먹었다. 푸짐한 해산물과 빵을 곁들인 전통 몰타식이었다. 식사 후 성곽 도시 엠디나Mdina로 갔다. 발레타에서 수 킬로미터 떨어진 곳에 고지대 요새로 쓸 요량으로 지어진 곳으로 거리는 자갈로 포장되어 있고, 섬 전체를 볼 수 있는 전망지로 유명했다.

엠디나는 성 바울의 로마식 카타콤 지하 묘지가 있는 곳이자, 그날 우리의 마지막 행선지였다. 한때 카타콤은 몰타 국민 수백 명이 묻힌 곳이었는데, 앞서 갔던 지하 무덤과는 달리 거기서는 마음대로 만지고 사진도 찍을 수 있었다. 지금은 빈 지하실 수백 개가 바위벽 역할을 하고 있었다. 유골들은 수년 전에 공동묘지로 이장되었다.

형이 기회를 놓칠세라 손을 들었다.

"혹시 무덤에 들어가서 사진을 찍어도 될까요?" 가이드는 형을 미친 사람 보듯 쳐다보았다.

"원하신다면…… 그래도 되지 않을까요? 여태 그런 걸 물어본 사람이 없어서……."

"그래요? 여기서 몇 년이나 일하셨는데요?"

"17년이요."

형이 내게 눈을 찡긋했다. "저게 무슨 뜻이게?" 형이 귀에다 대고 말했다.

"뭔데?"

"죽은 사람들 말고 저 안에 들어가는 건 내가 처음이란 말이잖아."

형은 웃으며 무덤에 들어갔고, 나는 형의 사진을 찍었다.

엠디나에서 차로 가는 길에 형은 주변을 유심히 살폈다.

"크리스틴도 몰타는 좋아할 것 같아."

"우리가 갔던 다른 곳은 어떨까?"

형이 나를 힐끗 보더니 말했다. "인도나 에티오피아에는 못 데려가겠지? 이스터 아일랜드도 마찬가지고. 크리스틴한테 외국 여행은 런던이나 파리에 가는 거야."

"캣은 우리가 갔던 곳을 다 좋아할 것 같아. 근데 유럽에도 아직 못 가봤으니까, 간다면 거기부터 먼저 가야겠지."

"애들이 크고 난 다음이라야 가능하겠지?"

"물론. 애들이 어리면 맘 놓고 놀지도 못하잖아."

"야, 그거 어떠냐? 내년 여름에 한 달간 이탈리아에 큰 집을 빌려서 우리 두 가족이 살면 좋을 것 같아. 그 집을 베이스캠프 삼아 근처를 여행하는 거지."

"그때 봐서."

"뭐야, 이 심드렁한 말투는?"

"멋진 생각이긴 한데, 잘 될까 싶어서. 우리 다섯 애들 때문만이 아니라, 그때는 형도 애가 하나 늘어 있지 않을까?"

"그럴 수도 있겠네. 어쨌든 슬슬 알아보기는 하자. 우리 여행팀 사람들은 이탈리아에 몇 번씩은 가봤을 거야. 어디가 좋을지 물어봐야겠어."

"되게 그러고 싶은가 보네?"

"그럼. 우린 인생을 좀 즐겨야 해."

"세계 여행 하는 건 인생을 즐기는 거 아닌가?"

형이 잠시 생각에 잠겼다. "더 즐겨야 해."

내가 크게 웃었다. "우리가 같이 전 세계를 돌아다니며 이런 곳을 보리라고 상상이나 해봤어? 우리 나이에?"

형이 고개를 저었다. "전혀. 그런데 생각해보면 우리 나이에 이미 산전수전을 다 겪으리라고도 생각 못 하긴 마찬가지였어."

이 말을 끝으로 우리는 기억에 잠겨 아무 말 없이 걸었다.

1998년 초, 형은 사업체 두 개를 운영하느라 밤낮없이 일하면서도 차근차근 결혼식 준비를 했다. 매제인 밥과 함께 데이나의 건강을 챙기는 것도 잊지 않았다. 형은 데이나가 병원에 갈 때마다 함께 가서 의사의 소견을 들으며 메모했다. 밤에는 『의사용 탁상 편람』을 보거나 온라인으로 의학 학술지를 숙독해서 데이나가 최상의 치료를 받게 했다.

형은 암센터에 다녀오자마자 내게 전화해서 새로운 소식을 알려주었다.

석 달 전만 해도 자취를 감췄던 종양이 포도 한 알 크기만큼 자랐다고 했다. 달걀 크기였던 원래 종양만큼 크지는 않았지만, 기억력과 필수 운동 기능을 관장하는 곳에 깊숙이 자리 잡고 있어 수술은 생각해볼 수 없었다. 심각한 손상을 일으키지 않고는 종양에 접근할 방법이 없었다. 억지로 수술을 하면 눈이 멀거나 사지가 마비될 가능성이 컸고, 식물인간이 되거나 수술 중에 사망할 확률도 낮지 않았다. 같은 이유로 방사선 치료도 고려할 수 없다고 했다. 위험은 큰 데 반해 도움은 거의 되지 않았다. 그래서 화학 치료를 받기로 했다.

첫 상담 후 데이나는 세 가지 다른 약을 처방받았는데, 셋 다 동생이 앓고 있는 종양 치료에 탁월한 효과를 보이는 것들이었다.

그러나 가능성은 크지 않았다. 화학 치료는 기본적으로 독과 같다. 사람이 죽기 전에 종양이 죽어주기를 기대할 뿐. 더구나 암에는 효과가 있지만 뇌에는 상당히 좋지 않은 역할을 한다. 외부 물질의 침입으로부터 뇌를 보호하는 혈액뇌문관이 작동해서 종양을 못 죽이게 할 수도 있다. 그러나 가끔은 종양의 성장을 조절하기도 하고, 운이 따라주면 성장을 완전히 멈추게도 한다.

"그러면 데이나에게는 어떻게 되는 거야?" 내가 전화로 형에게 물었다.

"약물 치료를 받아보기 전까지는 아무것도 모른대."

"그래도 가능성은 있는 거지?"

"응. 영 없는 건 아니야. 하지만……" 형의 목소리가 잦아들었다.

"가능성이 크지 않구나." 내가 형이 못다 한 말을 했다.

"꼭 그렇게 말하지는 않았어. 다만 최고로 가능성이 큰 방법을 쓸 거라는 말만 했어."

"종양이 더 자라지 않으면, 죽지는 않겠지?"

"모르겠어."

"약이 잘 들으면 종양이 얼마나 오랫동안 안 자라고 멈춰 있을 수 있대?"

"모르겠어. 닉, 실은 아무 대답도 들은 게 없어. 괜찮은 의사들 인데도 지금으로선 추측도 할 수 없나 봐. 나도 너한테 아는 대 로는 다 말했어. 의사들 말이 석 달 후 다음 CT 결과가 나와봐 야 뭘 좀 더 알 수 있을 것 같대."

"그럼, 그때까지 우리는 뭘 해야 돼?"

"어떻게 될지 두고 봐야지."

"의사들이 그렇게 말했어?"

"응, 정확히 그렇게 말했어."

그 후로 우리의 삶은 항공기 대기 경로와 거의 흡사한 3개월 주기로 돌아갔다. 데이나는 형이 곁을 지키는 가운데 화학 치료 를 시작했다. 화학 물질이 데이나의 몸으로 스며들 때 형은 데이 나의 손을 꽉 잡아주었다.

데이나에 관한 소식 때문에 모든 일이 훨씬 더 힘들어졌다. 그 해 초반 몇 달 동안은 글을 쓰는 게 고통이었고 『병 속에 담긴 편지』를 위한 북 투어가 3월에서 4월까지 계속되었는데 이번에 도 캣 혼자 아이들을 건사해야 했다. 집을 떠나 여러 곳을 다니 는 동안 나는 데이나의 건강이 염려되었고 라이언과 함께할 수 없다는 사실이 싫었다.

북 투어에서 돌아온 후 계속 소설을 썼다. 결국 소설 한 권을 거의 완성한 후 통째로 넘겼다. 쉬운 일이 아니었다.

나는 돌아오자마자 라이언과의 말하기 수업도 재개해서 힘든 과정을 잇달아 겪고 있었다. 전문가들은 다시금 진단을 뒤집어, 이번에는 라이언이 중추청각정보처리장애라고 했다. 기본적으로 소리를 잘 듣지 못한다는 얘긴데, 이유는 모르겠지만 소리가 불규칙한 잡음처럼 마구 뒤섞여버려서 말을 하거나 이해하는 것을 극도로 방해한다는 말이었다. 그즈음에는 아내나 나나 전문가가 뭐라고 하든 신경 쓰지 않았다. 그저 라이언과 하던 훈련만 이어나갔다.

1년 후, 마침내 라이언이 단어가 사물을 가리킨다는 것을 이해하고, 내가 말하는 모든 것을 거의 다 따라 할 수 있는 지점에 도달했다. 다음 해결 과제는 질문에 대한 이해였다. 라이언은 '누가, 언제, 무엇을, 어떻게, 왜'로 시작하는 말의 의미를 이해하지 못했다. 몇 주에 걸쳐 나는 라이언이 이해할 수 있도록 여러 방법을 써보았다.

내가 나무 그림을 가리키며 말했다. "나무."

라이언이 따라 한다. "나무."

"좋아! 잘했어!" 칭찬을 하고는 다시 나무를 가리킨다.

"이게 뭐지?"

"이게 뭐지?" 라이언이 따라 한다.

"아니, 아니. 그건 나무야."

"아니, 아니. 그건 나무야." 라이언이 또 따라 한다.

그러는 동안에도 시계는 계속 돌아갔다. 다음 생일이면 라이언은 다섯 살이 된다.

4월 북 투어 중일 때 데이나는 다음번 CT를 찍으러 갔고, 결과를 받자마자 내게 전화해서 소식을 전했다.

"종양이 반으로 줄었대!"

"정말 잘됐다."

"나 진짜 걱정 많이 했어. 지난주에는 신경쇠약에 걸릴 뻔했어."

"왜 안 그랬겠니. 나도 그랬는걸. 진짜 다행이다."

"계속 이런 식이면 다음 병원 올 때는 종양이 완전히 없어질지도 몰라."

"의사가 그랬어?"

"아니, 근데 그럴 것 같아. 벌써 반이나 줄었으니까. 실제로는 반보다 더 줄었거든."

"잘됐다, 진짜 잘됐어."

"나 종양 이겨낼 거야."

"넌 틀림없이 그럴 거야."

1998년 5월경, 수백 수천 시간이 지난 후에 나는 마침내 질문이란 게 뭔지 라이언을 이해시킬 방법을 발견했다. 질문을 작은 소리로 말한 후 라이언이 질문을 따라 하기 전에 내가 미리 대답을 크게 말하는 식이었다.

"이게 뭐야?" 나무를 가리키며 작은 소리로 말한 후 "나무!!"라고 내가 얼른 소리친다.

내 소리에 깜짝 놀란 라이언은 얼떨결에 "나무!"라고 말한다.

"맞았어. 잘했어! 그게 바로 나무야." 내가 환호성을 지른다.

점차 라이언은 질문에 대답할 줄 알게 되었다. 주로 가장 중요한 의문사인 '누가'와 '무엇'에 집중한 결과, 드디어 라이언이 기본적인 대화를 하게 되었다. '어디'를 아는 데 몇 주나 더 걸렸고, '언제, 왜, 어떻게'는 아직도 제대로 구별하지 못했다. 자전거도 탈 줄 모르고, 연필로 글씨를 쓸 줄도 모르며, 신발 끈도 매지 못했다. 캣은 생활면을 훈련했는데 나 못지않게 투지를 불태웠다. 나처럼 아내도 무슨 일이 있어도 라이언을 더 나아지게 하겠다는 각오를 다졌다. 우리는 라이언이 학교 갈 때쯤에는 다른 애들과 비슷해지기를 바랐다. 보통의 아이들과 같은 교실에 들어가기를 바랐다. 라이언이 정상으로 받아들여지기를 바랐다.

그러나 시간이 부족했다. 라이언이 유치원에 가기까지 1년 남짓이 남았다. 시간은 변함없이 흐르고 있었다.

1998년 5월 말, 아내와 나는 형과 동생을 보러 캘리포니아에 가서 몇 주를 보냈다. 나는 형의 아름다운 결혼식에서 친구이자 가족으로 신랑 들러리를 섰다. 신혼여행에서 돌아온 지 며칠 후, 형은 다시 데이나를 데리고 병원에 갔다.

"분명히 좋아졌을 거야." 병원에 들어서며 데이나가 말했다. "컨디션이 굉장히 좋아."

그러나 결과는 달랐다. 종양이 다시 자라 있었다. 이번에는 포도 세 알 정도 되는 크기였고 옆으로도 번져 있었다.

데이나는 다른 화학 요법으로 치료를 받았지만, 새 약은 첫 번째 것보다 전반적으로 효과가 덜했다. 하지만 아직 희망은 있었다. 한 임상 연구에서 환자 열두 명 중 한 명은 데이나가 지금 쓰는 약으로 완치가 되었다고 보고했기 때문이다. 아직 희망은 있다고 의사가 힘주어 말했다.

그러나 좀 더 확실하게 하려고 형과 데이나는 다른 친척들과 함께 가장 유명한 암센터로 손꼽히는 휴스턴의 앤더슨 암센터로 의사의 소견을 들으러 갔다. 거기서는 데이나가 지금 최상의 치료를 받고 있으며 그 병원에 오더라도 더 이상의 치료를 받기는 힘들 거라고 말했다.

데이나는 항상 낙관적인 태도를 잃지 않았다.

"나 이겨낼 거야."

"그럼, 네가 누군데." 우리도 데이나에게 확신을 주었다.

나중에는 형과 나도 데이나는 이겨낼 거라고 얘기했다. 그러다 보니 전보다 전화 통화를 덜 하게 되었다. 일주일에 서너 번 했던 통화가 한두 번으로 줄었다. 아내와 나는 계속 라이언을 훈련했고 형은 결혼 생활에 적응해가며 열심히 일했다. 형은 집을 리모델링하면서도 될 수 있으면 데이나와 많은 시간을 보내려 노력했다.

전화 통화는 고통스러울 때가 많았다. 형과 얘기하다 보면 자연스럽게 데이나 생각이 났다. 데이나와도 자주 통화를 했지만, 동생에게서 느껴지는 끔찍하고 되돌릴 수 없는 어떤 것의 그림자에서 벗어날 수 없었다.

그해 여름, 데이나를 모델로 해서 『워크 투 리멤버A Walk to Remember』를 썼다. 동생의 모든 멋진 면을 주인공인 제이미에게 구현했는데, 결말을 어떻게 내야 할지 몰랐다. 글을 쓰다 운 것은 그때가 처음이었다.

작업을 마친 후 나는 그 책을 부모님과 형, 동생에게 바쳤다.

데이나는 자기 얘기란 걸 알면서도 책을 읽으려 하지 않았다. "어떻게 끝나는지 보고 싶지 않아."

가을에 데이나의 종양이 줄어들었다. 크게 줄어든 것은 아니지만 어쨌든 좋은 변화였다. 데이나는 계속 같은 약물 요법을 쓰고 있었고 겨울에 데이나가 CT를 다시 찍을 때까지는 시간을 벌었다. 우리는 계속 3개월 단위로 삶을 연장해가고 있었다.

12월 초, 형과 동생 가족들이 노스캐롤라이나에 왔다. 우리는 모두 카키색 바지와 흰색 긴 소매 셔츠를 입고 바닷가에 앉아 가족사진을 찍었다. 지금도 그 사진은 거실에 걸려 있다. 한참 들여다보아도 겉모습만으로는 데이나나 라이언에게 아무런 문제가 없어 보였다.

몇 주 후 내 생일에 데이나가 전화로 생일 축하 노래를 불러주었다. 그즈음, 데이나는 가끔 말이 꼬였고 상황을 이해하는 데 어려움을 겪기 시작했다. 그런데도 동생은 여전히 낙관적이었다. 그로부터 며칠 후 다음 CT 결과가 나왔다.

2차 화학 치료는 실패였다. 이제 종양은 포도알 네 개만 했고, 점점 옆으로 퍼지고 있었다. 새 약물로 화학 요법을 시작했다.

"검증된 치료로는 이게 마지막입니다. 이게 안 들으면 실험 단계에 있는 방법을 사용할 수밖에 없습니다."

그러나 아직도 희망은 있었다. 우리가 매달릴 수 있는 것은 오직 희망밖에 없었다.

1999년 2월에 형과 동생 부부 넷이 영화 〈병 속에 담긴 편지〉 개봉일에 맞춰 로스앤젤레스에 왔다. 그날 오후 레드 카펫 행사에 참석하기 전에 우리는 데이나를 세다스 시나이 병원에 데리고 갔다. 미국 최고의 신경외과의사인 키스 블랙을 만나기 위해서였다. 위험 부담이 크더라도 혹시 수술해볼 수 있지 않을까 해서 확인차 갔던 것이다. 최근 시행한 화학 요법이 효과가 있기를 바랐지만, 가능한 모든 선택지를 열어놓고 싶었다.

형과 데이나를 포함한 몇몇 친척들과 나는 진료실 판독대에 걸린 데이나의 CT 사진과 마주했다. 나는 CT 사진을 본 적이 없지만, 이미 숱하게 봐온 형이 종양은 쉽게 알아볼 수 있다고 내게 귓속말했다.

판독대에 불이 켜지자마자 나는 목이 멨다. 흰 부분이 사방에 퍼져 있었다.

그래도 수술은 가능한지 물었더니 의사는 종양이 뇌의 중간선을 넘었기 때문에 수술은 고려 대상이 아니라고 했다. 화학 요법에 관해서 물어보니 데이나 같은 경우에는 가능성이 크지는 않지만 간혹 종양이 천천히 자라게 할 수는 있다고 했다.

천천히 자라게 할 수는 있지만, 없애지는 못한다. 의사는 차분한 말투로 이제 남은 건 시간문제뿐이라고 했다.

"여기 오신다고 해도 거기서 하는 치료와 똑같은 것밖에 못 합니다."

실험 단계의 약물에 대해 물어보니 의사는 그건 그야말로 효험이 전혀 검증되지 않은 실험용 약이라고 했다. 의사는 삶의 질에 대해 한참을 얘기했다. 데이나가 괜찮아질 가능성이 희박하다는 것을 우회적으로 하는 말이었다.

그때 이미 종양은 데이나에게 타격을 가하고 있었다. 일상적인 대화는 무리가 없었지만 의사의 세부적인 설명을 이해하기에는 역부족이었다. 의사의 뉘앙스를 이해하지 못한 데이나는 어떻게든 뭘 알아내고 싶어서 잔뜩 인상을 썼다.

"잘하고 계십니다." 의사가 데이나에게 말했다. "놀라울 정도로 잘하고 계십니다."

이번에도 의사는 상대적인 의미로 데이나의 상태를 설명하고 있었다. 데이나와 같은 종류의 종양을 가진 사람은 대개 전혀 걷지도 말하지도 못했다. 상담이 끝나가자 형은 구석에 앉아서 고개를 아래로 툭 떨어뜨렸다. 의사가 나가고도 우리는 아무 말도 할 수 없었다. 그저 오랫동안 멍하니 앉아 있었다. 이윽고 동생이 형을 보고 물었다.

"의사가 뭐래?"

형이 데이나에게서 내게로, 다시 동생에게로 시선을 옮기며 억지웃음을 띠었다.

"너 제대로 된 치료를 받고 있대. 여기서도 똑같은 방법을 쓴다고 하네."

데이나가 고개를 끄덕였다. "수술이나 방사선 치료는 못 하고?"

"응. 별 도움이 안 된대."

데이나가 눈을 깜빡이며 나와 형을 번갈아가며 쳐다보았다. "그래도 더 쓸 수 있는 약은 있겠지? 지금 쓰고 있는 게 안 들으면 다른 방법을 써야 하잖아."

"응. 해볼 만한 게 몇 가지 더 있대."

"그렇구나. 다행이다."

몇 시간 후 우리는 영화배우들 틈에 섞였다. 데이나는 케빈 코스트너와 로빈 라이트 펜과 사진을 찍었다. 두 사람은 데이나에게 무척 자상했다. 사람들이 포즈를 취하는 동안 나는 데이나에게 시간이 얼마나 남았을까 하는 생각으로 하염없이 동생을 바라보았다.

1999년 봄에는 막무가내로 달려드는 현실에서 도피하듯 『레스큐The Rescue』를 쓰기 시작했다. 말 못하는 카일이라는 소년의 이야기인데 내게는 아주 개인적이고 감성을 자극하는 작업이었다. 당연히 라이언과, 아이에 대한 우리의 두려움, 아이와 함께했던 훈련에서 영감을 받은 소설이었다.

나는 라이언과 훈련을 이어가는 중에도 아내와 마일스에게 시간 내기를 잊지 않았다. 라이언은 생활의 기술에 큰 진보를 보였고, 질문과 대답하는 것도 꾸준히 나아졌다. 그런데도 나는 내심 훈련이 좀 더 쉬워졌으면 하고 바랐다. 어느 날 갑자기 라이언이 다른 아이들처럼 주변에 있는 것을 자연스럽게 터득하기를 원했다. 그러나 순식간에 되는 일은 하나도 없었다. 라이언을 훈련하는 일은 언덕 위로 끝없이 바위를 굴려 올리는 것과 같았다. 매우 실망스러운 일이었다. 왜 이렇게 문제 많은 아이가 내 아들로 태어났는지 원망스러웠다. 자주 신에게 화가 났고, 이 모든 일을 저주했으며, 내게 주어진 운명에 분노했다. 캣과 나는 라이언에게서 아이로서 누릴 수 있는 모든 기쁨, 즉 혼자 세상을 알게 됐을 때의 경이로움, 자연스러운 감정, 혼자서 학습하는 능력 따위를 박탈했다. 라이언의 어린 시절은 오로지 보상 없는 고통뿐이었고, 나는 이 모든 불공평함에 절망했다. 나는 다른 누군가 그 일을 해주었으면 했다. 갑자기 나타나서 마법처럼 문제를 해결해줄 사람을 원했으며, 어느 날 라이언의 문제를 없애줄 알약이 나와주기를 꿈꿨다. 당시 나는 몹시 지쳐 있었다. 그 모든 것에 넌더리가 났다. 나는 신에게 내 아들이 나아지게 해달라고 빌었다. '그게 그렇게 어려운 부탁은 아니잖아요? 난 단지 내 친구들이나 이웃들, 나 아닌 모든 사람이 가진 것을 가지고 싶을 뿐이에요.' 나는 다른 아이들 같은 아이를 원했다.

그러다가 심각한 죄책감에 시달렸다. 그건 라이언의 잘못도, 신의 잘못도, 그 누구의 잘못도 아니었다. 그리고 라이언은 참으로 열심히, 다른 어떤 아이보다 더 열심히 따라주었고, 포기하지 않았다. 우리는 함께 불구덩이를 통과하고 있었다. 나는 절대로 라이언을 포기하지 않을 것이고, 포기할 수도 없었다. 라이언은 내 아들이고 나는 아들을 사랑했다. 그리고 인생은 결코 공평하지 않으며 원한다고 다 가질 수 있는 것은 아니라는 어머니의 오랜 가르침을 되새겼다. 다시 라이언과 해야 할 일을 해나갔다.

선택의 여지가 없었다. 라이언이 유치원에 갈 시기가 6개월도 채 남지 않았는데, 갈 길은 멀고도 멀었다.

한 달 후인 1999년 4월, 캣이 임신했다는 사실을 알게 됐고, 놀랍게도 데이나의 종양은 다시 안정되었다. 아니 심지어 줄어들기까지 했다. 형은 한 달 뒤에 결혼 1주년을 맞았고 내가 축하 전화를 했을 때 형이 물었다. "라이언은 어때? 그 녀석 보고 싶네."

형은 늘 라이언의 근황을 물었다. 늘. 그리고 형은 늘 다정한 말을 했다.

여름 내내 나는 『레스큐』를 썼고, 라이언과 훈련했으며 마일스와 함께 시간을 보냈다. 불러오는 아내의 배를 보고 신기했고, 매일 아침 아내가 세상에서 가장 멋진 여자라고 새삼 감탄하며 하루를 시작했다. 우리는 캘리포니아로 또 여행을 떠났다. 그곳으로 가는 여행은 점점 길고 잦아졌다.

가을에 라이언이 유치원에 들어갔다. 첫날 우리는 집 안을 서성거리며 끝없이 라이언을 걱정했다. 혹시 무슨 일이 생기지 않을까, 몹시 겁이 났다. 그사이 라이언이 꾸준히 나아지기는 했지만, 아직 여러 면에서 많이 뒤처져 있었다. 우리는 아무도 우리 아이를 좋아하지 않을까 봐, 다른 아이들이 라이언을 놀릴까 봐, 해야 하는 일을 제대로 해내지 못할까 봐 걱정했다. 라이언을 다른 데로 보내는 게 좋겠다는 전화가 유치원에서 올까 봐 매일 노심초사했다. 매일 밤 라이언을 위해 기도했다.

나는 또 두 달 동안 집을 비워야 했다. 이번에는 캣이 임신까지 한 상태였다. 나는 유럽과 미국에서 『워크 투 리멤버』를 홍보하는 여행에 나섰다. 길 위에서도 캣과 라이언이 걱정됐다. 투어를 절반 정도 끝냈을 때 데이나의 종양이 다시 자라고 있다는 소식을 접했다. 데이나는 실험적으로 조합한 약물로 치료를 받았지만, 예후는 장담할 수 없었다. 그래서 데이나 걱정도 더해졌다.

인터뷰에서 거의 빠지지 않는 질문이 있었다. 나 같은 행운을 타고나면 기분이 어떠냐, 내가 축복된 삶을 누린다고 생각은 하느냐. 나는 무슨 말을 해야 할지 몰랐다.

1999년 내내 형과 나는 규칙적으로 전화 통화를 했는데 형이 정신적으로 몹시 지쳤다는 걸 알 수 있었다. 생전에 아버지가 했던 역할을 대신하느라 데이나를 데리고 여러 병원에 다니면서 형은 데이나의 신뢰하는 친구이자 기운을 북돋아주는 치어리더 역할까지 했다. 그러면서도 형이 얼마나 걱정하는지는 애써 숨겨야 했다.

나처럼 형도 일을 도피처로 삼았다. 형의 사업은 쑥쑥 성장해서 처음 직원 여섯 명으로 시작한 것이 그맘때는 직원이 거의 서른 명에 달할 정도였지만, 형은 자신을 더 몰아붙였다. 주말이든 밤이든 가리지 않고 일한 끝에 목표였던 백만장자가 되었다.

데이나와 나도 일주일에 두 번 정도 전화 통화를 했다. 내가 전화를 걸면 대개 데이나가 바로 받았다. 데이나는 캣과 수다 떠는 것을 좋아했다. 둘은 기본적으로 아이들에 대해 할 말이 많았고, 엄마로서 힘든 일상을 토로했으며 캣의 임신 과정을 함께했다. 그러는 동안에는 데이나에게 큰일이 있다는 것도 모를 정도였다.

현실을 부정해서인지 아니면 타고난 낙천주의자여서인지는 몰라도 동생은 종양을 대단치 않게 여겼다. 보통 종양 따위는 언급도 하지 않았고, 얘기하더라도 반드시 이겨낼 거라는 말만 했다.

"당연히 그래야지. 쌍둥이들에겐 엄마가 필요하잖아."

"그럼. 너 정말 잘해내고 있다고 의사도 그랬어."

그러나 때로 데이나가 조용해질 때가 있었다. "오빠도 내가 이겨낼 거라고 생각하지, 그치?"

"그럼, 물론이지." 나는 울컥하는 것을 참고 재빨리 거짓말을
했다.

12월 말, 크리스마스 며칠 후에 형이 착 가라앉은 목소리로
전화했다.

"무슨 일 있어?"

"데이나 때문에. 방금 병원에 다녀왔어." 형이 한동안 말이 없
다가 별안간 울기 시작했다.

"종양이 계속 퍼지고 있대. CT를 보니 새 약물은 전혀 효과가
없었어."

나는 눈을 감았다. 형이 떨리는 목소리로 겨우 말을 이었다.
"다른 치료를 해보기는 하지만, 효과는 없을 거래. 데이나가 뭐
라도 하길 원해서 그냥 하는 것뿐이야. 지금까지도 데이나의 정
신력으로 버티는 거라, 희망을 꺾고 싶지 않다고 했어. 종양과
싸우기 위해 뭐라도 한다는 생각을 데이나가 하게 하려고……
그런데……"

"데이나는 몰라?"

"응. 병원에서 나오면서 데이나가 이번에는 화학 치료가 확실
히 들을 것 같다고 하더라."

목에 묵직한 것이 느껴지며 눈물이 차올랐다. 형은 계속 전화
기에 대고 울었다.

"빌어먹을. 닉…… 데이나는 너무 젊어…… 우리 예쁜 동생
은……" 결국 나도 같이 울고 말았다.

"얼마나 남았대?" 물어볼 수 있는 말이 그것밖에 없었다.

형이 정신을 차리려고 긴 한숨을 쉬었다.

"확실치는 않다고 했어. 그런데 내가 대놓고 의사한테 물었더니 6개월 정도 될 거라고 하더라." 형이 겨우 내뱉은 말이었다.

창밖은 어두웠다. 하늘에는 별이 가득하고 달은 지평선 위에 말갛고 낮게 떠 있었다. 겨울바람에 나뭇잎이 떠는 게 꼭 파도 소리 같았다. 세상이 제대로 돌아만 간다면 참으로 아름다운 밤이었다. 그러나 잔인한 밤이었고, 나는 형의 전화로 마지막 실낱 같은 희망마저 놓쳐버렸다.

내가 얼마나 헛된 희망에 의지하고 있었는지 그제야 알 것 같았다. 형과 통화를 마친 후 겉옷을 입고 밖으로 나갔다. 마당을 거닐며 한없이 강하고 낙천적이었던 사랑하는 내 동생을, 동생의 두 아들을, 동생이 보지 못할 미래를 생각했다. 그리고 나무에 기대어 겨울바람에 대고 엉엉 울었다.

다음 이틀 동안 나는 아무 하는 일 없이 집 안만 서성거렸다. 뭔가를 하다가도 곧 멈추었고, 10분이나 TV를 봤는데도 도대체 무슨 장면이 나오고 있는지 몰랐다. 책의 같은 페이지를 읽고 또 읽으면서도 전혀 단어의 의미를 이해하지 못했다.

이틀 후 전화가 울렸다. 분만 예정일이 얼마 남지 않은 캐시가 전화를 받은 뒤 서재로 수화기를 가져다주었다. 아내의 눈에서 눈물이 흘렀다.

"데이나야."

귀에 수화기를 대자마자 동생의 노랫소리가 들렸다. 그날은 우리 생일이었다. 나는 데이나의 생일 축하 노래를 들으며 이대로 시간이 멈췄으면 좋겠다고 생각했다. 서로를 위해 노래를 불러주는 것이 그때가 마지막이리라는 것을 알았다.

2000년 1월에 랜던이 태어났다. 아내를 똑 닮아 초록 눈과 금발을 한 아들을 품에 안으며 아기가 너무 작아서 놀랐다. 갓난아기 안아본 지가 7년 만이라 품에서 내려놓기 싫었다.

그러나 선택의 여지가 없었다. 나는 다른 가족을 위해 내 감정을 애써 누르고 사흘 후 데이나를 만나러 캘리포니아로 갔다. 그때부터 2주에 한 번씩 정기적으로 캘리포니아에 가서 데이나와 목장에서 최소 나흘을 함께 보냈다.

데이나를 지탱하는 유일한 힘이 희망이었으므로 내가 자주 캘리포니아로 가는 이유를 숨겨야 했다. 종양의 영향력이 더 뚜렷해졌지만 데이나도 내가 갑자기 정기적으로 방문한다는 것을 눈치 챌 정도는 되었으므로 뭔가 낌새를 느낄지도 몰랐다. 데이나에게 그런 짓을 할 수는 없었다. 동생은 정신력으로 버티고 있었고 나는 데이나에게 남은 삶의 질을 악화시키고 싶지 않았다. 그래서 결국 절반의 거짓말을 하기로 했다. '로스앤젤레스에 일이 있어서 왔다가 한 시간밖에 안 걸리길래 너 보러 뛰어왔어'라거나 '라스베이거스에서 친구 모임이 있었는데 웨스트코스트와 가까워서 들렀어'라고 둘러댔다.

"잘됐네. 오빠 얼굴도 보고 좋아."

형은 늘 공항으로 나를 마중 나왔고 매번 같은 일을 반복했다. 일단 새크라멘토 시내에 있는 고급 피자 가게, 젤다에 들러 맥주를 곁들여 피자를 먹었다. 우리는 내 소설, 형의 사업, 동생, 그리고 어린 시절 추억담에 대해서 몇 시간이고 얘기했다. 머리를 절레절레 흔들며 웃다가도 어머니나 아버지, 혹은 데이나 생각에 갑자기 말을 잃곤 했다. 첫날 밤은 형의 집에서 자고, 아침에 형이 나를 목장에 태워다 주면 거기서 데이나와 나머지 시간을 보냈다.

내가 처음 방문했을 때, 데이나는 아무 일도 없는 것처럼 행동했다. 요리하고 청소하고, 낮잠 자는 동안 코디와 콜의 숙제를 도와달라고 했다. 우리는 저녁을 먹고 데이나가 지쳐서 잠자리에 들 때까지 함께 있었다.

그러나 종양의 진행은 막을 방법이 없었고 서서히 숨길 수 없게 되었다. 방문할 때마다 데이나가 낮잠 자는 시간은 길어졌고 밤에도 더 일찍 잠자리에 들었다. 2월이 되자 데이나는 다리를 절었고 몸의 왼쪽이 서서히 마비되어갔다. 다음번에 방문하자 왼쪽 팔이 눈에 띄게 약해졌고 한 주 후에는 얼굴 왼편이 감각을 잃기 시작했다. 전에도 가끔 말이 불분명하게 나올 때가 있었지만 이제는 그 빈도가 잦아졌다. 관념적인 이해는 훨씬 더 어려워졌다.

내 동생은 천천히 전투력을 잃어가고 있었지만, 그럴 때조차도 결국에는 병을 이기리라고 믿었다.

"괜찮아져서 코디와 콜이 크는 걸 볼 거야."

데이나가 그렇게 말할 때마다 나는 울음을 참는 것 외에는 아무 말도 할 수 없었다. 2000년 초반 몇 달 동안 나는 정신적으로 만신창이었다. 데이나를 만나러 가는 것과 새로 태어난 아기와 시간을 보내는 것 사이에서 갈등하며, 나는 매일 다른 세상으로 가버렸으면 좋겠다는 생각을 했다. 랜던을 안고 있으면 캘리포니아로 가서 동생을 안아주고 싶었고, 반대의 경우에는 노스캐롤라이나로 돌아가서 아들을 안고 싶었다. 어떻게 해야 할지 몰랐고, 어떻게 균형을 맞춰야 할지 몰라 갈팡질팡했으며, 내가 얼마나 오래 이런 상태를 유지할 수 있을지 몰라 불안했다. 거의 잠을 자지 못했고, 불시에 눈물이 차올랐다. 매일매일 근근이 일상을 이어나가다 보니 몸과 마음은 천근만근 돌덩어리 같았다.

가까운 사람이 곧 죽게 된다는 것을 알면 최대한 시간을 내서 함께 보내고 싶은 것이 인지상정이다. 앞에서 말했듯이, 내 현재의 가족과, 함께 자란 가족 사이에서 균형을 유지하느라 나는 지칠 대로 지쳤다. 그런데 내가 아무리 원한다 해도 캘리포니아에 오래 머무를 수 없는 또 다른 이유가 있었다. 내가 데이나를 찾아가는 이유를 모두 이해했지만, 방문이 잦아지다 보니 동생 집의 역학 관계가 바뀌어버렸다. 아무리 가족이라고는 하지만, 손님은 항상 가정 내 역학 구도를 변화시킨다. 동생에게도 자신만의 새 가족이 있다는 것을 기억해야 했다.

데이나의 결혼 후 환경은 아주 좋았다. 밥의 아버지는 엎어지면 코 닿을 데 있는 목장에 살았다. 밥의 어머니와 의붓아버지는 고속도로로 달려 10분도 안 되는 거리에 살았다. 밥의 형도 마찬가지였다. 시댁 식구들은 모두 데이나를 아꼈고 서로 흉금을 털어놓는 사이였으며 데이나를 그들의 삶 깊숙이 받아들였다. 그래서 형이나 나처럼 그쪽 가족들도 데이나 때문에 고통스러워했다. 그리고 모르긴 해도 그들의 고통이 우리보다 더 심할 수도 있겠다는 생각을 하게 되었다.

종양이 커지면서 데이나가 그 전까지 하던 일을 못 하게 되자 밥의 가족들은 쉴 새 없이 집을 드나들면서 조용히 빈 공간을 채웠다.

　항상 누군가 집에 와서 설거지나 빨래를 하고, 아이들의 숙제를 도왔다. 데이나가 도움이 필요한 순간에는 반드시 누가 곁에 있었다.

　그러니까 내가 하려는 말은, 내가 원하는 만큼 데이나를 방문했던 게 아니라 방문할 수 있는 환경이다 싶을 때 갔다는 거다. 밥의 가족들이 나 없이 데이나와 시간을 보낼 수 있게 하려고 일부러 피한 적이 많았다. 밥을 포함한 시댁 식구들도 데이나와 작별을 고할 시간이 필요하다는 점을 이해했다.

　나는 왔다 갔다 했지만, 형은 아버지가 했던 역할을 꾸준히 계속했다. 형은 강하고, 한결같았으며, 마음속의 두려움을 감추고 힘껏 동생을 도왔다. 3월 중순에 형은 데이나를 데리고 샌프란시스코에 가서 암 연구자를 만났다. 실험 약물 치료는 의사가 예상했던 대로 전혀 효과가 없었다. 의사가 이제 더는 시도해볼 방법이 없다고 설명하는 동안에도 형은 데이나 옆에 앉아 있었다. 다른 화학 요법을 써보긴 하겠지만 잠이 더 많아지는 것 외에 다른 것을 기대하기는 어렵다고 했다. 그때 데이나는 하루에 열네다섯 시간을 잤다. 만약 다른 화학 요법을 시도하면 인생의 남은 시간을 잠으로 다 보낼 형편이었다.

　진료를 끝내고 형은 의사에게 작별 인사를 했다. 형은 데이나가 쓰러지지 않게 부축해서 밖으로 데리고 나왔다.

　둘은 병원 밖 계단에 앉았다. 바람은 차가웠지만, 하늘은 청명했다. 사람들은 두 번 거들떠보지도 않고 보도 위를 걸어 지나쳤다. 차들은 꼬리에 꼬리를 물고 지나가고, 멀리서 경적 울리는 소리가 들렸다. 다른 곳에서는 삶이 정상적으로 돌아가고 있었지만, 형에게는 정상적인 게 하나도 없었다.

나처럼 형도 진이 다 빠졌다. 그렇다, 형도 이런 날이 올 줄 알았다. 우리 모두 알고 있었다. 그런데도 어머니의 침대 옆에서 그랬던 것처럼 기적을 바랄 수밖에 없었다. 논리적인 이유는 없었지만 데이나는 우리 가족이고 우리는 데이나를 사랑했다. 우리가 할 수 있는 일은 기적을 바라며 기도하는 것뿐이었다.

데이나는 아무 말이 없었다. 동생의 왼쪽 눈은 아래로 푹 꺼졌고 입에서는 침이 조금 새어 나왔다. 데이나는 침이 흐르는 것조차 몰랐다. 형이 부드럽게 데이나의 입을 닦아주었다.

"우리 예쁜 동생아."

"응." 데이나가 조용히 대답했다. 이제 데이나는 목소리가 변했고 말투도 잠꼬대를 하는 것 같았다.

형이 데이나를 팔로 감쌌다. "의사가 뭐라고 했는지 알겠니?"

데이나가 천천히 머리를 흔들며 형을 바라보았다.

"약이…… 더는…… 없대?" 데이나가 힘겹게 물었다. 목소리가 너무 작아서 잘 들리지 않았다.

"응. 이제 약이 없대. 할 수 있는 걸 다 했대."

데이나는 형을 쳐다보며 무슨 말인지 이해하려고 애썼다. 입의 절반이 일그러지며 슬픈 표정을 지었다.

"그게 다야?"

형의 눈에 눈물이 차올랐다. 데이나는 자기만의 방식으로 진짜 죽는다는 말이냐고 물었던 거였다.

"응. 동생아. 그게 다야."

형이 데이나를 꼭 끌어안고 정수리에 입 맞추자 데이나가 형의 가슴팍으로 무너졌다.

그리고 종양을 진단받은 후 처음으로 동생이 울기 시작했다.

3월 말, 데이나는 화학 치료를 받지 않는데도 자꾸 잠만 잤다. 내가 갔을 때도 혼자 주방에 앉아 데이나가 낮잠에서 깨어나기를 한참 동안 내처 기다리곤 했다. 그러는 사이 내 머릿속에는 수천 가지의 이미지가 소용돌이쳤다. 아이였을 때 데이나의 모습, 우리가 함께 했던 일들, 같이 나눴던 대화들. 우리는 시간이 없었고 나는 데이나가 깨어나기를 원했다. 데이나와 함께 시간을 보내며 같이 얘기하고 싶었지만, 휴식을 방해할 순 없었다. 대신 침실에 들어가 데이나 옆에 누웠다. 손으로 데이나의 머리카락을 부드럽게 쓰다듬고는 데이나의 귀에 대고 우리의 어린 시절 추억과 랜던에 관한 얘기를 속삭였다. 데이나는 미동도 없었다. 데이나의 호흡은 노인처럼 거칠고 무거웠다. 나는 다시 주방에 가서 데이나가 깨어나기를 기다리며 초점 없는 눈으로 몇 시간 동안이나 창밖만 응시했다.

저녁을 먹고 나면 우리는 거실에 앉아 있었고, 나는 나중에도 생각나도록 데이나의 얼굴을 집중해서 바라보았다. 세월이 흘러 어머니의 모습은 흐릿해졌고, 벌써 아버지의 모습도 가물가물했다. 동생의 모습만은 기억하고 싶었다. 나는 데이나의 턱선과 가장자리가 황금색인 담갈색 눈동자, 뺨에 난 주근깨에서 눈을 떼지 않았다. 훗날에도 생생하게 기억하도록.

밥의 가족들이 저녁 식사 후 나와 함께 있을 때도 있었다. 4월 말의 어느 밤, 밥의 의붓어머니 캐럴린과 내가 이야기를 하고 있는데, 데이나가 졸린다고 자러 가겠다고 했다. 데이나는 상태가 꾸준히 나빠져서 이제는 중얼거리기만 하는 수준이었는데도 절반이 마비된 얼굴로 웃으며 말했다. 아마 정상적인 대화는 이번이 마지막일지도 모른다는 생각이 언뜻 들었다. 데이나를 침실로 데려다주고 문을 닫은 후 나는 캐럴린의 팔에 안겨 20분 동안이나 하염없이 흐느껴 울었다.

5월에는 병세가 걷잡을 수 없이 악화됐다. 이제 데이나는 포크를 잡을 힘도 없어서 음식을 받아 먹었다. 일주일 후에는 전혀 걷지도, 말하지도 못했다. 또 일주일이 지나자 카테터를 연결하고 액체로 된 음식만 삼켰으며, 거실로도 안고 나와야 했다.

5월 중순, 마지막 방문에는 내 가족들도 작별 인사를 위해 동행했다.

돌아가기 하루 전, 나는 랜던을 데이나의 침실로 데려갔다. 종양의 유린에도 아직 눈은 영향을 받지 않아, 랜던을 뺨에 대주자 데이나의 눈이 밝게 빛났다. 데이나의 손을 끌어다 아기 피부에 댔다. 동생은 그 감각에 열중했다. 마침내 다시 우리 둘만 남게 됐을 때, 나는 침대 가에 무릎을 꿇고 앉아 데이나의 손을 잡았다. 동생을 두고 가고 싶지 않았다. 이번이 데이나와 마주하는 마지막 기회라는 생각이 들었다.

"사랑해. 넌 내가 만난 최고의 사람이야." 내가 겨우 목소리를 짜내어 말하자 데이나의 눈길이 온화해졌다. 어렵사리 데이나가 손가락을 들고 나를 가리켰다.

"오빠도." 데이나가 입 모양으로 말했다.

다음 날 코디와 콜은 여섯 번째 생일을 맞았다. 데이나도 밖으로 옮겨져 의자에 앉아 축하 파티를 지켜보았다. 그날 밤 데이나는 혼수상태에 빠졌고 다시는 깨지 못했다. 그리고 사흘 후 세상을 떠났다.

데이나는 서른셋이었다.

동생은 부모님 곁에 묻혔고, 장례식은 붐볐다. 이번에도 어머니와 아버지 때 봤던 얼굴들이 다시 모습을 드러냈다. 지난 11년 동안 장례식에서만 계속 만나게 되는 사람도 있었다.

송별사에서 나는 데이나와 내가 우리 생일에 서로에게 노래를 불러주었던 얘기를 했다. 데이나를 생각하면 아직도 동생의 웃음소리가 들리고, 낙천적인 태도가 느껴지며, 신념이 떠오른다고 했다. 동생은 세상에서 가장 다정한 사람이고, 동생 없는 세상은 더 슬플 것이라고도 말했다. 마지막으로 나처럼 거기 모인 사람들도 미소 짓는 데이나의 모습을 기억해달라고 부탁했다. 이제 데이나는 부모님 곁에 묻혔지만, 동생의 가장 좋은 모습은 영원히 남아서 우리 가슴속에 깊이 남아 있을 것이라고 끝을 맺었다.

형은 그때까지 살아오면서 세 번의 장례식에 참석했다. 예식이 끝난 후 우리는 무덤가에 서서 관을 덮은 꽃송이들을 바라보았다.

형이 말없이 내게 팔을 둘렀다. 더는 할 말이 없었다. 울지도 않았다. 이제 더는 흘릴 눈물도 없었다.

우리를 바라보는 사람들의 눈길이, 그들의 절망이 느껴졌다.

사람들은 우리가 너무 어린 나이에 모두를 잃었다고 생각하는 것 같았고, 과연 그랬다.

무덤가는 쓸쓸했다. 이런 순간에는 남은 가족들이 서로를 의지해야 하며, 그런 이유로 여기 와 있었다. 형 옆에 서 있자니 이제 가족 중에 남은 사람은 우리 둘뿐이라는 생각이 들었다. 이제 둘뿐이다.

형과 나, 우리 두 형제.

17

트롬쇠, 노르웨이(Tromsø, Norway)
2월 13-14일

우리는 다음 날 오후 노르웨이 트롬쇠에 도착했다. 트롬쇠는 그림 같은 연안 도시로, 북극권에서 500킬로미터가량 위에 있다. 위도 때문에 하늘은 벌써 검푸른 빛이었지만, 날씨는 춥지 않고 쌀쌀한 정도였다. 북극에서 1600킬로미터밖에 떨어지지 않는데도 멕시코 만류로 인해 바닷물이 따뜻해져서 남쪽의 다른 노르웨이 도시들보다 겨울이 훨씬 따뜻했다.

버스를 타고 구불구불한 마을길을 달렸다. 트롬쇠는 산으로 둘러싸여 있고 땅에는 눈이 덮여 있어서 도시 전체가 마치 크리스마스카드 같았다. 호텔에 도착했을 때는 하늘이 칠흑같이 어두웠다. 시계를 보니 채 4시도 안 된 시각이었다.

체크인하자마자 나는 호텔 컴퓨터로 캣에게 이메일을 보냈다. 그동안 아내에게 규칙적으로 이메일을 보냈다. 시차 때문에 캣에게 연락하기는 그 방법이 더 쉬웠다. 나는 근황을 전하는 편지를 썼다. 그런 다음, 산과 구름 때문에 내 전화기로는 연락이 안 될지도 모르지만 어쨌든 해보기로 하고 걸었더니 마침 캣이 집에서 전화를 받았다. 지난 3주 동안 열 번 정도 아내와 통화했지만, 몇 분 이상 얘기한 적은 거의 없었다. 내가 집에 없는 사이 힘들 거라고 예상은 했었으나 얼마나 힘들지는 우리 둘 다 정확히 알지 못했다. 아내의 목소리는 완전히 기진맥진해 있었다.

방으로 돌아오니 형이 침대에 누워서 책을 읽다가 나를 올려다보았다.

"시간이 오래 걸렸네."

"아. 캣과 통화하느라고."

"잘 지낸대? 네가 오기를 학수고대하고 있지?"

"응. 나 없는 동안 죽을 맛이었나 봐."

"왜?"

"다들 많이 아팠었나 봐. 꽤 심각했다네."

"그래?"

"캣하고 애 다섯이 번갈아가며 감기 일곱 번, 독감 다섯 번, 축농증 세 번을 앓았대. 3주 내내 언제든 아이 셋은 고정적으로 아파서 울고 징징거렸단 얘기지. 그 와중에 캣이 애들을 다 데리고 스키 여행을 갔었대. 일곱 시간이나 차를 몰아서."

형이 움찔하며 놀란 표정을 지었다. "일곱 시간? 아픈 애들을 차에 태우고?"

"말도 안 되지?"

"상상도 못 하겠다." 형은 잠시 말이 없었다.

"당연히 컨디션이 장난 아니겠다."

"그래도 생각보다 밝던걸."

"제수씨도 참 못 말리겠다. 물론 좋은 식으로 말이야. 참 대단하다. 나는 애들이 징징거리면 못 참겠던데. 꼭 손톱 끝으로 칠판을 긁는 것 같아." 형이 고개를 절레절레 흔든 후 활짝 웃었다. "세계 여행 한답시고 옆에서 도와주지 못한 게 안타깝겠다."

"응. 진짜 미안해."

"알았다면 못 왔겠지?"

"그렇지. 아마 못 왔을 거야."

형이 소리 내 웃으며 말했다. "네가 집에 도착할 때는 다들 낫게 해놓으라고 말하지 그랬어."

"캣이 나를 죽이려 들걸."

형이 또 껄껄 웃었다. "크리스틴이었대도 날 죽이려 했을 거야. 몇 주 후에 휴가 갈 거라고? 둘이서만?"

"응. 해변에서 며칠 좀 쉬려고."

"쉬는 동안 제수씨가 뭘 하고 싶어 하는지 알지?"

"응, 이미 확인해놨어."

"내 말은 하나하나 다 맞춰주라고." 형이 재차 강조했다. "스쿠버다이빙 대신 몇 시간 동안 아이들 옷을 보러 다녀야 할 거야. 분홍색 토끼 그림 있는 셔츠가 나은지 노란색 오리가 나은지 물어볼 텐데, 그러면 굉장히 심각하게 고민하는 척해야 해."

"응, 알아."

"제수씨를 여왕처럼 대접하면서 너도 아주 즐거워하는 것처럼 보여야 해."

"알아."

"아주 박박 기어야 할걸."

"믿어봐. 나도 안다니까. 그래야 조금 공평해지지."

"맞아. 거래를 해야 해. 결혼 생활이 별건가 뭐." 형이 웃었다.

저녁에는 곤돌라를 타고 트롬쇠 근처 봉우리에 올라갔다.

꼭대기에서 산상 칵테일파티가 열리는 산장으로 갔다. 벽 두 면에 나 있는 창문을 통해 어둠 속에서 반짝이는 트롬쇠의 불빛들이 보였다. 창밖에는 눈보라가 치고 있었다. 며칠 전만 해도 에티오피아, 인도, 캄보디아 같은 곳에서 비지땀을 흘렸다는 게 믿기 어려웠다.

여행이 끝나기 전전날 밤이라 사람들은 전화번호와 주소를 교환하기 시작했다. 모두 피곤했지만, 기분은 좋아 보였다. 여행이 거의 끝나간다니 믿을 수가 없었다.

형과 나는 다른 사람들과 섞이지 않고 창가 자리에 가서 앉았다. 우리는 눈보라를 보며 사색하는 기분이 되어 여행을 통해 우리가 본 것과 가본 곳에 관해 이야기했다. 다음에 다시 가볼 곳으로 우리 둘 다 마추픽추를 제일 먼저 꼽으며 나중에 가족들과 다시 오면 정말 좋겠다고 말했다.

형이 갑자기 나를 보며 물었다.

"라이언은 요즘 좀 어때?"

"잘하고 있어. 지난번 성적표에는 B가 두 개고 나머지는 다 A 였어."

"지금 3학년인가?"

"응."

"이제 친구도 더 많아졌지?"

"라이언은 운이 참 좋아. 유치원 때부터 계속 같은 애들과 한 반이거든. 이제 반 애들은 라이언한테 완전히 적응했어. 다 라이언을 좋아해. 근데 웃긴 게, 애들한테 라이언이 어떠냐고 물으면 라이언이 반에서 제일 똑똑하다고들 말해."

"다른 애들하고 잘 어울려?"

"나아지고 있어. 사회성은 아직 좀 떨어지고 일상적인 대화도 조금 힘들어. 라이언이 좋아하는 분야에 관해 얘기하면 괜찮은데, 농담이나 잡담은 아직 좀 어려워해. 내성적이라 더한 것 같아. 라이언한테 문제가 있어서 그런 건지 수줍음이 많아 그런 건지 모르겠어. 답이 없는 의문이야."

"너랑 제수씨, 라이언 데리고 참 열심히 했다. 얼마나 많이 좋아졌는지 몰라. 볼 때마다 나아지는 게 보이더라."

"고마워. 라이언도 힘들지만 잘 따라줬어. 가끔은 예전에 얼마나 안 좋았는지 기억이 안 날 때가 있어. 우리는 계속 미래에 초점을 둬. 대화 기술하고 독해력 같은 데 공을 들이고 있어. 그래서 좌절하게 되는 것 같아. 항상 라이언에게 맞는 새로운 방법을 찾아야 하니까. 보통 가르치는 것하고는 많이 달라."

"라이언도 고생이 많았겠다. 너랑 제수씨 진짜 대단해."

"고마워."

"이제 진단은 제대로 받았어?"

나는 고개를 저었다. "아니. 몇 가지 추정하는 건 있지만, 확실하지 않아. 캣은 소리를 이해하지 못하는 CAPD^{중추청각처리장애}라고 생각하는데, 난 잘 모르겠어. 내가 장애에 관한 책은 다 읽었는데, 만약 라이언이 CAPD라면 내가 생각하는 최악의 경우거든. 그 문제도 어느 정도 있을 수 있지만, 다른 게 더 있는 것 같아. 자폐증도 있는 것 같고. 근데 말했다시피 확실히 아는 건 없어." 내가 길게 한숨을 쉬었다. "어떻든 우리는 계속 노력할 거니까 라이언도 계속 나아지겠지. 결국에는 라이언도 정상적인 생활을 하게 될 거야. 대학 가고, 결혼하고, 우리처럼 실수도 하고……. 이제 거의 가까워졌어. 아직 완전하지는 않지만, 거의 다 온 것 같아. 우리는 절대 라이언을 포기하지 않을 거야. 근데도 가끔……" 내가 말을 못 하고 우물쭈물하자 형이 나를 쳐다보았다.

"뭐?"

"가끔 왜 내게 라이언 같은 아이가 생겼는지 궁금할 때가 있어. 엄마, 아버지, 데이나한테 일어난 일만으로는 부족한가? 일이 너무 많고 힘들었잖아. 근데도 시련이 충분치 않은지 신은 내게 하나를 더 주셨어." 잠시 멈췄다가 다시 말을 이었다. "내가 마일스와 라이언에게 늘 하는 말이 뭔지 알아?" 형이 모르겠다는 듯 눈썹을 올렸다.

"라이언한테는, 무엇이든 가능하며 뭐든 잘할 수 있다는 것을 배우라고 신이 마일스 같은 형을 주었다고 말해. 그리고 마일스에게는 인내심과 끈기, 역경을 극복하는 방법을 가르치려고 신이 라이언 같은 동생을 내렸다고 하지."

형이 웃었다. "좋네."

나는 어깨를 으쓱했다. 물론 좋은 교훈이긴 하지만, 마음 한편으로는 그런 말을 하지 않아도 되는 상황이면 좋겠다고 생각했다.

형이 내 어깨에 손을 얹었다. "신이 왜 너와 제수씨에게 라이언을 주셨는지 알겠어."

"알아?"

"응."

"왜? 내 믿음을 시험하려고?"

"아니. 모든 부모가 너랑 제수씨가 했던 것처럼 하지는 못할 거야. 너희 둘이 라이언을 도와줄 수 있을 만큼 현명하고 강하다는 걸 알기에 라이언을 주신 거지. 다른 사람한테서 태어났다면 라이언은 길을 잃고 말았을지도 몰라."

잠시 우리는 아무 말 없이 앉아 있었다. 눈보라가 미친 듯이 춤을 추더니 창틀에 쌓이기 시작했다. 나는 라이언과, 라이언의 고통과, 라이언이 겪었던 모든 것을 생각했다. 맞다, 라이언은 캣과 나의 노력으로 많이 나아졌다. 그리고 라이언의 미래에 대해서도 나는 낙관한다. 그런데도 갑자기 목에서 뜨거운 것이 올라왔고, 솔직히 무엇 때문인지 알 수 없었다.

산장에서의 일정이 비교적 일찍 끝나서 형과 나는 트롬쇠 술집을 체험하러 가자고 몇몇 사람에게 제안했다. 트롬쇠에는 술집이 많았다. 작은 마을이고 하루에 열여덟 시간이 어둠에 잠겨 있으니 달리 할 일이 없어서인 것 같았다. 그리고 노르웨이 사람들은 세상에서 가장 다정다감하다는 것도 이내 알게 되었다. 우리가 테이블에 앉자마자 마을 사람들이 주변에 몰려와 말을 걸면서 우리 여행 얘기를 해달라고 했다. 그들은 또 우리의 이름과 신상을 묻고, 자기네 마을이 마음에 드는지도 궁금해했다. 기꺼이 술을 샀고, 그날 밤 그곳에 가라오케가 설치될 거라면서 신나했다. 노르웨이 사람들은 특히 가라오케를 좋아하는 모양인지, 술집 안은 노래를 부르러 온 사람들로 붐비기 시작했다. 나는 가라오케가 이미 한물간 유행이라고 생각했다. 두고 보면 알 일이었다.

나는 가라오케에 맞춰 노래한 적이 없었다. 노래를 끔찍하게 못했기 때문에 노래는 하고 싶지도 않았다. 형도 마찬가지였다. 그런데 나중에 알고 보니 우리 여행팀의 다른 사람들도 상황은 비슷했다.

그래도 노래를 부르다 보니 이 친절한 노르웨이 사람들을 위해 좀 놀아줘야겠다는 생각이 들었다. 우리는 다른 사람이 노래 부를 때 서로 마이크를 뺏어가며 다음 가사를 더 크게 부르려고 아우성이었다. 그렇게 몇 시간을 놀았고, 그날 밤이 전 여행을 통틀어 에어스록에서와 함께 가장 재미있는 시간이었다. 바에는 다양한 음악이 흘렀다. 케니 로저스의 〈마을의 겁쟁이〉가 나오자 형과 나는 푸핫 하고 웃었다. 좋은 징조라 여기고 우리는 마이크를 빼앗아 목청이 터지도록 노래했다. 또 영화 〈그리스〉에 나오는 〈몹시 빠른 것Greased Lightning〉을 부를 때는 맞지 않는 음정을 감추려고 최대한 열정적으로 몸을 흔들어댔다. 우리는 존 트라볼타처럼, 브로드웨이 뮤지컬 배우처럼, 평생 춤을 춘 사람처럼 춤을 췄고, 노래가 끝나자 사람들은 박수를 치고 휘파람을 불며 환호로 화답했다. 나중에 그날 밤 같이 논 사람들에게 우리

공연이 어땠느냐고 물었더니 잠시 고민한 후 이렇게 말했다.

"과테말라에서 본 짖는 원숭이 알죠? 꼭 개들 같았어요."

하지만 말했다시피 대체로는 멋진 밤이었다.

밤늦게까지 논 덕분에 다음 날 아침에는 일찍 일어나는 데 애를 먹었다. 우리는 피곤한 몸을 이끌고 트롬쇠에 있는 박물관에서 아침을 보냈다.

거기서 항아리와 그릇에 관한 기나긴 강의를 들었다.

박물관에서 나와 차를 타고 개썰매를 타러 시골에 갔다. 사방에 낮은 언덕과 나무가 있었고, 구름에 가려진 눈 덮인 봉우리가 멀리서 보였다.

공기가 상쾌했다. 우리는 옷 위에 방설복을 입었다. 개썰매장에 도착하려면 야트막한 언덕을 내려가야 했고, 걸어서 내려갈지 고무 튜브를 타고 갈지 정해야 했다.

대부분은 걸어갔지만, 형과 나는 튜브를 탔다. 50번 정도.

우리는 세 명이 한 조가 되어 개썰매를 탔다. 형과 나는 내과 의사 질과 한 팀이 되어 개들이 오기를 기다렸다. 썰매개들은 허스키였는데 23킬로그램 정도 되어 보이는 게 상상했던 것보다 덩치가 작았다. 순해서 쓰다듬어주면 답으로 우리 옷을 핥았다.

우리 썰매를 끈 사람은 한때 알래스카 아이디타로드 경기에서 5등을 한 중년 여성이었는데, 개들을 훈련할 뿐만 아니라 근처 땅의 상당 부분을 소유하고 있었다. 개썰매 타기 사업을 하는 덕분에 썰매 운전사는 자기 개들을 매일 연습시킬 수 있었다.

운전사가 썰매에 오르자마자 개들이 안절부절못하더니 짖기 시작했다. 나는 운전사가 '가자!'라고 소리 지를 줄 알았는데, 보통 말투보다 조금도 더 크지 않은 목소리로 '헷'인가 뭔가 하는 소리를 냈다. 곧 개들이 앞으로 나아가기 시작하면서 썰매가 땅에서 벗어났고, 개들이 앞으로 내달리며 주변을 둘러보았다.

개썰매에 관해서는 알아두어야 할 게 몇 가지 있다. 첫째, 썰매는 느리고 상당히 울퉁불퉁하며, 뒤쪽이 딱딱하다. 둘째, 어디로 어떻게 내려가는지 다 볼 수 있도록 앉는 게 좋다. 마지막으로, 노르웨이에서는 아이디타로드에 출전했던 팀과 함께 눈썰매를 탔다는 것이 썰매 자체보다 더 흥미롭다.

그러나 어쨌든 개썰매를 탔고 사진도 많이 찍었다. 그랬기 때문에 지금 나는 파티에서 이런 말들을 할 수 있다.

"노르웨이에서 개썰매 탔던 게 기억나. (…) 아이디타로드 경기에 출전했던 팀이 훈련 (…) 세게 달려 (…) 눈앞에 눈보라가 막 휘몰아치는데 (…) 맨 앞에 선 개는 절룩거리면서도 투지만만하게 계속 앞으로 (…) 추워서 얼굴이 꽁꽁 얼어붙고 (…) 그때 이런 생각이 났 (…)" 끝.

이게 차라리 다음 이야기보다야 더 나을 테니까. "자이푸르 고대 암베르 궁에 갈 때 코끼리를 탔던 기억이 나. (…) 햇볕이 내리쬐는 (…) 마지막 산마루에 오를 때는 코끼리가 지쳐서 (…) 그때 나는 이런 생각이 (…)"

개썰매를 탄 후 우리는 원뿔형 천막 아래에서 기다리고 있던 여행팀과 합류했다. 안에서 불을 피워 끓인 순록 스튜를 먹었다. 천막 안은 연기로 가득했지만, 오전 내내 활동하고 난 다음이라 실내는 따뜻했고, 음식은 맛있었다.

안타깝게도 구름이 점점 더 짙어져서 오로라 보리엘리스북극

광를 볼 가능성은 거의 없다고 했다. 나중에 알게 된 사실이지만, 겨울 동안은 북극광을 보기가 쉽지 않았다. 오로라를 볼지도 모른다는 게 트롬쇠 여행의 가장 큰 매력이었기에 형과 나는 적잖이 실망했다.

대신 원하면 또 다른 박물관에 갈 수 있다고 했지만, 형과 나는 이제 더는 박물관에 가고 싶지 않았다. 그래서 남은 오후 동안 트롬쇠 거리를 배회하며 경치를 감상하고 이야기를 나눴다.

"왜 일이 그런 식으로 일어났는지 궁금하게 여겨본 적 있냐?" 형이 아닌 밤중에 홍두깨처럼 말했다.

"늘 생각하지." 형이 무엇을 말하는지도 정확히 모르면서 나는 그렇게 대답했다.

"내 친구 중에는 가까운 사람을 잃어본 애들이 아무도 없어."

"내 친구들도 그래. 캣도 그렇고."

"이유가 뭘까?"

"글쎄. 뾰족한 이유가 있었으면 좋겠는데, 없는 것 같아." 형이 손을 주머니에 쑤셔 넣었다.

"사람들이 우리를 죽음 전문가로 생각하는 것 같지 않던? 주위 사람들은 누가 죽을 때마다 나한테 전화를 해. 너도 그런 전화 많이 받지 않냐?"

"자주 받지."

"뭐라고 하는데?"

"때에 따라 달라."

"난 무슨 말을 해야 할지 모르겠더라. 마음이 아프지 않게 해주고 싶지만, 그런 말은 없잖아. 실은 진실을 얘기해주고 싶어.

3개월 동안은, 생각했던 것보다 더 슬플 테니 어쨌든 잘 견뎌내보라고. 그리고 6개월 정도가 지나면 상처가 어느 정도 아물겠지만, 그래도 생각했던 것보다는 아픔이 여전히 클 거라고. 그리고 몇 년이 지나도 계속 떠난 사람이 생각날 거고, 항상 그리워하게 될 거라고."

"그런데 왜 그렇게 말하지 않아?"

"사람들이 듣고 싶어 하는 말은 그게 아니거든. 사람들은 괜찮아질 거고, 고통도 사라질 거라는 말을 듣고 싶어 해. 하지만, 그렇지 않잖아. 절대 그럴 수 없지. 그렇다고 상처 입은 사람에게 그렇게 말할 순 없더라. 상처에 소금을 뿌리는 것 같아 그럴 수가 없더라고. 그래서 대신 사람들이 듣고 싶어 하는 말을 해줘버려." 형이 잠시 쉬었다가 다시 말했다. "넌 가족들을 잃으면서 뭘 알게 됐니?"

"가슴이 찢어지게 아픈데도 어쨌든 살아가게 된다는 거."

"내가 알게 된 것도 바로 그거야. 그런 건 좀 나중에 알아도 좋았을 텐데 말야."

"그러게."

"또 뭘 알게 됐는지 아냐?" 형이 물었다.

"뭐?"

"누적된다는 거야. 엄마와 아버지의 죽음이 힘들었지만, 두 분을 잃고 나니 상실감이 두 배가 되는 게 아니라 크게 증폭하더란 말이지. 그러고 데이나를 잃었을 때는…… 사랑하는 사람 셋을 잃은 느낌이 아니라 거의 세상 모든 것을 잃은 것 같았어."

형이 머리를 흔든 후 말을 이었다.

"그런 일을 겪고 나니…… 헤어 나오려고 노력은 하는데도, 그래서 겉으로는 괜찮아 보일지 몰라도 속으로는 만신창이가 되어 버리더라. 그러고도 그것조차 모르는 거지. 그래서 한참 동안 마음을 들여다보면 아직도 그 모든 것에서 헤어나지 못한 채 아파하고 있더라고."

내가 형의 어깨를 쿡 찔렀다. "또 내 얘기 하는 거야?"

"아니, 네 얘기만이 아냐. 나도 그래. 네가 말했듯 우리는 상실에 다른 식으로 반응하고 있었을 뿐이야."

데이나가 죽은 뒤 형은 변했다.

인생의 부질없음과 시간의 중요성을 뼈저리게 느낀 사람 같았다. 그 결과 형은 불필요한 스트레스를 없애겠다는 일념으로 삶을 단순화하기 위해 의식적으로 노력했다. 성공의 사회적인 정의를 도외시하며, 삶에서 물질적인 면을 몰아내기 시작했다. 인생은 살기 위한 것이지, 가지기 위한 것이 아니라고 결론 내렸고, 가능한 한 매 순간을 느끼고 싶어 했다. 더 깊이 들여다보면, 형은 인생이 언제든 끝날 수 있음을 깨닫고 바쁘게 살기보다는 즐겁기를 택한 것이었다.

형은 물건을 팔고 잡동사니들을 정리하기 시작했다. 몇 달 만에 사업체 두 개를 넘기고 투자금을 현금으로 바꿨다. 배와 지프차도 팔았다. 형은 가족들에게 자신을 내주었고, 내게 전화를 걸어 다음과 같은 논리를 폈다.

"더 많이 가질수록, 더 많이 구속돼. 난 그게 넌더리가 나. 사사건건 신경 쓰고 사는 데 지쳤어. 물건이 고장 나면 고쳐야 하는 것도 싫어. 그러면 스트레스만 쌓여. 그리고 난 나 자신에게 휴가를 주고 싶어."

결국 형은 집과 차, 가구 몇 개만 남기고 다 정리했다. 사업체를 판 돈은 몇 년 동안 매달 지출해야 할 경비를 내고도 남았다. 형은 8개월 동안 불필요한 스트레스를 줄 수 있는 일은 아무것도 하지 않았다.

어떤 면으로는 대학 시절의 젊은 형으로 돌아간 것 같았다. 형은 캠핑하고 등산했으며, 여름에는 파도타기를 했고, 시에라 산맥에 눈이 내리기 시작하면 스노보드를 탔다. 형수와 멕시코 푸에르토 바야르타로 여행을 갔다. 코디와 콜을 만나러 목장을 방문했다. 또다시 정기적으로 운동하기 시작했으며 실내 축구팀에 가입했다. 가능한 한 자주 나를 보러 왔다. 내가 로스앤젤레스에서 모임이 있으면 그곳으로 와서 나와 며칠을 함께 보냈다. 그해 가을 내가 북 투어차 새크라멘토에 갔을 때 형은 나와 함께 홍보 행사에 참석했다. 데이나가 세상을 떠난 지 6개월 후인 12월에 형은 형수와 의붓딸 앨리, 밥과 쌍둥이들을 데리고 노스캐롤라이나로 나를 만나러 왔다. 우리 세 가족은 뉴욕에 가서 세계무역센터 꼭대기에서 풍광을 감상했다. 그리고 9개월도 안 되어 그곳은 산산이 무너져 내렸다.

뉴욕 여행을 마치고 3주 후, 형이 전화했다. 그날은 내 생일이었는데 전화를 받자마자 형이 내게 노래를 불러주기 시작했다. 데이나가 매년 내게 했던 것처럼.

눈을 감고 형의 노래를 듣고 있자니 지난 생일이 생생히 기억났다.

"이제 이 일은 내가 할 거야. 전통이니까."

데이나에 대한 그리움과 형에 대한 고마움으로 내 얼굴에 미소가 번졌다.

"고마워, 형."

"당연히 해야 할 일인걸 뭐."

형이 변한 건 한 가지가 더 있었다.

교회에 다니고는 있었지만 빼먹는 때가 많았고, 시간이 갈수록 가는 횟수가 줄었다. 어쩌다 가게 돼도 그저 멍하니 신도석에 앉아만 있었다.

데이나의 죽음으로 형은 신앙을 잃었던 것이다.

나 역시 인생의 부질없음과 시간의 소중함을 깨닫게 되었다. 형과 여러 면에서 비슷했지만, 반응은 정반대였다.

나는 삶이 언제든 끝날 수 있으니 만일의 사태에 대비해야겠다고 생각했다. 장래에 무슨 일이 일어나든 내 가족에게는 큰 무리가 없도록 해놓고 싶었다. 일단 목표가 섰고, 재깍재깍 시계는 가고 있으니 생각지도 못한 일이 일어나기 전에 서둘러서 목표를 달성해야 했다. 조금도 허투루 쓸 시간이 없었다. 얼른 모든 것을 준비해야 했고, 일해야 했고, 앞으로 나아가야 했다.

데이나의 장례식이 끝난 지 2주도 되지 않아 나는 밥에게서 아이디어를 얻어 소설 『길모퉁이A Bend in the Road』를 쓰기 시작했다. 아내가 죽고 혼자 아이를 키우는 젊은이 이야기인데, 며칠을 쉬지 않고 컴퓨터 앞에 앉아 소설을 완성했다. 그해 가을에는 『레스큐』 홍보차 유럽과 미국 전역을 돌았고, 2001년 초에 『길모퉁이』 편집이 완료되자마자 『가디언』 집필에 들어갔다. 그 책은 결국 여태까지 쓴 것 중에 가장 길고 힘든 책으로 남았다. 소설을 쓰면서 나는 조금씩 지쳐갔다.

나는 지난 11년 동안 스트레스에 익숙해져서 압박 없이는 살수 없는 사람 같았고 그때부터는 꾸준히 일을 더 만들어나갔다. 2001년 1월에 캣이 또 임신했고, 몇 달 후 이번에는 여자 쌍둥이라는 것을 알게 되었다. 아들만 셋 있고 난 뒤라 분명 기쁜 일이기도 했고, 인생의 속도를 갑자기 높이기로 했으니 쌍둥이를 임신한 게 썩 잘 맞는 일로 느껴졌다.

나는 계획의 대가가 되었다. 하루를 심지어 분 단위로 계획했다. 소설을 쓰지 않을 때도 내가 할 일은 여전히 많으니 시간을 낭비할 수 없었다. 모든 것을 제대로 해내기 위해서 나는 삶을 작은 상자로 구분했다. 나는 소설가이기도 했지만, 아빠이자 남편이기도 했으니 일만큼 그 역할에도 집중했다. 부모님의 인정을 받고 싶었던 마음으로 가족들의 인정을 원했다. 나는 그냥 아빠가 아닌 '슈퍼 아빠'가 되기로 했다. 축구팀 코치를 자원했고 체조 연습에 참석했으며 아이들의 숙제를 돕고 캐치볼을 했다. 주말에는 보트 타기, 볼링, 수영 등을 하거나 해변에 갔다. 이제는 라이언도 강한 훈련이 필요하지 않았지만 짬짬이 훈련도 계속했고, 매일 밤 랜던과 카펫에서 놀았다. 최고의 남편이 되고 싶어서 집안일을 돕고 아내와의 로맨스에도 최선을 다했다. 그것도 모자라 또 시간을 쪼개서 태권도 검은 띠를 땄고 근력 운동을 했으며 매일 조깅을 했다. 한 해에 책 100권 읽기도 미루지 않았다.

나는 하루에 다섯 시간도 자지 못했다.

그렇다고 나쁜 소식만 있었던 건 아니다. 2001년 봄 어느 날 전화를 받자 형의 흥분된 목소리가 들렸다.

"크리스틴이 임신했어. 방금 알았어."

"축하해. 예정일이 언제야?"

"1월. 랜던도 1월이지? 네 쌍둥이 딸내미가 태어나고 몇 달 후에 우리 애가 태어나겠네. 조금 나이 들면 사촌들끼리 재밌게 놀수 있겠다. 너네 쌍둥이는 예정일이 언제지?"

"8월 말. 형수 몸은 어때?"

"아직은 좋아. 가정용 임신 테스트기로 확인하기 전까지는 임신한 줄도 몰랐을 정도로 상태가 좋아."

"훌륭한걸." 내가 열변을 토했다. "근데 그거 알아야 해. 이제형의 삶은 180도로 바뀔 거야."

"알아. 기대하고 있어."

"준비됐단 말이야? 아빠 되는 게?"

"물론이지. 나 앨리 두 살 때부터 키웠잖아."

"에이. 키우기 쉬울 때 시작했구만. 신생아는 달라. 완전히 다른 세상이라니까."

"충고의 말씀을 해주신다면? 나는 처음이지만, 넌 전문가잖아."

"에헴, 그렇지. 임신 후반이 되면 영화란 영화는 모조리 다 봐두는 게 좋을 거야."

"왜?"

"애가 태어나면 적어도 1년 동안은 영화를 한 편도 못 볼 거거든."

"알았어. 보지 뭐. 크리스틴도 영화 엄청 좋아해."

"내 말을 허투루 듣지 마. 아기가 생기는 것보다 더 큰 변화는 없어."

"네, 네. 알겠습니다." 형이 말했다. 나도 모르게 속으로 웃고 있었다. 좀 있으면 충분히 알게 될 터였다.

"형?"

"응?"

"다시 한 번 축하해. 모든 게 바뀌겠지만, 좋은 변화가 될 거야."

"고맙다, 동생아." 형이 잠시 머뭇거렸다. "참, 한 가지 더 할 말이 있어. 제수씨가 너한테 꼭 좀 얘기해달라고 했어."

"뭔데?"

"너무 그렇게 열심히 일하지 말라고."

"형이 다시 교회 가면 나도 그럴게." 우리 둘 다 크게 웃었다.

"잘됐다. 정말 기뻐."

"나도."

나는 형과 아내의 말을 듣지 않았다.

데이나가 죽은 지 1년 후인 2001년 초, 캣이 쌍둥이로 배가 남산만 해져서 아들 셋을 제대로 건사하기 힘들어지자 내가 할 일은 더 많아졌다. 늘어난 일을 감당하기 위해 나는 잠을 더 줄였다. 여름 내내 하루 평균 세 시간도 자지 못했다. 침대에서 일어나 걸어 나올 때는 늘 좀비 같은 꼴이었지만 서둘러 커피 한 잔을 들이켠 후 일과에 뛰어들었다.

그런 다음에는 전진, 전진, 전진했다. 소설 쓰고, 아이들을 봐주고, 랜던을 돌보고, 집 청소하고. 전진, 전진, 전진.

어쨌든 모든 일을 해냈다. 그러나 그런 행보는 정상이 아니고, 현실적이지도 않았다. 나는 잠은 물론이고 하루 중 작은 휴식도 포기해야 했다. 늦잠도 자지 않았고, 친구들과의 포커 게임은 꿈도 꾸지 않았으며, TV로 스포츠 경기를 볼 시간도 없었다. 점심과 저녁도 후딱 먹어치웠다. 한동안은 그렇게 사는 데 별 무리가 없었다. 빡빡한 스케줄 덕분에 내 인생을 잘 조절하는 것 같은 기분이 들었다. 나는 필요한 것은 뭐든 살뜰히 살폈다. 그러다 어느새 스케줄이 나를 지배하기 시작했다. 서서히 나는 쉬는 법을 잊었다. 심지어 나는 쉴 만한 자격이 없는 사람인 듯 여기기 시작했다. '＿＿＿을 끝내기 전까지는 쉬면 안 돼.'(빈칸에 들어갈 선택지는 무궁무진했다.)

그러나 쉽게 끝나주는 일은 없었다. 항상 한 장을 더 써야 하고, 소설 한 권을 더 끝내야 하며, 도시 한 군데를 더 돌아야 하고, 인터뷰를 하나 더 해야 했다. 전날 아무리 오래 놀아주어도 아이들은 끊임없이 내 관심을 원했다. 집안일도 끝이 없었다. 권태란 내게 어울리지 않는 단어였기에 불행하지만은 않았고, 체력적으로도 큰 문제는 없었다. 그러나 잠시도 쉬지 않고 뱅뱅 도는 것은 내 정신이나 감정에 좋지 않다고 깨닫게 되었다. 내가 뒤처지고 있다는 생각을 하며 매일 아침 눈을 뜨기 시작했다. 최선의 노력을 다했는데도 실패하고 있는 것 같았다. 처음에는 내가 원해서 했던 일들이 서서히 반드시 해야 하는 일이 되었고,

급기야 선택의 여지가 없어졌다.

돌이켜보니 그렇다는 말이다. 당시에는 나무만 보고 숲을 보지 못했다. 그때는 내가 현기증이 일 듯한 두려움으로 잠이 깨기 시작한다는 느낌만 있었다. 눈을 번쩍 뜨자마자 마음속에는 해야 할 일들이 차고 넘쳤으며, 그걸 다 해내려면 당장 일을 시작해야 한다는 생각이 들었고, 그러면 그 순간 몸을 총알같이 움직였다. 늘 할 일이 산더미니, 느긋하게 쉬는 대신 소매를 걷어붙이고 이를 악물고 더 열심히 일했다.

이번에도 의식적으로는 전혀 불행하지 않았다. 그런 상황에서도 유머를 잃지 않으려 애썼다. 계속 웃기도 했다. 사람들은 나를 낙천주의자에 잘 웃는 사람으로 인식했다. 그러나 느리지만 분명하게, 나는 삶에 지쳐가고 있었고 그걸 멈출 방법은 없었다.

형과 나는 그해 여름에도 자주 통화를 했다. 임신한 아내에 대해 한참 얘기하고 나면 늘 이런 대화가 이어졌다.

"요즘 어떻게 지내?" 내가 일과를 좔좔 읊었다. 말을 마치면 형은 한참 동안 말이 없었다.

"그럼, 잠은 언제 자냐?"

"시간 나면." 이상하게도 그렇게 대답할 때마다 칭찬받을 만한 일이라도 되는 양 자부심을 느꼈다.

"바보야, 잠을 자야지. 그리고 너를 위한 시간을 가져야 해. 안 그러면 너 돌아버린다. 아직도 균형의 중요성을 모르겠냐? 인생은 조화고 균형인데, 네 삶은 완전히 엉망진창이야."

"나 괜찮아."

"스트레스가 심한 목소린데 뭘 그래."

"바빠서 그래. 나 괜찮아, 진짜. 형은 어때?"

"되는대로 살아. 일어나고 싶을 때 일어나서 신문이나 대충 뒤적이다가, 운동 좀 하고, 정오쯤 샤워 한 판 한 다음, 이제 뭘 좀 해볼까 생각하지."

"좋겠다."

"너도 그렇게 할 수 있어. 사람은 다 자신의 삶을 선택하는 거야."

"꼭 그렇진 않아. 책임감이 앞을 가로막을 때도 있어. 당연히 나도 그걸 무시할 수는 있지. 하지만 그럼, 내 가족들은 어떡해?"

"가족들 때문이 아니야. 넌 단지 핑계를 대고 있어. 그렇게 바삐 살지 않으면 네가 미칠 것 같아 그러는 것뿐이야."

나는 그렇게 생각하지 않았다. 하지만 그 문제에 대해서는 형과 더 언쟁하고 싶지 않았다.

"내 얘기는 됐고, 형은 어때?"

"똑같아."

"교회는 아직도 안 가?"

"응."

"형수가 뭐라고 안 해?"

"기분은 좀 안 좋겠지 뭐."

"그럼 가야 하는 거 아니야? 형수를 위해서라도."

"닉, 넌 널 위해 성당 가잖아. 다른 누군가를 위해 간다면 그게 무슨 의미가 있어?"

"그럼, 형을 위해서 가면 되지."

"지금은 그러고 싶지 않아. 딱히 반대할 이유는 없지만, 지금

가면 거기서 내가 얻는 게 하나도 없어. 거기 앉아 있는 게 위선 처럼 느껴질 거야."

"그 시간을 이용해서 기도하면 되잖아."

"나는 늘 기도했었어. 매일 데이나를 위해 기도했는데도 죽었 어. 기도는 아무 소용이 없어."

우리는 잠시 서먹서먹하게 말이 없다가 형이 목청을 가다듬 으며 말했다.

"참, 라이언은 어때?"

2001년 8월 초, 형의 말이 옳았다는 게 증명됐다.

매일 세 시간도 자지 못하다 보니 녹초가 되었고, 급기야 내 안에 있는 어떤 것이 무너져 내렸다. 그 일은 난데없이 일어났 다. 어느 날 아침 깨어보니 한 번도 경험하지 못한 불안이 나를 엄습했다. 아무 일에도 집중할 수 없었다. 나는 데이나가 죽은 후 처음으로 느닷없이 울기 시작했다. 걷잡을 수 없이 눈물이 흘 렀다. 임신 35주차의 아내가 나를 옆에 앉혔다.

"자기한테는 지금 휴식이 필요해. 며칠 해변에 가서 좀 쉬다 와. 난 괜찮아."

"응…… 알았어……. 내 짐 좀 챙겨서……."

아내가 노트북 위에 손을 올리며 말했다. "이건 여기 둬. 가서 푹 쉬기만 해. 해변도 거닐고, 늦게까지 잠도 좀 자. 며칠 동안 아무것도 하지 말고."

그곳에서의 첫날 밤, 나는 열일곱 시간을 내리 잠만 잤다. 일 어나 책을 좀 읽다가 다시 아홉 시간을 잤다.

며칠 후 형의 전화를 받았다.

"잠시 맛이 갔었다며? 내가 그렇게 된다고 했지?"

"형 말이 맞았어."

"지금은 어때?"

"많이 나아졌어. 좀 피곤하고 잠이 모자랐던가 봐."

"넌 느리게 사는 삶을 배워야 해."

"형처럼?"

"야. 맛이 간 사람은 내가 아니야. 참, 나 다시 일 시작할까 싶어. 사업을 다시 해보려고."

"어떤 일인데?"

"전에 하던, 가구 만드는 거."

"잘됐다."

"응. 나도 기대돼. 크리스틴도 임신했고, 이젠 때가 된 것 같아. 안 그래도 요즘 좀 심심했거든. 친구들이 다 일을 하니, 아무도 나랑 놀아주지 않아."

참으려 했지만 웃음이 터졌다. "상상이 되네."

2001년 가을, 한 번 당했으면 뭔가 깨달았을 법도 한데 나는 맹렬하게 다시 일로 돌아갔다. 아니 오히려 전보다 더 바빠졌다.

8월 24일에 서배너와 렉시가 태어났다. 렉시 대니얼은 동생의 이름을 따서 지었다. 아내가 쌍둥이를 키우며 몸을 회복하는 사이 나는 아들 셋과 집안일을 돌보며, 쓰고 있던 소설을 끝냈다. 한 달 후 『길모퉁이』홍보차 전국 투어에 나섰다. 아내, 쌍둥이, 걸음마 배우는 아이, 큰애 둘과 함께 근근이 집안일을 꾸려갔다.

그러나 또 뭔가 더 있었다. 내게는 항상 뭔가 더 있다.

태어날 때부터 렉시에게는 작은 혈관종이 있었다. 턱밑 연조

직에 혈관이 뭉쳐 생긴 거였다. 처음에는 연필 지우개만 했는데, 내가 『길모퉁이』 홍보하러 가 있는 동안 그것은 렉시의 턱을 덮을 만한 크기의 둥글납작한 자주색 덩어리가 되었다.

내가 집을 비운 사이 그게 터졌다. 아내와 내가 전화 통화를 하고 있었는데 갑자기 캣이 비명을 질렀다. "끊자! 렉시 턱에서 피가 막 쏟아져!"

3주 된 렉시가 수술대에 올랐다. 그날 밤 나는 800명에게 사인을 해주며, 가족과 함께 있지 못한 나 자신을 책망했다.

그랬는데도 나는 악마처럼 일에 매달렸다. 미시시피 잭슨에 있는 동안 『가디언』 초고를 끝냈고, 집에 돌아오자마자 같은 소설을 기초로 한 영화 시나리오를 썼다. 그러고 나서 웹사이트용 글을 썼는데, 내 첫 소설보다 더 길었다. 시간이 날 때마다 『레스큐』를 원작으로 하여 CBS에서 방송할 파일럿 프로그램에 보낼 글을 쓰기 시작했고, 만약 정규 프로그램으로 편성되면 제작 책임자를 맡기로 했다. 그러다 2001년 12월 말에 편집자한테서 전화를 받았다.

『가디언』의 후반부를 완전히 다시 쓰는 것을 포함한 전면적인 수정이 필요하다고 했는데, 그 소설을 다시 쓴다는 건 상상도 할 수 없었다. 그러나 어쨌든 다가오는 가을에 낼 소설이 하나 필요했다. 결국 소설을 다시 쓰는 대신 『로댄스의 밤』을 쓰기 시작했다. 출판사와 협의한 끝에 『가디언』은 『로댄스의 밤』을 완성한 후 다시 편집해서 2003년 봄에 내기로 했다. 4월로 정한 『로댄스의 밤』 마감일이 임박했지만, 내게는 해야 할 일이 더 있었다. 다시 말해 『가디언』을 끝낸 직후 2003년 가을을 겨냥한 그해 세 번째 소설을 미리 준비해야 한다는 뜻이었다. 가제는 『웨딩The Wedding』이었다.

그러나 그때는 전혀 문제 되지 않았다. 나는 열심히 달리고 있었고 멈출 줄을 몰랐다. 내게 인생은 살기보다는 정복해야 할 대상이었다. 설사 내가 태도를 바꾸고 싶었다 하더라도 어떻게 해야 할지 방법을 몰랐을 것이다. 그러나 그때도 내 잠재의식으로는 다시 삶의 균형을 찾아야 하며 그 일을 도와줄 사람은 형밖에 없다는 걸 알았던 것 같다.

그리고 내 기도에 응답한 것처럼 때맞춰 여행 홍보 책자가 우편으로 날아들었다.

에필로그

집으로

2월 15일, 토요일

트롬쇠의 마지막 밤에 작별 파티를 했다. 이른 밤이었다. 아침에 일어나자마자 비행기로 출발해도 영국에서 두 시간 머물기 때문에 집까지는 거의 열다섯 시간이 걸릴 예정이었다.

비행기에서의 분위기는 떠들썩하기도 하고 조용하기도 하고 천차만별이었다. 사람들은 통로에서 전화번호와 이메일 주소를 교환했다. 형과 나도 작별 인사를 했다. 일단 비행기에서 내려 세관을 통과하면 모두 다른 방향으로 가서 각자 집으로 가는 마지막 비행기를 탈 터였다.

형이 낮잠을 자는 동안 나는 창밖으로 발아래 지나가는 구름을 내려다보았다.

어떤 기분인지 종잡을 수가 없었다. 한편으로는 우리의 모험이 끝나서 슬펐고, 또 한편으로는 아내와 아이들을 볼 생각에 설렜다. 캣과 나는 1988년 3월 셋째 주부터 서로 사랑했으며, 아내를 향한 내 감정은 해가 갈수록 점점 커졌다. 안 그럴 수가 없었다. 처음 재앙이 닥쳤을 때 우리는 겨우 결혼 6주차였고, 나는 그 끔찍한 며칠 밤을 아내 덕분에 견뎠다. 가장 어려웠던 때였다. 그 후로도 아내는 한결같이 나를 감싸 안아주었다. 무척 힘들고 가슴 저미는 일을 겪었지만, 나는 여러모로 행운아였다. 아내와 아이들이 그 증거다. 지금도 밤에 기도할 때마다 내 인생에 축복을 내려주신 신께 감사드린다.

속으로는 나도 우리 어머니처럼 낙관주의자인 것 같다. 맞다, 낙관주의자도 가끔은 지나치게 걱정하거나 무리할 정도로 일한다. 그런데도 낙천주의자임은 틀림없다. 부모님과 동생을 잃고 슬퍼하는 순간에도 아이들을 가까이서 들여다보면 내 어린 시절이 내게 넌지시 말을 걸었다. 결혼하기 전에 우리 가족은 다섯이었다. 남자 셋에 여자 둘. 내 아이들의 성비와 정확히 같다. 시간이 흐름에 따라 이전 가족의 목소리는 점점 흐려지고 대신 우리 아이들의 행복하고 활기찬 목소리는 높아진다. 흔히 말하듯, 인생은 돌고 도는 것이다.

부모님이 우리에게 남긴 교훈은 아직도 내게 고스란히 남아 있다. 나는 부모님보다 우리 아이들을 더 엄격하게 키우지만, 문득문득 부모님이 했던 말과 행동을 내가 똑같이 하고 있음을 깨닫는다. 예를 들어 어머니는 퇴근해서 집으로 들어올 때 항상 활기찬 모습을 보여주었다. 나도 그날 작업을 마치면 언제나 밝은 모습을 보이려고 애쓴다. 아버지는 내가 문제가 있어 찾아가면 늘 진지하게 들어주고 스스로 문제 해결하는 방법을 찾도록 도와주었다. 나 역시 애들에게 똑같이 하려고 노력한다. 밤에 아이들을 침대에 눕힌 후 그날 형제들이 했던 좋은 일 세 가지를 각각 말하게 한다. 그렇게 해서 우리 아이들이 형과 데이나와 내가 그랬듯 가까워지기를 바란다. 그리고 클 때 마음에 새겼던 것보다 훨씬 자주 아이들에게 되풀이하는 말이 있다. '네 인생이야. 아무도 인생이 공평하다고 말하지 않아. 바란다고 다 가질 수는 없어.' 이 말들을 하고 나서, 나는 늘 고개를 돌리고 억지로 미소를 숨긴다. 부모님이 보면 뭐라고 하실까 궁금해하면서.

그러나 데이나를 생각하면 쉽지 않다. 데이나의 죽음으로 나는 공황 비슷한 상태가 되었고 그것을 극복하는 데 몇 년이 걸렸다. 죽음을 받아들이기에 데이나는 너무 젊었고, 너무 다정했으며, 나한테 너무 큰 부분을 차지하고 있었다. 데이나는 내게 큰 가르침도 주었다. 데이나는 우리 가족 중에서 병에 굴복하지 않은 유일한 사람이었다. 나는 데이나에게서 그 점을 배우려 애썼다. 두려웠을 텐데도 꿋꿋하게 살았고 마지막 순간까지 웃음을 잃지 않았다. 데이나는 늘 우리 세 남매 중에서 가장 강한 모습을 보였다.

"무슨 생각 해?" 형이 잠에서 깨어나 기지개를 켜며 물었다.

"이것저것. 여행, 우리 가족, 캣과 아이들."

"일 생각도 했냐?"

나는 고개를 저었다. "조금도 안 했어."

"그래도 또 집에 돌아가면 당장 일한다고 미쳐 설칠 거 아냐?"

"안 그러려고. 가족들과 먼저 시간을 보낼 생각이야." 형이 나를 쿡 찔렀다. "점점 좋아지고 있네. 훨씬 좋아 보여. 출발할 때처럼 침울한 표정이 아니야. 한결…… 느긋해 보여."

"그런 것 같아. 근데 형은 어때? 좀 좋아졌어?"

"뭔 소리야. 난 첨부터 아무 문제 없었어."

내가 코웃음 쳤다. "좋으시겠수."

"그럼. 나 같은 남자를 만난 크리스틴은 운 좋은 여자야."

내가 웃음을 터트렸다. "집에 돌아가면 어쩔 건데?"

"뭐, 똑같지 뭐. 크리스틴 보고, 애들 보고." 형이 어깨를 으쓱하더니 긴 한숨을 내쉬었다. "내일 크리스틴이 분명 교회 가자고 하겠지? 그럼 가볼까 해." 나는 눈썹만 추어올릴 뿐 아무 말도 하지 않았다.

"뭐?" 형이 말했다.

나는 고개를 저었지만, 헛웃음을 감출 수는 없었다. "내가 뭐 랬어?"

"야, 내가 여행 중에 깊은 깨달음을 얻었거나, 네가 한 말 때문에 교회에 가겠다는 건 아냐. 넌 나한테 감동 감화를 줄 만큼 그렇게 단수가 높지 않아."

"음, 알아."

"진심이야."

"알고 있어."

"날 그렇게 보지 마."

"어떻게?"

"그런 표정으로 보지 말라고. 나도 완전히 교회를 멀리한 건 아니었어. 가끔은 갔어. 이제 새삼 가려는 이유는 아이들 때문이야. 애들한테 좋은 가르침이 될 테니까. 애들한테 '너희도 신의 작품'이란 걸 보여주고 싶어. 엄마가 우리한테 그랬고, 그래서 우리가 있는 거잖아."

"음." 나는 고개를 끄덕이며 계속 비실비실 웃었다.

"애가 자꾸 실실 웃네."

"응. 자꾸 웃음이 나네." 내가 의기양양하게 말했다.

사람들은 종종 묻는다. 그렇게 숱한 비극을 겪으면서도 형과 내가 어쩜 그렇게 잘 지내고 심지어 사이가 더 좋아지기까지 했는지 궁금하다고. 그 질문에 대한 답은 하나밖에 없다. 형도 나도 대안을 고민해본 적이 없다.

우리는 살아남고, 시련을 이겨내고, 꿈을 좇도록 키워졌다.

그래야 했고, 그러기를 원했기에 최선을 다해 살았다. 우리는 우리를 필요로 하는 가족이 있고 그들을 실망하게 할 수 없었다. 결국 형과 나는 살아남았고 서로를 위해 성공했다. 형에게 내 도움이 필요했듯 나도 형의 도움이 필요했다. 내가 꿈을 좇았기에 형도 그랬고, 그 반대가 되기도 했다. 그리고 서로를 걱정시키고 싶지 않았다. 그게 아니라도 다른 일이 차고 넘쳤으니까.

그러나 우리는 무사히 탈출하지 못했다. 누군들 그럴 수 있겠는가? 동생의 죽음은 우리를 강타했다. 데이나의 죽음뿐 아니라 모두의 죽음이 차례차례 우리에게 시련을 주었다. 지금도 우리가 목표를 달성하거나 시련을 극복했을 때, 형과 나 말고는 아무도 곁에서 함께 기뻐해주지 못한다는 사실 때문에 기쁨이 반감된다. 게다가 우리 아이들은 조부모나 고모를 전혀 알지 못한다.

참 야속하고 속상하다.

그러나 우리에게는 서로가 있다. 사람들은 왜 형과 내가 그렇게 친하냐고 묻는다. 이유는 간단하다. 그래야 하니까. 가족을 잃은 상실감이 우리를 더 끈끈하게 만든 것이 아니다. 우리는 아이였을 때도 늘 친했다. 우리는 의무감이 아니라 서로가 원해서 계속 연락하고 지냈다. 우리는 서로를 아주 좋아하고 사랑한다. 형과 나는 어릴 때부터 웬만하면 언쟁을 하거나 의견 차이를 보이지 않았다. 형은, 내 아내와 더불어, 세상에서 가장 친한 친구다. 그리고 누가 형에게 같은 질문을 하면 형도 나와 한 치도 다르지 않은 대답을 할 것이다.

우리 부모님이 제정신이 아니었을 수도 있지만, 그분들이 하신 일이 뭐였든, 분명 효과가 있었다.

우리는 딜레스에 내려 세관을 통과했다. 다른 사람들처럼 형과 나도 이제 다른 방향으로 갈 것이다. 주말이라 공항을 가득 메운 사람들을 헤치고 터미널을 천천히 걸어 나와 마침내 헤어져야 할 지점에 도착했다.

작별 인사를 하려고 얼굴을 마주하고 형을 올려다보자, 다시는 형을 보지 못할지도 모른다는 생각이 와락 달려들었다.

물론 슬프지만 솔직한 마음이었다. 우리 둘에게는 이미 세 번이나 일어난 일이었으므로, 형에게 잘 가라는 인사를 할 때면 언제나 그 생각을 피할 수 없었다.

"형, 정말 즐거웠어. 형 덕분에 내 인생 최고의 여행을 했어."

"정말 최고였어." 형이 여행 가방을 내려놓으며 환하게 웃었다. "집에 가서 전화할게."

"응."

형이 팔을 벌리자 나는 형에게 안겼다. 곁을 스쳐 가는 수많은 사람의 시선도 아랑곳하지 않고 우리는 오래도록 그렇게 꼭 안고 있었다.

"사랑한다, 동생아." 형이 귀에 대고 나지막이 속삭였다.

나는 눈을 꼭 감았다. "나도 사랑해, 형."

소설이 아니라는 것

〈노트북〉〈병 속에 담긴 편지〉〈디어 존〉〈워크 투 리멤버〉 〈라스트 송〉……. 누구나 한 번쯤 들어봤음 직한 제목들이다. 할리우드 로맨스 영화로 우리나라에서도 꽤 유명하니 말이다. 이 영화들은 모두 각각의 소설 원작이 있고, 원서로 영어를 공부하는 사람들의 입에도 심심찮게 오르내린다. 나 역시 어렵지 않은 문장과 가독성 있는 스토리 덕분에 그 원작 소설들을 주변에 많이 권했다. 그런데 그의 책을 연달아 몇 권 읽고 나니 책마다 비슷하게 반복되는 우연과 운명, 순애보에 지쳐 다음 책을 읽기까지 텀을 조금 두고 싶었다. 그러면서도 또 미련이 남아 이번에는 이 작가의 에세이를 읽어보자 하고 만난 것이 바로 이 책 『일중 독자의 여행』이다.

이 책은 작가 니컬러스 스파크스가 형과 함께 3주간 세계 곳곳을 돌아다니며 보고 느낀 것을 적은 여행기이자 인생 회고록이다. 즉 소설이 아니라는 말이다. 그런데 이 책을 읽은 후, 앞서 접한 그의 모든 소설을 아우르는 감동으로 넋이 나갈 지경이었다. 그의 롤러코스터 같은 인생 여정 때문인지, 탁월한 스토리텔링 솜씨 덕분인지, 두 형제와 함께 여러 나라를 누비며 친밀감이 생겨서인지 책을 덮고도 여운이 오래 남았다. 검색해보니 책이 나온 지 꽤 오래됐고 출간 당시 베스트셀러 목록에 한참 올라 있었는데도 국내에 번역서가 없었다. 이런 걸 흔히 '운명'이라 하던가? 내 손으로 좀 더 많은 독자에게 그의 진면목을 알리고 싶어졌다.

니컬러스 스파크스는 첫 출간작 『노트북』으로 백만장자가 되었고, 그 후 출간된 소설들도 빠짐없이 베스트셀러가 되었으며, 그중 열 편이 영화로 제작되어 크게 성공한, 전무후무한 기록을 가진 히트 상품 제조기다. 지금도 왕성하게 집필하고 있으며('옮긴이의 말'을 쓰는 2018년 11월 첫째 주, 니컬러스의 『에브리 브레스Every Breath』가 〈뉴욕타임스〉 베스트셀러 종합 1위를 기록했다) 여러 자선 단체에 기부하거나 글쓰기 강의를 하는 등 사회 환원에도 힘을 쏟고 있다. 얼핏 보면 이렇게 부침 없이 인생을 쉽게 사는 사람도 없겠다는 생각이 들 정도다. 말랑말랑한 그의 소설을 읽으며 느꼈던 알 수 없는 불편함의 원인을 알 것 같았다. 쉽게 살고 쉽게 이야기를 풀어내는 사람이 쓰는 책은 몇 권이면 족하다는.

이 책에는 도저히 받아들이기 힘든 아픈 가족사 때문에 스스로 일벌레를 자청했던 저자가 형과 함께 떠난 세계 여행을 통해 지난날을 회고하고 상처를 치유하는 과정이 고스란히 담겨 있다. 책을 번역하는 내내 니키와 미카, 두 중년 사내와 함께 태평양을 넘나들며, 그보다 더 넓은 인생의 바다를 종횡무진 누빈 기분이다. 형제의 재담과 기행에 깔깔 웃었고, 선량한 가족에게 가해진 혹독한 현실에 참담했으며, 불가항력에 맞서느라 신앙을 잃거나 일벌레가 된 형제의 상황에 가슴이 아렸다. 사람은 타인의 행복보다 불행에서 더 큰 위안을 얻는다고 했던가! 니컬러스 스파크스처럼 성공한 사람도 나와 크게 다르지 않은, 아니 오히려 더 큰 시련과 고통을 겪은 인간이라는 데에 묘한 안도감이 들면서 그간 느꼈던 상대적 박탈감이 회복된 느낌이었다. 그가 쓴 모든 책이 가슴에서 우러나온 이야기라는 것도 알게 되었다. 요즘 쏟아져 나오는 어떤 치유 에세이나 자기계발서보다 나는 이 책에서 더 많이 위로받고 깨달았다.

그런데 책을 번역해 넘긴 후 뜻밖의 소식을 접했다. 저자가 형 못지않게 사랑하고 존경해 마지않던 아내와 별거 끝에 이혼했다는 거였다. 그의 소설과 영화에 공감하여 울고 웃었던 독자와 관객들은 분노했다. 희망을 잃었다고, 결국 세상에 진정한 사랑은 존재하지 않는 거라고, 거짓말쟁이 니컬러스의 작품을 다시는 읽거나 보지 않겠다고 목소리를 높였다. 그 마음들이 십분 이해되었다. 나도 그 소식에 화들짝 놀라 편집자에게 이런 일이 있으니 어쩌면 좋으냐고 메일을 보냈으니까. 그러나 가만 생각해보니 그 역시 고정 관념이요, 편견이었다. 결혼 생활 유지는 행복, 이혼은 불행이라는 도식으로 바라봤던 거다. 따지고 보면 두 부부로서는 이혼해서 크게 이슈가 되는 것보다 이혼하지 않고 쇼윈도 부부로 남는 게 더 쉬웠을지 모른다. 그럼에도 더 좋은 관계를 유지하기 위해 이혼을 결정하고 세상의 뭇매를 맞기로 했으니, 이 또한 인생사 우여곡절을 몸소 경험한 두 사람이 할 수 있는 최선의 선택이 아니었을지.

그래도 혹시 기회가 된다면 니컬러스를 만나 그간의 얘기를 듣고 싶기는 하다. 또 무슨 일이 있었는지, 얼마나 마음고생이 심했는지 따위는 묻지 않을 테다. 그저 가만히 듣고 있다가 가끔 손을 뻗어 테이블 위에 놓인 그의 손등을 토닥토닥 두드리면서 천천히 고개를 끄덕여주리라.

나는 이 책을 통해 우리네 인생을 살게 하는 것은 언제나 '사람'임을 되새겼다. 무뚝뚝함을 가장한 관심으로 은은히 응원하는 남편, 태어나면서부터 뮤즈가 되어준 아들, 아픈 손가락인 친정 식구들과 옛 친구들, 격려와 칭찬을 아끼지 않는 번역가 친구들이 지금 이 순간 오래된 영화의 필름처럼 눈앞을 스쳐 지나간다. 고맙고 고맙다.

이 책으로 나처럼 크게 위로받고 주변을 둘러보게 되는 독자가 단 한 명이라도 있다면 정말 행복하리란 마음으로 이제 『일중독자의 여행』을 세상에 내보낸다. 힘들고 지친 사람들의 어깨와 가슴에 나비처럼 낙엽처럼 흰 눈처럼 살포시 내려앉기를⋯⋯.

끝으로, 귀한 기회를 주신 마음산책에 깊은 감사와 존경의 말씀을 전한다.

2018년 11월
이리나

가족과 가족 관계에 관한 극히 내밀한 이야기. 여행기와 회고록이 적절하게 섞였지만, 무엇보다 두 형제의 관계에 관한 책이다.

그린빌 뉴스(SC)

퍼즐 조각처럼 서로에게 꼭 맞는 두 형제의 믿기 어려운 삶의 여정이며, 특별한 방식으로 세상을 견뎌온 한 가족과 두 형제의 진심 어린 이야기다. 누구나 마지막 페이지에 이르면 이 형제에게 천 와트짜리 미소를 쏘아주고 싶어질 것이다.

마이셀프닷컴

가족을 단단하게 만드는 힘이 무엇인지 알고 싶은 모든 이들이 꼭 읽어봐야 할 책.

북리스트

강렬하고 전례 없이 특이하다. 이 잊을 수 없는 회고록을 읽은 당신은 가슴과 영혼으로 스파크스의 글을 읽게 될 것이고 삶을 새로운 관점으로 조명하게 될 것이다.

라지 프린트 리뷰

가족 간의 유대에 관한 감동적인 이야기에 압도당한다.

워싱턴 포스트 북 월드

인생의 달콤하고 쓴 맛이 모두 들어 있다. 독자는 크게 웃다가 금세 펑펑 울게 될 것이다.

포트 워스 스타텔레그램

어떤 장면은 배를 잡을 정도로 웃기고, 또 어떤 장면은 진지하고 가슴이 아릴 정도로 슬프다. 나는 스파크스 형제의 매혹적인 삶을 약간 시기했을지도 모른다. 이제 나는 그들에게 존경, 연민, 형제애를 느낀다. 니키가 마음을 열어 자신의 삶을 보여줌으로써, 우리 모두 같은 여정을 걷고 있으니 힘내라고 용기를 북돋워준 데 감사한다.

아마존 독자 에릭 윌슨

이 책은 작가의 인생을 관통하는 놀랍고도 감동적인 휴먼 드라마다. 니컬러스 스파크스가 러브 스토리의 대가가 된 이유는 그가 몸소 사랑을 실천하고 진실한 고통을 경험했기 때문 아닐까. 그에 대한 가슴 뻐개지는 증거가 이 한 권에 다 들어 있다.

파워 블로거 시혼